Diana et ses fils

Du même auteur
aux Éditions J'ai lu

Citizen Jane, *J'ai lu* 3338
Mick Jagger le scandaleux, *J'ai lu* 3771
Le dernier jour de Diana, *J'ai lu* 5107
Jackie après John, *J'ai lu* 5122
John-John ou la malédiction des Kennedy, *J'ai lu* 5882

Christopher Andersen

Diana et ses fils

Traduit de l'américain
par Michèle Garène

Titre original :
DIANA'S BOYS : WILLIAM AND HARRY
AND THE MOTHER THEY LOVED
publiée par William Morrow, New York,
une filiale de HarperCollins Publishers Inc.

© 2000, by Christopher Andersen

Pour la traduction française :
© Éditions Jean-Claude Lattès, 2001

À ma mère, Jeanette Andersen

« William et Harry sont ma grande réussite. »

Diana

Préface

Quatre ans après la mort tragique de la princesse Diana à Paris, le prince William et son frère, le prince Harry – ou encore « l'héritier et le joker » pour reprendre l'expression narquoise de la presse britannique – continuent à faire couler beaucoup d'encre. Comment ne pas s'interroger sur leur sort ? Comment ne pas se demander si, privés de l'influence affectueuse de leur mère, ils vont s'épanouir ou au contraire dépérir au sein de la maison des Windsor ?

Ces Windsor qui fascinent même si le règne de la reine Elizabeth a pu paraître bien terne à côté de ceux de certains de ses prédécesseurs : Henri VIII et ses frasques, ou encore Édouard VIII qui préféra « la femme que j'aime » au trône.

Un règne terne jusqu'à l'apparition de Diana qui fut une vraie bouffée d'air frais. En dix-sept ans, nous avons assisté à une véritable métamorphose de la princesse. « Di la Timide » s'est transformée en une femme éblouissante, sûre d'elle, déterminée à abattre les barrières entre la famille royale et ses sujets.

Dans sa rébellion contre la raideur sclérosée de Buckingham, elle a pris la périlleuse décision de faire publiquement état des détails sordides de son mariage désastreux, de sa dépression, de ses tentatives de suicide et de sa boulimie. Cette franchise sans précédent lui a valu l'admiration et le respect de millions de gens confrontés aux mêmes crises.

Diana a été le premier membre de la famille royale à établir un vrai contact avec les déshérités. Elle a serré la main des lépreux, murmuré des paroles de réconfort aux cancéreux en phase terminale, bercé des bébés nés de mères droguées au crack, défendu la cause des victimes affreusement mutilées des mines antipersonnel, consolé des femmes battues et serré dans ses bras des malades du sida.

Sa beauté, son charme, son espièglerie désarmante, et sa vulnérabilité à fleur de peau – tout cela a contribué à la séduction sans pareille de la princesse de Galles. Mais Diana fut avant tout une mère – une mère comme on n'en avait jamais vu dans la famille royale qui n'hésitait pas à se précipiter sur ses enfants pour les embrasser à un retour de voyage, ni à partager leurs éclats de rire dans des parcs d'attractions.

Dès le début, Diana qui, à cinq ans, avait vu sa propre mère quitter définitivement le toit familial, avait fait le vœu d'élever ses enfants selon ses propres critères et de créer de vrais liens d'affection avec eux. Dans la famille royale, c'était se fixer une mission presque impossible. Non seulement elle a dû faire face à l'opposition des tristement célèbres « hommes en gris » – les conseillers de Sa Majesté à Buckingham – mais elle s'est souvent trouvée en conflit avec la reine elle-même qui ne partageait pas ses idées en matière d'éducation.

Contrairement aux autres enfants royaux, William et Harry n'ont pas grandi à l'abri des regards extérieurs. Nous nous sommes vite rendu compte qu'ils ressemblaient à tous les enfants du monde. À deux ans, William faillit faire disparaître une chaussure de son père dans les toilettes. Harry, qui multipliait les singeries, fut vite affublé du sobriquet de « Harry l'affreux ». Nous les avons vus gambader dans les jardins de Highgrove, ou encore tirer la langue aux photographes omniprésents. Nous les avons vus grandir et se transformer en de jeunes adolescents apparemment équilibrés malgré la guerre ouverte que se livraient leurs parents. Des enfants ordinaires dont la mère s'employait à leur offrir une vie la plus normale possible afin d'en faire des êtres humains.

Mais William n'est pas tout à fait un enfant ordinaire. C'est sur lui que repose l'avenir de la monarchie britannique. Depuis la mort de la princesse, la presse a scrupuleusement respecté le vœu de la famille royale qui souhaitait qu'on laisse William et Harry faire en paix le deuil de leur mère.

Mais la question reste : S'en sont-ils remis ? Sans leur mère, vont-ils se fondre dans le moule Windsor, devenir des privilégiés égoïstes destinés à mener des existences creuses ponctuées d'inaugurations officielles ou de bals de charité ? Le lien que Diana a su créer avec ses fils a-t-il été tranché par ces « hommes en gris » dont elle était convaincue qu'ils conspiraient contre elle ? Ou, au contraire, les enfants ont-ils hérité de son don unique de communiquer avec l'homme de la rue ? Et si tel est le cas, comment le futur roi et son jeune frère vont-ils se servir de l'exemple de leur mère pour remodeler la monarchie ? Mais, s'ils ont apporté la preuve qu'ils ne manquaient pas de résistance, les princes restent confrontés aux mêmes forces puissantes auxquelles leur mère n'a pu échapper que par sa mort.

À dix-neuf ans, William est le portrait craché de la princesse : grand, blond, sportif, des yeux bleu Di perpétuellement baissés, et une voix douce. Si la ressemblance physique entre Diana et Harry le rouquin est moins évidente, ce dernier est, autant que William, avant tout le fils de sa mère. En effet, quoi que l'avenir réserve aux princes, il est peu probable que quiconque – pas même Charles – exerce une influence aussi profonde sur leur vie et leur destin que la femme qu'ils appelaient affectueusement « maman ».

Ces pages retracent la vie des jeunes princes avant et après la mort de leur mère. Beauté, sensibilité, témérité, détermination, souci de l'autre, humanité – nombre des qualificatifs utilisés pour décrire Diana servent déjà à décrire ses fils. Sans la présence magique de la princesse, sauront-ils être à la hauteur de la formidable tâche qui les attend ?

1

« Je suis littéralement folle de mes enfants, et c'est réciproque. »

Diana

« Ses fils illuminaient son univers, et sa vie tournait autour d'eux. »

Lord Palumbo, un ami de Diana

Dimanche 31 août 1997, 0 h 21

La Mercedes S280 noire qui transportait la princesse de Galles et Dodi Fayed, son amant d'origine égyptienne, descendit à toute vitesse la rue Cambon et tourna à droite dans la rue de Rivoli. Quelques secondes plus tard, elle pilait au feu du carrefour de la rue Royale. Rattrapée par une meute de photographes en voiture et à moto qui faisaient ronfler leur moteur en prévision de la course-poursuite, la Mercedes grilla le feu et vira à gauche sur la place de la Concorde. En tentant d'échapper à la presse qui ne lui laissait pas une seconde de répit, la mère du futur souverain britannique passa devant l'emplacement de la guillotine qui avait mis un terme sanglant à la monarchie française.

La limousine accéléra en longeant la Seine sur le cours la Reine au point de plaquer ses occupants contre leurs sièges gainés de cuir. À l'approche du tunnel de l'Alma, Diana vit les marronniers scintiller de lumières blanches et aperçut à gauche la tour Eiffel brillamment illuminée qui affichait le décompte des jours la séparant du millénaire en lettres de feu de treize mètres de haut. À ce moment-là, d'après un témoin, la Mercedes dépassait les 176 km/h : « La voiture a littéralement filé à côté de moi, se rappellerait ensuite le chauffeur de taxi Michel Lemonnier. Une vraie machine infernale. Cela ne pouvait que mal se terminer. »

Heurtant la forte dénivellation à l'entrée du tunnel, la voiture décolla littéralement avant de retomber brutalement sur la chaussée. Après une folle embardée à gauche pour éviter une petite Fiat blanche dont il frôla le pare-chocs arrière, le chauffeur de Fayed perdit le contrôle de son véhicule. La Mercedes alla rebondir contre l'un des dix-huit piliers en béton au milieu du tunnel. Elle vira alors de 180o degrés dans le sens inverse des aiguilles d'une montre avant de s'écraser contre le mur opposé.

Des quatre personnes à l'intérieur, une seule – le garde du corps de Fayed, Trevor Rees-Jones – portait sa ceinture de sécurité. Dodi et son chauffeur moururent sur le coup. Diana était coincée par terre derrière le siège avant.

Dans les hurlements du Klaxon contre lequel pressait le corps sans vie de Henri Paul, le tunnel se remplit de fumée. Le sol était constellé de bris de verre. Le Dr Frédéric Mailliez, un médecin des urgences de trente-six ans aux allures d'adolescent, rentrait justement de la fête d'anniversaire d'un ami. Il descendit en hâte de sa Ford Fiesta blanche et se rua sur la carcasse tordue de la Mercedes. « Merde ! » se dit-il en découvrant les cadavres mutilés de Dodi et de Henri Paul.

Tandis qu'un pompier volontaire réconfortait Rees-Jones, grièvement blessé, Mailliez se portait au secours de la jeune femme blonde gisant à l'arrière. Il redressa la tête de Diana et lui donna de l'oxygène à l'aide d'un Ambu, mais ne la reconnut pas. « J'étais trop absorbé par mon travail », dirait-il plus tard.

À présent plus d'une douzaine de photographes « mitraillait la scène », d'après les souvenirs du pompier Lino Gagliardone. Mailliez murmura des mots d'encouragement à Diana, d'abord en français puis en anglais, après que les photographes lui eurent crié que la jeune femme venait d'Angleterre. Elle gémissait de douleur et marmonnait de temps en temps, mais le jeune médecin était trop occupé à tenter de la sauver pour essayer de comprendre ce qu'elle disait.

Ses fils ne devaient pas être très éloignés de ses pensées. Harry allait fêter ses treize ans dans moins de deux semaines, et elle avait voulu lui acheter un cadeau d'anniversaire à Paris. Mais les hordes de journalistes qui avaient fondu sur la princesse et son nouveau petit ami lui avaient pratiquement rendu la tâche impossible. Virtuellement prisonnière de sa suite au légendaire hôtel Ritz, Diana avait dû envoyer un employé de l'hôtel acheter la console Sony que lui avait demandée Harry.

Elle devait également songer à sa conversation téléphonique avec William, à ses yeux la plus importante de la journée. Son fils l'avait appelée juste avant le dîner pour lui parler d'une séance de photos officielle organisée par le palais de Buckingham. Le palais lui avait donné l'ordre de poser pour les photographes des principales agences anglaises à Eton où il s'apprêtait à entrer en troisième année. Mais il redoutait qu'un événement aussi officiel n'éclipse son jeune frère. « J'ai peur que Harry ne se sente exclu », dit-il à sa mère qui fut d'accord avec lui. Diana promit à William que, dès son retour à Londres le lendemain, elle parlerait au prince Charles et qu'ils trouveraient une solution qui ménagerait les sentiments de Harry. « Lundi, à la première heure... »

En six minutes, une équipe de secours était sur place. On sortit les corps mutilés de Dodi et de Paul de la carcasse. On installa ensuite une bâche bleu vif autour de la voiture pour la protéger des regards curieux pendant que des pompiers armés de tronçonneuses découpaient l'enchevêtrement de tôles pour libérer Diana et Rees-Jones.

À l'instant où les pompiers s'apprêtaient à l'extraire de la Mercedes pour l'allonger sur une civière, la princesse de Galles prononça ce qui serait ses derniers mots intelligibles : « Mon Dieu ! que s'est-il passé ? »

À neuf cent soixante kilomètres de là, à Balmoral, William, quinze ans, se redressa brusquement dans son lit. Épuisé après une journée de pêche dans la Dee avec son père et son frère, il s'était couché peu avant 23 h 30. Mais il passerait la nuit à se réveiller en sursaut sous l'emprise d'un puissant sentiment de terreur : « Je savais que quelque chose n'allait pas. »

Pendant ce temps, Harry dormait à poings fermés dans sa chambre au bout du couloir. Son frère et lui aimaient leurs vacances d'été à Balmoral, se délectaient de chasser la grouse, de monter et de pêcher avec leur père – loisirs royaux qui déplaisaient fort à Diana. Les garçons qui n'avaient pas vu leur mère depuis plus d'un mois projetaient de la retrouver à Kensington Palace le lendemain. Au dîner, ce soir-là, ils avaient dit leur hâte de la retrouver. Leurs valises, déjà bouclées, attendaient en bas.

Le prince Charles dormait lui aussi comme un bébé. Littéralement. De tous les Windsor, seul Charles, quarante-huit ans, n'allait jamais se coucher sans sa peluche – l'ours en lambeaux de son enfance qui le suivait partout dans ses voyages, même dans ses visites officielles. (Le prince Charles tenait tant à son ours que chaque fois que le rembourrage s'échappait par un trou, seule la nounou de son enfance, Mabel Anderson, avait le droit de faire les réparations nécessaires.)

William s'agitait dans son sommeil et Harry dormait les poings fermés quand le téléphone de Charles sonna peu après 1 heure du matin, heure anglaise. C'était Robin Janvrin, l'assistant du secrétaire privé de la reine, qui venait d'apprendre la nouvelle inquiétante de la bouche de l'ambassadeur de Grande-Bretagne en France.

« Pardonnez-moi de vous réveiller, Monsieur, dit Janvrin, mais je viens juste de recevoir un coup de téléphone de sir Michael Jay à Paris. Il semble qu'il y ait eu un accident. Il paraît que la princesse de Galles a été blessée…

— Un accident à Paris ? répondit Charles, sans comprendre. Diana ? »

Janvrin fit part à Charles du peu qu'il savait – l'ex-femme du prince avait été blessée à Paris dans un accident de voiture où Dodi et leur chauffeur avaient trouvé la mort. Charles appela alors la femme vers laquelle il se tournait toujours – sa maîtresse de longue date et la rivale par excellence de Diana, Camilla Parker Bowles. Elle lui rappela que Diana était en excellente forme physique et qu'elle bouclait toujours sa ceinture. Camilla rassura son amant, son ex-femme allait probablement s'en sortir sans dommage.

Charles pria ensuite le standardiste de Balmoral, dont Diana imitait si malicieusement l'accent écossais, de lui passer la chambre de la reine. Ils décidèrent qu'il n'y avait pas de raison pour l'instant de déranger les garçons. On disposerait de davantage de détails sur l'état de leur mère dans la matinée, et cela ne servirait à rien de les priver d'une bonne nuit de repos. Là-dessus, Sa Majesté raccrocha et se rendormit.

Sans se douter que William était encore parfaitement réveillé à l'étage, Charles s'habilla, passa dans son salon privé adjacent à sa chambre et alluma la radio. Il ne tarda pas à être rejoint par le secrétaire privé de la reine, sir Robert Fellowes, qui se trouvait être également le beau-frère de Diana. À 3 h 30 du matin, Charles entendait Peter Allen annoncer sur Radio 5 que Diana, commotionnée, avait un bras cassé quand Fellowes décida d'appeler l'hôpital parisien où on la soignait pour se renseigner sur son état.

Fellowes n'était absolument pas préparé à ce qu'il allait apprendre. Diana, lui dit un employé de l'ambassade de Grande-Bretagne d'une voix étranglée par l'émotion, venait de mourir sur la table d'opération.

C'est alors que la profondeur des sentiments que Charles portait encore à la mère de ses enfants frappa toutes les personnes présentes dans la pièce. « Me croirez-vous si je décris la réaction du prince ? dit un témoin. Il poussa un cri déchirant puis éclata en sanglots. » Les pleurs de Charles rameutèrent d'autres membres de la famille royale.

Mais non William et Harry qui ignoraient tout du branle-bas à l'étage en dessous. Charles pleurait assis, la tête entre les mains, trop bouleversé pour parler. Fellowes informa alors la reine qui, selon lui, fut « visiblement bouleversée » par la nouvelle. En vérité, d'autres personnes du château diraient qu'elle resta « froide » et « détachée ». Tandis que même les plus fidèles du palais qui détestaient Diana ne faisaient aucun effort pour dissimuler leurs yeux rougis, la reine et son mari, le prince Philip, affichaient une étonnante absence d'émotion.

Charles ne fut pas surpris par la réaction glaciale de ses parents. Pour trouver du réconfort, le prince Charles devrait se tourner de nouveau vers Camilla. Il la rappela pour lui annoncer que Diana était morte des suites de ses blessures. « Oh ! les pauvres enfants ! » s'écria Camilla. Elle ne les avait jamais rencontrés, mais Charles l'avait pratiquement tenue informée du moindre détail de leur vie.

Submergée par l'émotion malgré sa célèbre rivalité avec Diana, Camilla s'effondra. Elle savait que la mort de Diana ne manquerait pas d'accentuer l'hostilité du public à son égard, mais elle insista néanmoins pour que Charles s'attache à aider ses fils à surmonter le choc de la perte de leur mère : « Ne t'occupe pas de moi. Concentre-toi sur les garçons. Ils ont besoin de toi. »

Pendant que Charles et Camilla sanglotaient au téléphone (une scène qui aurait sans aucun doute déconcerté Diana), le père Yves Clochard-Bossuet administrait les derniers sacrements à la princesse de Galles dans une chambre du deuxième étage de la Pitié-Salpêtrière. Il crut s'évanouir en fermant les yeux de Diana, en oignant son front et ses paumes avant de prier à son chevet. « Je n'arrêtais pas de penser combien il était triste que cette jeune femme meure alors qu'elle avait toutes les raisons de vivre. J'ai prié pour ses fils, William et Harry. »

À Balmoral, l'instinct de Charles lui souffla de faire ce qu'aurait fait Diana – réveiller leurs fils et les serrer dans ses bras pour les consoler. Mais, avant qu'il n'ait le temps de suivre cet élan des plus humains, sa mère le convoqua dans son salon. La reine ne voyait toujours pas de raisons de réveiller les garçons. Leur mère était morte, et ils n'y pouvaient rien. Il fallait leur laisser une dernière nuit d'innocence.

Charles céda sur ce point. Il leur apprendrait la nouvelle à leur réveil, bien qu'il eût du mal à imaginer comment il trouverait la force de le faire. « J'étais paralysé, terrifié à l'idée de leur causer une telle douleur, dit-il plus tard à un confident. "Je ne peux pas, je ne peux pas", ne cessais-je de me répéter. Mais bien sûr, c'était à moi de le faire. »

Cependant Charles serait bientôt distrait par d'autres problèmes – notamment par la manière dont la famille royale réagirait à la nouvelle de la mort de Diana et le rôle qu'il jouerait dans le deuil. Il fut rapidement arrêté que les sœurs de Diana, lady Jane Fellowes et lady Sarah McCorquodale, partiraient pour Paris et ramèneraient son corps à la base RAF de Northolt, au nord-ouest de Londres. En outre, la famille Spencer décida qu'elle enterrerait Diana dans l'intimité.

Le prince de Galles appela lady Sarah et lady Jane pour leur dire qu'il les accompagnerait à Paris afin d'escorter le corps de son ex-épouse en Angleterre. Toutefois, la reine s'y opposa vigoureusement. Elle expliqua à son fils qu'il serait déjà déplacé qu'il se rende à Northolt afin d'accueillir l'avion, il était donc hors de question qu'il s'envole pour Paris afin de ramener le corps de Diana.

Pour la première fois de sa vie, Charles tint tête à sa mère. Soutenu par le Premier ministre Tony Blair (« Ce sera un deuil public d'une ampleur difficile à imaginer », prévint-il Charles), le prince de Galles affirma avec force que cela provoquerait un véritable tollé si aucun membre de la famille royale ne se rendait à Paris. À contrecœur, Sa Majesté accorda à Charles l'autorisation de faire le voyage.

Durant les deux heures suivantes, Charles arpenta seul son salon de long en large pendant que William et Harry dormaient toujours. Peu avant l'aube, il enfila un pull et partit faire une promenade solitaire dans la lande. Un membre du personnel de Balmoral déclarerait ensuite qu'à son retour au château le prince Charles avait « les yeux rouges et gonflés d'avoir pleuré ».

William était déjà réveillé lorsqu'il entendit doucement frapper à sa porte peu après 7 heures du matin. Dès qu'il vit son père, le jeune prince comprit que son sommeil n'avait pas été agité sans raison. Charles s'assit sur le bord de son lit et lui expliqua ce qui venait d'arriver à Paris. Puis le père et le fils, dédaignant le légendaire flegme britannique, firent une chose impensable pour les générations passées de la famille royale : ils tombèrent dans les bras l'un de l'autre en pleurant.

Toujours attentif aux sentiments de son frère, William demanda alors à son père comment ils allaient lui annoncer la nouvelle. Ce ne serait pas simple. Harry dormait profondément dans une chambre voisine quand son aîné entra le premier dans sa chambre et, s'asseyant sur le bord de son lit, réveilla doucement le jeune prince. Ensemble, Charles et William lui expliquèrent qu'il y avait eu un très grave accident à Paris, que sa mère avait été transportée grièvement blessée à l'hôpital et que les médecins s'étaient efforcés pendant des heures de la sauver. En vain… Puis les trois Windsor laissèrent libre cours à leur chagrin, sanglotant si fort qu'on les entendait du couloir.

William et Harry se blottirent contre leur père qui leur bredouilla des paroles de réconfort. Si le public savait que les garçons avaient des rapports chaleureux et aimants avec leur mère, peu étaient conscients que Charles leur prodiguait généreusement son affection. Nulle part les liens familiaux ne paraissaient plus forts que lorsque les trois princes chassaient, pêchaient et montaient ensemble à Balmoral. Ils consacraient leurs soirées à lire Kipling ou à regarder des vidéos, et que ses fils soient à présent des adolescents n'empêchait pas Charles de continuer à les embrasser pour leur souhaiter une bonne nuit.

La main dans la main, les trois princes rejoignirent le salon où les attendaient la reine et le prince Philip. Assis sur un canapé de chaque côté de leur père, les garçons, en larmes, l'écoutèrent exposer le peu de détails qu'il connaissait.

« Mamie » – c'est ainsi que les garçons appelaient la reine – ne leur ouvrit pas les bras. Elle ne perdit pas contenance un seul instant. Rien d'étonnant à cela. Malgré l'affection qu'elle portait à William et Harry – sentiment réciproque –, le seul contact physique entre eux se résumait à une poignée de main. Pourtant, pendant l'habituel petit déjeuner de 9 heures, ce matin-là, la reine et le prince Philip allèrent jusqu'à dire aux enfants combien ils étaient « navrés » que leur mère ait été tuée.

La reine ne fit aucune allusion à ses autres préoccupations du moment. Avant de s'asseoir à la table du petit déjeuner avec ses petits-fils ce matin-là et de leur offrir ces maigres mots de réconfort, Sa Majesté s'était mise en relation avec l'ambassade de Grande-Bretagne afin d'éclaircir certains points. Elle voulait savoir si la princesse de Galles était en possession de bijoux royaux à l'instant de sa mort. Si tel était le cas, comme ils étaient la propriété de la Couronne, insista-t-elle, ils devaient être remis sans délai aux autorités britanniques compétentes.

À l'hôpital de la Pitié-Salpêtrière, le personnel prendrait brutalement connaissance des desiderata de la reine. Un fonctionnaire de l'ambassade de Grande-Bretagne se rua dans la chambre aux murs bleus dans laquelle Diana reposait nue sous un drap et, apparemment indifférent à la présence du corps, hurla à l'infirmière Béatrice Humbert : « Madame, la reine s'inquiète des bijoux. Il faut que nous les trouvions, vite ! La reine veut savoir où se trouvent les bijoux. »

Tandis que la triste nouvelle commençait à se répandre dans le monde, Charles pensa qu'il valait mieux permettre aux garçons de pleurer en privé. Mais, là encore, sous l'influence de ses conseillers, la reine en jugea autrement. Croyant au pouvoir de guérison du train-train et convaincue de l'importance de préserver les apparences, Sa Majesté ne vit pas de raisons de modifier l'emploi du temps de la famille royale. Elle insista pour que tout le monde, y compris les garçons, se rende à l'église comme d'habitude ce matin-là.

« À l'époque, la reine n'avait aucune idée du profond attachement du peuple à Diana – à quel point elle était aimée, déclara l'amie intime et confidente de la princesse, lady Elsa Bowker. Mais je pense qu'elle a compris combien ce serait dur pour les enfants de Diana. Elle tenait à ce que leur soit épargné tout "désagrément", pour reprendre son expression. » À cette fin, les journaux furent provisoirement interdits à Balmoral et on donna l'ordre de débrancher tous les postes de télévision et de radio dans le château.

La reine avait aussi donné l'ordre au standard de Balmoral de ne passer aucun coup de téléphone aux enfants. C'est ainsi que Cindy Crawford ne fut pas en mesure d'offrir des paroles de réconfort à William. Elle l'avait rencontré au palais de Kensington où Diana l'avait invitée, à la demande pressante de son fils. (« On dirait moi, confia Diana à Crawford après la rencontre du prince et du mannequin. Quand il ne sait plus quoi dire, il rougit. ») Dans les semaines précédant l'accident, Crawford avait confié à Diana son projet de faire la surprise de vacances en Suisse aux garçons.

« Il doit être catastrophé, dit Crawford de William. Il adorait sa mère. Il la considérait comme sa meilleure amie. »

Malgré le black-out sur la presse à Balmoral, Charles avait déjà dit aux garçons que leur mère était pourchassée par des paparazzi au moment de l'accident. La police parisienne alimenta les spéculations sur la culpabilité de la presse dans l'accident en arrêtant six photographes présents sur les lieux.

Charles, le jeune frère de Diana, à présent comte Spencer puisqu'il avait hérité du titre de son père, s'était installé en Afrique du Sud en partie pour échapper à la même presse populaire britannique. Quelques heures à peine après avoir été informé de la mort de sa sœur, le comte Spencer lirait une déclaration cinglante aux journalistes réunis devant les portes de sa propriété de Cape Town : « J'ai toujours pensé que la presse finirait par la tuer. Mais j'étais loin d'imaginer qu'ils auraient une responsabilité aussi directe dans sa mort comme cela semble être le cas. Apparemment, chacune des publications qui ont payé pour des photos indiscrètes de Diana, encourageant des individus cupides et sans scrupules à tout risquer pour obtenir l'image de ma sœur, a du sang sur les mains aujourd'hui. Enfin, la seule consolation est que Diana est à présent dans un endroit où aucun être humain ne pourra plus la toucher. Je prie pour qu'elle repose en paix. »

Depuis quelques années, William et Harry, les coqueluches de la presse écrite, se méfiaient de plus en plus de la presse. Après tout, leurs parents, peut-être plus que tout autre couple marié des temps modernes, avaient vu tous les détails sordides de leur vie privée s'étaler à la une des journaux populaires du monde entier. S'il s'avérait que la presse était bien coupable d'avoir causé la mort de Diana, il était très possible que William et Harry soient tentés de se dérober à leurs devoirs publics.

Pour cette raison seule, la reine Elizabeth, toujours soucieuse de l'avenir de la monarchie, balaya les objections de son fils et insista pour que ses petits-fils se préparent à se rendre à l'église. Dans l'intervalle, elle publia une déclaration laconique qui formerait un violent contraste avec les expressions éloquentes de chagrin des dirigeants du monde entier. « La reine et le prince de Galles sont profondément choqués et affligés par cette terrible nouvelle. »

On comprendra que les exigences de leur grand-mère aient déconcerté William et Harry, en proie à l'émotion et au chagrin. Mais ils étaient habitués, comme tous les membres de la famille royale, à l'exception de leur mère, à obéir aveuglément aux ordres.

Peu après 11 heures du matin, trois Rolls noires traversèrent la Dee et s'arrêtèrent devant Crathie Church. La reine-mère, quatre-vingt-dix-sept ans, se trouvait dans la première. Elle était accompagnée du prince Andrew, l'oncle des garçons, et de Peter Phillips, leur cousin, fils de la princesse Anne.

William et Harry encadraient leur père à l'arrière de la deuxième limousine. Selon un fidèle, ils paraissaient « choqués et blêmes, mais calmes ». Un autre témoin fut impressionné par la manière dont Charles, le visage visiblement marqué par la douleur, veillait sur ses fils : « Il ne s'occupait que de William et de Harry. Tous gardèrent les yeux fixés par terre. C'est Harry qui avait l'air le plus triste. »

William et Harry furent accueillis par le révérend Robert Sloan qui fut « frappé par leur courage. Il était évident qu'ils venaient de vivre un immense traumatisme ».

Sloan ne prononça pas le sermon ce jour-là ; mais en confia le soin à un prêtre en visite, le révérend Adrian Varwell de Benbeculah des îles Hébrides. Varwell délivra le sermon enjoué qu'il avait prévu. Comme chaque dimanche, on pria pour la famille royale. On nomma la reine, le prince de Galles, et les princes William et Harry. Mais non Diana que la reine avait privée de son statut royal au moment de son divorce. En outre, après la séparation, Sa Majesté avait décrété qu'elle refusait que l'on prononce le nom de Diana en sa présence.

Ce matin-là, pendant que le monde entier ne parlait que d'une seule chose, les deux êtres les plus importants de la vie de Diana attendirent en vain qu'on évoque leur mère. On ignora la mort de la princesse, expliqua le révérend Sloan, « pour protéger les garçons. Les enfants avaient appris la mort de leur mère à leur réveil, à peine quelques heures auparavant, et nous ne voulions pas les bouleverser davantage ».

« Je me demande ce que les garçons en ont pensé, déclara un proche. Je n'aurais pas été surpris qu'ils se lèvent brusquement pour réclamer des explications. Moi en tout cas, j'ai été tenté de le faire. »

Pendant le service, Harry se tourna vers son père et lui murmura : « Tu es sûr que maman est morte ? »

De retour à Balmoral, le visage des enfants s'éclaira quand ils virent qui les attendait. La simplicité même, toujours prête à rire, Tiggy Legge-Bourke avait été leur nounou jusqu'à ce que Diana, se plaignant que Tiggy était devenue trop intime avec ses enfants, réussisse à s'en débarrasser.

En fait, Tiggy avait toujours été plus une grande sœur casse-cou pour les garçons. Sans en informer Diana, Charles l'avait invitée à passer les deux dernières semaines d'août à chasser, pêcher, monter et à prendre du bon temps avec ses fils. Elle avait prévu de rentrer au Pays de Galles ce week-end mais, à la demande de Charles, elle accepta de rester auprès de William et de Harry « tant qu'ils auront besoin de moi ».

Cet après-midi-là, Charles devait affronter la sinistre tâche de partir pour Paris avec ses belles-sœurs afin d'en ramener Diana. « Je veux venir avec toi, dit William à son père. Je devrais y aller.

— Non, répondit Charles. Il faut que tu restes ici avec Harry.

— Nous viendrons tous les deux avec toi », insista William.

Charles secoua la tête. Non seulement la reine ne l'autoriserait jamais, mais il ne voulait pas encore soumettre ses fils à l'épreuve affreuse de la vue du cercueil de leur mère. « William, on ne peut pas laisser Harry tout seul. Il a besoin que l'un de nous soit là... » Il n'en fallut pas plus pour convaincre l'aîné dévoué de rester auprès de son cadet.

À en juger par la propre réaction de Charles une fois confronté à la réalité de la mort de Diana, il avait bien fait de laisser les enfants à la maison. En découvrant le corps sans vie de son ex-femme gisant dans un cercueil ouvert à l'hôpital de la Pitié-Salpêtrière, le prince « eut un mouvement de recul, se rappela l'infirmière Béatrice Humbert. Il rejeta involontairement la tête en arrière comme si on venait de le gifler. Comme s'il n'arrivait pas à y croire. Son immense chagrin était patent ».

À 18 h 51 ce soir-là, à la base aérienne de Northolt, le cercueil de Diana, drapé de l'étendard royal frappé des lions et de la harpe, fut descendu de l'avion par une garde d'honneur de la RAF devant Charles, visiblement bouleversé, lady Jane et lady Sarah, et d'autres dignitaires.

Un public international de centaines de millions de gens suivit la scène émouvante à la télévision, mais non les propres fils de Diana. En Écosse, William et Harry restaient virtuellement coupés du monde extérieur.

Ils étaient tout de même conscients de la tension montant entre le prince de Galles et la reine au sujet des funérailles de leur mère. Le Premier ministre avait dit à Charles que la monarchie commettrait une « erreur fatale » si on s'en tenait au projet d'un petit enterrement privé. « Le peuple ne le supportera pas », avait prévenu Blair.

Mais la reine ne voulait pas démordre de son opposition à tout traitement spécial pour Diana. Les funérailles d'État étaient réservées aux rois et aux reines, bien que sur ordre de la monarchie et par un vote du parlement, cela pût s'étendre à des dirigeants bien-aimés comme Winston Churchill. Cela était hors de question dans le cas de Diana. Mais le public se sentirait « floué » pour reprendre les termes de Blair.

Pendant que William et Harry dînaient avec le reste de la famille royale à Balmoral, on transportait le corps de leur mère dans une morgue privée où il serait autopsié par le coroner de Fulham. Puis on habilla Diana d'une simple robe manteau noire à manches longues avant de l'étendre dans le cercueil. On plaça entre ses mains croisées une photo de son père bien-aimé et le rosaire que lui avait offert Mère Teresa – ainsi que la photo de William et Harry qui ne la quittait jamais.

De la morgue, Diana fut ensuite transportée dans la chapelle royale de St. James Palace à Londres. L'ironie voulut que son corps soit exposé solennellement dans le palais qu'elle méprisait le plus parce qu'il abritait les bureaux de son ex-mari et de son personnel hostile.

Cela faisait à peine douze heures que William et Harry avaient appris la mort de leur mère, mais on ne fit aucune allusion à la tragédie pendant le dîner. Dans une tentative sincère sinon bien trouvée de remonter le moral de ses petits-fils, la reine amena la conversation sur la chasse au cerf prévue pour la semaine suivante. À son retour à Balmoral dans la soirée, Charles fut consterné d'apprendre que la reine entendait que la vie continue à Balmoral comme si de rien n'était.

Peu avant 22 heures, les garçons, encore sous le coup des événements de la journée, passèrent une heure à se consoler mutuellement dans la chambre de Harry avant d'aller se coucher. À leur réveil, le lendemain, ils apprendraient de la bouche de leur père que Londres disparaissait sous un océan de fleurs. Outre les bouquets déposés devant les grilles des palais et des monuments, on avait accroché des fleurs à des lampadaires, à des poubelles, à des bancs de parc, voire à des branches d'arbres.

Durant les jours suivants, les montagnes de fleurs autour des palais parurent croître de manière exponentielle. Le palais de Buckingham, où, dans un premier temps, les gardes refusèrent d'autoriser la foule à déposer des fleurs devant les grilles, devint bientôt la cible du ressentiment grandissant du peuple à l'égard de la famille royale. Le public exigeait de savoir pourquoi, quand pratiquement tous les autres drapeaux du pays étaient en berne, celui qui flottait au-dessus du palais ne l'était pas.

Ils voulaient aussi savoir pourquoi la reine, dont les sujets pleuraient la mort de la « princesse du peuple », restait séquestrée à neuf cents kilomètres de là, dans un château écossais. MONTREZ-NOUS QUE VOUS ÊTES TOUCHÉE, plaida l'*Express*, habituellement ultraloyal. Le *Mirror* y alla d'un PARLEZ-NOUS, MADAME, VOTRE PEUPLE SOUFFRE, tandis que le *Sun* demandait OÙ EST NOTRE REINE ? OÙ EST SON DRAPEAU ?

S'il appréciait la solitude de Balmoral, William partageait l'ahurissement de ses concitoyens. « Pourquoi sommes-nous ici, demanda-t-il à son père, alors que maman est à Londres ? »

Déjà, des sondages montraient que deux Britanniques sur trois pensaient que la mort de Diana provoquerait la chute de la monarchie. On appelait Charles à se retirer en faveur du fils aîné de Diana.

Il est sûr que William avait hérité de sa mère l'art d'interpréter l'état d'esprit des gens – un don que ne partageaient pas les autres membres de la famille. « Charles sait que la famille royale doit changer, dit un député travailliste. Le seul problème, c'est que, contrairement à Diana, il ne sait pas d'instinct comment cela peut se faire. »

William, si – à tel point que ces dernières années, Diana en était venue à se fier à ses conseils. La vente record de ses robes qui avait réuni 3,26 millions de dollars pour les œuvres de charité en juin 1997, était une idée de William. Il l'avait également pressée de poursuivre sa campagne contre les mines antipersonnel malgré les critiques qui lui reprochaient de s'occuper de problèmes la dépassant.

Charles, confronté au fait que sa mère avait dangereusement sous-estimé la profondeur de l'affection de son peuple pour Diana, demanda conseil à William. Chaque après-midi, les trois princes arpentèrent pendant des heures le parc de Balmoral suivis de Tigger, le terrier Jack Russell du prince de Galles. Loin des courtisans loyaux de sa mère, Charles informa William et Harry des détails de l'enterrement. Il leur fit part de ses préoccupations et les pria de lui donner leur avis.

Harry se débattait toujours avec son chagrin. Mais William « voulait savoir », comme se rappelle un membre du personnel de Balmoral. Il voulait savoir qui avait envoyé des télégrammes et quelle en était la teneur. « Il ne se dérobait pas devant ce qu'il considérait comme sa responsabilité. »

William n'hésitait pas non plus à donner son opinion. Il voulut savoir pourquoi la famille royale avait l'air de se cacher en Écosse et pourquoi la reine gardait le silence ; pas une syllabe n'avait été prononcée depuis la déclaration officielle du palais le jour de la tragédie. William voulait aussi savoir pourquoi on n'avait pas fait une entorse au protocole – qui dicte que l'Union Jack flotte au-dessus du palais de Buckingham seulement quand la reine y réside – pour qu'on puisse mettre le drapeau en berne en l'honneur de sa mère.

Mamie resta intraitable. Même si elle devait décider de rentrer à Buckingham, la reine ne permettrait pas qu'on mette le drapeau en berne, chose qu'historiquement on ne faisait qu'en l'honneur de la mort d'un monarque. On s'en était dispensé pour Winston Churchill, et la reine n'avait certainement pas l'intention de faire ce cadeau à son ex-belle-fille.

Quand les plans pour la procession funéraire dans les rues de Londres commencèrent à prendre forme, William insista surtout sur un point : quelle que soit la longueur de l'itinéraire, Harry et lui suivraient le cercueil de leur mère. Craignant qu'une marche de deux kilomètres dans la chaleur estivale ne soit trop pénible pour ses petits-fils, la reine opposa son veto à cette idée. Mais William avait clairement laissé entendre que cette exigence était « non négociable » pour citer l'expression de Charles.

Pendant que le prince de Galles tentait de convaincre mamie de rentrer à Londres, William passait le plus clair de son temps à expliquer le sens de ce qui leur arrivait à Harry. « C'est émouvant de voir combien William et le prince Harry se sont rapprochés depuis que leur univers s'écroule, confia un proche de la famille royale au journaliste anglais Robert Jobson. Diana en aurait été très fière. Ils sont très, très courageux. »

« C'est d'une tristesse indescriptible, déclara un des propres conseillers de la reine. Mais tout le monde est frappé par la force de caractère du prince William. C'est vraiment un remarquable jeune homme qui a fait preuve d'un grand courage. »

De suffisamment de courage pour presser son père de résister à la reine. Soutenu par le Premier ministre Tony Blair, Charles convainquit sa mère d'accepter une messe télévisée à Westminster – pas des funérailles d'État, ni royales, mais une cérémonie unique, adaptée à la défunte. Le prince de Galles pressa aussi la reine d'allonger la procession d'un kilomètre pour permettre aux centaines de milliers de gens qui affluaient à Londres de rendre un dernier hommage à la jeune femme qu'ils appelaient à présent leur « reine des cœurs ». Comme de juste, le cortège partirait du palais de Kensington où Diana avait vécu avec ses deux jeunes fils.

Charles avertit sa mère que, malgré ces concessions, elle risquait de se faire conspuer à l'enterrement. Scotland Yard, conscient du ressentiment croissant contre la Couronne, craignait à présent qu'on ne s'attaque à la souveraine.

Charles posa un ultimatum à sa mère : elle devait s'adresser au peuple et donner l'ordre de mettre le drapeau en berne à Buckingham Palace. Si elle refusait,

Charles lui-même présenterait des excuses publiques pour le manque d'égards patent de la Couronne vis-à-vis du chagrin du peuple.

Comprenant enfin qu'elle avait effectivement mal jugé la profondeur de l'affection de son peuple pour Diana, la reine accepta. Le jeudi, les jeunes princes, en costumes et cravates noirs, s'aventurèrent à l'extérieur de Balmoral en compagnie de leur père pour saluer la foule. Bizarrement, Charles choisit d'arborer un kilt et des chaussettes roses pour l'occasion. La reine, dans des vêtements de deuil plus appropriés, se joignit à eux.

Repoussant une mèche blonde de son front et détournant timidement le regard de la foule, William se pencha pour examiner les bouquets et les mots déposés devant les grilles du château. Harry, encore visiblement secoué, s'accroupit pour lire certaines lettres sans lâcher la main de son père. « William et Harry, restez fidèles à son esprit », disait l'un d'eux. Un autre qualifiait Diana de « jeune femme remarquable et vibrante. En tant que fils de cette courageuse sœur de miséricorde pleine de compassion, j'espère qu'ils seront forts et fiers comme il se doit de nos jeunes princes ».

À cette occasion, la reine mit un point d'honneur à bavarder avec ses petits-enfants. Le prince Philip, en kilt lui aussi, désigna un mot à William : « William et Harry, j'espère que Dieu vous donnera la force de continuer à vivre. Votre maman sera toujours là pour veiller sur vous. »

Le lendemain, la famille royale quittait Balmoral pour Londres. Devant le palais de Buckingham, la reine et son mari contemplèrent la masse de bouquets, d'animaux en peluche et de mots sincères laissés en hommage à Diana. Plus tard, avec la foule massée sous le balcon du palais en toile de fond, la reine regarda droit dans l'objectif de la caméra de télévision et s'adressa à son peuple : « Ce que je vous dis aujourd'hui en tant que reine et en tant que grand-mère, je le dis du fond du cœur. D'abord, je tiens à rendre hommage à Diana elle-même. C'était un être exceptionnellement doué. Les bons comme les mauvais jours, elle a toujours su sourire et rire, inspirer autrui par sa chaleur et sa bonté. Je l'admirais et la respectais pour son énergie et son dévouement, notamment pour son attachement à ses deux garçons. » La famille royale était restée à Balmoral, expliqua-t-elle, pour aider William et Harry à surmonter la « perte insurmontable » de leur mère.

À Kensington Palace, là où Diana avait vécu avec ses fils, l'apparition de William et de Harry suscita une vague d'émotion. Quand William, à la beauté timide, exprima sa gratitude à la foule, des femmes tendirent la main simplement pour le toucher. D'autres, vaincues par l'émotion, s'effondrèrent après lui avoir baisé la main. « Merci d'être venues, dit William, avec un pâle sourire. Merci. »

Le militant contre les mines antipersonnel, Jerry White, qui avait accompagné Diana dans son récent voyage en Bosnie, fut présenté à William pour la première fois ce jour-là au palais de Kensington. « Il a la douceur et les manières de Diana. Un esprit gentil et un sourire gentil. Une impression de déjà-vu. Sa mère vivait en lui. »

Diana l'avait compris elle aussi. « Quand on découvre qu'on peut apporter de la joie aux gens, c'est incomparable, avait déclaré Diana quelques semaines avant sa mort. William commence à le comprendre. Et j'espère que cela grandira en lui. » Son ami Richard Greene observa : « Diana avait le sentiment qu'à bien des égards William était une version masculine d'elle-même. »

Ce soir-là, les princes rejoignirent leur père à St. James Palace. Au cours des cinq derniers jours, plus d'un million de gens avait attendu jusqu'à douze heures pour signer le livre de condoléances à l'extérieur de la chapelle royale où le corps de Diana était exposé.

Chaque nuit, assis près du cercueil, le majordome de Diana, Paul Burrell, l'homme que Diana appelait « mon roc », lui lut à haute voix des extraits de ses livres préférés, lui raconta les histoires et les blagues qui la faisaient sangloter de rire. « Je refuse de la laisser seule », confia-t-il à Natalie Symonds, la coiffeuse de Diana.

La veille de l'enterrement, Charles conduisit William et Harry dans la chapelle royale.

Timidement, les garçons s'approchèrent du cercueil toujours drapé du drapeau rouge, or, bleu et blanc revêtu des armoiries royales. Un aide de camp du prince de Galles retira le drapeau et souleva délicatement le couvercle du cercueil, révélant Diana, sereinement belle, les photos de ses fils et de son père et le rosaire de Mère Teresa entre ses mains d'albâtre. William fondit en larmes ; Harry, tremblant, refusa de regarder.

Au bout de quelques secondes, on referma doucement le couvercle. William disposa alors soigneusement un bouquet de tulipes blanches à la tête du cercueil, tandis que Harry plaçait la gerbe de roses blanches qu'il avait choisies à l'autre extrémité. Sur la gerbe, il posa la carte blanche sur laquelle il avait simplement écrit MAMAN.

Le lendemain, à 9 heures, William et Harry attendaient devant St. James Palace l'apparition du cercueil de leur mère pour la procession funèbre qui serait la plus longue marche de leurs jeunes existences. Ils étaient flanqués de leur père, de leur grand-père, le prince Philip, et de leur oncle, le comte Spencer. Le prince Charles murmura quelques mots d'encouragement à ses fils, puis s'interrompit en entendant le bruit assourdi des sabots des chevaux qui approchaient.

Dans le monde entier, plus de 2,5 milliards de téléspectateurs regardèrent la progression solennelle du cortège de Diana dans les rues silencieuses de Londres et sa messe d'enterrement à Westminster. C'était le premier événement de l'histoire à réunir simultanément autant de gens.

William remonta son pantalon et, avec les cinq autres hommes, se joignit lentement et posément au cortège. Bien que Londres parût avoir été submergé par un raz-de-marée de fleurs, seule une rose rouge gisait sur la chaussée quand les Windsor et le frère de Diana commencèrent leur interminable voyage.

On avait par moments l'impression que l'ensemble du million et demi de gens rassemblés sur le parcours pleuraient. Mais William et Harry marchaient résolument seuls, inconscients des sanglots sur leur passage. « Quand les garçons apparurent, tous ceux qui se trouvaient près d'eux détournèrent les yeux. Si nos pensées n'avaient pas quitté les fils de Diana pendant six jours, les regarder à présent était impossible. Les gens fixaient la chaussée, attendant que le cercueil passe. »

William qui ne tarda pas à régler son pas sur celui des Welsh Guards devant lui avait l'air hébété, les yeux rivés sur le sol, cachés par sa célèbre frange blonde. Harry qui s'efforçait de marcher en rythme luttait également pour ne pas s'effondrer. Pendant toute la procession, le jeune prince avança les bras raides, ses petites mains serrées. Serrées au point de s'enfoncer les ongles dans la chair, comme notèrent les spectateurs massés le long du trajet.

Le cortège descendit le Mall, passa devant St. James Park en direction de Whitehall, épicentre de l'establishment britannique qui avait résisté à l'immense popularité de la princesse de Galles. Les autres princes et son oncle remarquèrent l'angoisse croissante de Harry. Mais, désireux de ne pas embarrasser le petit prince en public, ils attendirent pour le réconforter de passer sous l'arche des Horse Guards. Là, Charles se pencha vers lui pour lui murmurer des mots tendres à l'oreille et le comte Spencer passa un bras autour du cou du garçon.

Puis ils sortirent du passage. Ragaillardi par les paroles de son père et le geste de son oncle, Harry réussit à afficher un visage calme en passant devant Downing Street et le Parlement. Mais à l'approche de Westminster dont les cloches sonnaient le glas, la lèvre inférieure de Harry se mit à trembler. Il serrait à présent tellement les poings que l'intérieur de ses paumes en saignait.

À leur entrée dans l'abbaye, un calme étrange parut s'emparer de Harry qui gardait les yeux fixés sur le cercueil. Aux tulipes et aux roses blanches des enfants, on avait ajouté trente-six lis blancs – un pour chaque année de la vie de Diana. William qui, comme Harry, avait maintenant les mains jointes devant lui, ne put se résoudre à regarder ; le regard rivé au sol, il essuya une larme de sa main droite.

À l'intérieur de Westminster, la foule de plus de deux mille fidèles réunissait des vedettes de la chanson, de la mode et du cinéma ainsi que des victimes des mines antipersonnel, des cancéreux, des dirigeants du monde entier et des femmes battues. On porta le cercueil au centre de la nef, et tous les yeux se braquèrent sur les enfants qui aidèrent leur père à déposer une couronne au pied du catafalque. En prenant place avec le reste de la famille royale, Harry regarda à sa droite son arrière-grand-mère âgée de quatre-vingt-dix-sept ans. La reine-mère lui adressa un sourire rassurant.

À peine le révérend Wesley Carr, doyen de Westminster, avait-il pris la parole que les premiers accents de *I Vow To Thee My Country* retentissaient dans la cathédrale, comme un coup de tonnerre, dirait un témoin. William avait insisté pour que l'on commence par cet hymne, le préféré de sa mère depuis son enfance.

Le palais avait protesté contre l'intervention d'une star du rock dans Westminster, mais quand Elton John, l'ami de Diana, s'assit au piano pour interpréter son hommage à la princesse, *Candle in the Wind 1997*, l'émotion gagna toute l'assistance. (La chanson, initialement un hommage à Marilyn Monroe, qui avait été réécrite pour Diana, ne tarderait pas à devenir le single le plus vendu de tous les temps.)

Elton John chanta les yeux fermés, seul moyen pour lui de ne pas s'effondrer, mais lorsqu'il en arriva à « ta bougie s'est éteinte longtemps avant ta légende », Harry s'enfouit le visage dans les mains et fondit en larmes. À côté de lui, William, la tête inclinée, pleurait franchement.

Quand le frère de Diana se leva pour prononcer son oraison poignante et sciemment provocante, le niveau d'émotion, selon un témoin, était « insoutenable ». Le comte Spencer renouvela son attaque contre la presse, puis, à quelques mètres de la reine, partit à l'assaut de la maison de Windsor elle-même.

William et Harry regardèrent leur oncle décrire leur mère comme « un être à la noblesse naturelle » qui avait prouvé « qu'elle n'avait pas besoin de titre royal pour que sa magie opère ».

Puis le comte Spencer évoqua les garçons. Rejetant la responsabilité de la mort de Diana sur une presse cupide, Spencer affirma : « Elle voudrait qu'aujourd'hui nous nous engagions à protéger ses bien-aimés William et Harry d'un destin semblable, et je m'y engage ici. En ton nom, Diana, nous ne leur permettrons pas de connaître l'angoisse qui te réduisait régulièrement aux larmes. Et, au nom de ta mère et de tes sœurs, je fais le serment que nous, ta famille de sang, ferons tout ce qui est en notre pouvoir pour continuer à guider ces deux jeunes gens exceptionnels avec ta touche imaginative afin que leurs âmes puissent chanter librement au lieu d'être étouffées par le devoir et la tradition.

» Nous respectons pleinement l'héritage dans lequel ils sont nés et nous respecterons et les encouragerons toujours dans leur rôle royal. Mais nous, comme toi, sommes conscients de leur besoin de connaître autant de facettes possibles de la vie afin d'être armés spirituellement et émotionnellement pour les années à venir. Je sais que tu n'en aurais pas moins attendu de nous. »

Puis, s'adressant directement aux garçons, il poursuivit : « William et Harry, nous souffrons tous désespérément pour vous aujourd'hui. Nous sommes tous rongés par la tristesse de la perte d'une femme qui n'était même pas notre mère. Il nous est impossible de mesurer votre douleur... »

La voix de Spencer s'étrangla lorsqu'il remercia Dieu « pour la miséricorde qu'Il a manifestée en ce moment affreux. En rappelant Diana à l'instant où elle était la plus belle et la plus radieuse, où elle était heureuse dans sa vie privée. Par-dessus tout, nous Le remercions d'avoir donné la vie à... l'unique, l'extraordinaire et irremplaçable Diana, dont la beauté aussi bien intérieure qu'extérieure ne s'éteindra jamais dans nos cœurs. » À l'extérieur de l'abbaye, les centaines de milliers de spectateurs qui suivaient l'office sur des écrans géants se mirent à applaudir. Pendant que la reine et sa famille proche restaient figés dans un silence glacial, toute l'assistance, dont William et Harry, se joignit aux applaudissements.

Neuf jours plus tard, le matin du 15 septembre, une voiture transportant lady Sarah McCorquodale franchissait les grilles de Ludgrove, le collège prestigieux du Berkshire où Harry était inscrit. Lady Sarah venait remplir une promesse.

Quelques instants plus tard, lady Sarah serrait son neveu rouquin dans ses bras et lui tendait un paquet enveloppé de couleurs éclatantes accompagné d'une enveloppe. À l'intérieur du paquet se trouvait la console de jeux Sony qu'il avait demandée pour son treizième anniversaire. Harry ouvrit lentement l'enveloppe. La carte portait ces simples mots : *Joyeux anniversaire, Harry. Gros baisers, maman.*

2

« Je serre mes enfants dans mes bras à les étouffer. Le soir, je m'allonge auprès d'eux, je les enlace et je leur demande : Qui vous aime le plus au monde ? "Maman", répondent-ils toujours. »

Diana

« J'aime être entourée d'enfants. Cela anime une maison. »

Diana

« Il a besoin d'être traité différemment parce qu'il est différent. Diana a tort de faire comme s'il pouvait mener une vie normale, parce que c'est impossible. »

Barbara Barnes,
la première nounou de William

Janvier 1982

« Je vais le faire, Charles, sanglotait Diana en haut de l'escalier d'honneur de Sandringham, la propriété campagnarde des Windsor. Je vais me jeter en bas de ces marches ! »

La boulimie, les nausées matinales et la jalousie dévorante que provoquait l'aventure de son mari avec Camilla Parker Bowles avaient poussé Diana, enceinte de trois mois, au bord du gouffre. La dispute qui venait de faire rage dans les appartements privés du prince et de la princesse débordait à présent dans l'entrée. « Je n'en peux plus, Charles ! Je t'en supplie, écoute-moi ! »

En tenue d'équitation, le prince de Galles poursuivit sa descente. Il avait déjà entendu ce discours : « Tu cries au loup. Je ne t'écouterai pas. C'est chaque fois pareil. Je pars monter. »

Soudain Diana trébucha et tomba en hurlant. La reine apparut aussitôt « absolument horrifiée », raconta ensuite la princesse, par la vision de sa belle-fille enceinte étendue par terre. Tremblant de tous ses membres (« elle était si effrayée », dirait Diana), la reine convoqua un médecin local de même que le gynécologue de Diana à Londres. Pendant ce temps-là, la princesse Margaret aidait Diana à se relever avant de la réconforter jusqu'à l'arrivée du médecin.

Cela ne fit ni chaud ni froid au prince de Galles. Pendant que sa mère affolée tremblait à l'idée que Diana puisse perdre son bébé et que sa tante tenait la main de sa femme, le prince sortit. Au retour de sa séance d'équitation, le futur père apprit que, si le ventre de sa femme était meurtri, les tests révélaient que le fœtus n'avait pas souffert.

Outre les nausées (« Je n'arrête pas d'être malade, malade, malade tout le temps ! ») et les tensions dans son couple, la « traque du bébé » par les médias – on photographia même Diana enceinte en bikini sur une plage – était à son comble. L'été 1982, Diana n'en pouvait plus. Elle demanda à ses médecins de provoquer l'accouchement.

On choisit une date qui n'entrerait pas en conflit avec le programme de polo chargé du prince de Galles. « Après tout, je suis le père et je dois être à l'origine de tout cela, déclara Charles qui suivait des cours d'accouchement sans douleur avec sa femme. J'ai donc bien l'intention d'être présent à l'instant fatidique. »

Un autre détail distinguerait cette naissance de toutes les précédentes dans la famille royale. La reine voulait que, par respect de la tradition, la naissance du futur roi ait lieu entre les murs du palais. Quant à elle, Diana souhaitait avoir accès à la technologie néonatale dernier cri en cas de problème. Elle eut le dernier mot. La naissance aurait lieu dans une chambre de quatre mètres sur quatre à 218 dollars la journée dans la Lindo Wing de l'hôpital St. Mary de Londres.

Il n'y aurait pas de surprises en ce qui concernait le sexe du bébé. Charles et Diana avaient beau répéter à la presse qu'ils ignoraient si leur aîné serait un garçon ou une fille, ils savaient en fait à quoi s'en tenir grâce à l'échographie pratiquée au sixième mois. Quel que soit le sexe du bébé, Diana était également déterminée à faire une chose que la plupart des mères royales considéraient comme un anathème : allaiter son enfant.

Le bébé ne naquit pas facilement ; le travail se révélerait aussi difficile que la grossesse. À un moment, la température de la princesse grimpa au point que les médecins envisagèrent de pratiquer une césarienne d'urgence. Mais au bout de seize heures épuisantes, et grâce au soulagement apporté par une péridurale, Diana donna enfin naissance à un garçon aux yeux bleus de 3,6 kg à 21 h 03 le 21 juin.

Charles ne quitta pas le chevet de sa femme – « un geste très adulte », confia-t-il à un ami. Dès que son fils apparut, Charles murmura à Diana : « Fantastique, magnifique. Tu es un amour. » Par contraste, son propre père, le prince Philip, jouait au squash avec un écuyer à l'heure où Charles naissait.

Un détail restait à régler : le prénom à donner au nouveau-né. Charles voulait l'appeler Arthur ou Albert (en hommage au mari de la reine Victoria) et elle préférait les prénoms plus à la mode de Oliver ou Sebastian. Finalement, on parvint à une sorte de compromis : William Arthur Philip Louis Windsor. Pendant la première semaine de sa vie, toutefois, le nourrisson fut simplement connu sous le nom de « bébé de Galles ». (Il avait également fallu une semaine aux Spencer pour nommer leur fille Diana.)

On accrocha une pancarte aux grilles de l'hôpital : C'EST UN GARÇON. Les cloches des églises sonnèrent, les canons tonnèrent et, dans tout le royaume, on but à la santé du futur roi. Devant le palais de Buckingham, un aboyeur en grand uniforme agita une cloche et cria la nouvelle de l'arrivée du petit prince. La foule qui s'était massée devant l'hôpital entonna spontanément *For He's a Jolly Good Fellow* et *Rule Britannia !*

Charles montra une émotion peu courante chez lui. Sortant de l'hôpital deux heures plus tard avec des traces de rouge à lèvres sur la joue, il serra la main de ses compatriotes heureux.

« Bien joué, Charles ! lui cria un loyal sujet. Donnez-nous-en un autre !

— Hé ! répondit Charles. Laissez-nous respirer.

— Est-ce qu'il vous ressemble, monsieur ? demanda un journaliste.

— Heureusement, non. Il a des boucles blondes et des yeux bleus. »

Le lendemain, la belle-mère de Diana, serrant son éternel sac à main, se rendit à l'hôpital. « Dieu merci, il n'a pas les oreilles de son père », commenta-t-elle ensuite d'un ton plein de sous-entendus.

Vingt et une heures à peine après cette naissance difficile, Diana sortait de l'hôpital avec un Charles radieux qui tenait dans ses bras le bébé de Galles drapé d'un châle de dentelle. Acclamés par la foule, ils posèrent pour les photographes, puis montèrent dans la limousine qui les reconduisit à leur nouvelle demeure.

À peine cinq semaines plus tôt, le couple avait quitté ses appartements froids et impersonnels du palais de Buckingham pour de nouveaux quartiers spacieux au palais de Kensington. Diana était ravie de ce déménagement. Non seulement Kensington était éloigné de ses beaux-parents et de Camilla, qui vivait non loin de la maison de campagne de Charles à Highgrove, mais il se trouvait en plein cœur de Londres. « Charles aimait la solitude et la paix de la campagne, dit un ami du couple, mais cela rendait Diana folle. Elle ne voulait pas se sentir isolée. Elle voulait de l'animation. C'était indéniablement une citadine. »

En fait, « KP » comme Diana s'empressa de le surnommer, était à l'origine la demeure campagnarde du comte de Nottingham qui la vendit à William III en 1689. Près de trois siècles plus tard, l'imposant bâtiment de briques géorgien de deux étages, avec son Orangerie dessinée par Christopher Wren, ses jardins impeccables, ses étangs et ses cent trente-sept hectares de parc voisin, semblait l'endroit idéal pour abriter un futur roi.

William et son jeune frère grandiraient dans plus de vingt-cinq pièces remplies de trésors artistiques issus de la collection privée de la reine. La salle de réception jaune renfermait un piano à queue, une tapisserie d'Aubusson et des canapés abricot. Il y avait aussi une bibliothèque lambrissée de chêne, un autre salon, une salle à manger équipée d'une table en acajou ronde pouvant accueillir seize convives, et un salon familial avec un poste de télévision à grand écran et une chaîne stéréo dernier cri.

Un escalier majestueux menait au premier étage, où trônait au milieu de la chambre conjugale un énorme lit à baldaquin fabriqué à l'origine aux mesures d'Édouard VII. Charles avait son propre salon où il dormirait souvent, l'atmosphère conjugale continuant à se détériorer.

Le salon de Diana, où ses fils viendraient jouer avec la princesse, reflétait sa personnalité. De petites tables couvertes de toile bleu vif disparaissaient sous les photos encadrées de la famille. Des fauteuils et des canapés tendus de chintz entouraient une cheminée surmontée d'un miroir rond au cadre doré. La ménagerie d'animaux en verre et en peluche de Diana était exposée dans deux vitrines. Dans un coin, on avait disposé le bureau où Diana passerait des heures à lire son courrier et à rédiger des mots de remerciements.

La nursery, avec son berceau à baldaquin en pin, ses animaux en peluche et son linge en vichy bleu et rose devait être le domaine de la nounou de William – sujet de dispute entre les nouveaux parents.

Charles désirait que l'on tire de sa retraite Mabel Anderson, une gouvernante à cheval sur la discipline qui se trouvait avoir été sa propre nounou. Mais Diana, qui refusait que quiconque la supplante dans la vie de son enfant, avait plus progressiste en tête. Elle eut le dernier mot. Après un unique entretien, elle engagea Barbara Barnes, quarante-deux ans, fille d'un forestier en retraite.

Barnes n'avait rien à voir avec les autres gouvernantes royales. Elle ne sortait pas d'une école prestigieuse et refusait catégoriquement de porter un uniforme. Elle déclara qu'elle prônait un mode d'éducation libre fondé sur « une bonne dose d'air pur et de bon sens ». Néanmoins, elle arrivait chaudement recommandée par Colin Tennant et sa femme, lady Anne, dame d'honneur de la princesse Margaret. Pendant quatorze ans, Barnes s'était occupée des jumelles des Tennant, Amy et May.

Convaincre Charles d'accepter Barnes ne fut finalement pas si difficile que cela pour Diana. Le prince et la princesse de Galles évoquaient souvent leur enfance malheureuse et avouaient souffrir depuis toujours d'un sentiment d'abandon.

Comme son mari, la mère de William avait grandi dans un cocon de richesse et de privilèges – venant d'une fortune bâtie sur le commerce de moutons au XVe siècle. Depuis, les Spencer avaient toujours occupé une place à la cour. L'arrière-grand-mère de William, la comtesse Spencer, avait été dame d'honneur de la reine-mère. Le grand-père maternel de William avait été l'écuyer du roi George VI avant de devenir celui de la reine Elizabeth.

Mais rien de tout cela n'avait d'importance aux yeux de la petite fille de six ans dont l'univers s'écroula irrémédiablement quand sa mère plaqua la famille, abandonnant Diana et son frère Charles à une succession de nounous. Un vilain procès opposa les parents pour la garde des enfants, que gagna le père de Diana.

Aux mains de ses *nannies*, Diana vécut un vrai roman de Dickens. L'une d'elles avait l'habitude de lui marteler le crâne à coups de cuiller en bois ; une autre tapait les têtes de Diana et de son frère l'une contre l'autre quand ils se tenaient mal.

Dès cette époque, Diana fit preuve d'un instinct maternel inné. Quand son petit frère de trois ans pleurait en réclamant sa maman la nuit, c'était Diana, alors âgée de six ans, qui bravait l'obscurité du couloir pour aller le réconforter.

« Sa propre enfance a été un enfer, raconte Peter Janson, l'ami de Diana. Ses parents se haïssaient, se méprisaient. Elle a grandi dans cette atmosphère. »

Charles ne s'en sortit pas vraiment mieux. Si le père de Diana adorait ses enfants, les rapports entre le prince de Galles et ses parents furent toujours froids. Charles décrirait ensuite son père comme une brute dominatrice et mesquine, et sa mère comme un être lointain et émotionnellement refoulé.

Bébé, Charles voyait sa mère pendant une demi-heure deux fois par jour, une fois à 9 heures du matin et peu avant le dîner. Il se rappellerait ensuite avoir horriblement souffert des longues absences de sa mère qui parcourait le Commonwealth et s'étonnait que, après des mois de séparation d'avec son petit garçon, Sa Majesté ne réussisse au mieux qu'à lui serrer la main. Ce n'était pas le genre d'enfance qu'il souhaitait pour son fils, confiait-il à des amis.

Outre qu'elle voulait voir grandir ses fils dans un environnement moins étouffant, Diana avait une autre raison d'engager Barnes. La princesse de Galles était déterminée à être une mère présente et chez Barnes elle voyait une femme plus que disposée à se contenter d'un rôle secondaire. Malgré tout, la nounou Barnes n'occuperait pas ce poste toute seule. Comme on ne pouvait jamais laisser seul l'héritier du trône, Barnes se vit attribuer sa propre assistante, Olga Powell, et une nounou de nuit, Ann Wallace, pour l'aider à veiller sur l'enfant.

Pendant les premières semaines de William, Diana et Charles furent, selon Diana, « aux anges. Tout le monde planait littéralement ».

L'une des plus proches amies de Diana, Carolyn Bartholomew, lui rendit visite trois jours après la naissance du petit prince : « Elle était ravie d'elle-même et du bébé. Elle était épanouie. »

À la surprise de sa mère, même le prince Charles tirait un plaisir et une fierté sans bornes de son rôle de papa, passant plusieurs fois par jour dans la nursery pour voir comment allait le bébé de Galles. Et si, contrairement à ce qu'il a pu prétendre en public, il n'est jamais allé jusqu'à changer les « couches » de William, Charles paraissait parfois succomber à l'émotion lorsqu'il berçait le nourrisson. « Il est littéralement à croquer, se vanta-t-il dans une lettre à un ami, et il a mes doigts boudinés. »

Quand Diana cessa de nourrir William au bout de trois semaines, Charles se porta volontaire pour donner le biberon au bébé. « Il adore pouponner », concéda Diana. Plus tard, Charles prendrait le bain avec son fils, au milieu d'une petite armada de bateaux et une flotte de canards en caoutchouc.

S'il était fou de son fils, Charles ne s'occupait guère de sa femme. Pour son vingt et unième anniversaire le 1er juillet, juste dix jours après l'accouchement, Charles, selon ses propres termes, offrit à Diana « quelques fleurs et la serra dans ses bras ».

Diana ne tarda pas à sombrer dans une dépression post-partum. « C'est difficile d'expliquer le désespoir qui t'envahit, dit-elle à sa vieille amie, lady Elsa Bowker.

Tu sais que tu as tout pour être heureuse, mais cela ne fait qu'aggraver les choses. Tu ajoutes la culpabilité à l'équation. Je n'arrêtais pas de m'enfoncer dans ce trou noir. Le bébé n'en était pas la cause. Mais sa naissance a servi de révélateur à toutes mes autres préoccupations. Qu'est-ce que j'étais mal... Je pleurais, je paniquais. »

Un mercredi matin ensoleillé du début août, quatre générations de Windsor se réunirent dans le salon de musique aux murs canari du palais de Buckingham pour fêter deux événements : le quatre-vingt-deuxième anniversaire de la reine-mère et le baptême du futur roi.

Dans la pièce où Charles avait été baptisé trente-trois ans plus tôt, le petit prince de quarante-cinq jours émit trois cris perçants quand le Dr Robert Runcie, l'archevêque de Canterbury, lui versa l'eau du baptême sur le front. Pendant que Charles essuyait la bave sur le menton de William, le Dr Runcie exhorta les parents et parrains du bébé à « apprendre à cet enfant à lutter contre le diable et à suivre le Christ ».

Conformément à la tradition, William portait la robe de baptême de dentelle de Honiton sur satin de Spitalfields, datant de 1841, qu'avaient revêtue tous les futurs monarques depuis Édouard VII. Pour cette occasion historique, on avait apporté de la Tour de Londres les fonts baptismaux royaux en vermeil que l'on orna de guirlandes de roses abricot et de freesias blancs venant des jardins du château de Windsor.

Quand il fut temps pour l'ex-mari de la princesse Margaret, lord Snowdon, de prendre les photos requises, l'humeur de William changea brusquement. Devant les braillements du bébé, la reine déclara que c'était un « excellent orateur » et la reine-mère ajouta : « Quels poumons ! » Diana réussit à le calmer en lui donnant son petit doigt à sucer. La reine et la reine-mère voulurent suivre son exemple, mais William les repoussa. Sa tante, la princesse Anne, avec ses claquements de langue, n'eut guère plus de succès pour dérider le bébé.

Diana, rouge d'embarras et apparemment de plus en plus agitée, redoubla d'efforts pour calmer William. Il sentait que sa mère était malheureuse, expliquerait-elle ensuite. « Cela n'aurait pu être pire – on ne cessait de prendre des photos de la reine, de la reine-mère, de Charles et de William. J'ai été complètement exclue ce jour-là. Je ne me sentais pas très bien et je me suis mise à chialer comme un veau. William m'a imitée. Il a senti que ce n'était pas la grande forme pour moi. »

Diana ne donnait pas dans la paranoïa. En six semaines, elle avait perdu vingt kilos – les quinze pris pendant la grossesse et cinq de plus. Dans une tentative de dissimuler sa boulimie à la presse, le palais s'efforçait de l'écarter de photos qui auraient révélé combien elle s'était émaciée.

Jusqu'à la fin 1983, l'état d'esprit de Diana continua de se détériorer. Reprenant son régime de gavage-vomissements, elle privait son corps de potassium et de magnésium, ce qui provoquait des changements d'humeur encore plus brutaux. En outre, le déséquilibre hormonal post-partum ne réussit qu'à accroître son anxiété à propos de Camilla Parker Bowles. Elle découvrit que Charles passait nombre de ses coups de fil à Camilla de sa baignoire. Une fois, après avoir nourri William, elle colla l'oreille contre la porte de la salle de bains. « Quoi qu'il arrive, disait Charles au téléphone, je t'aimerai toujours. »

L'angoisse de Diana à propos de l'infidélité de son mari se manifesta par une peur obsessionnelle qu'il n'arrive quelque chose à William. « Il va bien ? demandait-elle, inquiète, à Barbara Barnes. Vous en êtes sûre ? » Au moindre petit rhume, elle insistait pour dormir auprès du bébé sur un lit de camp dans la nursery.

Peu après le baptême de William, elle se réfugia dans son salon et but plusieurs verres de Scotch. Puis elle alla prendre dans le placard à pharmacie les tranquillisants que Charles lui avait donnés et avala la moitié du flacon. Découverte par un garde du corps, elle fut conduite de toute urgence à l'hôpital où on lui fit un lavage d'estomac.

« Je ne recommencerai jamais, jura Diana à une amie. Je n'arrêtais pas de penser à Wills et combien cela aurait été affreux... » Dès son retour au palais de Kensington, elle jeta le reste des comprimés dans les toilettes.

Malgré sa promesse de ne pas chercher à se suicider, la mère de William se lança dans une orgie d'automutilation. Elle se tailla le poignet avec un rasoir, s'enfonça un canif dans la poitrine, se coupa avec le bord tranchant d'un éplucheur à citrons, et réduisit une vitrine en miettes en se jetant dedans.

« Il ne fait aucun doute pour moi que William a dû sentir la tension », dirait Diana plus tard.

Wills n'avait pas encore trois mois quand sa mère se sentit obligée de faire son premier voyage seule à l'étranger. En septembre 1982, Grace de Monaco, la femme qui avait précédé Diana dans le rôle de la princesse de contes de fées, mourait dans un accident de voiture. Lorsque Diana avait nourri des doutes sur le bien-fondé de devenir la princesse de Galles, la princesse Grace avait été l'une des rares à lui prodiguer conseils et encouragements. Diana insista pour représenter la famille royale à l'enterrement de Grace, même si cela signifiait abandonner son fils bien-aimé.

À son retour, Diana eut de nouvelles raisons de s'inquiéter pour William. Les récents attentats à la bombe de l'IRA à Londres avaient fait neuf morts et cinquante et un blessés graves, et on parlait d'un complot d'enlèvement visant le jeune prince. Pour se préparer, Diana suivit un cours de conduite spéciale de la police à Hereford et apprit à échapper à des engins explosifs et aux balles en cas d'attaque terroriste. « On me balançait des bombes dessus, c'était terrifiant. »

Mais nécessaire. En 1974, un kidnappeur armé avait effrontément essayé d'arracher la tante de William, la princesse Anne, à sa voiture dans le centre de Londres, blessant quatre personnes par la même occasion. Cinq ans plus tard, l'IRA réussissait à assassiner le bien aimé grand-oncle de Charles, lord Louis Mountbatten. Et il y eut d'autres incidents inquiétants comme la fois où, en se réveillant dans sa chambre au palais de Buckingham, la reine découvrit un inconnu au cerveau dérangé assis sur le bord de son lit et le jour où elle essuya un tir de balles à blanc alors qu'elle passait à cheval devant le palais.

Au début de son mariage, Diana avait accepté à contrecœur d'être constamment accompagnée d'un garde du corps. À présent, c'est elle qui réclama qu'on poste des gardes supplémentaires au palais de Kensington et à Highgrove, la propriété de cent soixante-quatorze hectares de Charles dans la pittoresque région des Cotswoods.

Deux jours avant son premier Noël, William, six mois, posa pour les photographes avec ses parents. Pendant que Diana lui agitait son jouet préféré sous le nez – un anneau jaune pour faire ses dents – William gigotait tout sourire sur les genoux de son père, il semblait parfaitement heureux. Cela n'empêcha pas Charles de s'exclamer au moment de prendre congé : « Maintenant il va certainement se trouver des pédiatres pour dire que nous avons tout faux en matière d'éducation. »

Charles plaisantait, mais Diana n'arrivait pas à se défaire de l'impression d'être « surveillée, analysée, critiquée vingt-quatre heures sur vingt-quatre ». Elle n'avait pas tort. Elle ne contrôlait plus sa boulimie, déclenchée par une réflexion désinvolte de Charles pendant leurs fiançailles (« Oh ! un peu enrobée par ici, on dirait ? ») ; elle avait perdu une vingtaine de centimètres en tour de taille. On convoqua un chapelet de psychiatres pour la soigner, chacun proposant une nouvelle ordonnance de médicaments qui semblait ne parvenir qu'à aggraver la situation. On lui prescrivit entre autres pas mal de Valium.

En janvier, Charles insista pour que sa femme prenne des vacances seule afin d'échapper aux tensions de la maternité. Mais, au bout d'une semaine dans le romanesque château du prince Franz Joseph du Lichtenstein, Diana rentra en larmes. « Je ne supporte pas d'être séparée de mon fils », déclara-t-elle à ses hôtes avant d'écourter sa visite.

Néanmoins, lorsque le palais chercha à exploiter la popularité grandissante de Diana en l'obligeant à accompagner son mari dans un voyage officiel de six semaines en Australie et en Nouvelle-Zélande, Diana se résigna à partir sans Wills. Mais quand le Premier ministre australien, Malcolm Fraser, leur suggéra d'emmener leur fils, Diana sauta sur l'occasion. Le sujet ne fut pas abordé avec la reine, contrairement à ce qu'on raconterait ensuite. « Nous ne l'avons même pas consultée, raconta Diana avec un haussement d'épaules. Nous l'avons fait, c'est tout. »

Le 22 mars 1983, une petite armée de journalistes attendait sur le tarmac de l'aéroport d'Alice Springs quand Charles, Diana, William, Nounou Barnes et leur suite de vingt personnes descendirent de l'avion. Le vol avait duré vingt longues heures, mais William, neuf mois tout juste, avait l'air heureux. À l'inverse, ses parents paraissaient las et perdus. Nounou Barnes tendit Wills à sa mère et un photographe hurla : « Voilà Billy the Kid ! » « À ces mots, raconte l'un des journalistes présents, les visages de Diana et de Charles s'éclairèrent. Ils étaient manifestement contents d'être là avec leur petit garçon. De notre point de vue, ils formaient la petite famille idéale. »

Quelques instants plus tard, Diana rendait William à Barnes. Cette dernière monta à bord d'un avion qui les emmènerait dans le New South Wales et un ranch à moutons isolé de deux mille hectares baptisé Woomargama. Au cours du mois suivant, pendant que Charles et Diana parcouraient quarante-cinq mille miles à travers l'Australie, Woomargama servirait de base. Chaque fois qu'ils avaient un moment de libre, maman et papa rejoignaient Wills pour quelques jours en toute intimité.

Diana appréciait ces heures volées, mais sombrait dans la mélancolie dès qu'elle était séparée de son fils. Lors d'une escale à Canberra, une jeune mère – parmi le million d'Australiens qui se déplaça pour voir le couple royal pendant le voyage – déclara à Diana qu'elle l'enviait. « Oh non, répondit la mère de William. C'est moi qui vous envie. J'aimerais pouvoir rester à la maison avec mon bébé. »

Diana trouvait un réconfort dans le fait qu'au moins ils étaient ensemble dans la même partie du monde « sous les mêmes cieux ».

Ils passèrent leurs deux dernières semaines dans l'hémisphère sud en Nouvelle-Zélande, où William et ses parents furent confortablement installés à la Government House de Wellington. Là, William rampa partout, raconta Diana, « jetant par terre tout ce qu'il y avait sur les tables et causant un chaos incroyable ». Ils connurent un grand instant de fierté quand, lors d'une conférence de presse, William tint debout pour la première fois sur des jambes tremblantes avec l'aide de ses parents.

Le voyage en Australie fut un véritable triomphe, notamment pour la maman de Wills. Mais il sema aussi les graines d'un nouveau conflit dans le couple princier. Les multitudes qui s'étaient montrées dans les coins les plus reculés avaient visiblement fait le déplacement pour Diana ; les foules acclamèrent follement la princesse de Galles, tentant de la toucher tout en ignorant pratiquement son mari. Il devint jaloux, on le comprend, et cette jalousie couverait pendant les quelques semaines suivantes.

Trois semaines avant de rentrer en Angleterre, les parents de William se rendirent au Canada pour un voyage officiel de deux semaines – cette fois sans leur fils. À cause de ce déplacement, Charles et Diana rateraient le premier anniversaire de William. « C'est un malheureux hasard qu'ils ratent l'anniversaire de l'enfant, expliqua l'un des "hommes en gris". Mais ils ont le sentiment que le prince William est trop petit pour le remarquer. »

Avec sa seule nounou, Barbara Barnes, William fêta son premier anniversaire au palais de Kensington avec un millier de cartes de vœux, une centaine de cadeaux, un gâteau décoré de Little Bo Peep et de Wee Willie Winkie – et un coup de téléphone de maman et de papa. Ils lui souhaitèrent un joyeux anniversaire et, selon Charles, William répondit par des « petits cris ». Le père ne révéla pas ce qu'il offrait à son fils, seulement qu'il s'agissait de « quelque chose d'incassable ».

Qu'il le remarque ou non, Diana se sentait coupable de ne pas assister au premier anniversaire de son aîné. « Il me manque affreusement, dit-elle à une foule massée à Ottawa. C'est un magnifique petit garçon, et nous sommes tous les deux très fiers de lui. »

Diana n'avait pas non plus l'intention de passer sous silence la première fête des pères de Charles qui tombait le lendemain de l'anniversaire de William.

De la part de son fils, elle tendit à son mari une carte de vœux représentant un magicien tirant un lapin de son chapeau. « Papa, disait le message. Tu es magique. »

Ils rentrèrent à temps pour entendre William prononcer son premier mot, « Yuk », un terme que Diana utilisait souvent pour exprimer son dégoût, et le regarder jouer avec leur nouveau golden retriever, Harvey. Le jeune William n'allait pas tarder à se révéler une « vraie plaie », pour reprendre l'expression de Diana.

William avait juste quinze mois et se trouvait bien à l'abri de la nursery à Balmoral quand une alarme perçante retentit dans tout le château. Des voitures de police foncèrent vers la demeure royale pendant que gardes du corps et personnel de sécurité fermaient les issues et partaient à la recherche des intrus. Charles et Diana assistaient à une cérémonie à Londres, mais la reine, le prince Philip et la reine-mère se cloîtrèrent dans leurs chambres, convaincus qu'on assiégeait Balmoral. En fait, William venait de découvrir un nouveau bouton d'alarme et il avait appuyé dessus.

Plus tard, « Willie Wombat » ou simplement « Wombat » comme le surnommait son père jeta non seulement ses bottillons dans les toilettes, mais tenta de faire subir le même sort aux chaussures sur mesure de son père. Il manifesta également un talent précoce pour casser des objets, qu'il s'agit de verres, de porcelaines ou de jouets. Le personnel de Kensington appelait régulièrement Harrod's pour remplacer des bibelots en miettes ou des livres de la bibliothèque du prince Charles mâchonnés par William.

« On ne pouvait pas le quitter des yeux une seconde, se rappelle Kevin Shanley qui venait trois fois par semaine au palais pour coiffer Diana. Un jour, j'ai dû abandonner sa mère pour foncer le récupérer sur un rebord de fenêtre. » À une autre occasion, William s'empara d'une des brosses de Shanley et se mit à courir avec dans la pièce. « Vous feriez mieux de la récupérer sinon elle finira dans les toilettes », l'avertit Diana.

À plusieurs reprises, Barnes fit déjeuner Wills pendant que Shanley lui coupait les cheveux. Après, Diana venait réclamer une boucle de cheveux de son fils. Elle examinait le sol d'un air perplexe et disait à Shanley : « Où sont les cheveux que vous lui avez coupés ? »

« Je n'avais pas envie de lui avouer qu'ils étaient tombés dans l'assiette de William et qu'il en avait avalé la plus grande partie. »

À l'époque où William pressa le bouton d'alarme à Balmoral, son père faisait aussi des siennes. Depuis 1975, Charles poursuivait une aventure sporadique avec Janet Jenkins, une superbe résidente canadienne blonde. Il l'avait rencontrée lors d'un voyage à Montréal. Jenkins avait même assisté au mariage de conte de fées de Charles et Diana le 29 juillet 1981, en tant qu'invitée du marié.

« Une fille réussit à rester pratiquement anonyme, écrivit le valet de Charles, Stephen Barry, dans son livre *Royal Service*. Le prince la voyait plus souvent qu'on ne le pensait. Elle s'appelait Janet Jenkins ; c'était une Galloise qui vivait au Canada. » Barry racontait qu'on lui demandait périodiquement de faire entrer discrètement Jenkins dans la suite d'hôtel de son employeur.

En octobre 1983, Jenkins était chez des amis en Angleterre quand Charles, à l'insu de sa femme et de sa maîtresse Camilla, l'invita à Highgrove. « Nous avons retrouvé l'intimité qui avait précédé son mariage », dit Jenkins. Comme ils n'avaient encore jamais usé de contraceptifs, « ni l'un ni l'autre ne songea à se servir de protection ».

Jenkins prétendrait qu'elle était enceinte de trois mois lorsqu'elle épousa un homme d'affaires canadien prospère, en décembre 1983. Le 13 juin 1984, neuf mois après avoir couché avec le prince Charles, Jenkins donnait naissance à un garçon aux yeux bleus, en déclarant que son mari était le père de l'enfant. Elle appellerait son fils Jason.

Si Charles ne tarda pas à être au courant de l'existence de Jason, le monde ignorait qu'il existât une possibilité lointaine que William puisse avoir un demi-frère, comme le prétendrait la presse mais que finit par nier Jenkins. En revanche, le public britannique en apprenait davantage sur le compte du garçon qui serait roi. En décembre 1983, le prince William donna sa première conférence de presse. Avec ses parents dans les jardins clos de Kensington, il posa pour les photographes revêtu d'une combinaison de ski bleu avec des boutons rouges et les lettres ABS brodées devant en couleurs vives. Le lendemain, à la parution de la photo de William à la une de toute la presse, on nota une ruée sur les combinaisons de ski bleues dans toute la Grande-Bretagne.

Cette séance de photo donna également à William l'occasion de montrer que son vocabulaire s'enrichissait. Diana pointa le doigt vers le ciel : « Qu'est-ce que c'est que ça ? lui demanda-t-elle.

— Hélicoptère », répondit William dont le jouet préféré était en fait un hélicoptère miniature.

Charles passerait le plus clair de l'année suivante à voyager à l'étranger sans sa femme, ni son fils – Brunei, l'Afrique du Sud, la Nouvelle-Guinée, la France, Monaco, l'Italie. En voyage, il ne cessait de parler de William, montrant des photos de lui à la moindre invitation. Et les fois de plus en plus rares où il était à la maison, il était fou de « Willie Wombat ».

Malgré l'attitude détendue de Barnes en matière de discipline, William suivait un emploi du temps strict à Kensington. Réveillé soit par Barnes, soit par Olga Powell à 6 h 30 du matin, il grimpait dans le lit de sa nounou pour un câlin avant de rejoindre la chambre de ses parents, où il s'installait au côté de sa mère.

Pour permettre à Diana et à Charles de passer un peu plus de temps ensemble le matin, Nanny Barnes préparait généralement le petit déjeuner typiquement britannique de William : céréales, lait, et un œuf mollet avec un toast beurré coupé en lamelles pour les plonger dans le jaune.

Les matins où Diana n'avait pas de rendez-vous, William jouait par terre dans son salon pendant qu'elle s'occupait de sa correspondance avec sa dame d'honneur et sa secrétaire. Nanny Barnes servait alors le déjeuner dans la nursery et les après-midi étaient consacrés à des promenades dans le parc ou à des réunions d'enfants ; Diana rompit avec la tradition en invitant les jeunes enfants de ses amis à venir jouer avec son fils au palais. Parfois, Diana, nageuse accomplie, conduisait William au palais de Buckingham pour un plongeon dans la piscine intérieure. William saurait nager à l'âge de trois ans.

Si elle n'avait pas d'autres engagements, Diana était toujours présente quand William dînait à 17 heures et elle consacrait les deux heures suivantes à jouer avec lui avant de lui donner son bain et de le mettre au lit. Charles, chaque fois que cela était possible, lisait le soir des histoires au petit garçon.

Malgré son émerveillement devant William, Diana, luttant toujours contre la boulimie et la dépression chronique, décrirait ensuite cette année comme « un noir total. Je ne me souviens pas de grand-chose, j'ai tout effacé, c'était tellement douloureux ». Curieusement, c'est également à ce moment-là qu'avec Charles, qui poursuivait sans vergogne sa liaison avec Camilla, ils tentaient d'avoir un autre enfant – leur

« programme de procréation » comme dirait élégamment le prince de Galles.

Peu avant Noël, la princesse de Galles fut de nouveau enceinte – « comme par miracle », préciserait laconiquement Diana. Elle dut de nouveau lutter contre les nausées du matin, moins violentes cependant que lorsqu'elle attendait William.

Charles ne cacha pas que, cette fois, il espérait une fille – et pas seulement à Diana. Lors d'une sortie dans Londres, le prince de Galles montra du doigt une petite fille dans la foule et s'exclama : « Je crois qu'il est temps que nous en ayons une comme ça. »

La grossesse de sa femme n'empêcha pas Charles de voir sa maîtresse. Diana ne pouvait ignorer les indices – les coups de téléphone au milieu de la nuit, les lettres lues à la hâte avant d'être brûlées dans la cheminée, les changements d'emploi du temps de dernière minute.

Les singeries de William apportaient de la distraction et, malgré ses nombreuses absences, Charles aimait toujours se rouler par terre dans la nursery avec son jeune fils plein d'énergie. À la fin de l'été 1984, Diana sentit que les nuages d'orage qui s'amoncelaient au-dessus de son couple commençaient à se dissiper. Pour Dieu sait quelle raison, dirait Diana ensuite, Charles et elle « furent très, très proches l'un de l'autre pendant les six semaines qui ont précédé la naissance de Harry, plus proches que nous ne l'avions jamais été et que nous le serions jamais ».

Pour son deuxième anniversaire, William rencontra de nouveau la presse dans les jardins de Kensington, revêtu cette fois d'une salopette bleue et d'une chemise de rugby à rayures. « Wombat » se rua sur les appareils photo, en saisit un et regarda droit dans l'objectif. « Il s'intéresse beaucoup à la photo », s'excusa Charles.

Puis William montra la perche d'un preneur de son : « Qu'est-ce que c'est ?

— C'est un micro, lui dit son père. Une grosse saucisse qui enregistre tout ce que tu dis – et tu commences jeune ! »

Pour compenser leur absence pour son premier anniversaire, Charles et Diana consacrèrent cette fois la journée entière à William. Ils assistèrent à l'arrivée du cadeau d'anniversaire le plus mémorable de leur rejeton : une version réduite électrique du cabriolet sport XJS Jaguar, construite spécialement pour le bambin par l'usine Jaguar de Coventry.

À l'approche de l'accouchement, prévu en septembre, Diana et Charles étaient « au comble de la félicité ». Cela tenait en partie au fait que Charles était convaincu que Diana était enceinte de la fille dont il rêvait. Charles avait refusé de regarder l'échographie, mais Diana savait qu'elle attendait un garçon : « Je savais. Je savais que c'était un garçon et je ne le lui ai pas dit. »

La préférence de Charles pour le sexe de l'enfant à venir touchait un point sensible chez Diana. Dès sa petite enfance, elle s'était sentie ni aimée, ni désirée. Arrivant après deux filles et un garçon mal formé qui n'avait survécu que dix heures, Diana déçut ses parents qui souhaitaient ardemment la naissance d'un héritier en ce 1er juillet 1961. Les Spencer étaient tellement convaincus de voir leurs vœux exaucés qu'ils ne se soucièrent pas de choisir des prénoms féminins. Il leur fallut une semaine pour prénommer leur fille Diana Frances. Trois années passeraient avant que le frère de Diana, Charles, vienne combler leur désir d'héritier mâle. Diana était convaincue que si son frère aîné avait vécu, ses parents auraient été satisfaits et elle n'aurait jamais vu le jour.

Peu importait que Charles espérât une fille ; Diana jugeait toute préférence exprimée pour un sexe

65

« inacceptable. Et si c'est un garçon ? demanda-t-elle à une amie. Est-ce que cela veut dire que Charles va moins l'aimer que s'il était né fille ? C'est carrément injuste pour l'enfant. »

Tôt dans la matinée du 15 septembre 1984, Charles et Diana, portant une robe de grossesse rouge et des chaussures assorties, retournèrent à la Lindo Wing de l'hôpital St. Mary. William resta à Kensington avec Nanny Barnes.

À 16 h 20, la princesse de Galles donna naissance à un garçon. Déconfit, Charles jeta un coup d'œil au nouveau-né hurlant et secoua la tête : « Oh ! mon Dieu ! c'est un garçon. Et en plus il est roux. »

Diana dévisagea son mari, incrédule. À cet instant, confia-t-elle plus tard : « Quelque chose s'est fermé en moi. »

Comme deux ans auparavant, le public britannique se réjouit de la naissance de son nouveau prince, Henry Charles Albert David. En fait, écrire Henry sur le certificat de naissance n'était guère plus qu'une formalité ; les parents ne tardèrent pas à publier une déclaration disant que dorénavant le petit frère de William serait connu sous un unique surnom : Harry.

3

« Il est ma mini-tornade. »

Diana de William

« Puis soudain à la naissance de Harry, notre couple a implosé, tout a fichu le camp. »

Diana

Tenant William par la main, le prince Charles pénétra dans St. Mary, prit l'ascenseur et le conduisit dans la chambre de sa mère. Inquiète de la réaction de William devant l'arrivée de ce petit frère, Diana avait décidé que le meilleur moyen de créer un lien entre eux était de les mettre en présence sans attendre. Lorsqu'elle entendit Charles et William arriver dans le couloir, Diana prit Harry dans ses bras et s'avança sur le seuil de la chambre. « Il est important, dit-elle à une infirmière, que la première fois que William voit son frère, je le tienne dans mes bras. »

« Allez, dit Charles, lâchant la main du petit garçon, va voir ton frère. » William courut vers sa mère qui se pencha pour qu'il puisse regarder le nourrisson endormi. Dès cet instant, observa Diana, « Harry fut son jouet préféré ».

Plus de quinze cents personnes acclamèrent Diana lorsqu'elle sortit de l'hôpital avec Harry et monta à l'arrière de la Jaguar bleu marine de Charles. À peine ce dernier eut-il déposé la mère et l'enfant à Kensington qu'il filait à un match de polo au château de Windsor.

Restée seule au palais avec son bébé d'un jour et son fils aîné, Diana était anéantie. Charles avait à peine tenté de dissimuler sa déception devant le nouveau-né, ce qui rendit Diana plus que jamais déterminée à donner l'impression au nourrisson d'être désiré et aimé. Elle n'avait nourri William que pendant trois semaines ; elle en consacrerait onze à allaiter Harry. « Je le prenais dans mes bras chaque fois que c'était possible – encore plus que William bébé. Tous les enfants devraient être gâtés ainsi, bien que je ne pense pas que ce soit gâter un enfant que de l'aimer. »

Au baptême de Harry – une autre réunion royale extravagante, cette fois dans St. George Chapel au château de Windsor –, Charles se plaignit à la mère de Diana, Frances Shand Kydd, que non seulement Diana avait eu un autre garçon, mais un « rouquin » de surcroît.

« Vous devriez remercier le ciel que votre enfant soit normal », le reprit-elle. Elle lui fit également remarquer que les cheveux « rouquins » étaient un trait de la famille Spencer partagé par le frère, les sœurs de Diana et – jusqu'à ce qu'elle teigne ses cheveux en blond – Diana elle-même. Dès lors, Charles traita la mère de Diana avec un dédain glacial. « Sa réaction habituelle quand on lui tient la dragée haute. »

(Des années plus tard, alors qu'il devenait de plus en plus évident que Harry ne ressemblait guère aux autres membres de la famille royale, on murmurerait que la réaction de Charles devant la couleur des cheveux de son fils venait de doutes sur sa paternité. On écrivit même que l'amant de Diana, James Hewitt, qui ressemblait à Harry, était en fait le père du jeune prince – et que dans une de ses lettres d'amour à Hewitt, Diana le confirmait. Signalons que Diana ne rencontrerait Hewitt qu'en 1986, soit deux ans après la naissance de Harry.)

Charles s'appliqua à dissimuler ses véritables sentiments dès que les caméras se mirent à enregistrer le baptême de Harry pour la postérité. Prenant l'ourlet de la robe de baptême entre ses doigts, le prince de Galles murmura à William : « Mamie a été baptisée dans cette robe, comme bonne-maman et moi. »

Les caméras fixèrent également pour la postérité l'instant où la reine expliquait très sérieusement aux enfants de la princesse Anne, Peter et Zara Phillips, pourquoi elle avait baptisé « Dash » l'un de ses chiots corgi : « C'est un mot qu'on utilise quand on est contrarié. Dash ! Idéal comme nom pour un chien, n'est-ce pas ? »

La reine fut moins amusée par le comportement de William. Pendant toute la cérémonie, l'héritier du trône ne cessa d'arpenter la pièce et de se cogner à tout le monde en émettant des bruits bizarres. Il aboya, puis se mit à courir autour de l'archevêque de Canterbury. Quand on lui expliqua qu'il ne pouvait pas prendre son petit frère dans ses bras, il piqua une vraie colère. La reine tenta de le raisonner, mais en vain. Il l'ignora.

Mais la naissance de Harry fournit de la matière pour le message annuel de Noël de la reine une semaine plus tard. Suggérant que les nations coexisteraient mieux si chacun prenait davantage exemple sur les enfants, la reine affirma : « Nous pourrions tous nous inspirer de la solide assurance et de l'honnêteté dévastatrice des enfants qui nous sauvent de nos doutes et de nos illusions.

» Nous pourrions également emprunter aux enfants la confiance aveugle qu'ils portent à leurs parents pour nos rapports mutuels. Surtout, nous devons conserver leur faculté de pardonner facilement, avec laquelle nous naissons tous et que nous nous empressons de perdre en grandissant. »

Toutefois, personne ne fut d'humeur à pardonner quand la mini-tornade de Diana débarqua à Birkenhall, résidence écossaise de la reine-mère, peu après le baptême de Harry. William, trois ans, fit irruption dans la salle à manger, bouscula des verres à pied, cassa des assiettes, renversa des chaises, détruisit un portrait rare de son arrière-arrière-arrière-arrière-grand-mère, la reine Victoria, bref sema le chaos sous le regard effaré des hôtes de la reine-mère.

Cette anarchie aurait pu être attribuée à une simple exubérance enfantine sans ce qui allait suivre : « Non ! hurla William à un domestique qui tentait de le ramener à sa nounou. C'est moi qui donne des ordres ! Fiche le camp. »

Charles était furieux. Le grabuge, passe encore. Mais être grossier avec les loyaux domestiques de bonne-maman, que Charles connaissait pour la plupart depuis sa propre enfance, frisait l'intolérable. Si Diana s'était battue pour faire engager Barnes, elle concédait à présent que William avait besoin d'encadrement et d'un certain degré de discipline.

Papa, comme William appelait à présent son père, voulait engager une gouvernante à laquelle on confierait l'éducation de l'enfant, de préférence au palais de Buckingham. Mais, là encore, Diana insista pour rompre avec la tradition. L'ancienne assistante de jardin d'enfants avança que, pour devenir un monarque efficace – sans parler d'un adulte heureux et bien dans sa peau –, William devrait fréquenter une école maternelle et se mêler à d'autres enfants de son âge. « Sinon, confia-t-elle à une amie, je crains qu'il ne se mue en un autre de ces robots royaux qui s'efforcent de passer pour des êtres humains. »

Diana comprit qu'elle avait raison de s'inquiéter pour son fils lorsque, à l'occasion de la visite d'un jardin d'enfants avec William, elle le vit rester sur la touche. « Il s'est approché d'enfants en train de jouer et il est resté planté là. Il avait envie de se joindre à eux, mais il ne savait pas comment s'y prendre. »

Apprenant l'incident, Charles changea d'avis. Il se souvint que, lorsqu'on l'inscrivit enfin à Hill House à l'âge de huit ans, il s'était senti mal dans sa peau et isolé. « Cela m'a rendu terriblement timide, avoua-t-il. Du coup, je n'ai jamais vraiment eu l'impression d'être à ma place. C'est un sentiment qui vous poursuit. Je ne veux pas que mes fils le connaissent… »

Diana mena son enquête, demanda des recommandations à ses amis et visita plus d'une douzaine d'écoles avant de se décider pour une école maternelle au 11, Chepstow Villas à Londres. Dirigé par Jane Mynors, fille d'un évêque anglican, l'établissement était situé à proximité de Kensington et s'enorgueillissait de compter dans son équipe trois instituteurs formés à la méthode Montessori.

Pour tenter de prévenir l'agitation inévitable qui accompagnerait la rentrée de son fils, Charles écrivit à plusieurs rédacteurs de journaux afin de les implorer de laisser William en paix. Diana appela les parents des trente-cinq autres élèves de l'établissement. En attendant, on installa des vitres pare-balles aux fenêtres de la classe de William et un bouton d'alarme près du bureau du professeur. Il fut aussi convenu qu'un garde du corps armé ne quitterait pas le prince d'une semelle.

Par une fraîche matinée de 1985, William, vêtu d'un pull à rayures rouges, bleues et vertes, d'un short rouge et de chaussures rouges fit sa rentrée à l'école de Mme Mynors avec ses parents. Plus d'une centaine de photographes se bousculaient pour prendre une photo du jeune prince qui serrait la main de sa mère, mais semblait par ailleurs indifférent à cette agitation. « Il ne se tenait pas de joie, dit sa mère. Il était si organisé qu'il a choisi lui-même son short et sa chemise – il vaut mieux le laisser faire si vous avez envie qu'il sourie aux appareils photo. »

William devait commencer dans la classe des jeunes cygnes, puis dans celle des petits cygnes avant de terminer par celle des grands cygnes. Il ne tarderait pas à apprendre à peindre avec les doigts, à fabriquer des marionnettes et à lacer ses chaussures.

Il apprendrait tout aussi rapidement à terroriser ses professeurs et ses condisciples. Conscient de son rang, William l'exploitait – et fréquemment. Il jouait régulièrement des coudes pour passer devant ses petits camarades qui faisaient sagement la queue et s'affirma vite comme une vraie petite brute dans la cour de récréation. Son garde du corps intervenait souvent pour interrompre des bagarres dont le jeune prince était invariablement l'instigateur.

« Mon papa est plus fort que le tien. Mon papa, c'est le prince de Galles ! » était un de ses refrains. « Si tu ne fais pas ce que je veux, je vais te faire arrêter ! »

Cela ne se passait pas beaucoup mieux en dehors de l'école. À la maison, il défiait Barnes comme ses parents et le personnel presque continuellement. Wills piquait une colère tous les soirs à l'heure du coucher, pleurnichait quand on ne lui cédait pas et, plutôt que de ramasser ses affaires, aboyait ses ordres aux bonnes, majordomes et gardes du corps.

Un jour où on le laissa seul quelques minutes dans la nursery de Kensington, Wills prit son petit frère dans ses bras et s'approcha de la fenêtre pour lui faire prendre un peu l'air. Quelques minutes plus tard, il tenait Harry par les chevilles dans le vide, à neuf mètres de la chaussée. Un garde de la sécurité se rua dans la nursery et tira les deux garçons à l'abri, loin du rebord de la fenêtre.

Cela ne présageait rien de bon pour les noces, en juillet 1986, du prince Andrew et de l'amie de Diana, Sarah Ferguson, où William devait faire ses débuts officiels de garçon d'honneur à un mariage royal. En guise de galop d'essai, Diana emmena William voir son père jouer au polo près du château de Windsor.

À peine étaient-ils arrivés que William se mit à harceler sa mère : « Je voudrais une glace. Où sont les chevaux ? Où sont les balles de polo ? Où est papa ? J'ai soif ! » Diana tentait de s'entretenir avec Fergie de son prochain mariage, mais William ne cessait de tirer sur sa jupe et de pleurnicher si elle ne réagissait pas assez vite.

Pendant la rencontre, Wills ne cessa de s'agiter et de se tortiller et il se pencha si dangereusement dans la loge royale que Diana dut le rasseoir de force en le tirant par le fond de sa culotte. Au bout de vingt minutes, exaspérée, elle prit Wills sous le bras et rentra au château de Windsor.

Lors d'une autre visite sur le terrain de polo de Windsor, la princesse de Galles vit son fils s'approcher d'une petite fille et la pousser par terre sans raison. Horrifiée, Diana lui donna une fessée. Trop choqué pour pleurer, un William assagi alla présenter ses excuses à la petite fille.

En fait, si Diana accordait à tous les adultes de la vie des garçons l'autorisation de les gronder s'ils étaient grossiers ou se comportaient mal, le châtiment corporel était strictement *verboten*. Si un adulte avait fessé le gamin, dit Wendy Berry, la gouvernante des Galles à Highgrove, Diana « aurait grimpé aux rideaux ».

Quand Diana grimpait aux rideaux, c'était à cause du comportement de William qui la rendait littéralement folle. Un jour, elle décida de l'emmener avec elle lors de l'une de ses fréquentes visites au club de gym et le regretta aussitôt. Pendant qu'elle faisait ses exercices sous la direction de son coach, William ne cessa pas une seconde de l'asticoter. Finalement elle en eut assez : « Fiche le camp, William, hurla-t-elle à l'héritier du trône. Tu es insupportable ! »

Être insupportable était en fait devenu la spécialité du gamin. « On ne pouvait pas le quitter des yeux une seconde, se rappelle Kevin Shanley, l'ancien coiffeur de Diana. Il fourrait son nez partout. »

Un après-midi, alors qu'une équipe de la BBC filmait un entretien avec le prince et la princesse de Galles, William, ayant fini sa sieste, fit irruption dans la pièce en hurlant : « Qu'est-ce que vous faites dans le salon de maman ? » Il se rua sur Diana, lui donna un coup de pied dans le genou, puis refusa de rester tranquille devant les caméras. Déchaîné, il trébucha sur un câble et fit tomber des projecteurs.

Bien entendu, William vola la vedette au mariage de son oncle Andrew. Alors que les autres garçons et demoiselles d'honneur étaient des modèles de savoir-vivre, William fonça droit devant lui et faillit se prendre les pieds dans la traîne de la mariée. Une fois assis, le prince s'agita sur son banc, bavarda sans s'adresser à personne en particulier, remonta la bride de son chapeau sous son nez et tira fréquemment la langue – aux spectateurs massés le long des rues comme aux demoiselles d'honneur. Pendant que le duc et la future duchesse de York échangeaient leurs consentements, William fit semblant de jouer de la trompette avec le programme de la cérémonie.

Cela n'empêcha pas la mère de William de se féliciter du comportement de son fils. « Vous avez vu William ? Je suis ravie qu'il se soit bien conduit malgré ses petits côtés farceur. Il faisait horriblement chaud dans l'église, mais il s'en est très bien tiré pour un enfant de quatre ans. »

Apparemment, elle était la seule de cet avis dans la famille royale. Déjà embarrassant en soi, cet écart de conduite devenait d'autant plus condamnable qu'il fut filmé par les caméras de télévision et diffusé en direct dans le monde entier. Charles notamment était mort de honte. Lui-même avait été obligé de punir William pour ses désobéissances, lui donnant l'ordre de se retirer dans sa chambre chaque fois qu'il se conduisait mal. « Parfois, dit un membre du personnel du palais de Kensington, on avait l'impression que le seul à dire non à William et à obtenir des résultats était le prince Charles. »

Mais les longues absences de papa signifiaient que, la plupart du temps, les enfants grandissaient sous l'égide plus libérale de Diana et de Nanny Barnes. La reine qui s'était abstenue de critiquer le mode d'éducation de sa belle-fille se sentit à présent obligée d'intervenir.

Pendant la réunion annuelle pour Noël de la famille royale au château de Windsor en 1986, William et Harry eurent une conduite inqualifiable – se bagarrant, courant dans tous les sens, geignant et pleurnichant quand on ne se pliait pas à leurs quatre volontés. Sa Majesté mena sa petite enquête et découvrit que les professeurs de la maternelle et les parents des autres élèves considéraient tous William comme un sale môme pourri gâté. Mamie fut notamment horrifiée d'apprendre que l'une des phrases préférées de William était : « Quand je serai roi, j'édicterai une nouvelle loi qui… »

« Il faut que tu interviennes, Charles. Les garçons ont besoin de discipline. Peut-être est-il temps d'engager une autre gouvernante. »

Pour sa part, Nanny Barnes – que les deux garçons appelaient « Baba » – ne se préoccupait guère des critiques, pas même de celles venant de la Couronne. Six mois plus tôt, quand la reine avait jugé William « un peu incontrôlable », Barnes avait dit à un autre membre du personnel : « Il a le comportement normal d'un enfant avec sa grand-mère. À quoi s'attendait-elle, enfin ! À voir un prince Charles en miniature ? »

Barnes était dans une large mesure la seule constante dans la vie des garçons. Avec leurs emplois du temps chargés, Charles et Diana étaient souvent absents. Dans ce cas, l'événement le plus attendu de la journée des garçons arrivait vers 18 h 30, juste avant l'heure du coucher. En pyjama, serrant leur ours contre eux, ils attendaient, assis sur le bord du lit, un appel de maman et de papa. Une fois qu'elle avait fini de parler aux garçons, la princesse priait Barnes de lui raconter leur journée par le menu.

Contrairement à d'autres membres du personnel, Barnes, qui s'enorgueillissait d'être la nounou royale, entrait dans tous les palais royaux par la grande porte. Elle ne comprenait pas pourquoi Diana ne lui déléguait pas toutes les responsabilités comme le faisaient les membres de la famille royale depuis des générations. « Barbara voulait tout diriger dans la nursery et les absences fréquentes du prince et de la princesse lui en donnaient l'occasion », déclara Olga Powell, l'assistante de Barnes. Mais cela cessait quand Diana rentrait pour réaffirmer son autorité.

Dès son retour, Diana avait pour habitude de se débarrasser de l'uniforme royal bleu marine dont Barnes affublait les enfants afin de les remplacer par des vêtements qu'elle avait choisis – des tee-shirts, des pulls et des shorts de couleurs vives venant du rayon enfants de chez Harrod's. « Je veux qu'ils ressemblent aux enfants d'aujourd'hui, disait Diana. Pas à de tristes petits adultes. »

Mais, dès que sa patronne avait le dos tourné, Nanny Barnes s'empressait de changer les petits princes : « Nous ferions bien de retirer tout cela, n'est-ce pas, William ? » En janvier 1987, les garçons semblaient plus proches que jamais de « Baba » Barnes ; William, notamment. Diana, éternellement peu sûre d'elle-même, toujours inquiète d'être supplantée dans l'existence de ses propres enfants, décida qu'il était temps d'agir. « On en était presque au point où la princesse devait prendre rendez-vous pour voir ses fils, dit l'assistante Olga Powell, et elle ne le supportait pas. »

On attendit pour annoncer le départ de Barnes la rentrée de William à Wetherby, une école située à cinq minutes du palais de Kensington dans Notting Hill Gate. Mais quand le petit prince de cinq ans apprit le départ de sa nounou, il fondit en larmes. Harry ne tarda pas à l'imiter.

Le départ soudain de Barnes n'échappa pas non plus à la presse britannique toujours sur le qui-vive. « J'ai cru que cela passerait inaperçu, dit Diana avec un haussement d'épaules. Mais je me suis trompée, on dirait. »

« Elle serait allée décrocher la lune pour cet enfant, dit Olga Powell, la nounou royale. L'ennui, c'est que Diana était dans les mêmes dispositions et se jugeait menacée dans ses prérogatives de mère. »

Pendant plus d'un mois, après le départ de Barnes, Diana s'occupa à plein temps de ses fils. Aux yeux des gens du palais de Kensington et de Highgrove, c'était lorsqu'elle baignait, habillait et faisait manger ses enfants qu'elle était la plus radieuse. Suivie de son garde du corps, elle conduisait William à l'école tous les matins et, après la classe, elle jouait avec William et Harry par terre dans la nursery.

En février, Ruth Wallace, ancienne nounou des enfants de l'ami intime de Charles (et parrain de William), le roi Constantin de Grèce, fut engagée à la place de Barnes. « Nanny Route », comme les garçons ne tardèrent pas à la surnommer, fixa aussitôt les règles et établit un emploi du temps strict pour les enfants. Charles avait souhaité que l'on donne tout pouvoir à Wallace de faire appliquer ses ordres et, pour la première fois, Diana accepta. De ce fait, Nanny Route se vit accorder l'autorisation de fesser William si elle le jugeait bon.

Et cela arrivait souvent. Quand on organisa une petite fête d'anniversaire pour un condisciple de Wetherby, William sema le chaos, multiplia les bruits bizarres et refusa de s'asseoir avec les autres enfants. Prié de bien se conduire, il se mit à hurler qu'il détestait ce qu'il y avait au menu – des sandwiches et des glaces – avant de jeter son assiette par terre. Les membres du personnel lui donnèrent l'ordre de nettoyer, ce que William refusa tout net :

« Quand je serai roi, hurla-t-il aux adultes, j'enverrai tous les chevaliers vous tuer !

— Ramasse », riposta un des instituteurs sans se démonter.

William grinça des dents et rugit :

« Savez-vous qui je suis ? »

Instituteurs et enfants ne tardèrent pas à attribuer un surnom à William : la terreur.

Quand un valet de pied lui servit un pâté de viande au dîner, William entra dans une colère noire :

« Allez me chercher autre chose, cria-t-il au domestique, serrant les poings et tapant des pieds. C'est un ordre : obéissez ! »

Un jour, William s'approcha de sir Bob Geldof, la star du rock aux cheveux hirsutes qui avait été anobli pour avoir créé Band-Aid, une œuvre de charité luttant contre la famine.

« Qu'est-ce qu'il est sale ! s'exclama le petit prince. Il a les cheveux tout emmêlés et ses chaussures sont trempées.

— Tais-toi, sale môme, répliqua Geldof. Toi aussi, tu as les cheveux tout emmêlés.

— Pas du tout, ma mère me les a brossés », fit William, indigné, avant de s'enfuir en courant.

Même le membre le plus sévère de la famille royale, le prince Philip, ne parvenait pas à convaincre William de rentrer dans le rang. Lors de vacances familiales à bord du yacht royal, le *Britannia*,

« grand-papa » convoqua la famille sur le pont pour une photo de groupe. Seul William, bien décidé à n'en faire qu'à sa tête, tourna le dos à l'objectif.

À ce moment-là, le public britannique connaissait par cœur les photos de la presse populaire qui montraient le prince William jetant un regard mauvais aux reporters, en train de serrer les poings de colère, de repousser sa mère ou de se faire gronder par sa nounou. WILLIAM LE TERRIBLE SE DÉCHAÎNE, titra le *Daily Mail*. LA TERREUR FRAPPE ENCORE ! proclamait le *Sunday Mirror*. William hérita d'un nouveau surnom : William la Teigne.

En revanche, le public ne voyait pas l'agitation en coulisses qui alimentait la colère du gamin. « William était suffisamment grand pour être conscient des querelles et des tensions entre ses parents, observa l'intendante royale Wendy Berry. Même si on essaie de donner le change, un enfant n'est pas dupe. »

Début 1987, Charles avait pratiquement quitté le domicile conjugal pour s'installer à Highgrove, un moyen de se rapprocher de la femme qu'il n'avait jamais cessé d'aimer, Camilla Parker Bowles encore mariée à l'époque. Camilla avait toujours senti que le prince et elle étaient faits pour se rencontrer. Âgée de seize mois de plus que Charles, elle comptait parmi ses ancêtres la célèbre Alice Keppel, maîtresse d'Édouard VII. En faisant la connaissance de Charles en 1972, elle lui avait glissé : « Mon arrière-grand-mère et votre arrière-arrière-grand-père étaient amants. Qu'en dites-vous ? »

Au début, les garçons restèrent à Londres avec leur mère pendant la semaine. Mais le week-end, tout le monde partait rejoindre papa à la campagne. Là, les chants des coqs et les hennissements des chevaux s'accompagnaient de claquements de portes, de bruit de porcelaine qui se brise, et des sanglots de la princesse de Galles dans sa chambre.

Fréquemment, William ou Harry se repérant aux bruits finissaient par voir leur mère foncer en larmes s'enfermer dans les toilettes. « Pourquoi pleures-tu, maman ? » devint bientôt la question la plus souvent posée par les garçons.

En revanche, les enfants n'entendirent probablement pas – et n'auraient pas compris de toute façon – Diana exiger de savoir pourquoi son mari refusait de coucher avec elle depuis la naissance de Harry. « Je ne sais pas, ma chère, répondait-il, facétieux. Je me demande si je ne suis pas homo. » Mais bien sûr ils connaissaient tous les deux la vérité : il était encore très épris de Camilla.

Pourtant, la plupart des week-ends, ils persévérèrent malgré tout, essayant pour les enfants de créer l'illusion d'une famille heureuse. « C'est normal, ce sont des garçons, aimait dire Diana pour excuser les écarts de ses fils, rapporte son amie lady Elsa Bowker. Mais elle ne trompait qu'elle-même. Comment des petits garçons sont-ils censés réagir quand leur mère et leur père ne s'entendent pas ? Diana passait des heures à pleurer et Charles était manifestement malheureux. Il arrive que les enfants se laissent aller quand les choses leur échappent. Mais si Diana et Charles avaient cessé de s'aimer, ils aimaient leurs fils – et les garçons le savaient. »

Heureusement, Wetherby finit par avoir un effet civilisateur sur William et, en l'encourageant sans relâche à être aimable avec les domestiques, Ruth Wallace réveilla le petit gentleman en lui. Le futur roi serait à présent la main des adultes, s'adressait poliment aux hommes et prenait un véritable plaisir à tenir la porte pour les dames.

En attendant, le corps professoral de la maternelle de Mme Mynor considérait avec inquiétude l'arrivée programmée de Harry dans ses murs en septembre 1987. « Harry n'a jamais été pénible comme William, dit un des profs du jeune prince. Mais il avait tendance à suivre l'exemple de son frère. Et quand William était insupportable, Harry l'était aussi. Et quand William s'est amendé, son frère l'a imité. »

Au début, Harry n'avait rien de commun avec son aîné déchaîné. Timide et introverti, il se cachait des autres enfants dans la cour de récréation plutôt que de se joindre à leurs jeux. Évitant d'attirer l'attention, il était parfois trop gêné pour lever le doigt afin d'obtenir l'autorisation de se rendre aux toilettes. « Mais il a fini par changer. À la fin de sa première année, il avait pris de l'assurance et il n'était pas le dernier à faire des bêtises. »

À cause de sa propre enfance malheureuse, Diana était, contrairement aux autres membres de la famille royale, très sensible au psychisme fragile des petits. Elle savait que Harry était voué à grandir dans l'ombre de son aîné et elle s'inquiétait que cela ne sape son assurance et ne nuise à son épanouissement.

Le premier jour de Harry à la maternelle rappela, de manière poignante, qu'il n'était que le « joker » du futur roi. Devant les objectifs des journalistes, Harry, trois ans, tendit la main à la directrice qui, l'ignorant superbement, souhaita la bienvenue à Charles et à William.

Sans se démonter, le petit prince salua les photographes et rentra en classe. Charles et Diana repartirent en Jaguar avec William, et, comme elle en avait l'habitude loin des objectifs, la jeune mère fondit en larmes. Deux heures plus tard, Diana revint chercher Harry : « Cela m'a bouleversée de le laisser, mais j'ai hâte de le retrouver. » Il fit son apparition avec son premier objet fabriqué à l'école : des jumelles en carton.

Comme son frère avant lui, Harry se mit à faire des caprices. Seulement, Diana avait à présent un argument de poids : « Si tu n'es pas sage, je t'échange contre une petite fille. »

Son aîné, quant à lui, semblait ravi de montrer ses nouvelles bonnes manières. Arrivant à Highgrove dans une limousine rouge, William prit l'initiative lorsqu'on le présenta à la nouvelle intendante. « Bonjour Wendy, déclara-t-il en tendant la main à Wendy Berry. Je m'appelle William. Enchanté. »

Puis il se tourna pour s'assurer que son père l'avait bien vu. Charles hocha la tête d'un air approbateur, puis alla s'occuper de Harry qui, malade dans la voiture, avait vomi sur les genoux de la princesse de Galles.

Si les manières de William s'étaient améliorées, les deux garçons n'avaient rien perdu de leur espièglerie. À Highgrove, où les princes pouvaient s'ébattre dans les jardins sans être constamment suivis à la trace par des gardes du corps, les sources d'amusement ne manquaient pas. Les visiteurs en voiture se retrouvaient souvent devant un barrage de fortune d'où surgissaient deux minuscules soldats en treillis brandissant des pistolets à eau. Les uniformes, complets jusqu'au béret, avaient été commandés par le professeur d'équitation – et amant – de Diana, le capitaine James Hewitt.

Pointant son pistolet sur le chauffeur, William informait le malheureux visiteur que s'il voulait rejoindre la maison, il devait payer un droit de passage de vingt pence. Tenter d'y échapper était peu recommandé ; à la moindre provocation, Wills et Harry ouvraient le feu, arrosant chauffeur et passagers. « Les deux garçons adoraient ce jeu, se rappelle Wendy Berry, et les bons jours, ils récoltaient une vraie petite fortune... c'était intéressant de voir combien Harry notamment prenait cela au sérieux. »

Les princes ne détestaient pas non plus jaillir de buissons, armés d'une épée dans une main et d'un pistolet à eau dans l'autre, pour faire sursauter les visiteurs. Qu'il s'agît d'un valet de pied ou d'un membre du parlement en visite, William et Harry rataient rarement leur cible.

Une nouvelle sentinelle de Highgrove qui, à l'instar des gardes du palais de Buckingham, restait figée au garde à vous, fit les frais de ces facéties enfantines. William visa le malheureux au visage et, voyant que la sentinelle ne bronchait pas, lui vida son pistolet à eau dessus. Pendant les deux heures suivantes, la sentinelle resta à son poste, trempée de la tête aux pieds.

Diana eut du mal à ne pas éclater de rire quand on lui rapporta l'histoire, mais elle réprimanda tout de même son fils. Charles était furieux. « Il est hors de question qu'ils fassent des choses pareilles, lui dit-il, et c'est encore pire s'ils te voient en rire. »

Un jour, à Balmoral, les garçons tirèrent sur une silhouette qui remontait l'allée. La reine, les cheveux gris couverts d'un foulard, se figea. La sécurité était suffisamment stricte à Balmoral pour permettre aux membres de la famille royale, dont Elizabeth, d'arpenter les jardins sans être flanqués d'un garde du corps. Ce matin-là, la reine se promenait avec un de ses corgis préférés. Le chien contemplait à présent la goutte d'eau au bout du nez de sa maîtresse. Sa Majesté sortit lentement un mouchoir en papier de sa poche, s'essuya et reprit sa marche. « Bien visé », commenta-t-elle, imperturbable.

L'un des principaux complices des garçons était le prince Andrew qui, chaque fois qu'il venait à Highgrove, prenait un malin plaisir à leur emprunter leurs pistolets à eau pour doucher Fergie et Diana. Andrew apportait également ses propres coussins péteurs pour mettre de l'ambiance et, en l'absence d'accessoires, improvisait. L'oncle Andrew faisait aussi force grimaces qui « faisaient tordre William de rire », selon Berry.

Les garçons adoraient aussi Zara Phillips, la fille de la princesse Anne. Arrivant un après-midi pour prendre le thé avec ses cousins, Zara ne tarda pas à contribuer au chaos. William se mit à se gargariser avec son dessert, aussitôt imité par Zara et Harry. Cela tourna au « chahut ». Dans ces moments-là, la princesse Diana et le personnel savaient que le plus sûr moyen de calmer les foules était de passer une vidéo aux gamins – de préférence quelque chose parlant de dinosaures.

Il y avait un autre visiteur régulier à cette époque à Highgrove : le capitaine Hewitt. Comme de bien entendu, Hewitt, dont l'aventure passionnée avec Diana durerait près de six ans, ne faisait son apparition qu'en l'absence du père des garçons. William avait cinq ans et Harry, trois, quand le capitaine les emmena dans sa caserne. Ils escaladèrent des chars et des véhicules blindés, firent semblant de tirer à la mitrailleuse et s'amusèrent comme des fous.

À Highgrove, Hewitt jouait avec les garçons et leur lisait des passages du livre préféré de William, *L'Ours Winnie*. Le soir, l'amant de Diana participait aux batailles d'oreillers. « Un soir, j'ai touché William en pleine figure. Il a fondu en larmes, mais il a vite repris ses esprits et m'a assuré que ce n'était pas grave. »

Les enfants s'attachèrent vite à une autre figure masculine de leur univers, leur propre garde du corps, Ken Wharfe. Un passionné d'opéra plutôt enclin à se mettre à chanter sans prévenir, l'être extraverti qu'était Wharfe faisait aussi des claquettes – un talent hérité de sa tante – pour le plus grand plaisir de Diana et des princes.

Les bouffonneries de Wharfe distrayaient les garçons de l'ambiance lourde d'amertume et d'agressivité dans laquelle ils baignaient. Mais Charles et Diana ne tardèrent pas à redouter que William et Harry ne s'attachent trop au détective. On affecta donc ce dernier à la garde de la princesse de Galles, ce qui ne devait pas changer grand-chose, puisque cela lui donnerait l'occasion de continuer à côtoyer les enfants.

Un autre détective très apprécié des princes, le sergent David Sharp, se vit également prié par le prince Charles de prendre ses distances. Lorsqu'il interdit à Sharp d'assister au quatrième anniversaire de Harry, les deux gamins fondirent en larmes.

Même si William et Harry appréciaient beaucoup leurs gardiens masculins, leur mère restait leur principale source d'amusement. Plus que quiconque, Diana encourageait l'espièglerie naturelle des garçons. À cinq ans, William comprit qu'il pouvait voir sa mère sursauter et hurler de rire en se glissant subrepticement derrière elle pour lui pincer les fesses. Malheureusement, il ne tarda pas à exercer ses talents sur d'autres – les bonnes de KP et de Highgrove au départ avant de s'attaquer aux amies qui rendaient visite à Diana. Cette dernière laissa faire jusqu'à la journée sportive de Wetherby quand William pinça les fesses de la mère d'un condisciple.

Il y avait des limites, même pour Diana. Un après-midi à Highgrove, William déterra un cadavre de lapin d'un tas de compost. « Regarde, maman », hurla-t-il en le faisant tournoyer au-dessus de sa tête. Puis il se mit à la poursuivre dans le jardin, en la menaçant de lui jeter le cadavre à la figure. Menacé à son tour de la fessée de sa vie, William remit à contrecœur le lapin là où il l'avait trouvé.

Malgré sa réputation de père distant, Charles était, selon des critères royaux, un parent actif. Pendant que Diana et les garçons se livraient à d'impitoyables batailles de polochons au moins un ou deux soirs par semaine, la spécialité de Charles était un jeu baptisé « le grand méchant loup ». Les règles en étaient simples : Papa se plantait au centre de la nursery pour empêcher les garçons d'en sortir. Lorsqu'ils tentaient de le contourner au pas de course, Charles les empoignait et les lançait sur le canapé ou sur un des coussins qui avaient été disposés par terre. Les enfants s'étranglaient de rire.

Pendant les mois d'été, Charles aimait aussi pousser ses fils dans la piscine de Highgrove et se laissait faire de bon cœur si l'un des garçons décidait de lui imposer le même sort. Un jour, à Highgrove, tandis que Charles se dirigeait vers l'hélicoptère rouge de la reine qui devait l'emmener dans un voyage officiel, Harry, vêtu d'un treillis, jaillit des buissons et lui sauta dessus.

Charles joua le jeu avant de rejoindre l'hélicoptère qui l'attendait. C'est alors que son valet lui fit remarquer que son costume venant de Savile Row était maculé de traînées vertes et brunes. Apparemment Harry avait fait un détour par l'étable avant de surprendre son père. Lorsque son valet tenta de le nettoyer, Charles secoua la tête, ébahi : « Regardez-moi ça. Je suis couvert de crottes de mouton ! »

Pourtant du genre méticuleux, Charles prétendait « ne jamais se soucier de patauger dans la boue » lorsqu'il s'agissait de partager les facéties rurales de ses jeunes fils. Au contraire, il était ravi que les deux garçons aient hérité de sa passion chevillée au corps pour la vie au grand air. Âgé seulement de quatre ans lorsqu'il participa à sa première chasse au gibier à Sandringham, William mit en joue une grouse et un faisan avec son fusil en plastique. À sept ans, il battait les buissons pour obliger les oiseaux à s'envoler. Trois ans plus tard, il possédait son propre fusil et savait s'en servir.

Les garçons aimaient également Tigger, le terrier Jack Russell primé de Charles et son chiot, Roo. (Charles qui était extrêmement attaché à son chien expliqua à Diana qu'il avait donné un autre des chiots de Tigger à des « amis ». Il négligea de préciser l'identité desdits amis : Camilla Parker Bowles.)

Bien que Diana détestât ce qu'elle appelait « ces fichus clébards », elle les tolérait pour ses fils. Les deux chiens avaient droit à des repas spécialement préparés par le chef des cuisines et où que se rende le prince de Galles à bord du train royal, Tigger suivait.

Mais surtout, Tigger et Roo étaient des terriers dressés pour la chasse. Chaque fois que William et Harry accompagnaient leur père à la chasse au gibier à Sandringham ou à Balmoral, Tigger et Roo ouvraient la voie – jusqu'à ce qu'un été Roo s'égare définitivement à Balmoral.

Comme son joueur de polo de père, William se révéla aussi un cavalier accompli. À quatre ans, il montait à cru ses poneys Smokey et Trigger. L'année suivante, il était capable de faire le genre de numéro de voltige qu'on voit habituellement au cirque : il montait debout sur sa selle.

Ce côté casse-cou, que Harry possédait également à un degré moindre, se manifestait d'autres manières. « Wills n'arrêtait pas de se blesser, observa un membre du personnel de Highgrove. Il s'égratignait coudes et genoux, tombait de son vélo ou de son skateboard – comme tous les gamins de son âge. »

Presque comme les gamins de son âge... William réussit à réduire en miettes sa Jaguar électrique et à sortir indemne de l'aventure.

Il avait aussi l'habitude de grimper aux arbres les plus hauts de Highgrove. L'ennui, c'est que souvent il ne savait pas comment en redescendre. Plus d'une fois, on dut faire appel à des gardes du corps pour le récupérer perché à quinze mètres du sol.

L'un des endroits préférés des garçons à Highgrove était le bûcher où ils pouvaient plonger dans des centaines de balles en plastique de couleurs vives maintenues en place par un filet. Les garçons nageaient parmi les balles, en poussant des hurlements de plaisir. Pour les membres du personnel parfois excédés, balancer les gamins tête la première dans la piscine de balles en plastique était un bon moyen de se défouler.

Bien entendu, personne n'avait plus d'influence sur les garçons que leur mère. Si William et Harry devaient leur monte exceptionnelle d'abord à leur père, aux palefreniers de Highgrove et, à un moindre degré, à James Hewitt, Diana était celle qui avait fait de ses fils d'excellents nageurs.

Amateur depuis toujours de sports nautiques, Diana nageait pratiquement tous les jours et emmenait ses fils avec elle. Elle fréquentait les piscines des divers clubs de gym londoniens auxquels elle appartenait, mais il lui arrivait aussi souvent de passer au palais de Buckingham pour profiter de son bassin couvert. « William nage comme un poisson, s'émerveillait Diana. Il a ça dans le sang. » Harry, lui, donnait l'impression d'être né « avec des ouïes ».

À Londres, Diana ne reculait devant rien pour distraire ses fils. Elle les accompagnait au cinéma et elle les emmena assister aux finales de Wimbledon de la loge royale. Elle les conduisait aussi dans des parcs d'attractions, des fast-foods et sur des circuits de kart, activités auxquelles elle s'adonnait toujours avec un enthousiasme juvénile.

Ses motivations n'étaient pas entièrement gratuites. Fin 1987, la gouvernante Berry et Paul Burrell, le majordome de confiance de Diana, commencèrent à remarquer ce que Berry appela « le début d'une épreuve de force autour des garçons entre le prince et la princesse ».

Pendant que Charles passait de joyeux moments avec ses fils à l'abri des murs hérissés de caméras de surveillance de Highgrove, les sorties de Diana s'étalaient invariablement aux unes de la presse mondiale. En règle générale, la princesse s'efforçait de tenir William et Harry à l'écart des matches de polo de leur père, mais lorsqu'elle consentait à y assister, les journaux du lendemain débordaient de photos de la jeune mère dévouée assise sur le gazon avec ses fils et ne faisaient pas la moindre allusion à leur père.

Si Diana ne s'intéressait guère à l'obsession de Charles, le sport des rois, elle encouragea l'amour des chevaux chez ses fils. Tous les dimanches matin après leur leçon d'équitation à Highgrove, William et Harry rejoignaient leur mère dans la cuisine. Elle tendait un couteau à William, cinq ans, et à Harry, trois ans, et les surveillait pendant qu'ils coupaient soigneusement en dés les pommes et les carottes qu'elle avait étalées sur la table. Ensuite ils allaient nourrir dans leurs cages leurs lapins et leurs cochons d'Inde.

À leur retour, ils prenaient des morceaux de sucre et repartaient aux écuries les donner à leurs poneys. Ce rituel de la cuisine aurait lieu presque tous les dimanches matin pendant les quatre années suivantes.

Les deux premiers mois de 1988, on eut l'impression, au grand étonnement du personnel et à l'immense joie des garçons, que maman et papa étaient de nouveau heureux d'être ensemble. Lorsqu'ils s'appelaient « chéri », l'expression était pour une fois dénuée de l'habituel sarcasme. Leurs rapports, se rappelle Wendy Berry, devinrent « plus chaleureux et plus vrais que les mois précédents ».

Où qu'elle aille, Diana prenait un plaisir tout neuf à se moquer gentiment de la famille royale et de sa place en son sein. À bord d'un avion Virgin Atlantic qui survola le château de Windsor avant d'atterrir à Heathrow, elle revêtit un uniforme d'hôtesse, prit le micro et annonça : « Si vous regardez à votre droite, vous verrez la maison de mamie. »

Mamie s'intéressait tout particulièrement à William. Après tout, l'avenir de la monarchie reposait sur les frêles épaules du garçon. À cinq ans, William vit naître un rituel qui devait durer jusqu'à son entrée au collège. Pratiquement chaque semaine il prenait le thé avec sa grand-mère, généralement au palais de Buckingham ou au château de Windsor.

Plus tard, la reine profiterait de l'occasion pour tenter d'éduquer le futur roi. Mais, pour l'instant, ils prenaient visiblement plaisir à bavarder d'un sujet cher à leurs cœurs : les chevaux.

Très tôt, William impressionna Sa Majesté par ses talents de cavalier. Wills qui venait de terminer une leçon d'équitation à Balmoral ramenait son cheval Trigger aux écuries lorsqu'il croisa la reine. Elle montait son cheval préféré, un bai baptisé Greenshied. Il lui demanda s'il pouvait l'accompagner.

La reine, cavalière émérite, lui fit signe de la suivre. Il se mit à trotter si vite que Sa Majesté devait confier plus tard à des invités à un pique-nique : « J'avais du mal à me maintenir à sa hauteur. J'étais persuadée que le bai allait me projeter tête la première par terre. »

De retour à Highgrove, les garçons sentirent le réchauffement des rapports de leurs parents et leur comportement s'améliora de façon spectaculaire. Malheureusement, si un voyage à l'étranger semblait avoir ressuscité l'entente conjugale, il suffirait d'un autre pour la condamner à jamais.

Le 8 mars 1988, Charles, Diana, Fergie enceinte, et plusieurs amis s'envolèrent pour la station de ski suisse de Klosters. Deux jours plus tard, pendant que Diana et Fergie se détendaient au chalet, une avalanche rata de peu le prince Charles, mais tua son ami et écuyer le major Hugh Lindsay.

Étrangement, observa Wendy Berry, « ce fut comme si l'avalanche avait détruit la bonne entente récente entre Diana et son mari ». En cet instant de tragédie et de crise personnelle, Charles et Diana prirent conscience qu'ils ne pouvaient pas espérer de réconfort l'un de l'autre. La princesse rentra aussitôt à KP pour être auprès de ses fils et de la veuve de Hugh Lindsay, Sarah. Charles, lui, fila à Highgrove, où Camilla Parker Bowles était prête à lui ouvrir les bras.

Que Charles frôle la mort eut un autre effet inattendu. Tante Sarah, comme les garçons appelaient la duchesse de York, avait présenté Diana à l'astrologue Penny Thornton en 1986. Au cours des années suivantes, Fergie mettrait sa belle-sœur en contact avec une kyrielle de devins, de voyants, de spécialistes des tarots, etc.

L'un des conseillers spirituels de Diana lui prédit que Charles mourrait avant son accession au trône – et que William serait couronné. L'incident de Klosters ne réussit qu'à renforcer sa foi en l'occulte. « Diana était absolument convaincue que Charles ne serait jamais roi, dit lady Elsa Bowker. Mais elle était aussi convaincue qu'elle ne serait jamais reine. Cette conviction l'a guidée dans nombre de ses décisions concernant ses enfants. »

Un rêve récurrent depuis la naissance de Harry avait persuadé Diana de cet état de fait. Elle le raconta à son ami Roberto Devorik : Charles et elle se trouvaient à Westminster pour la cérémonie du couronnement. On posait la couronne sur la tête de

Charles. Elle lui allait parfaitement. Ensuite l'archevêque de Canterbury répétait ce geste avec Diana. Mais la couronne qui lui était destinée, trop grande, glissait et lui emprisonnait le visage. Elle s'efforçait de s'en libérer, mais en vain. Aveuglée, elle ne tardait pas à suffoquer.

Betty Palko, une autre astrologue vers qui Diana se tourna, la mit en garde contre « la tromperie et la traîtrise » et lui dit sans détours ce qu'elle ne savait déjà que trop bien – que Charles lui était infidèle.

Fin 1988, Diana s'apprêtait à jeter son invitation à la fête du quarantième anniversaire de la sœur de Camilla, Annabelle Elliot, lorsqu'« une voix intérieure me souffla : Et flûte, vas-y ».

À la soirée, cette même voix dut souffler à Diana de défier la maîtresse de son mari. « Camilla, dit-elle à Parker Bowles estomaquée, je tenais à vous faire savoir que je sais exactement ce qui se passe entre Charles et vous. Je ne suis pas née de la dernière pluie. Je suis désolée d'être un obstacle, ce doit être insupportable pour vous deux, mais je n'ignore rien de ce qui se passe. Arrêtez de me prendre pour une gourde. » Charles et Diana se disputèrent dans la voiture qui les ramenait chez eux, et cette nuit-là, elle « pleura comme jamais. Toutes les larmes de mon corps ».

Diana défia une autre de ses rivales à une autre fête d'anniversaire. Le 14 novembre 1988, la reine donna une soirée pour les quarante ans de son fils au palais de Buckingham. Parmi les invités figuraient Janet Jenkins, la Canadienne avec laquelle Charles avait eu une longue liaison, et son mari.

Jenkins salua ses hôtes mais lorsqu'elle arriva devant Diana, la princesse de Galles lui jeta un regard glacial et retira sa main. « Une rebuffade manifeste », se rappela Jenkins. Plus tard, Jenkins surprit Diana en train de chuchoter à l'oreille de la duchesse de

York en regardant dans sa direction. « Ensuite Fergie m'a snobée. »

Une fois de plus, les tensions entre Diana et Charles n'échappèrent pas aux garçons. S'ils entretenaient manifestement des rapports étroits et affectueux avec leur père, à leur âge, il n'y avait tout simplement rien de plus important au monde que leur mère. Blottis en pyjama sur le canapé de maman, regardant le genre de téléfilm que le prince de Galles condamnait, les garçons semblaient aux anges. « Ce film est terrifiant, dit un jour Diana à la gouvernante. Mais, Dieu merci, j'ai mes deux costauds avec moi pour me rassurer. » Les garçons se contentèrent de sourire.

Les efforts pour créer un semblant de vie familiale normale reprirent quand William eut trois jours de vacances supplémentaires en mai 1989. Diana et Charles emmenèrent les garçons dans les îles Scilly, au large de la Cornouailles, où ils pourraient faire du vélo et se promener sur la plage sans être pourchassés par la presse.

Mais la tension entre les deux époux était, pour citer l'expression d'un membre de leur entourage, « à couper au couteau. Globalement ils s'ignoraient. Voir ces petits garçons essayer de réunir maman et papa – c'était trop triste ».

De retour en Angleterre, Charles et Diana reprirent leur vieille habitude consistant à tout faire pour s'éviter. Avant, elle s'enfermait dans sa chambre pour lire ou regarder des vidéos pendant que Charles passait de longues heures à travailler dans son cher jardin. Les garçons allaient d'un parent à l'autre, mais il était clair qu'ils préféraient se pelotonner contre leur mère devant la télévision à remuer la terre avec leur père.

Mais cette trêve fragile n'était même plus possible. À présent, Charles et Diana étaient incapables de coexister sous le même toit, même en faisant chambre à part. À partir de 1989, il quittait généralement

Highgrove juste avant son arrivée. Cela devenait parfois presque comique de voir leurs limousines se croiser. « Au moins deux ou trois fois les garçons virent leur père passer en voiture, raconte un membre de la sécurité royale. Ils entendaient toutes les disputes. Ils savaient ce qui se passait. Ils devaient se sentir totalement impuissants. C'était un vrai crève-cœur de voir ces gamins pris entre deux feux. »

À l'approche de son septième anniversaire en juin 1989, William avait pratiquement réussi à se débarrasser de sa réputation de sale gosse royal. Loin de ses bouffonneries au mariage du prince Andrew et de Fergie, William prit les choses en main lors du mariage d'un cousin Spencer : « Reculez, ordonnat-il aux garçons et aux demoiselles d'honneur. Mettez-vous en rang. »

William commença même de rabrouer son petit frère. Lorsqu'ils se rendirent à l'hôpital Portland pour voir leur cousine Beatrice, Harry imita son grand frère en tirant la langue aux photographes. « Arrête, Harry, dit William en prenant son frère à part. C'est très mal de faire ça. »

Diana trouva alors un nouveau surnom à son aîné – Monsieur le petit chef. Mais si le comportement de William semblait contraster avec la timidité de sa mère enfant, il commença à manifester un trait de caractère qui rappelait beaucoup la jeune Diana.

« Je l'ai souvent vu consoler un jeune enfant visiblement malheureux, raconte la mère d'un condisciple. Il lui parle sérieusement et s'assure qu'il va bien avant de reprendre son jeu. Il est vraiment attentif aux autres. »

Comme on pourrait s'en douter, William jouait autant les protecteurs avec son frère que sa mère jadis avec le sien. Quand le prince Charles emmena ses fils sur le toboggan géant du Safari Park de Windsor, William prit les autres enfants en charge et surtout

Harry : « Harry, enlève ton manteau. Tu descendras beaucoup plus vite. » William « veilla sur son petit frère, raconte un autre parent présent, avec une grande douceur ».

William se souciait tout autant des sentiments de ses parents. Après un week-end tendu avec les enfants à Highgrove, Diana et Charles partirent pour une visite officielle au Koweït et dans les Émirats arabes unis. À leur arrivée au Moyen-Orient, Diana trouva dans sa valise une enveloppe qu'on y avait apparemment glissée à la dernière minute. L'enveloppe contenait un mot visiblement de la main d'un enfant écrit avec soin. C'était la toute première lettre que le futur roi écrivait à ses parents. Mais le prince de Galles se trouvait dans une autre suite, et comme ils ne s'adressaient toujours pas la parole, la princesse la lut donc seule :

Chers maman et papa,
J'espère que votre voyage se passera bien. Mais rentrez vite. Vous me manquez.
Plein de baisers, William.

Diana s'assit sur le bord de son lit et fondit en larmes.

4

William : « Quand je serai grand, je serai policier pour te protéger, maman. »
Harry : « Ah non ! Il faut que tu sois roi ! »

« Le jour de son départ, j'ai plongé tête la première dans la boîte de Kleenex. »
*Diana à propos du départ
en pension de William*

Charles : « Les garçons sont des princes et devraient être élevés comme tels. »
Diana : « Ils sont peut-être princes, mais ce sont aussi des enfants. Ils ont besoin de mener une vie normale, sinon ils finiront comme vous, complètement coupés de la réalité. »

« Allez, Harry, dépêche-toi, dit William à son frère. Mets-toi là. Tu es prêt ? » Les deux princes attendaient patiemment devant la porte de Highgrove. À l'apparition de leur père, ils se mirent au garde à vous et le saluèrent. Imperturbable, le prince Charles s'arrêta pour leur rendre leur salut : « Rompez ! »

Les garçons avaient vu tous les corps d'armée saluer leur père à maintes reprises ; à présent, décida William, ils en feraient autant à chaque départ du prince Charles. En fait, les garçons étendirent leur rayon d'action : « William et Harry, dit un aide de camp de Charles, saluaient tous les uniformes qu'ils croisaient. »

À Balmoral, les Gordon Highlanders rendirent la politesse à William et, pendant une journée, firent de lui un membre honoraire de leur régiment. Vêtu du treillis réglementaire, il fut autorisé à déjeuner avec les autres soldats autour d'une cuisine roulante au milieu de la campagne écossaise. À son retour, il régala son petit frère d'anecdotes sur la vie militaire. « J'ai mangé des trucs drôlement bons », dit-il à Harry qui buvait ses paroles, un peu jaloux.

Il ne fait aucun doute que Harry idolâtrait son frère aîné – mais il y avait des limites. Dans une famille moyenne, le cadet ne cesse de se voir comparé à l'aîné préféré. Quand cet aîné est un futur roi, être à la hauteur est un travail de chaque minute.

Harry l'a compris très tôt. Un matin à l'école de Mme Mynors, les enfants jouaient avec de la terre glaise quand un des professeurs se tourna vers lui : « Votre frère, le prince William, était très doué pour cette activité », lui déclara-t-elle en guise d'encouragement.

« Ce fut la goutte qui fit déborder le vase, raconte un autre professeur. Harry a jeté la glaise par terre et a refusé d'y toucher jusqu'à la fin de la journée. »

Mais il arrivait encore à William de ne pas avoir une conduite exemplaire. Les deux garçons étaient à Wetherby en 1989 quand l'héritier du trône décida de se soulager dans un buisson à côté de l'école. Le lendemain un journal populaire publiait deux photos de William pris sur le fait. Avec cette légende : LE PIPI ROYAL.

À la même époque, William, six ans, s'inspirant d'Henri VIII, demanda en mariage sa condisciple Eleanor Newton, cinq ans : « Si tu ne m'épouses pas, je te ferai jeter en prison. » À une autre petite fille, distribuée dans le rôle de la princesse dans une pièce à l'école, il déclara l'air de rien : « Tu es trop moche. Il faut ressembler à ma maman pour être princesse. »

De temps à autre, discipliner William avait des ramifications inattendues. En juin 1989, Diana se rendit à la journée sportive de Wetherby pour participer à la course des mamans qu'elle remporta. « C'est la première fois de ma vie que je gagne une chose de ce genre », dit-elle, toute contente. Mais lorsque sonna l'heure de rentrer à la maison, William ignora sa mère et courut jouer avec ses petits camarades. La princesse le rattrapa et le ramena de force à la voiture. Des paparazzi la surprirent en train de donner une fessée au gamin – une image qui déclencha une controverse sur les mérites du châtiment corporel et un débat : le geste de Diana ne pouvait-il être assimilé à une forme adoucie de mauvais traitements ?

Que la fessée soit ou non justifiée, la spécialiste de l'éducation des enfants en Grande-Bretagne, Penelope Leach, fut parmi ceux qui défendirent les tentatives de Diana de mettre ses fils au pas. « La discipline est essentielle pour l'image de soi d'un enfant : cela lui donne le sentiment d'avoir de la valeur, expliqua-t-elle. Ce qui contribue à un comportement inqualifiable, c'est le sentiment que personne ne se soucie de vous, que tout le monde se fiche de la façon dont vous vous comportez. »

Une nouvelle arrivée dans la vie des princes s'en souciait et elle n'en fit pas mystère. L'été 1990, Jessie Webb remplaça Ruth Wallace qui prenait sa retraite au poste de *nanny* des enfants. Webb, une femme imposante d'origine Cockney qui n'avait pas la langue dans sa poche, n'hésitait pas à enguirlander les enfants lorsqu'ils se conduisaient mal. Mais elle était aussi brutale dans son jugement des parents des garçons : « Charles et Diana sont complètement cinglés. Ces gamins vont sacrément avoir besoin d'aide si l'on ne veut pas qu'ils finissent aussi givrés que père et mère. »

Il arrivait que l'amour du défi de William provoque des préoccupations plus graves. Au mois d'août, à Balmoral, la « mini-tornade » de Diana sauta sur son poney et disparut pendant plus d'une demi-heure. « La reine, rapporte un membre de la sécurité de Balmoral, en fut à juste titre bouleversée. » Dès lors, le prince fut équipé d'un minuscule appareil de détection électronique qu'il devait porter tout le temps sur lui.

William, huit ans, étala soigneusement ses affaires sur le lit de la nursery – ses livres préférés, son perroquet en peluche rouge, bleu et jaune, quelques jouets, la couette de son lit à Highgrove – puis alla chercher sa mère. Il entrait en pension le lendemain et voulait montrer à Diana ce qu'il emportait. Mais, derrière ce courage apparent, il était terrifié.

« C'est une tradition effroyable – typiquement britannique. Je l'ai en horreur, dit Penelope Leach. Huit ans est un âge affreusement précoce pour être séparé de ses parents. »

Toujours hantée par ses propres souvenirs de pension, Diana aurait abondé dans son sens. Mais il y avait eu des problèmes de sécurité à Wetherby et l'escouade de la protection royale avertit la princesse que son fils serait davantage en sécurité en pension.

Le 10 septembre 1990, Diana et Charles conduisirent William à Ludgrove, pension chic située à Wokingham dans le Berkshire, à une quarantaine de kilomètres de Londres. Là, le prince William et cent quatre-vingts autres élèves dormiraient dans des dortoirs de huit lits aux planchers nus et aux murs couverts d'une peinture écaillée. On les autorisait à garder leurs jouets et leurs jeux, mais radios et télévisions étaient interdites. Les parents ne pouvaient leur donner plus de cinq livres d'argent de poche par trimestre et, le dimanche, chaque élève avait droit à une gâterie – une barre de chocolat ou une autre friandise en guise de récompense pour sa bonne conduite pendant la semaine.

Chaque dimanche, William et les autres garçons étaient tenus d'écrire une lettre à leur famille. Ils ne rentraient en moyenne qu'un week-end par mois chez eux, et n'avaient malgré tout pas la permission de téléphoner à leurs proches.

Du point de vue de la sécurité, Ludgrove (frais de scolarité annuels : 7 050 dollars) présentait plusieurs avantages – entre autres d'être entouré de soixante-quinze hectares de terres et d'être suffisamment éloigné du réseau routier pour décourager les appareils photo indiscrets de la presse populaire. Le garde du corps de William à l'école, un vétéran marié de l'escouade royale de sécurité affublé du nom de Graham Cracker, dormait dans une chambre voisine du dortoir de William.

Tout cela ne consolait guère la princesse de Galles. William resta impassible le jour de la rentrée à Ludgrove, mais Diana fondit en larmes. « Elle était complètement effondrée, raconte lady Elsa Bowker. Elle avait le sentiment d'abandonner William comme on l'avait elle-même abandonnée enfant. Elle en rendait Charles responsable. »

Si le départ de William plongea Diana dans une profonde dépression, il ne parut pas affecter Charles. Quelques jours après avoir déposé son fils à la pension, le prince de Galles partait pour un bref séjour à Paris à bord d'un des jets de la flotte de la reine arborant l'écusson royal. Puis il rentra à Balmoral où il avait un rendez-vous galant avec Camilla Parker Bowles.

« Je n'y peux rien, disait Diana à qui voulait bien l'écouter. William me manque terriblement. » Quand des amis louaient l'assurance du garçon sur les photos de presse prises en ce jour de rentrée à Ludgrove, Diana secouait la tête : « Oui, mais il est si jeune. J'avais l'impression de revivre cette période de ma vie. »

Pendant les premières semaines, William eut du mal à dissimuler combien les siens lui manquaient – et combien il était inquiet à propos de la mésentente de ses parents. Des professeurs racontèrent que le prince arpentait souvent seul les terres de l'école, les mains dans les poches, le dos voûté. « Il avait l'air de ployer sous un fardeau », raconta la mère d'un autre pensionnaire.

Aux yeux de certains professeurs et condisciples, William paraissait lointain, voire impérieux. « William est beaucoup plus imbu de lui-même que Harry, révéla un ami de la princesse. Et il redoute donc davantage de se ridiculiser. Il est sensible, capricieux et gâté. Il se rend compte qu'on s'incline devant lui et, même à son âge, il exploite la situation. »

À sa première sortie de l'école en octobre, le prince William fonça dans le bureau de son père à Highgrove... pour le trouver vide. Déçu, le gamin fondit en larmes. Folle de rage, Diana appela son mari à Balmoral et exigea qu'il parle à son fils. Charles lui faxa une lettre de bienvenue à la maison.

Plusieurs jours plus tard, Charles se décida enfin à rejoindre sa famille. Et, une fois de plus, William se retrouva pris entre les deux feux de ses parents en guerre. Pendant un déjeuner avec William, Charles et Diana réussirent à ne pas échanger un seul mot. Ils ne s'adressèrent qu'à William qui répondit avec empressement à toutes leurs questions sur sa nouvelle vie à Ludgrove. William interrogea alors son père sur ce qu'il avait fait. Le prince Charles expliqua qu'il avait passé de merveilleux moments à marcher et à pêcher à Balmoral. Diana, qui n'ignorait pas que Camilla s'y trouvait, sortit en claquant la porte.

Si ces incidents pouvaient embarrasser William, ils étaient encore préférables aux hurlements devenus monnaie courante dès que Charles et Diana se trouvaient ensemble. Après une de ces disputes violentes à Highgrove, Diana s'enferma sanglotante dans des toilettes. William lui glissa des mouchoirs en papier sous la porte : « Je déteste te voir triste. »

Une autre fois, du palais de Kensington, William, huit ans, téléphona de son propre chef au San Lorenzo, le restaurant préféré de sa mère, pour y réserver une table : « Maman, lui dit-il, c'est exactement ce qu'il faut pour te remonter le moral. »

Maintenant que William se trouvait à Ludgrove, Harry était le seul témoin de l'escalade des hostilités entre ses parents. Couché dans la chambre qu'il avait partagée avec William, il entendait sa mère sangloter et son père la supplier de lui parler.

En janvier 1991, une dispute fut audible non seulement pour Harry, mais pour une grande partie du personnel de Highgrove. « Je te déteste, Charles ! hurla Diana avant de claquer la porte. Je te hais. »

« William et Harry s'étaient toujours épaulés mutuellement pendant les bagarres de leurs parents, raconte une ancienne bonne à Highgrove. William n'arrêtait pas de dire à Harry que les mamans et les papas se disputaient tout le temps, mais que cela ne voulait pas dire qu'ils ne s'aimaient pas. Mais, à présent, en dehors de quelques congés scolaires, Harry devait affronter seul pas mal de cris. »

Certains membres du personnel royal s'employaient à distraire le garçon. Jessie lança une campagne pour remplumer « cette pauvre petite chose maigrichonne » en le gavant de scones couverts de crème fraîche et de gâteaux. Les policiers chargés de protéger Harry l'emmenaient parfois en balade dans leur voiture de patrouille et le laissaient jouer avec les gyrophares et les sirènes.

Le détective de Diana, Ken Wharfe, avait l'art de distraire les deux garçons quand il sentait l'atmosphère tourner au vinaigre. Il les entraînait dehors pour leur confier des secrets de la police.

Pendant qu'elle se battait sur le front intérieur contre son mari, fin 1990 et début 1991, Diana pensait également à la guerre qui faisait rage dans le Golfe persique. Elle s'inquiétait notamment du sort de l'un des combattants, le capitaine James Hewitt, une autre figure masculine de la vie de ses enfants.

À son retour, Hewitt eut droit à un accueil « tendre et passionné ». Diana lui raconta que Harry lui avait fidèlement tenu compagnie pendant la guerre dont ils avaient suivi ensemble l'évolution à la télévision.

Quant à William, il était loin, dans ce qu'elle qualifiait de « prison », mais elle était très fière de lui.

Fière au point que Diana décida que son aîné était prêt pour sa première apparition officielle, le 1er mars 1991 – le jour de la Saint-David, la fête nationale du pays de Galles. Le futur prince de Galles se rendit à Cardiff avec son père et sa mère où, arborant une jonquille à la boutonnière en l'honneur de la Saint-David, il fit hardiment face à une foule de trois mille personnes.

Plaçant une main rassurante sur l'épaule du petit prince, maman lui murmura : « Ça va ? » Un large sourire aux lèvres, William lui répondit : « Cela doit durer combien de temps ? »

William ne perdit visiblement ses moyens qu'une fois – rougissant comme « Di la timide » – lorsque Lucy Willis, neuf ans, lui tendit un bouquet de jonquilles. Lucy parut peu impressionnée : « Je lui ai donné les fleurs, dit-elle avec un haussement d'épaules, parce que ma maman m'a dit de le faire. »

Malgré l'importance de la première sortie officielle de William, Charles ne s'attarda pas. Au bout d'à peine une heure, il partit rendre visite à des épouses de militaires dans une base aérienne voisine. Prenant William à part, Diana lui glissa quelques conseils de dernière minute avant qu'il ne dévoile la plaque de deux mètres de haut à la gloire de la culture galloise. Puis, sous les flashs des photographes, William signa le livre d'or – révélant au monde entier qu'il était gaucher.

Ce printemps-là, la presse nota que Charles passait apparemment peu de temps avec ses enfants. Seule Diana, souligna-t-on, avait assisté au solo de Harry au concert de Noël à Wetherby. Pendant les vacances de Pâques, Diana emmena ses fils skier en Autriche pendant que Charles recevait Camilla à Sandringham. Le garde du corps royal, Ken Wharfe, continuant à jouer les pères par procuration, était sur les pentes pour réconforter Wills qui, souffrant d'un méchant rhume et incapable de soutenir le rythme de son frère, en pleurait de contrariété.

À une autre occasion, la mère et les fils furent photographiés en train de s'amuser dans un parc d'attractions pendant que le prince de Galles assistait à une réunion équestre. Fin mai, pour les vacances de Harry, Charles brillait encore par son absence. Diana emmena ses fils visiter un parc animalier, une réserve et une base de la Royal Air Force.

En fait, le prince de Galles entretenait toujours des rapports étroits et affectueux avec ses fils. Quand l'hélicoptère royal déposait leur père sur la pelouse de Highgrove, William et Harry l'attendaient avec impatience et il les faisait tournoyer autour de lui jusqu'à ce qu'ils s'effondrent de rire par terre. Mais les scènes de ce genre avaient lieu loin des caméras de la télévision, ce qui donnait au public l'impression que Charles était une figure froide et lointaine dans la vie des garçons.

Le 3 juin 1991, Charles fut mis à l'épreuve dans son rôle de père. William et plusieurs de ses condisciples se trouvaient sur le green de Ludgrove quand un des gamins se mit à agiter un putter au-dessus de sa tête. Le club frappa de plein fouet William au front et l'étala par terre. Inconscient, saignant abondamment, William fut transporté en hâte par une voiture de police au Royal Berkshire Hospital de Reading, la ville voisine.

Diana déjeunait avec une amie au San Lorenzo quand son garde du corps la prit à part. Le proviseur de Ludgrove, Gerald Barber, avait téléphoné à KP dans les minutes suivant l'accident. Affolée, Diana sortit en trombe du restaurant, sauta au volant de sa Jaguar verte et fonça vers l'hôpital à une quarantaine de kilomètres de là. Prévenu à Highgrove, Charles

« blêmit sous le choc », selon les dires de Berry. Il partit pour l'hôpital dans son Aston Martin bleue.

Charles et Diana « suivaient son chariot, le rassurant » dit Sarah Prince quand on poussa le garçon dans une salle d'examen pour un scanner. La blessure était suffisamment grave, dirent les médecins, pour qu'on le transfère dans un hôpital spécialisé. Diana monta dans l'ambulance qui transporta William à l'hôpital de Great Ormond Street à Londres. Charles suivit dans sa voiture.

Au Great Ormond Street, on expliqua à Diana et Charles qu'une opération serait nécessaire pour vérifier s'il n'y avait pas d'esquilles et évaluer les dégâts. Rassuré, Charles partit assister comme prévu à une représentation de *Tosca* à Covent Garden. Entrant dans la loge royale après le premier acte, il confia à ses invités que William « n'était pas trop mal en point ». À la fin de la représentation, Charles prit un train de nuit pour se rendre à une conférence sur l'environnement dans le nord du Yorkshire.

Pendant ce temps-là, Diana tenait la main de William quand on poussa son chariot en chirurgie. Soixante-quinze minutes plus tard, le neurochirurgien Richard Haywards sortait de la salle pour annoncer que l'opération avait été une « parfaite réussite ». En outre, rien n'indiquait que le prince souffrirait des complications plus terrifiantes susceptibles de survenir après ce genre de blessure – infection, méningite, voire épilepsie.

La princesse, rassurée mais redoutant encore que la blessure n'ait des séquelles durables, resta au chevet de son fils à l'hôpital. Le lendemain soir, à son retour de sa conférence, Charles passa quarante-deux minutes avec William avant de prendre congé, pour ce qu'on qualifia officiellement d'un « engagement privé ».

Comme on pouvait s'y attendre, l'incapacité de Charles de mesurer la gravité de l'état de William mit le public dans une rage folle et la presse le condamna unanimement pour n'être pas resté au côté de son fils. « Quelle sorte de père peut se rendre à l'opéra sans attendre le diagnostic pour son fils de huit ans qui vient de se faire assommer par un club de golf ? » demanda Jean Rook du *Daily Express*. Un titre du *Sun* n'y allait pas non plus par quatre chemins : « QUELLE SORTE DE PAPA ÊTES-VOUS ? »

Abasourdi par ce tollé, Charles accusa Diana d'accorder trop d'importance à l'incident. Une réaction à laquelle elle s'attendait. « Elle n'en fut pas surprise, observa un ami. Cela ne fit que confirmer ce qu'elle pensait de lui. »

« Sa réaction devant l'accident de William fut de l'horreur et de l'incrédulité, raconte l'ami de Diana, James Gilbey. Tout le monde s'accorde pour dire qu'il s'en est fallu d'un cheveu. Comme elle n'arrive pas à comprendre l'attitude de son mari, elle la refoule. Elle se dit qu'elle sait où va sa loyauté : à son fils. »

Au bout de deux nuits, William sortit de l'hôpital qu'il quitta avec sa mère dans une limousine conduite par un chauffeur. Malgré ses blessures, le jeune prince regarda avec une véritable inquiétude un photographe du *London Express* mitrailler sa mère, effondrée à l'arrière, les traits tirés par l'angoisse et la fatigue.

En août, William était complètement remis et Diana demanda à son mari si la famille pouvait aller passer quelques jours de détente dans un parc d'attractions avant que les garçons rentrent à l'école. Le prince Charles refusa – il préférait faire le tour des églises locales et un pique-nique ou deux –, ce qui donna lieu à la dispute inévitable. Finalement, ils parvinrent à un compromis : Charles accepta de partir en croisière à bord du luxueux yacht de cent mètres de long du milliardaire grec John Latsis, l'*Alexander* (d'après Alexandre le Grand) à la condition que seuls ses amis les accompagnent. La croisière fut qualifiée par le palais de « seconde lune de miel », alors qu'en fait Charles passa le plus clair de son temps avec ses compagnons bien nés pendant que Diana, en bikini, nageait et plongeait avec ses fils.

Dès leur retour, Charles et Diana reprirent leur guerre ouverte. Les deux garçons étaient parfaitement conscients des tensions entre leurs parents, mais la situation ébranlait surtout William. Presque chaque jour, il croisait sa mère en larmes dans un couloir ou la trouvait sanglotant dans sa chambre.

Un après-midi que William cherchait sa mère à Highgrove, il finit par la découvrir en haut de l'escalier du quartier des domestiques.

« Que se passe-t-il, maman ? »

Secouée de sanglots, Diana lutta pour se maîtriser :

« Je te le dirai, mon chéri... quand tu seras plus grand.

— Viens avec moi au jardin, dit Charles, qui arriva sur ces entrefaites. J'aimerais te parler un instant.

— Je te déteste, papa ! hurla William en tremblant de rage. Je te hais. Pourquoi fais-tu pleurer maman tout le temps ? »

Et William descendit l'escalier quatre à quatre, suivi par son père bouleversé.

« Regarde ce que tu as fait, Charles, s'écria Diana. Pourquoi bouleverser les enfants ? »

Il n'était plus possible pour Charles et Diana de s'ignorer et de ne s'adresser qu'aux garçons. Ils en étaient au point où ils ne prenaient même plus la peine de déjeuner avec leurs enfants. Maintenant, chaque fois que Charles se trouvait à Highgrove,

Harry dînait avec Nanny Jessie dans la nursery, pendant que Diana et William mangeaient sur des plateaux devant la télévision sur le lit de la princesse – et que Charles dînait seul dans la salle à manger.

« William et Harry ont passé une grande partie de leur enfance à dîner de plateaux-repas assis devant la télévision sur le lit de leur mère, rapporte un ancien membre du personnel. C'était un refuge pour eux – un endroit chaleureux et gai. Bien sûr, Charles était explicitement exclu et il en souffrait. »

Il en souffrait au point qu'il s'enfonça dans une profonde dépression. Il passait des heures interminables derrière les murs de son jardin, travaillant la terre à genoux même sous des pluies battantes. Ensuite il dînait seul et se couchait épuisé.

Si les tendances suicidaires de Diana ne devaient pas tarder à alimenter les unes de Fleet Street, Charles avait touché le fond. « Je n'ai aucune raison de vivre », annonça-t-il carrément à l'avocat royal, lord Arnold Goodman. Lord Goodman, comme les intimes de Charles, reconnut les symptômes classiques de la dépression grave. En un mot, Goodman décréta que le prince de Galles était « suicidaire » à cause de la rupture imminente de son couple et du retentissement inévitable que cela aurait sur ses fils, la famille royale et l'institution de la monarchie.

À Highgrove, théâtre de la plupart des confrontations entre le prince et la princesse, tout le monde pensait qu'ils ne tarderaient pas à recourir à la violence, tant ils se haïssaient. Les détectives de la protection royale redoutaient que l'une des nombreuses armes présentes sur les lieux ne soit utilisée par le prince ou la princesse pour se suicider ou tuer l'autre. Ils craignaient également que les enfants ne soient littéralement pris entre deux feux. « Nous nous sommes assurés, précise un ancien agent de la sécurité, que toutes les armes – pistolets et fusils –

resteraient sous clé. Pour que personne ne soit tenté de s'en servir sous l'emprise de la colère. »

Une fois de plus, les garçons assistaient à la désintégration du couple parental. Diana quittait toujours Highgrove en larmes. Assise à l'arrière de la voiture avec ses fils, elle finissait toujours par se cacher le visage entre ses mains. Harry gardait un silence perplexe tandis que William posait une petite main rassurante sur l'épaule de sa mère.

Malgré la tempête qui secouait le couple, William et Harry restaient profondément attachés à leurs deux parents. Cela n'était jamais aussi évident que lorsqu'il était temps pour William de regagner Ludgrove. Vers la fin des vacances, William implorait en larmes ses parents de ne pas le renvoyer en pension.

Charles gardait un souvenir désastreux de la pension et il se rappelait qu'il réagissait à peu près comme William lorsqu'il était temps de repartir. Pour remonter le moral des garçons, Charles les prenait à part et les régalait de récits hilarants mettant en scène des professeurs collet monté et des sales brutes. « Tout le monde a la même impression que vous, rassurait-il William et Harry. Dès que vous aurez retrouvé vos copains, tout rentrera dans l'ordre. »

Mais William qui, comme les autres élèves de Ludgrove, n'avait même pas le droit de parler à ses parents au téléphone était inconsolable. Pendant que Diana l'attendait dans la voiture – elle insistait à présent pour conduire les deux garçons à l'école –, Charles prit William par le cou et lui murmura quelques paroles de réconfort. Pendant le trajet d'une heure, la princesse tenta de remonter le moral à son fils en lui rappelant les bons moments passés sur l'*Alexander* et en lui promettant d'autres aventures semblables à l'avenir.

Mais à peine Diana avait-elle déposé son fils qu'elle fondit en larmes. « Je sais ce que c'est que d'être tout seul à cet âge. On se sent complètement abandonné de ceux qui sont censés vous aimer le plus, confia-t-elle à l'un de ses gardes du corps. Pourquoi Charles nous oblige-t-il à imposer la même chose à nos enfants ? Bon Dieu, il est le mieux placé pour savoir l'effet que cela fait à un petit garçon de se faire larguer comme ça. »

Mais William se réadapta vite à sa vie à l'école. Comme un porte-parole de Ludgrove s'empressa de l'expliquer, l'épisode du club de golf « n'était pas une bagarre, mais un accident. William est un garçon très apprécié ici ».

Avec William à Ludgrove et Harry qui l'y rejoindrait l'année suivante, Diana se préparait un triste avenir sans ses fils. Fergie fut l'un des rares membres de la famille royale à s'efforcer de la réconforter : « Ne t'inquiète pas, disait-elle à sa belle-sœur, tout ira bien. »

Mais tout n'irait pas bien – surtout pour Fergie. Diana vit bientôt les critiques dirigées contre l'embonpoint de Fergie, ses vêtements, ses dépenses, son côté tapageur et ses capacités de mère avoir lentement raison de l'assurance de son amie.

En janvier 1992, le prince Andrew et la duchesse de York se séparèrent après la publication dans la presse populaire de photos montrant les ébats de Fergie avec l'héritier texan du pétrole, Steve Wyatt, dans le sud de la France. Au mois d'août, alors que toute la famille était réunie à Balmoral, une nouvelle série de photos mit le feu aux poudres : on y découvrait Fergie, les seins nus, en train de se faire lécher les orteils par un autre Américain, son soi-disant conseiller financier, John Bryan. La reine convoqua la duchesse dans son bureau, entra dans une colère noire et bannit Fergie de la famille royale.

Diana était convaincue, et elle n'avait pas entièrement tort, que les « hommes en gris » du palais la jugeaient instable et la considéraient comme une menace pour la monarchie. Avec son couple au bord de la rupture, la question de savoir qui aurait le dernier mot dans l'éducation des princes devint primordiale. « Je ne les laisserai pas, dit-elle méprisante de sa belle-famille, transformer mes fils en l'un des leurs. »

La guerre, comme Diana eut raison de le supposer, aurait lieu devant le tribunal de l'opinion publique. Le principal objectif du palais serait de discréditer la princesse de Galles en recourant à peu près aux méthodes utilisées par Fergie pour se discréditer elle-même. Fin 1991, Diana avait déjà mis en œuvre un projet lui permettant de révéler sa version de l'histoire. « J'étais au bout du rouleau. Désespérée. » Voilà comment Diana expliqua sa décision de tout confier au journaliste Andrew Morton. Pendant plusieurs semaines, son ami le Dr James Colthurst lui avait apporté les questions écrites de Morton dans ses appartements de Kensington. Seule dans son salon privé, elle vida son cœur devant un magnétophone. Colthurst livrait ensuite secrètement les bandes à Morton.

La mère de William et de Harry avait approuvé le manuscrit définitif du livre de Morton lorsque son père mourut brutalement, le 29 mars 1992. À ce moment-là, les Galles faisaient du ski en Autriche. Charles insista pour rentrer avec sa femme à Londres – strictement pour sauver les apparences. Quand Diana refusa de marcher dans la combine, le prince de Galles appela sa mère. La reine leur ordonna de rentrer à Londres ensemble. Une fois sur place, Charles qui n'avait pas prononcé une seule parole de réconfort à sa femme en deuil fila à Highgrove.

William et Harry compensèrent l'absence de compassion de leur père. Quand William rejoignit son frère et sa mère à KP, tous trois pleurèrent la mort du grand-père. « Ne sois pas triste, maman, lui dit William. Souviens-toi que Harry et moi, nous serons toujours là pour toi. »

Le prince et la princesse de Galles assistèrent à la fête d'anniversaire que le roi Constantin organisa pour les dix ans de William dans le jardin de sa maison au nord de Londres. Malgré leur mépris mutuel, Charles et Diana réussirent cette fois à offrir l'image de la parfaite harmonie conjugale.

Ils furent si convaincants que Smartie Artie, l'animateur de la fête des enfants, refusa de croire les rumeurs de rupture imminente. « Le thème de la fête était le Far West. La princesse arriva dans un costume de cow-girl et le prince arborait un Stetson. Ils ont participé à tous les jeux d'équipe débiles avec les autres parents et enfants : courir avec un verre d'eau en essayant de ne pas le renverser, etc. On n'aurait pas imaginé un instant que quelque chose clochait. »

Mais, à peine quelques jours plus tard, les doutes de Smartie Artie lui-même furent chassés par la publication de *Diana, sa vraie histoire* d'Andrew Morton. Non seulement le livre fit sensation dans le monde entier, mais il provoqua une série de scandales qui feraient trembler les bases mêmes de la monarchie britannique. Puis, début juillet, un des confidents New Age de Diana, le masseur Stephen Twigg, donna une interview au *Sunday Express* pour défendre sa cliente. Les tentatives de suicide de Diana que le livre de Morton décrivait « pouvaient arriver à n'importe qui. L'idée qu'elle est malade, instable et déséquilibrée sur le plan émotionnel est un non-sens ». Bien que destinée à défendre son amie, l'interview de Twigg eut pour effet d'attiser les flammes de la controverse. Diana était blême.

« As-tu des amis qui ne parlent pas aux journaux ? » demanda Charles à sa femme. Il est sûr que les confidents du prince étaient plus discrets. Pendant que Diana subissait l'assaut de révélations en série, Charles invita sa vieille amie du Canada, Janet Jenkins, à Highgrove.

Jenkins, dont le fils Jason avait maintenant huit ans, tint la main du prince pendant les quatre heures où il lui parla de la séparation imminente et de sa conviction que Diana finirait par exiger le divorce. « Il était effondré, se rappelle Jenkins. Il ne voulait pas d'un divorce. Il pensait surtout à l'impact que tout cela aurait sur les enfants. Depuis que le mariage battait de l'aile, il s'inquiétait pour la santé psychologique des garçons... le retentissement que toutes ces disputes et cette amertume auraient sur leur vie future. Il voulait qu'ils grandissent en se rappelant qu'il n'était pas celui qui hurlait et tempêtait. »

Ce soir-là, Charles et la mère de Jason couchèrent de nouveau ensemble. « Ce fut la dernière fois », dit Jenkins. Elle n'apprendrait que plus tard que Camilla était encore la maîtresse de Charles. « Ironique, non, qu'il ait trompé sa maîtresse avec moi ! » (Jenkins rencontrerait Camilla en 1996 lorsqu'elle fut de nouveau invitée à Highgrove. Assise à côté de Camilla au dîner, Jenkins la trouva « absolument charmante. Ou elle ignorait que Charles et moi avions été amants, ou elle s'en fichait, parce qu'elle a été absolument délicieuse ».)

En août, à peu près au moment où les photos de Fergie en train de se faire sucer les orteils parurent dans le *Daily Mirror*, la presse populaire publiait des transcriptions d'une conversation entre Diana et son ami James Gilbey enregistrée illégalement. Gilbey qui l'appelait « Chérie » et « Squidgy » (la pieuvre) l'écoutait patiemment raconter ses démêlés avec Charles et le reste de la famille royale, sa crainte d'être de nouveau enceinte, et même son attachement à James

Hewitt. Le « Squidgygate » qui révélait une Diana pathétiquement en mal d'affection porta un sérieux coup à son amour-propre déjà flageolant. (Cinq mois plus tard, l'équilibre serait étrangement rétabli quand la presse populaire publia une transcription similaire d'une conversation téléphonique entre Charles et sa maîtresse. Pendant cet échange passionné, le prince de Galles exprimait le désir étrange d'être réincarné sous la forme d'un des tampons hygiéniques de Camilla.)

Heureusement Harry, qui n'avait pas encore huit ans, semblait assez peu affecté par ce tohu-bohu. Et comme il n'était pas encore pensionnaire, Diana avait le sentiment d'être en mesure de protéger le gamin insouciant des plus vilaines révélations des médias.

Mais elle ne pouvait en faire autant pour William. À Ludgrove, il épuisa rapidement son crédit d'appels à la maison. Quand la mère d'un condisciple passa à l'école, il la supplia de lui prêter son portable « rien que pour appeler maman ».

« William m'inquiète, déclara Diana à son amie Carolyn Bartholomew. Il me ressemble trait pour trait. Il est trop sensible. Il ressent trop les choses. » En ce mois d'août 1992, Diana convainquit Charles d'envoyer William à l'étranger pour permettre au garçon d'échapper à cette atmosphère malsaine – du moins pour un temps.

Au E-Bar-L, un ranch chic du Montana au beau milieu des montagnes Rocheuses, William impressionna vite les cow-boys les plus aguerris. « Il ne se prenait pas du tout au sérieux, dit l'un d'eux du prince qui passa sa semaine vêtu d'un jean, de bottes avec un Stetson sur la tête. Les autres gosses l'ont adoré. Il est tellement bon à cheval et au tir qu'il a presque fini par être considéré comme un héros. À la fin du séjour, il était capable de prendre un bouvillon au lasso. »

William qui (avec un garde du corps) était accompagné de son meilleur ami Miles Duffy et du père de ce dernier, l'homme d'affaires Simon Duffy, commençait chaque journée à 7 heures du matin par des bols fumants de porridge et du thé servi dans des mugs en fer-blanc. Après un emploi du temps bien rempli de séances de tir, d'équitation et de natation dans la Black Foot River, William sautait à l'arrière d'un chariot avec les autres enfants pour faire un tour dans les collines au soleil couchant. Ensuite il rejoignait les autres autour d'un feu de camp pour un dîner du Far West de steak et de haricots.

Le prince fit même la fête à l'auberge Clearwater où se produisait un groupe de country music. Les clients tapèrent dans leurs mains pendant que le jeune étranger s'essayait entre autres au quadrille. « Il dansait comme un vrai Texan en lançant son chapeau en l'air, raconte l'un d'eux. Je ne savais même pas qui c'était. Quand on me l'a dit, mon admiration pour la famille royale est montée en flèche. Il se conduisait comme un parfait petit gentleman. »

« On voit passer pas mal de célébrités ici, ajoute le propriétaire de l'auberge Jim Loran, mais je n'aurais jamais cru que je verrais le futur roi d'Angleterre danser dans ma salle à manger. C'était évident que William n'avait aucune envie de partir ; il s'amusait trop. »

Au E-Bar-L, les postes de télévision étaient absents et il n'y avait qu'un téléphone pour tous les hôtes. William recevait deux appels par jour – un de Diana et un de Charles. « Harry, l'entendit-on dire à son frère envieux, c'est les plus chouettes vacances de ma vie. »

La joie de William serait de courte durée. En septembre 1992, pendant que la presse internationale spéculait à loisir sur l'état du couple princier, Harry souriant rejoignit son frère à la pension de Ludgrove.

Là, les deux garçons, qui dormaient dans des dortoirs séparés, suivirent le même emploi du temps immuable : à 7 h 15 précises chaque matin, une surveillante frappait à la porte du dortoir, passait une tête à l'intérieur et hurlait « Bonjour ! » aux étudiants groggy. Les princes se lavaient ensuite dans la salle de bains qu'ils partageaient avec tous les autres garçons de l'étage avant de prendre leur petit déjeuner dans la salle à manger lambrissée. Ensuite, ils étudiaient la géographie, les sciences, l'histoire et le français puis se rendaient à la piscine ou sur le terrain de sports pour un entraînement de football.

Après le dîner, à 18 heures, ils avaient le droit de regarder la télévision – quelques rares émissions approuvées par la direction, pour la plupart à but éducatif – jusqu'à 20 heures, heure du coucher. L'infraction la plus courante à Ludgrove était d'écouter de la musique en dehors des heures autorisées. Quiconque était surpris avec un baladeur après 20 heures se voyait aussitôt signalé au principal Gerald Barber.

Barber qui, avec sa femme Janet, jouait les substituts parentaux pour les garçons de Ludgrove prit des mesures pour protéger William et Harry de la tornade d'articles de la presse populaire sur leurs parents. On pria les membres du personnel de ne pas allumer leurs postes de télévision quand un élève se trouvait dans les parages et de ne pas laisser traîner de journaux.

William contourna l'interdiction en se glissant dans la chambre de son garde du corps pour y regarder la télévision ou y feuilleter les magazines et journaux du sergent Cracker. Et même si les petits copains ne lisaient pas les articles scandaleux sur Charles et Diana, leurs parents le faisaient. Tout ce que les princes n'avaient pas appris par eux-mêmes finissait par leur revenir aux oreilles. William et

Harry ne réagirent pas de la même façon. « Harry s'enfonça encore plus dans son silence, dit un professeur, mais William était manifestement bouleversé. »

Le jour où un élève lui répéta les réflexions de ses parents sur le prince et la princesse de Galles, William fourra la tête du garçon dans les toilettes – avant de tirer la chasse. Conduit devant le principal, le prince William promit de ne jamais recommencer.

William ne réclamait pas de traitement de faveur. Mais le désaccord entre ses parents s'accentuant, il demanda souvent à téléphoner à sa mère. On fit une exception à la règle pour lui.

En fait, William n'appelait pas pour se faire réconforter, mais pour apporter du réconfort : « Tout ira bien, maman, l'entendit-on dire un jour. Ne t'inquiète pas pour nous. Harry et moi, nous allons bien… »

En retour, Diana gâtait ses fils sans hésitation. Lors de vacances en octobre, elle leur offrit des karts valant une fortune et les emmena les étrenner sur un circuit dans le Kent.

Quelques semaines plus tard, le 18 novembre 1992, Charles attendait avec impatience l'arrivée de ses fils à Sandringham pour sa partie de chasse annuelle de trois jours quand Diana appela pour annuler. Plutôt que de passer un nouveau week-end tendu avec sa belle-famille, elle emmènerait William et Harry à Highgrove.

Pour Charles, ce fut la goutte qui fit déborder le vase. Il n'acceptait plus qu'elle dicte les termes de ses rapports avec ses fils. Ce week-end-là, il décida de demander la séparation à sa femme. « Il n'y avait plus aucun avenir, préciserait-il plus tard. Je n'avais pas le choix. »

Ce dimanche à Highgrove, on descendit les karts des garçons de l'arrière d'un camion sous une pluie battante. Diana vérifia que Wills et Harry bouclaient bien leur ceinture – elle se faisait fort de toujours mettre la sienne et ne ratait pas une occasion de rappeler l'importance de ce geste à ses enfants – et agita un mouchoir pour lancer le départ de la première course. Devant Diana qui applaudissait en sautillant sur place, les garçons tournèrent pendant des heures, riant aux éclats lorsqu'ils éclaboussaient de boue leurs gardes du corps et les membres du personnel.

Diana, William et Harry firent une courte pause pour partager un déjeuner avec leurs fidèles domestiques dans la salle à manger du personnel. Cette fois, la princesse et les princes prirent un plaisir manifeste à inverser les rôles en assurant le service. Ce soir-là, avant de partir raccompagner les garçons à Ludgrove, la princesse remercia tout le monde pour ce week-end parfait à Highgrove – qui se révélerait leur dernier là-bas en famille.

Moins d'une semaine plus tard, Charles se rendit à KP pour annoncer à Diana qu'il voulait une rupture. Elle n'en fut pas surprise, même si elle tint à souligner qu'elle n'avait rien fait pour provoquer Charles intentionnellement. « Je viens d'un milieu de divorcés, dirait-elle plus tard. Je ne voulais pas revivre ça. »

Pendant que les détails d'une séparation officielle étaient mis au point avec le palais de Buckingham, Diana « était rongée d'inquiétude » à l'idée des conséquences que cela aurait sur William et Harry. Elle avait révélé ses propres sentiments sur le sujet dans un discours en conclusion d'un séminaire d'une semaine sous la prévention contre la drogue. « Quand j'ai demandé à des drogués pourquoi ils l'étaient devenus, ils m'ont le plus souvent cité la colère comme raison. De la colère contre leurs parents, de la colère contre leurs écoles – contre la vie en général. Pourquoi cette colère ? Ils avaient le sentiment d'avoir été privés d'affection dans leur enfance et de la stabilité que cela procure. Ils étaient tous en quête d'un havre sûr sur le plan émotionnel. La stabilité d'un enfant vient principalement de l'amour qu'il reçoit de ses parents. S'il en bénéficie, il a suffisamment de confiance en soi pour relever les défis du monde extérieur.

« Les enfants ne sont pas des fardeaux. Ils font partie de nous. Si nous leur donnions l'amour qu'ils méritent, ils ne s'efforceraient pas autant d'attirer notre attention… Si la famille explose, les problèmes peuvent encore être résolus – mais seulement si dès le départ les enfants ont été élevés en se sentant désirés, aimés et appréciés. »

Le 3 décembre 1992, Diana se rendit à Ludgrove pour prévenir William et Harry de l'imminence de l'annonce de la séparation. On conduisit les garçons dans le bureau du proviseur Gerald Barber, où leur mère les attendait dans l'angoisse. William, dix ans, était très conscient du rôle que Camilla avait joué dans la rupture. « J'ai notamment expliqué à William que, quand on aime, il faut nourrir et protéger cet amour, et ce, d'autant plus si on a la chance d'être aimé en retour. William m'a demandé ce qui s'était passé. Pourquoi votre couple s'est-il brisé ? Eh bien, lui ai-je dit, c'était un ménage à trois, et la pression des médias n'a rien arrangé, si bien que c'était très difficile pour nous deux de rester ensemble. J'ai ajouté que si j'aimais encore papa, je ne pouvais plus vivre sous le même toit que lui et lui non plus… J'ai présenté les choses gentiment, sans ressentiment ni colère. »

William pleura, mais Harry ne dit rien. À la fin, William embrassa sa mère sur la joue : « J'espère que vous serez tous les deux plus heureux maintenant. »

Ce fut un moment émouvant, mais enfin Diana pouvait pousser un soupir de soulagement. « Dès la première seconde, j'ai su que je ne serais jamais la prochaine reine. Personne ne me l'a jamais dit. Je le savais, c'est tout... Il fallait que je me retire. » Quant aux enfants : « Cela a été très dur, mais finalement ce sera beaucoup mieux pour les garçons. »

La reine, entre autres, espérait sincèrement que cela serait le cas. Elle s'était inquiétée de l'effet que tout cela avait sur ses petits-fils qui semblaient de plus en plus éprouvés. Michael Shea, l'ancien secrétaire de presse de la reine, dit du couple royal qu'à la fin « leurs seules disputes concernaient les enfants ».

Après avoir tout tenté pour préserver le mariage, la reine admettait maintenant sa défaite. « Je sais que cela a été très dur pour William et Harry. Peut-être que cela va un peu faciliter la vie de tout le monde – la leur notamment. »

Le 9 décembre 1992, le Premier ministre John Major prit la parole au parlement pour annoncer officiellement la séparation du prince et de la princesse de Galles. « Cette décision a été prise à l'amiable, disait le communiqué minutieusement rédigé, du palais de Buckingham, et ils continueront tous les deux à participer pleinement à l'éducation de leurs enfants. Bien qu'attristés, la reine et le duc d'Édimbourg comprennent les difficultés qui ont conduit à cette décision. Sa Majesté et le prince d'Édimbourg espèrent notamment que les intrusions dans la vie privée du prince et de la princesse de Galles vont à présent cesser. Ils estiment qu'un certain degré d'intimité et de compréhension est essentiel s'ils veulent être en mesure d'offrir une éducation heureuse et sereine à leurs enfants... »

Cette même année, William et Harry virent aussi le mariage de l'oncle Andrew et de la tante Sarah se briser. Ils découvrirent ensuite des photos de mamie en imperméable contempler les ruines fumantes du château de Windsor. Pour la famille royale, 1992 avait été, pour reprendre les termes de mamie elle-même, une *annus horribilis*.

Ce ne serait pas la dernière pour les jeunes princes. Mais, pour l'instant, ils affrontaient la fin imminente du mariage de leurs parents. Diana avait essayé de préparer William et Harry à l'annonce de la séparation, mais celle-là les toucha tout de même de plein fouet. William notamment parut de mauvaise humeur et ailleurs. Il avait déjà commencé à grandir ce qui ne le rendait que plus emprunté.

« J'ai la nausée chaque fois que je vois une photo de ma mère ou de mon père dans les journaux. Je sais que le commentaire sera forcément quelque chose d'affreux. Mon père les qualifie de "vautours" et je suis d'accord avec lui. »

Mais, à l'extérieur comme à l'intérieur de la famille royale, on faisait pression sur les garçons pour qu'ils prennent parti. Peu après la visite de leur mère à Ludgrove, William prit Harry à part et ils tombèrent d'accord pour dire que cela ne se produirait jamais. « Il ne faut pas que nous disions du mal d'eux ou que nous donnions l'impression d'en aimer un plus que l'autre, expliqua William à son frère. Maman et papa se disputent, mais comme ils nous aiment autant l'un que l'autre, il ne faut pas que nous leur fassions de la peine. »

Pendant les quelques mois suivants, la tension fut à la limite du tolérable pour les deux garçons et tout leur entourage – professeurs, gardes du corps, bonnes, valets, les personnels du prince et de la princesse de Galles – compatissait devant l'épreuve que les deux jeunes princes traversaient.

Peut-être pour compenser le chaos autour de lui, William s'efforça de devenir le parfait petit gentleman. « La presse a toujours décrit William comme une terreur et Harry comme le cadet plutôt tranquille, raconte leur oncle, le comte Spencer. En fait,

William est un garçon très maître de soi, intelligent, mûr et plutôt timide. Quand il répond au téléphone, il prend un ton officiel un peu guindé qui n'est pas de son âge. »

L'amie de Diana Carolyn Bartholomew abondait dans son sens. « Harry est le petit garçon le plus affectueux, démonstratif et tendre qui soit, observat-elle, alors que William est intuitif, à l'écoute et très sensible... William a bon cœur, comme Diana. » Même Diana se donna du mal pour souligner que William avait cessé d'être le trublion de la famille. « C'est Harry le vilain, dit Diana d'un air narquois. Tout mon portrait. »

William semblait bien décidé à faire oublier son époque de sale môme. À l'église, on pouvait compter sur lui pour prendre le bras de la reine-mère afin de l'aider à descendre les marches. Harry s'attardait quelques pas derrière afin de tenir la porte pour sa mère. William avait aussi commencé à maîtriser les règles de protocole concernant mamie. Il s'inclinait toujours légèrement en la présence de la reine, ne s'asseyait jamais avant qu'elle ne l'en ait prié, s'efforçait de ne pas être le premier à prendre la parole et attendait toujours qu'elle commence à manger pour l'imiter.

Toutes les leçons en matière de décorum ne venaient pas du côté Windsor. Frances Shand Kydd avait inculqué à sa fille qu'il fallait toujours répondre à une lettre et envoyer un mot de remerciement si l'on vous offrait un cadeau. Si William recevait un courrier de fans, émanant surtout de jeunes filles et de leurs mères, dix fois plus important que celui de Harry, les deux garçons s'installaient tous les soirs à 18 heures précises pour répondre personnellement à chaque lettre.

La première carte de Noël après l'annonce de la séparation fut tristement éloquente. Pendant onze ans, Charles et Diana avaient envoyé une carte célébrant le bonheur d'une famille unie : avec William bébé, William sur une balançoire, puis William et Harry dans divers décors. Mais il n'était plus question que les Galles posent ensemble. La carte fut donc illustrée d'un portrait officiel des garçons – seuls – réalisé par lord Snowdon. William était assis dans un fauteuil sculpté d'aspect médiéval avec son frère debout derrière lui. Les deux garçons regardaient l'objectif d'un air mélancolique, sans l'ombre d'un sourire. « C'est un crève-cœur, non, dit Diana en voyant le résultat. Un crève-cœur. »

Outre le tribut émotionnel, la rupture ébranla l'âme même de l'institution de la monarchie. Une série de sondages effectués juste après l'annonce officielle de la séparation indiquaient que les sujets britanniques étaient de plus en plus nombreux à souhaiter voir William succéder à la reine Elizabeth. Dans un sondage du *Sunday Express*, 45 % des personnes interrogées étaient favorables à l'accession de Charles au trône, contre 49 % qui préféraient William. Des sondages du *Sunday Times*, du *Sunday Telegraph* et du *Mail on Sunday* indiquaient tous que Charles était supplanté par son fils de dix ans.

Le jour de Noël, les garçons rejoignirent leur père et le reste de la famille royale – sans maman, bien sûr – à Sandringham. Maintenant que les garçons partageaient leur temps entre Charles et Diana, le prince de Galles fit ce qu'il souhaitait depuis toujours : il engagea la femme qui avait été sa *nanny*, Mabel Anderson, soixante-neuf ans, pour veiller sur William et Harry lorsqu'ils se trouvaient avec lui.

Anderson était plus qu'un choix purement sentimental. Si Olga Powell restait la *nanny* des garçons à KP, Charles refusait que des membres du camp de Diana se mêlent aux siens. « Il refuse tout contact entre la maison de Diana et la sienne, déclara la journaliste spécialiste de la famille royale, Ingrid Seward, parce qu'il redoute les coups de poignards dans le dos, les commérages et l'espionnage. »

Maintenant que sa belle-fille lunatique était sortie du décor – du moins en ce qui concernait les réunions familiales – la reine parut prendre un véritable plaisir, sans en faire étalage, bien sûr, à voir ses petits-fils à Sandringham ce Noël-là. « Eh bien Charles ! s'exclama mamie en jetant un coup d'œil à Nanny Anderson, on se croirait revenu au bon vieux temps. »

Peut-être. Mamie, grand-père et les oncles et tantes sourirent et firent la conversation aux garçons. Mais, pour la première fois, William et Harry remarquèrent le respect avec lequel on traitait leur grand-mère – même dans la famille. « Diana disait toujours "ils sont tellement froids. Ils sont sans cœur", raconte son amie lady Bowker. William et Harry commencèrent à comprendre que c'était plus que du respect pour la reine qui incitait les gens à lui faire des courbettes. C'était de la peur. Même des adultes en uniforme, des dirigeants politiques comme le Premier ministre – William et Harry les voyaient tous s'incliner, terrifiés à l'idée de commettre une bévue en présence de Sa Majesté. Que leur grand-père le prince Philip soit obligé de marcher derrière leur grand-mère – pour deux petits garçons, c'était très intimidant. »

Le lendemain de Noël, les garçons rejoignirent leur mère pour une seconde fête à Althorp, la superbe demeure familiale des Spencer dans le Northhamptonshire. Ces dispositions séparées montraient clairement que la haine que se vouaient Charles et Diana était si intense qu'ils ne pouvaient même pas faire d'exception pour leurs fils à Noël. Mais Diana était bien décidée à ne pas gâcher les fêtes de ses enfants.

William et Harry se retrouvèrent dans une ambiance joyeuse : « Il y avait des enfants qui couraient dans tous les sens et les garçons ont suivi le mouvement. Ils ont pu oublier le protocole pour goûter simplement aux joies de l'enfance, dit un parent Spencer. Diana avait tout fait pour. Elle adorait faire des cadeaux aux garçons et ils adoraient les recevoir. Il n'était pas question pour elle que la séparation ternisse le Noël de ses fils. » Pour sa part, Spencer autorisa les garçons à s'asseoir sur des plateaux en argent pour faire de la luge sur l'escalier d'honneur moquetté d'Althorp.

La vie à la cour avait toujours été l'antithèse de ce que Diana offrait aux garçons. Les pièces de KP étaient littéralement un autel dédié à William et Harry. Partout il y avait des photos des deux hommes de sa vie à la pêche, à vélo, dans leurs karts, s'ébrouant dans la piscine de Highgrove, à l'école, à cheval. Le rhinocéros en cuir rouge d'un mètre cinquante sur lequel ils s'allongeaient pour regarder la télévision était rangé debout près de la cheminée.

C'est là que, entourés de coussins en tapisserie sur lesquels on pouvait lire IL FAUT EMBRASSER BEAUCOUP DE CRAPAUDS AVANT DE TROUVER SON PRINCE et LES FILLES BIEN VONT AU PARADIS, LES VILAINES VONT PARTOUT, les garçons passaient des heures devant la télévision (les vidéos de Mr Bean figuraient parmi leurs préférées) ou faisaient hurler leur mère de rire en la chatouillant : « J'essaie bien de leur rendre la pareille, mais ils s'y mettent à deux contre moi et je crains beaucoup plus les chatouilles qu'eux de toute façon. Ce n'est pas juste, mais cela ne les gêne pas une seconde. »

Ce qui gênait les garçons – et Diana – c'était les incursions incessantes de la presse populaire dans leur intimité. Pendant un séjour de ski en Autriche en mars 1993, William et Harry se promenaient dans la ville de Lech avec la princesse quand une meute de paparazzi leur fondit dessus et les bouscula en hurlant jusqu'à ce que le garde du corps, Ken Wharfe, intervienne.

William prenait visiblement ces intrusions très à cœur. Si sa mère et son frère réussissaient à afficher de faibles sourires pour les photographes, il gardait obstinément la tête baissée. « William, William, relevez la tête, s'il vous plaît ! » criaient-ils au garçon. Et William s'exécutait le temps de jeter un regard méprisant aux appareils photo.

« Tu devrais voir les regards mauvais qu'il leur lance, dit Diana à une amie. Il hait la presse encore plus que moi à mon arrivée dans cette famille. Il les considère comme des ennemis, mais il va falloir qu'il apprenne qu'on peut les manœuvrer. Enfin ! Pour l'instant, admettait-elle, William est en droit d'être en colère. Ils gâchent tout. »

Quant à Harry, « le petit diable » selon la description de son oncle Spencer, il s'employait davantage à chercher des moyens de battre son frère sur les circuits de kart ou sur les pistes de ski qu'à se formaliser de ces intrusions dans sa vie privée. Pourtant, après la séparation et la couverture médiatique frénétique de la succession de scandales royaux qui suivit, William et Harry sentirent leur univers se refermer sur eux. Si auparavant ils pouvaient aller faire de la bicyclette dans les jardins de Kensington (avec un garde du corps), ce genre d'expéditions à l'extérieur étaient de plus en plus rares.

« Ne pas pouvoir faire du vélo ou jouer avec ses copains sans être attaqués par des adultes armés d'appareils photo – vous imaginez l'effet que cela fait ? demandait Diana. On se sent réduit à rien quand on voit que les autres se soucient si peu de vos sentiments. Ce ne sont que des petits garçons, enfin ! »

Devant l'impossibilité de s'aventurer dehors sans être assaillis, les princes se rapprochèrent encore de leur mère. « Diana était tout pour eux et eux pour elle, dit lady Bowker. Elle n'avait pas envie de les partager avec quiconque – ni avec Charles et surtout pas avec une autre femme. »

Mais Charles avait d'autres projets en tête. Chaque fois que les garçons passaient un week-end ou des vacances avec lui à la campagne, ils se délectaient des balades à cheval, des parties de pêche et d'initiation au tir. Pourtant, confia Charles à sa mère, il leur manque quelque chose. On décida que les garçons avaient besoin d'une autre jeune femme dynamique dans leur vie – une « mère de substitution » sur laquelle on pourrait compter pour animer les séjours des garçons chez leur père.

Charles cherchait toujours la « mère de substitution » idéale pour l'aider à s'occuper de ses fils quand William et Harry vinrent en avril passer le week-end de Pâques avec lui à Balmoral. Maintenant que William approchait de ses onze ans, son père décida qu'il était temps de l'emmener à sa première partie de chasse. Armé d'un fusil à un coup et accompagné de deux gardes-chasse et d'un valet de chambre, William tua six lapins en l'espace de deux heures.

Le lendemain, tous les journaux de Grande-Bretagne publiaient des photos de William, fusil sur l'épaule, dans un champ, suivi de son valet de chambre portant les pièces tuées dans la journée. Trop jeune à huit ans pour participer à la chasse, Harry observait de loin la scène avec son père.

Les défenseurs des droits des animaux furent horrifiés. « C'est une honte qu'on transforme un autre gentleman de la famille royale en dégénéré, déclara John Robbins, directeur de l'association Animal Concern. Je suis sûr que sa mère désapprouve. »

En fait Diana était contrariée, non que la chasse la dégoutât, mais parce qu'elle avait le sentiment que les deux garçons étaient trop jeunes pour s'adonner à un sport aussi sanguinaire. « Charles m'a promis qu'il attendrait que William ait quatorze ans avant qu'il ne commence à tuer », se plaignit-elle.

Née dans l'aristocratie britannique, Diana avait fréquenté des chasseurs toute sa vie : elle n'avait que treize ans lorsqu'elle tua son premier cerf. Elle ne se faisait guère d'illusions sur le rôle que la chasse était destinée à jouer dans la vie de ses fils. Au début de son histoire avec Charles, Diana participait sans rechigner aux activités de plein air de la famille royale. L'un de ses passe-temps préférés était de traquer le gibier. « Un jour, nous y sommes allées ensemble, raconte Patty Palmer-Tomkinson, fréquemment invitée à Balmoral. Nous étions en nage, mortes de fatigue quand Diana est tombée dans une tourbière. Couverte de boue, les cheveux collés au crâne par une pluie battante, elle riait aux éclats... C'était la jeune Anglaise typique, toujours prête à tout. »

L'été 1993, Diana jugeait ces occupations non seulement primitives mais cruelles. Mais sa colère à propos de la chasse aux lapins de William ne dura pas, puisqu'il devint bientôt évident que Charles venait de commettre une nouvelle gaffe grave sur le plan des relations publiques. Une fois de plus, par comparaison avec la princesse, le prince Charles avait l'air insensible et affreusement coupé des réalités.

Mais Diana savait aussi que, vu l'amour de ses fils pour la vie au grand air, elle ne pouvait pas rivaliser avec une chasse à la grouse à Sandringham, ni une partie de pêche sur la Dee à Balmoral. Mais, au printemps 1993, son frère lui offrit à l'improviste une solution à ce problème.

Coureur de jupons fort célèbre, Charles Spencer n'avait que vingt-deux ans quand Fleet Street le surnomma « Champagne Charlie ». À la mort de son père en 1992, l'année de la séparation du prince et de la princesse de Galles, Champagne Charlie devint le comte Spencer. Il hérita également d'Althorp, la propriété de cent vingt-deux millions de dollars qui comprenait la demeure ancestrale des Spencer.

Spencer mettait à la disposition de sa sœur la Garden House. Elle pourrait s'y construire une nouvelle vie avec ses fils. Avec ses quatre chambres, la Garden House était idéale à cet égard. Pour une fois, le garde du corps armé omniprésent qui vivait à KP pourrait être installé dans un autre bâtiment de la propriété. Le pavillon offrait également une intimité totale à ses occupants ; il n'était pas visible du château. « Je vais enfin avoir un nid douillet bien à moi », dit Diana.

Trois semaines plus tard, Spencer rappelait pour annoncer à Diana qu'il revenait sur sa proposition. Il s'était renseigné sur les mesures de sécurité à prendre et avait appris qu'il faudrait placer des gardes et des caméras partout dans la propriété, ce qui empiéterait sur l'intimité de sa famille. Il souligna également qu'Althorp, à l'instar des autres demeures ancestrales d'Angleterre, était ouvert au public. Avec le va-et-vient des touristes, Diana serait virtuellement obligée de se barricader dans sa petite maison plusieurs heures par jour pendant l'été et une partie de l'automne.

Dépitée, Diana écrivit à son frère pour le prier de revenir sur sa décision. Elle ne reçut pas de réponse. Le frère et la sœur ne s'adresseraient pas la parole pendant plusieurs mois.

Diana se jugea trahie par son frère. Cela ne réussit qu'à la conforter dans sa conviction qu'elle était persécutée par la gent masculine ; ce qui l'amena à prononcer une conférence sur les femmes et la santé mentale le 1er juin 1993. Elle évoqua ses craintes pour ces femmes « piégées dans l'enfer privé du trouble mental » et ces mères « qui s'enfoncent dans la dépression à force de se sentir réduites à l'impuissance ».

Peu après, elle eut une entrevue avec son avocat à KP et signa un testament déclarant catégoriquement que, si elle devait mourir, Charles n'aurait pas le dernier mot en matière d'éducation pour les enfants. « Si je devais précéder mon mari dans la mort, j'exprime le souhait qu'il consulte ma mère en ce qui concerne l'éducation et le bien-être de nos enfants. »

Puis, en guise de soufflet à la famille royale, Diana insistait pour que, au cas où Charles et elle mourraient, leurs fils soient élevés par sa famille, et non la sienne. « Si un de mes enfants est encore mineur à la mort de mon mari et de la mienne, je nomme tuteurs ma mère et mon frère, le comte Spencer. »

Ses biens, stipulait le document, seraient divisés également entre William et Harry, mais ces derniers n'en bénéficieraient qu'à l'âge de vingt-cinq ans. Signé « Diana » de l'écriture assurée de la princesse, le testament avait pour témoins Paul Burrell et Jephson. Son contenu, qui révélait l'ampleur de la méfiance de Diana à l'égard de la famille royale et son désir de voir William et Harry grandir en dehors de leur sphère d'influence, resterait secret pendant les cinq années suivantes.

Alors même qu'elle voyait l'endoctrinement Windsor en marche pour William, Diana refusait catégoriquement que l'on oblige l'un ou l'autre de ses enfants à faire des apparitions publiques. « Ils vont passer leur vie en représentation, dit-elle à un ami. Je veux qu'ils restent des enfants le plus longtemps possible. » Néanmoins, le 29 juillet, Harry qui comme la plupart des gamins de son âge adorait jouer au soldat, apprécia fort son premier engagement officiel qui l'obligeait à accompagner sa mère en Allemagne pour rendre visite au régiment des Light Dragoons.

Diana pouvait tirer un réconfort du fait que Charles n'était pas la seule figure masculine dans la vie de ses enfants. David Linley, leur cousin de trente et un ans, sanglé dans une veste en cuir et coiffé en pétard, venait de temps à autre chercher les garçons pour les emmener faire un tour sur sa moto. Le fils de la princesse Anne, Peter Phillips, quinze ans, qui était déjà un cavalier accompli venait régulièrement voir Harry pour lui prodiguer des conseils en matière d'équitation. Et, pendant l'absence des Galles – Diana en visite officielle au Zimbabwe et Charles à un match de polo –, la légende de la formule 1, Jackie Stewart, emmena Harry faire un tour du circuit de Silverstone.

La princesse, épuisée par son voyage en Afrique et une série apparemment infinie de plantations d'arbres, d'inaugurations officielles et de bains de foule, tentait de consacrer le peu de temps qui lui restait à ses fils. William et Harry ne tardèrent pas à remarquer les effets du stress chez leur mère. Le 2 août, Diana et ses fils furent photographiés alors qu'ils sortaient d'une séance de *Jurassic Park*. Stupéfaits, William et Harry virent leur mère se ruer sur le malheureux photographe à qui elle hurla devant une queue de spectateurs médusés : « Vous faites de ma vie un enfer ! »

Que la princesse s'apprête à confier William et Harry à leur père pour dix-huit jours de vacances n'arrangeait rien. Pendant que les Windsor partaient en croisière dans les îles grecques à bord de l'*Alexander*, le yacht de John Latsis, Diana filait à Bali avec ses copines Rosa Monckton, directrice de Tiffany's à Londres et Lucia Flecha de Lima, femme de l'ambassadeur du Brésil aux États-Unis.

Tandis que Diana se gorgeait de soleil sur deux des plages les plus exotiques de Bali, l'Amanusa et l'Amanwana, ses fils passaient leurs journées enfermés à regarder des vidéos à bord de l'*Alexander*. Lorsque, le 16 août, ils montèrent à bord du train royal qui devait les conduire en Écosse, William et Harry, en pantalon de velours côtelé, veste de sport et cravate, avaient l'air, selon les termes du *Daily Mail*, « livides et lugubres ». Le *Sun* renchérissait : « Les jeunes princes avaient l'air mal à l'aise dans leurs vêtements d'une raideur désuète… » William et Harry, continuait l'article, « marchaient trois pas derrière leur père dans un silence total. Quelle différence avec les enfants turbulents qui gloussent joyeusement lorsqu'ils sortent avec la princesse Di ».

Le monde entier, ou presque, était déjà convaincu que Charles était un père un peu froid, refoulé émotionnellement. Mais cela ne suffisait pas à Diana. Pendant son séjour dans les mers du Sud, la princesse avait passé le plus clair de son temps à imaginer des moyens de surpasser son mari lorsqu'il s'agissait de distraire les garçons – et prouver en même temps au monde entier qu'elle était le parent le plus dévoué. Prenant une initiative audacieuse qui ne pouvait manquer d'attirer l'attention des médias internationaux, Diana rentra à Londres et, dès le 24 août 1993, emmena ses enfants en Floride pour un séjour de dix jours à DisneyWorld. Leur vol de la British Airways atterrit à Orlando à 15 heures et, deux heures plus tard, William et Harry descendaient Space Mountain avec leur mère qui hurlait de plaisir à leurs côtés.

Un triomphe sans tache sur le plan des relations publiques, le voyage à DisneyWorld ne réussit qu'à alimenter les critiques de la vieille garde du palais. Les « hommes en gris » continuaient à présenter la princesse de Galles comme un être manipulateur, avide de publicité et instable sur le plan émotionnel. « Diana est têtue, mais nous devons lui témoigner affection et compréhension pour l'amadouer, déclara un porte-parole du palais à la presse. Parce que si elle devenait amère et crispée, ce serait intenable pour les enfants. »

Malgré ces commentaires condescendants, Diana rentra en Angleterre détendue et revigorée par son séjour en Floride. Cette sensation s'effaça en une seconde lorsqu'elle apprit ce qui pour elle était une nouvelle catastrophique : Charles avait trouvé la « mère de substitution » qu'il cherchait.

Diana était folle de rage. Charles avait au moins eu le scrupule de ne jamais mêler Camilla Parker Bowles à la vie de ses fils ; cette dernière n'avait même jamais rencontré William et Harry. Mais voilà qu'il engageait une étrangère pour usurper le rôle auquel Diana était la plus attachée – celui de mère.

Quelques jours après le retour de ses fils de DisneyWorld, Charles leur présenta une ravissante brune. Officiellement, elle était engagée comme assistante du secrétaire privé de Charles, le commandant Richard Aylard. Mais, expliqua Charles à ses fils, elle remplacerait en fait Mabel Anderson. La nouvelle *nanny* moderne des garçons s'appelait Alexandra, mais elle s'empressa de préciser aux jeunes princes que personne ne l'appelait jamais ainsi. De ce jour, William et Harry devaient la surnommer « Tiggy » comme tout le monde.

5

« Je veux qu'ils écoutent leur cœur, pas leur tête. »

*Diana,
à propos de l'éducation de ses fils*

« Il n'y avait aucune émotion dans la famille royale, aucun souci d'autrui. Diana enseignait à ses enfants ce qu'être humain veut dire. »

Lady Elsa Bowker, amie de Diana

« Je sais que je ne devrais pas vous gâter, mais je ne peux pas m'en empêcher. Vous êtes irrésistibles. »

Diana à William et Harry

« Je n'ai pas besoin de père de substitution pour les garçons quand ils sont avec moi, dit Diana. Pourquoi Charles aurait-il besoin d'une mère de substitution lorsqu'ils sont avec lui ? »

Personne n'imaginait à quel point Diana en voulait à Tiggy Legge-Bourke, et surtout pas cette dernière. « Elle est immédiatement devenue la cible de l'intérêt soupçonneux de la princesse, déclare le secrétaire privé de Diana, P. D. Jephson, et bien entendu le réceptacle innocent de son insatisfaction latente. »

Tiggy travaillait pour Charles et avait donc peu de contacts directs avec le camp de Diana, mais elle rendit visite à Jephson. En guise d'avertissement amical, le secrétaire privé de Diana lui confia que le prince et la princesse de Galles se servaient de leurs enfants comme de pions dans leur lutte de pouvoir et qu'elle n'avait pas intérêt à se retrouver prise entre deux feux dans ses fonctions de *nanny* des garçons.

« Allons, répondit prosaïquement Tiggy. Je ne suis qu'une simple employée de la nursery, vous savez. »

Tiggy ne cacha pas à l'époque qu'elle jugeait Jephson « complètement paranoïaque ». Mais il savait néanmoins que « l'idéalisme et la bonne nature transparente de Tiggy seraient mis à rude épreuve. Même si elle avait l'intention d'offrir sécurité et bonheur à William et Harry, elle risquait de se retrouver exposée dans ce no man's land entre deux lignes ennemies ».

L'ironie voulait qu'à bien des égards elle rappelât leur mère aux enfants – une jeune femme de trente ans, grande, belle et exubérante, avec un sourire irrésistible, un rire explosif et un don pour distribuer baisers et chatouilles. Bien entendu, il y avait des différences. Loin d'être aussi élégante ou raffinée que la princesse de Galles, Tiggy était de son propre aveu une fille de la campagne toute simple aimant l'équitation, la randonnée, la pêche, le ski et la chasse.

La passion pour la vie au grand air de Tiggy naquit dans les montagnes galloises où, fille d'un banquier d'affaires et d'une aristocrate galloise, elle a grandi dans la propriété familiale de trois mille hectares de Glanusk Park. Elle a été pensionnaire d'un couvent dirigé par des Ursulines, avant de fréquenter Manor House à Dunford, un établissement chic dirigé par lady Tryon, belle-mère de l'une des anciennes flammes du prince Charles, lady « Kanga » Tryon. De Manor House, Tiggy est allée à Heathfield, à Ascot dans le Berkshire, une prestigieuse pension de jeunes filles. Par coïncidence, Tiggy a ensuite été inscrite à l'Institut Alpin Videmanette, la pension suisse qu'avait aussi fréquentée Diana.

Les coïncidences ne s'arrêtaient pas là. À l'instar de la princesse devenue assistante à la maternelle Young England au centre de Londres, Tiggy suivit un séminaire d'initiation à la méthode Montessori avant d'ouvrir sa propre crèche à Battersea dans le sud de Londres en 1985. Elle baptisa son école « Mme Tiggiwingle », du nom du hérisson légendaire de Beatrix Potter. Le nom lui est resté – de ce jour-là, on ne devait plus jamais la surnommer que Tiggy – mais l'école n'a pas survécu.

Au bout de trois ans, « Mme Tiggiwingle » fermait ses portes et Tiggy se mit en quête d'un travail. Elle n'aurait pas à chercher longtemps. Les Legge-Bourke n'étaient pas des inconnus pour les Windsor ; la mère de Tiggy avait été dame d'honneur de la princesse Anne. Charles, qui avait rencontré Tiggy à l'âge de six ans, avait fini par être impressionné par sa passion apparemment infinie pour la vie au grand air. Lors de visites à Balmoral et à Sandringham, Tiggy révéla vite qu'elle était capable de se mesurer à n'importe quel homme lorsqu'il s'agissait de pêcher ou de chasser.

En quelques mois, Tiggy avait acquis une sorte de statut de grande sœur pour les garçons. À Highgrove (que Charles avait fait redécorer et où il ne restait plus une seule photo de Diana), à Sandringham, au palais St. James et à Balmoral, Tiggy passait d'interminables heures à jouer avec les garçons. Quand William et Harry grimpaient à un arbre, elle suivait le mouvement. Elle se défendait bien sur un terrain de foot et elle n'était pas la dernière à éclabousser les jeunes princes à la piscine ou à les pousser dans le bassin. Comme elle occupait toujours une chambre voisine de celles des princes, elle se joignait régulièrement à eux pour les incontournables batailles de polochons de fin de soirée.

« Les deux garçons adoraient Tiggy qui leur était très attachée, dirait ensuite une de ses amies. Ils la considéraient comme une grande sœur ou une cousine. Ils la taquinaient et elle le leur rendait bien. » Tiggy leur apportait également un répit fort nécessaire loin des tensions croissantes entre leurs parents – tensions dont souffrait surtout William.

Si Harry semblait, pour citer sa mère, « tout accepter sans sourciller », ce n'était pas le cas de William dont les résultats scolaires souffrirent dans les mois suivant l'annonce de la séparation de ses parents. À la maison, il était nerveux et renfermé. Si jadis il glissait des mouchoirs en papier sous la porte à sa mère désespérée, c'était lui qui à présent s'enfermait dans les toilettes pour y sangloter en silence.

La venue de Tiggy remonta le moral flageolant de William qui vit ses résultats à Ludgrove s'améliorer aussitôt. « Elle a apporté de la stabilité dans l'univers des princes, mais elle les faisait également rire, raconte un membre du personnel de Highgrove. Et ils en avaient bien besoin. »

Mais Diana ne décolérait pas. Non seulement Charles continuait à faire passer ses rencontres de polo et ses rendez-vous galants avec Camilla avant William et Harry, mais maintenant il disposait d'une « mère de substitution » pour s'occuper de ses fils. En outre, chaque fois qu'elle ouvrait un journal, Diana tombait sur des photos de Tiggy avec les jeunes princes : plaisantant, faisant des courses avec eux, les taquinant ; Tiggy avec Harry sur les genoux ou ébouriffant les cheveux de William... Tiggy qui s'était même mise à appeler William et Harry « mes bébés » – un degré de familiarité que la princesse n'était pas près de lui pardonner. Chaque fois que Charles partait en vacances à Klosters ou sur la Méditerranée avec ses fils, il emmenait la *nanny* qui, omniprésente, veillait sur les garçons, lui donnant la possibilité de se distraire avec ses amis.

Diana bombarda son mari de lettres réclamant des éclaircissements sur le rôle de Legge-Bourke et exigeant d'avoir son mot à dire à ce sujet. Charles pria donc Tiggy de se faire un peu plus discrète, ce qui n'empêcha pas l'influence de la *nanny* sur les jeunes princes de s'affirmer.

« Elle n'avait aucun moyen d'intervenir dans les contacts quotidiens de Tiggy avec ses fils, et c'était ce qui la contrariait le plus, dit Jephson. Cela la bouleversait réellement, mais je ne pouvais pas entièrement compatir parce que j'estimais que la tâche du père des princes aurait été très difficile sans l'aide de Tiggy à cause de ses autres engagements. »

« Diana enrageait de voir que Tiggy avait l'air de toujours bien s'amuser avec les garçons », rapporte Richard Kay, éditorialiste au *Daily Mail* et confident de la princesse. Selon Jephson, il était « dur pour la princesse d'admettre que son influence sur ses enfants diminuait ». Peut-être, mais Diana n'avait jamais élevé d'objection à ce que Charles engage une *nanny* pour l'aider avec les garçons. Seulement Tiggy était clairement plus qu'une « simple employée de la nursery ».

« Tiggy représentait d'autant plus une menace, dit Andrew Morton, qu'elle avait le même âge que Diana, qu'elle venait du même milieu qu'elle et qu'elle n'avait donc aucun mal à s'intégrer dans la vie sociale du prince Charles. » Bien entendu, sachant pertinemment que Charles avait couché avec un nombre assez considérable de jeunes femmes bien nées avant son mariage, Diana commença à s'interroger sur la nature exacte de ses rapports avec la jolie nounou des garçons. La princesse, se souvient son secrétaire privé, « se mit à prêter à la vie privée de Tiggy un caractère de plus en plus scabreux. Personne dans l'entourage du prince n'échappait à ses soupçons, jusqu'au prince lui-même. »

Aussi infondés fussent-ils, les soupçons de Diana étaient compréhensibles vu sa position d'assiégée à l'intérieur de la première famille de Grande-Bretagne. « Toute la famille royale était liguée contre elle, dit lady Bowker. Tout le monde, dont la reine et la reine-mère. Ils ont fait de sa vie un véritable enfer. » C'était d'autant plus ironique que les Spencer, qui pouvaient faire remonter leurs origines britanniques au XIe siècle, étaient infiniment plus anglais que la famille royale elle-même. En fait, les Windsor avaient abandonné leur patronyme de Wettins à consonance trop germanique au plus fort des sentiments anti-allemands pendant la Première Guerre mondiale.

Diana appelait dédaigneusement sa belle-famille, « les Boches ». Le prince Philip, d'origine grecque, avait droit au surnom de « Stavros » et Charles était soit « le grand espoir », soit « le jeune prodige ». Diana n'avait pas de surnom pour la reine, même si elle régalait souvent ses amis d'une excellente imitation de sa belle-mère.

Avec l'entrée de Tiggy dans l'équation, Diana, déjà marginalisée par les « hommes en gris », commença à être désespérée à l'idée de perdre ses fils. « C'était une réaction normale de la part d'une mère dans ces circonstances, commente l'un des plus proches alliés de la princesse. Tiggy était peut-être une fille merveilleuse, mais Diana ne voyait en elle qu'une jeune femme engagée pour la remplacer dans la vie des princes. Elle était complètement affolée. »

Diana confia à Bowker et à d'autres amis qu'elle était sûre que le palais était derrière l'engagement de la jeune Legge-Bourke. « C'est un coup des hommes en gris, dit-elle un jour en larmes au téléphone. Je le sais. Ils cherchent à faire subir un lavage de cerveau à mes fils pour qu'ils m'oublient. Mais cela ne se produira pas, parce que je suis leur mère et que je m'y opposerai. »

Les premiers mois, Tiggy prit soin de ramener personnellement les garçons à leur mère au palais de Kensington et de bavarder quelques instants avec elle. Paradoxalement, elle nourrissait un vrai respect pour la princesse de Galles – ne serait-ce que parce que cette dernière avait joué le plus grand rôle dans l'éducation de William et de Harry. « Quoi qu'on dise d'elle, remarquait Tiggy, quels que soient ses problèmes, la princesse a remarquablement bien élevé ses deux garçons. »

Mais, à l'automne 1993, Tiggy devint persona non grata au palais. Elle fut priée de déposer les jeunes princes et leur garde du corps devant la porte.

Chaque fois que William et Harry rentraient d'un séjour avec leur père, Diana les interrogeait sur ce qu'ils avaient fait. Au début, ils s'empressèrent de lui faire partager les détails de leurs bons moments avec Tiggy. Mais, malgré ses talents de comédienne, Diana ne réussit pas longtemps à dissimuler sa jalousie dévorante ; bientôt, William et Harry cessèrent de lui raconter quoi que ce soit et s'ingénièrent à minimiser leur affection pour Tiggy. « Je ne peux plus rien tirer d'eux, se plaignit la princesse. Comme les garçons savent que cela me contrarie, ils changent aussitôt de sujet quand j'aborde cette question. »

En vérité, ni l'un ni l'autre ne comprenait la violence du ressentiment de leur mère envers Tiggy. « Diana était un être très fragile, très anxieux, raconte lady Bowker. Elle redoutait qu'on ne lui vole les garçons. Elle n'imaginait pas à quel point William et Harry la vénéraient. Personne n'aurait pu prendre la place de Diana dans leur vie. »

En outre, si Diana semblait prête à admettre que Harry – l'enfant que Charles avait rejeté au début parce qu'il n'était pas une fille – avait établi des liens étroits avec son père, elle avouait également entretenir avec William des relations dépassant celles qu'on pourrait imaginer entre une mère et un fils.

« Diana avait un rapport de mère à fils et d'épouse à mari avec William, précise son ami le styliste Roberto Devorik. Elle m'a expliqué qu'avec son fils William, elle avait des conversations très intimes et qu'il était un soutien moral extraordinaire. »

Très tôt, dit son amie Rosa Monckton, Diana « a confié, notamment au prince William, bien plus qu'une mère ne dirait à ses enfants. Mais elle n'avait pas le choix. Elle voulait que ses fils entendent la vérité de sa bouche, sur sa vie et les gens qu'elle fréquentait et l'importance qu'ils avaient à ses yeux, plutôt que de les voir lire une version déformée, exagérée et souvent fausse dans la presse populaire. »

Elle ouvrait son cœur à son fils aîné, parfois pendant des heures. Elle lui parlait de l'attachement durable de leur père à Camilla – ce qui était un peu superflu car le prince de Galles avait installé une photo de sa maîtresse sur sa table de nuit. Mais elle expliquait aussi combien le palais lui compliquait la vie et combien elle se sentait dépassée par les exigences de ses engagements publics.

Diana fit également partager à William son intérêt croissant pour ce qu'elle appelait sa « quête spirituelle ». Après Stephen Twigg, qui était venu au palais de Kensington afin de soulager les angoisses de la princesse à l'aide de séances de massages, Diana chercha conseil auprès d'un vaste éventail de gourous New Age. La guérisseuse Simone Simmons lui rendait visite une fois par semaine au palais. En 1992, Debbie Frank remplaça Betty Palko au poste d'astrologue permanente de Diana et, deux ans plus tard, la princesse commencerait à fréquenter la médium Rita Rogers dont le travail avec des parents tentant d'entrer en contact avec leur enfant mort touchait en elle une corde sensible.

Elle expliquait donc à William ce qu'elle avait appris de l'homéopathie, de la thérapie par l'hypnose, de l'aromathérapie, de la réflexologie et de la phytothérapie. Elle lui parlait du pouvoir magique du cristal ; un cristal blanc (garant de stabilité et d'idées claires pour celui qui le portait) pendait souvent à son cou. Elle exposa également les vertus de la science ancienne de *feng shui*, dont elle avait invité un spécialiste à réaménager ses appartements afin d'y favoriser l'harmonie.

La princesse se rendait également chez sa proche confidente Ursula Gately deux fois par mois pour une irrigation du côlon. Elle ne partageait pas ces détails avec William, mais elle l'emmenait avec elle pour ses leçons de t'ai chi et ses séances d'acupuncture avec l'infirmière irlandaise Oonagh Toffolo.

Quand sa mère parlait de sa foi intense en la puissance du contact physique, William comprenait. À maintes reprises il avait été témoin du contact presque mystique que sa mère créait avec les affligés. Elle s'asseyait sur les lits d'enfants subissant une chimiothérapie, tenait la main de malades du sida et serrait dans ses bras des femmes qui lui faisaient en pleurant des récits poignants de violence conjugale. « Quand je prends le visage d'une personne qui souffre entre mes mains, dit-elle à William, elle me réconforte autant que je la réconforte. »

Ce « génie de la compassion » pour citer l'expression de Rosa Monckton ne fut jamais aussi évident pour William que dans les mois qui suivirent la séparation de ses parents. Pour se distraire de la désintégration tragique de son mariage et consolider sa popularité, Diana se lança à corps perdu dans ses diverses causes.

À son emploi du temps éreintant d'apparitions publiques – une infinité de galas, de dîners de collecte de fonds, d'inaugurations et de visites aux hôpitaux – elle ajouta d'innombrables gestes de bienveillance loin des objectifs. « Je suis attentive aux gens et je me souviens d'eux », avoue Diana à William. Pour prouver la profondeur de son intérêt, Diana passait parfois à l'improviste chez les parents d'enfants qu'elle avait vus à l'hôpital pour prendre de leurs nouvelles. Elle noua ainsi des amitiés qui durèrent des années sans qu'on en fasse jamais état pendant sa vie.

Fin 1993, Diana était sans aucun doute l'humaniste la plus célèbre du monde après son amie mère Teresa. « Elle a globalement plus fait pour les œuvres de bienfaisance que n'importe qui d'autre au XXe siècle », déclare Stephen Lee, responsable des opérations de collectes de fonds en Grande-Bretagne.

Toutefois, Diana elle-même était fragile sur le plan émotionnel – chose que William ne savait que trop bien. Cette vulnérabilité rendait d'autant plus étonnant le courage de sa mère face aux souffrances d'autrui. « Elle avait elle-même été confrontée au malheur, observa un jour Monckton son amie, voilà pourquoi elle était si sensible aux souffrances de l'humanité. Elle possédait un don unique pour repérer ceux qui avaient besoin d'aide. Je n'oublierai jamais son visage, ses mains, sa chaleur et sa compassion. »

Diana se garda bien d'évoquer les étapes de sa « quête spirituelle » devant sa belle-famille parce que, pour citer son amie Vivienne Parry, le palais s'était déjà lancé « dans une campagne de dénigrement visant à démontrer que cette femme était une folle, une givrée – un danger pour la famille ».

Mais elle savait qu'elle pouvait faire part de ses pensées les plus intimes à William. « Les deux garçons étaient incroyablement fiers de leur mère, dit Simmons. Ils ne se seraient jamais moqués d'elle. »

À l'âge de onze ans, William était le plus proche confident de Diana. Mais le prix à payer était cher. « Le rôle de William était davantage celui d'un mari de remplacement que d'un fils, dit un ami. Cela aurait été lourd à porter pour n'importe qui, mais cela l'était d'autant plus pour quelqu'un d'aussi jeune. » L'ironie voulait que ce qui faisait de lui un confident aussi compatissant – la sensibilité à fleur de peau qu'il avait héritée de Diana – le laissait exsangue.

Un thème récurrent dans leurs conversations était le sentiment d'isolement croissant de Diana – et la peur obsédante qu'elle ne finisse par être écartée de la vie de ses fils. Diana avait raison de s'inquiéter. La famille royale avait resserré les rangs derrière le prince de Galles. La princesse Margaret, que Diana considérait pourtant comme une amie, lui écrivit une lettre de reproches cinglants. Le prince Philip envoya une missive au contenu aussi accablant à sa belle-fille qu'il l'ignora purement et simplement à la fête donnée en l'honneur du onzième anniversaire de William. La reine, qui avait longtemps reproché à Camilla d'avoir une aventure extraconjugale avec son fils, tenait tellement à blesser Diana qu'elle invita Camilla et son mari Andrew Parker Bowles dans la loge royale à Ascot.

Aussi dévoués fussent-ils à leur mère, les garçons étaient également proches de leur père et, par extension, du reste de la famille royale. Comme c'est souvent le cas, le père dominateur et la mère froide et lointaine du prince Charles se révélaient être des grands-parents affectueux.

Les garçons savaient pertinemment que Diana et le prince Philip se détestaient cordialement, mais cela ne les empêchait pas d'aimer leur grand-père. À Sandringham et à Balmoral, Philip emmenait ses petits-fils chasser le gibier et veillait à les initier aux subtilités du tir au fusil.

Pendant ce temps, mamie qui ne manquait jamais d'inviter William à prendre le thé chaque semaine à Buckingham faisait déjà partie intégrante de la vie du garçon. La reine prenait de temps à autre soin de convier également Harry, bien qu'elle ne tentât pas de dissimuler que sa priorité était l'héritier et non le joker. Dans les années à venir, mamie consoliderait ces liens, suivant en cela la stratégie du palais visant à réduire l'emprise de Diana sur la vie de ses enfants.

Pourtant, si William et Harry se transformaient visiblement en jeunes gens parfaits, c'était sans aucun doute à Diana qu'en revenait le mérite. « William était destiné à monter sur le trône, et la princesse ne prenait aucune de ses responsabilités plus au sérieux que celle de préparer son fils à cette charge », assure P. D. Jephson.

Elle intensifia sa campagne après la séparation, lorsqu'il devint évident qu'elle ne serait jamais reine. « Elle se concentra sur la transmission à William de l'art d'être royal », ajoute Jephson. À cette fin, Diana avait enseigné dès le début à ses fils à être courtois avec le personnel qui partageait leur vie.

La princesse s'assurait aussi que ses fils se comportaient convenablement dans leurs rapports quotidiens avec les autres. Chez McDonald ou au cinéma, elle les obligeait à faire la queue comme tout le monde – flanqués bien sûr de leurs gardes du corps.

« Si on leur apportait du jus d'orange alors qu'en fait ils auraient préféré un Coca, dit un ami, ils avaient ordre de dire merci et de boire le jus d'orange. » Un jour, Harry demanda poliment que l'on change ce qu'on lui avait servi. Cela déplut à Diana. « Elle lui expliqua que peu importait ce qu'il voulait ; il aurait dû se contenter de remercier pour ce qu'on lui avait apporté », dit Rosa Monckton.

« C'est ce genre d'attitude, poursuivit Diana en continuant à gronder Harry, qui a valu sa réputation d'égoïsme à la famille royale. »

Derrière les portes closes, corriger les manières de ses fils n'était pas toujours une tâche facile. Un jour, au palais de Kensington, Diana remarqua une pile de linge sale sur une chaise dans la chambre de Harry.

« Oh, Harry ! Range ton linge sale.

— Épargne-moi tes "Oh, Harry !" » répliqua-t-il.

Lorsqu'elle repassa un quart d'heure plus tard, le linge sale était toujours à la même place. « Oh, Harry, je t'ai dit de ranger ton linge.

— Il me semble t'avoir priée de ne pas me dire "Oh, Harry" », fit-il, impérieux. En voyant les yeux de Diana s'écarquiller de rage, le prince s'empressa d'obtempérer.

Les rares fois où ils accompagnèrent leur mère dans des apparitions publiques, dit Jephson, les princes « ont appris à prendre des bains de foule et à côtoyer des gens qui leur portaient une véritable adoration – une vision impressionnante pour un enfant de dix ans – en donnant l'impression d'y prendre un véritable plaisir. »

« C'est drôle, non, disait Diana. Tout le monde interdit à ses enfants d'adresser la parole à des inconnus, et moi je demande à mes fils de s'efforcer d'être chaleureux et amicaux avec eux. »

Grâce aux leçons de civilité inculquées par Diana, William montra très tôt un maintien de roi. Au premier Noël familial suivant la séparation, William prononça un discours impeccable devant des centaines d'invités. « Parfois, à l'entendre, on pourrait croire qu'il a trente ans », observait souvent sa mère.

Ce n'était pas une coïncidence si les appartements de Diana au palais de Kensington étaient remplis de livres sur Jacqueline Kennedy Onassis. Outre les parallèles évidents qu'elle voyait entre elle et cette autre incarnation de l'élégance du XXe siècle, Diana admirait la façon dont Jackie avait, malgré la présence constante des objectifs du monde entier, réussi à faire de ses enfants des êtres heureux de vivre, bien dans leur peau, d'une politesse scrupuleuse et incroyablement normaux. « Jackie a si bien réussi l'éducation de Caroline et de John, déclara-t-elle à un visiteur du palais de Kensington. Je veux m'inspirer de son exemple de mère. »

Comme Jackie, Diana était maître en matière de manipulation des médias. Et, comme Jackie, Diana estimait qu'à certains moments elle était poussée jusqu'au point de rupture par l'incessante indiscrétion de la presse. Début novembre 1993, la princesse découvrit dans le *Sunday Mirror* une série de photos peu flatteuses d'elle-même en justaucorps dans une salle de gym. Les photos avaient été prises secrètement par Bryce Taylor, le propriétaire du club de Londres où elle faisait régulièrement de la musculation. Taylor, homme d'affaires néo-zélandais, avait paraît-il touché cent cinquante mille dollars pour ces clichés volés.

William et Harry qui passaient le week-end au palais de Kensington surprirent leur mère en train de pleurer de contrariété.

« Ils n'ont pas le droit, dit William en prenant sa mère par le cou. Maman, est-ce que tu ne peux pas faire quelque chose ? »

Diana qui confierait à ses proches qu'elle avait eu l'impression d'être violée donna l'ordre à ses avocats d'engager des poursuites contre Taylor et le *Mirror*. Elle finirait par gagner, et le journal accepterait de verser une somme très rondelette à l'une des œuvres préférées de la princesse.

La publication des photos du club de gym fut un tournant décisif pour Diana et ses fils. Jusque-là, William et Harry avaient vu leurs parents rester impuissants, incapables de juguler le flot d'articles consacrés à leurs déboires conjugaux parce que, pour la plupart, ces articles étaient douloureusement vrais. « C'était une petite lueur au bout du tunnel, dit un ami de la famille. Mais, pour la première fois, William et Harry ont compris que, dans certains cas, ils pouvaient riposter et gagner. »

Diana alla un peu plus loin. Elle désirait prendre un peu de champ et elle demanda à son conseiller le plus proche ce qu'il pensait de cette idée. William l'encouragea dans ce sens. « Il m'a dit que je travaillais plus dur que n'importe qui et que je devrais me consacrer à ce qui pouvait me rendre heureuse. »

Le 3 décembre 1993, lors d'un déjeuner de bienfaisance, la voix tremblant d'émotion, Diana annonça qu'elle se retirait de la vie publique. Au bout de douze ans sur le devant de la scène, elle souhaitait à présent davantage de « temps et d'espace ». En épousant le prince de Galles, elle savait que la presse s'intéresserait à sa vie tant publique que privée, mais elle n'avait pas imaginé « à quel point cette attention deviendrait envahissante – et à la limite du supportable ».

Elle allait réduire le nombre d'œuvres de bienfaisance qu'elle patronnait : « Ma première priorité restera nos enfants, William et Harry, qui méritent tout l'amour et l'attention que je peux leur donner et que je me dois d'initier à la tradition dans laquelle ils sont nés. »

La princesse n'aurait peut-être pas pris cette décision sans la publication des photos volées : « Bryce Taylor a précipité ma décision. Ces photos étaient tout simplement atroces. »

Maintenant que Diana avait spectaculairement réduit son emploi du temps public, elle se concentra plus que jamais sur William et Harry qui passaient avec elle un week-end sur deux et la moitié des vacances.

Le vendredi, flanquée de son garde du corps, Diana allait chercher les enfants à Ludgrove pour les ramener à temps au palais de Kensington, pour le thé. Il était important à ses yeux qu'ils se considèrent autant chez eux au palais qu'à Highgrove. « Je veux qu'ils sachent que le palais de Kensington est leur foyer et non un bâtiment public. »

À 8 h 30, le lendemain matin, les garçons prenaient leur petit déjeuner avec leur *nanny* du palais, Olga Powell, avant de rejoindre leur mère à son nouveau club de gym, le très chic Harbour Club à Chelsea. Ils y prenaient des leçons de tennis ou faisaient des longueurs de piscine ; à la surprise des autres membres, Diana et les garçons se livraient souvent à des concours d'éclaboussures et prenaient un plaisir visible à se pousser mutuellement dans le bassin.

De temps en temps, la princesse les emmenait faire du karting sur un circuit du Berkshire – la distraction préférée de Harry – ou dans des parcs d'attractions voisins. Le plus souvent, ils s'amusaient en faisant des tours de moto ou en se lançant des bombes d'eau à la figure dans les immenses jardins clos du palais de Kensington.

À neuf ans, Harry se révélait le plus bagarreur et le plus combatif des deux. Toujours distribué dans le second rôle, le « joker » luttait dur pour sortir de l'ombre de son frère. Si William commençait à montrer qu'il possédait l'étoffe d'un vrai sportif, Harry le dépassait déjà en monte et au tir. En outre il le battait régulièrement sur le circuit de karting.

Humilié par ces défaites infligées par son petit frère, William réagit en passant de plus en plus de temps avec son propre cercle d'amis. « Le prince Harry tenait absolument à faire mieux que son frère, dans quelque sport ou jeu que ce soit, raconte la mère d'un condisciple. Cela se voyait à son expression – il serrait les dents, toujours prêt à faire l'effort supplémentaire. William n'avait pas le même besoin de gagner, mais son embarras était visible. »

Diana ne découragea pas la tendance combative de Harry. « Harry était plutôt du genre fripon, et elle aimait cela chez lui, dit lady Bowker. Mais elle a toujours été plus proche de William et, bien entendu, comme tout le monde s'intéressait davantage au futur roi, elle en concevait peut-être une certaine culpabilité. Elle savait que Harry se sentait parfois ignoré et comprenait pourquoi il tenait tant à démontrer qu'il était aussi doué que son frère. »

À Londres, avec leur mère, les princes allaient aussi voir des comédies musicales comme *Oliver*, fréquentaient des restaurants tels que le Chicago Rib Shack et Smollensky's Balloon et le parc d'attractions d'Alton Towers. Ils s'achetaient aussi des vêtements décontractés mais chic – les jeans, les tennis, les sweats et les blousons d'aviateur dans lesquels Diana préférait les voir – et après le dîner regardaient des vidéos ou jouaient avec leur console Nintendo avant d'aller se coucher.

William et Harry adoraient les moments passés avec la princesse. Mais ils appréciaient également les week-ends auprès de leur père et de Tiggy. Déchiré entre son affection pour sa *nanny* et son inquiétude pour sa mère, William ne manquait pas de chanter les louanges de Diana chaque fois que l'occasion se présentait devant d'autres membres de la famille royale.

Cela n'empêchait pas la belle-famille de Diana de poursuivre ses efforts pour l'exclure de la vie de ses enfants. « Elle n'avait pas la moindre confiance en la famille royale, observe son ami Richard Greene. Elle était parfaitement consciente de leurs intentions. » La veille de Noël 1993, la princesse débarqua à Sandringham pour passer un peu de temps avec ses fils, mais rentra seule au palais de Kensington le lendemain matin. Pendant que Charles, la reine et la famille Windsor fêtaient Noël avec les jeunes princes, elle déjeunait seule dans sa chambre avant d'aller nager au palais de Buckingham.

Le lendemain matin, la princesse s'envolait pour Washington où l'attendait Lucia Flecha de Lima. Elle confia à son amie combien William et Harry lui manquaient. « J'ai pleuré à l'aller et au retour. J'étais tellement triste. »

Elle fut triste pour ses fils quand, le 29 juin 1994, leur père avoua à la télévision qu'il avait commis l'adultère. L'interview, destinée à susciter de l'intérêt pour sa biographie autorisée sur le point de paraître, déclencha une tempête de controverses. PAS DIGNE DE RÉGNER, titra le *Daily Mirror*.

William et Harry avaient d'autres raisons d'être bouleversés. Par une étrange coïncidence, le jour de la diffusion de l'interview controversée, Charles était aux commandes de l'un des jets de la reine lorsqu'il sortit de la piste sur l'île écossaise d'Islay.

Dans les journaux du lendemain, les garçons découvrirent des photos de leur mère, radieuse, arrivant à un vernissage à la Serpentine Gallery de Hyde Park. Le message était clair : malgré les remarques blessantes de son mari à la télévision, la femme dont il était séparé s'amusait comme une folle.

Personne ne pourrait protéger les jeunes princes du flot de révélations, de scandales et de titres qui suivraient. Deux mois après les aveux télévisés de leur père, le bruit courut que leur mère avait harcelé des centaines de fois au téléphone le marchand d'art millionnaire, Oliver Hoare, marié et père de trois enfants.

Puis, *Princess in Love* sortit en octobre dans les librairies et fit les unes du monde entier. James Hewitt y racontait avec force détails scabreux son aventure de six ans avec la mère de William et de Harry. Le livre citait les dates, les heures, les lieux et les circonstances de leurs rendez-vous galants.

Inquiète de l'effet que cela aurait sur ses fils, Diana se rappellerait ensuite qu'elle « fonça les voir ». Elle se rendit aussitôt à Ludgrove, mais sans lui laisser le temps de placer un mot, William, douze ans, lui tendit une boîte de chocolats : « Maman, je crois que tu as été blessée. Cela devrait t'aider à retrouver le sourire. »

Diana fut extrêmement touchée par le geste de ses fils, mais aussi un peu troublée parce que cela révélait que les titres torrides ne leur avaient pas échappé – malgré toutes les précautions prises pour empêcher ce genre de choses. À Ludgrove, les élèves n'avaient accès ni à la télévision, ni aux magazines, ni aux journaux. Et quand les garçons allaient assister à des matches de football loin de l'école, on choisissait un itinéraire évitant les kiosques couverts d'allusions au dernier scandale royal en date.

Peu importe. Pour citer un ancien professeur de Ludgrove, « William et Harry sont au courant de tout. Les autres ne peuvent résister à la tentation de les taquiner à ce sujet et il est impossible de les empêcher de faire entrer la presse populaire en fraude dans l'école. »

En mai 1994, Diana était en vacances en Espagne quand un paparazzi prit une photo de la princesse les seins nus sur la plage. À son retour, William l'appela de Ludgrove : « Tu n'as pas fait une chose pareille, n'est-ce pas ?

— Bien sûr que non », répondit Diana.

Apparemment un photographe caché dans des buissons avait fixé sur la pellicule l'instant où le haut du bikini de la princesse avait glissé.

« S'il est sensible à ça, déclara Ingrid Seward, observateur de la famille royale, tout le reste a dû le bouleverser. »

Diana n'allait pas tarder à foncer de nouveau à Ludgrove. Deux semaines à peine après les révélations Hewitt, la bombe à retardement littéraire de papa explosait. Dans *The Prince of Wales : A Biography*, Charles révélait à l'auteur Jonathan Dimbleby qu'il avait été ignoré par sa mère, tyrannisé par son père et persécuté par une épouse gâtée et instable. Plus important, le prince de Galles affirmait qu'il n'avait jamais aimé la mère de ses fils et qu'il ne l'avait épousée que contraint et forcé par le prince Philip.

Ces remarques anéantirent William et Harry, comme leur mère. « Il m'a aimée, protesta la princesse devant son astrologue Debbie Frank et je l'ai aimé. » Son humiliation mise à part, Diana était surtout inquiète de l'effet qu'aurait le livre sur ses fils. « Imaginez qu'on vous dise que vos parents ne se sont jamais aimés. Pensez à ce que ressentent ces pauvres Wills et Harry », commenta-t-elle.

Une fois de plus, c'est Diana qui se précipita à Ludgrove pour atténuer le choc. Comme avant, William ne lui laissa pas le temps d'ouvrir la bouche : « C'est vrai que papa ne t'a jamais aimée ? »

Diana déclarerait ensuite que la question et la douleur dans le regard de ses fils « furent un vrai coup de poignard. J'étais au bord des larmes ». Mais elle s'efforça de garder son sang-froid : « Quand nous nous sommes mariés, leur dit-elle, nous nous aimions autant que nous vous aimons maintenant. »

Les frères ne purent que croire leur mère et reprendre le cours normal de leur vie. Mais William était loin d'être prêt à pardonner à son père. « Pourquoi, papa ? lui lança-t-il lorsqu'il le revit à Highgrove. Pourquoi as-tu fait ça ? » Avant que le prince Charles ne puisse répondre, Wills, les poings serrés, tourna les talons et s'enfuit dans sa chambre.

Les révélations de la biographie du prince Charles firent d'autres victimes. Les premiers extraits du livre parurent à la veille du voyage officiel de la reine à Moscou, et mamie et grand-père étaient furieux. À leur retour, Elizabeth s'employa à étouffer les rumeurs de l'imminence d'un divorce. « Comme il a été dit clairement à l'annonce de leur séparation, déclara un porte-parole du palais, le prince et la princesse n'ont pas le projet de divorcer. »

Diana, qui évitait de prononcer le mot fatidique, souligna qu'elle n'avait pas l'intention d'être celle qui demanderait le divorce. « Je ne vais nulle part, ajouta-t-elle avec un haussement d'épaules, jusqu'à ce qu'il m'en donne l'ordre. » Toutefois, derrière les murs du palais, les deux camps étaient plongés dans les négociations du divorce – des pourparlers secrets qui s'éterniseraient pendant des mois.

Si William et Harry ignoraient toujours que leur mère avait coopéré avec Andrew Morton pour la rédaction de *Diana, sa vraie histoire* – elle pouvait encore affirmer en toute honnêteté à ses fils qu'elle n'avait jamais parlé à Morton –, ils eurent bientôt droit à des titres peu flatteurs pour elle.

Après le marchand d'art Oliver Hoare, elle se prit de passion pour le rugbyman Will Carling après leur rencontre au Harbour Club. Comme William et Harry étaient fous de rugby, Carling, capitaine de l'équipe nationale, organisa pour les garçons une séance d'entraînement avec les joueurs. Carling et la princesse ne tardèrent pas à se rencontrer régulièrement pour le petit déjeuner. « Quand Diana est tombée amoureuse de Carling, révéla sa coiffeuse Natalie Symonds, elle s'est mise à étudier les rubriques sportives des journaux. »

Julia, la femme de Carling, une personnalité de la télévision britannique, riposta en qualifiant publiquement la mère de William et Harry de briseuse de ménage. Cela n'empêcha pas Carling de continuer à voir Diana. Finalement, Julia Carling accuserait la princesse d'avoir détruit son mariage.

« Cela a dû être affreux pour eux d'affronter tout cela si jeunes, dit Margaret Mowatt, fille de la princesse Alexandra. Ils vont être obligés de porter le fardeau des actes de leurs parents. »

Pourtant, aux yeux de tous ceux qui les croisaient, William et Harry paraissaient extraordinairement peu touchés par le tourbillon de scandales et d'intrigues qui les cernait constamment. « Ce sont des garçons adorables, extrêmement bien élevés », dit l'acupunctrice et amie de Diana, Oonagh Toffolo.

Harry, plus extraverti et exubérant, demeurait imperturbable devant le tumulte provoqué par la désintégration du couple de ses parents. En décembre 1994, il avait dix ans quand, les photographes le surprirent en train de faire le clown dans la loge royale au prestigieux championnat de saut d'obstacles de Londres. Il multiplia les grimaces et se colla un chapeau pointu sur le front pour ressembler à une licorne avant d'envoyer un coup au garçon assis à côté de lui. Témoin de la scène à quelques mètres de là, Diana éclata de rire.

À l'inverse, à douze ans, William continuait à impressionner tout le monde par son assurance et sa maturité croissantes. « À présent, confia un aide de camp de la reine, je le traite en adulte. »

Charles et le reste de la famille royale pouvaient s'en attribuer une partie du mérite. En sortant de l'office à Sandringham et à Balmoral, Wills et Harry perfectionnaient leur art de faire la conversation avec les fidèles massés à l'extérieur.

Diana leur donna également des trucs pour conquérir une foule. Mais elle prit également une initiative sans précédent pour la mère d'un futur monarque britannique : elle leur fit affronter la douleur et la dureté du monde réel au-delà des grilles des palais. « Je veux, dit la princesse, qu'ils connaissent ce que la plupart des gens savent déjà – qu'ils grandissent dans une société multiraciale où tout le monde n'est pas riche, ne part pas quatre fois par an en vacances, ne parle pas l'anglais de la reine et ne possède pas une Range Rover. »

Diana emmena donc ses fils dans des hôpitaux, des soupes populaires et des asiles pour les sans-abri. « Je ne suis que trop consciente de la tentation d'éviter la dure réalité ; non seulement pour moi mais aussi pour mes fils, concéda-t-elle avant de rendre visite à des malades du sida dans un hôpital londonien. Est-ce que je leur rendrais service en leur dissimulant le plus longtemps possible les souffrances et les désagréments ? Non, à ce moment-là il serait peut-être trop tard. Je tiens à les mettre au courant ; ensuite, ce sera à eux de jouer. »

Surtout, expliqua ensuite la princesse, « je veux qu'ils comprennent les émotions des autres, leurs frayeurs, leur détresse, de même que leurs rêves et leurs espoirs ». Diana soupçonnait avec raison les « hommes en gris » du palais de qualifier de déplacées ces confrontations aux réalités. « Libre à la princesse de tenir la main des indigents et des mourants, dit l'un d'eux, mais est-elle vraiment obligée de soumettre ses deux petits garçons à ce genre d'expérience ? »

Oui, riposta Diana, surtout si l'un d'eux est appelé à monter sur le trône. « J'ai emmené William et Harry au chevet de malades mourant du sida, mais je leur ai dit qu'il s'agissait de cancéreux. Je les ai entraînés dans toute sorte d'endroits où, à ma connaissance, aucun membre de cette famille n'a jamais mis les pieds. Ils ont acquis une expérience. Ils ne s'en serviront peut-être jamais, mais j'ai planté une graine en eux, et j'espère qu'ils lui permettront de se développer, car le savoir est d'or. »

Toujours convaincue que Charles mourrait jeune et que leur fils serait couronné, Diana avouait que ce cours en accéléré était destiné avant tout à William. « En nous voyant agir son père et moi, il a un aperçu de ce qui l'attend, dit-elle. Il n'est pas à l'étage, planqué dans les jupes de sa gouvernante. »

Diana prit soin d'expliquer ses intentions à sa belle-mère. « Je veux que William et Harry grandissent dans le monde réel en dehors de la grande maison, dit-elle à la reine pendant une entrevue au palais de Buckingham. Je veux qu'ils fassent l'expérience non seulement de la vie quotidienne des Britanniques ordinaires, mais qu'ils comprennent aussi l'impact de cette existence sur ces gens. Et là je parle de toutes sortes de gens. La Grande-Bretagne ne doit pas être un pays étranger pour mes fils. »

Au grand ravissement de Diana, il apparut vite que les deux garçons – et notamment William – partageaient sa compassion. Pendant que la famille royale et le reste de l'aristocratie anglaise sirotaient du champagne à Ascot, Diana emmenait dans le plus grand secret ses fils au Refuge, un asile pour les sans-abri de Londres. Harry se joignit à une partie de cartes ; William joua aux échecs avec un vieux monsieur.

Lors d'une autre visite secrète – cette fois au Passage, centre d'accueil des sans-abri dans le centre de Londres – ils furent accompagnés du primat catholique d'Angleterre, le cardinal Basil Hume. « Quel enfant extraordinaire, fit observer le cardinal à Diana en regardant William bavarder gentiment avec des alcooliques grisonnants, des drogués secoués de tremblements et autres déshérités. Il a une telle dignité malgré son jeune âge. »

Comme sa mère, William ne tarda pas à rechercher ces rencontres avec les nécessiteux, les malades, les indigents. « Il adore ça, dit Diana, et cela déconcerte vraiment les gens. »

La gentillesse naturelle de William fut également évidente à Ludgrove quand un groupe d'enfants attardés fut invité au Noël de l'école. Le jeune prince prit les choses en main, veillant à ce qu'aucun enfant ne soit exclu des festivités. « J'étais tellement émue, tellement fière, dit Diana qui assista de loin à la scène. Il a agi naturellement, alors que beaucoup d'adultes étaient visiblement décontenancés par la situation. »

Charles s'émerveillait aussi de la maturité de ses fils. Poursuivis par la presse lors d'un séjour de ski à Klosters, William et Harry escortèrent les filles du prince Andrew, Beatrice, six ans, et Eugenie, quatre ans, sur les pistes pour une séance de photos. Souriants et coopératifs, les garçons aidèrent leurs cousines à prendre la pose et répondirent poliment aux questions. Quand un journaliste demanda qui skiait le mieux, William désigna les petites filles de la tête et répondit galamment : « Ces deux-là progressent tous les jours. »

« À mon sens, ses enfants étaient la vengeance de Diana, dit son ami Richard Greene. Elle les formait pour qu'ils soient différents des Windsor – notamment pour qu'ils n'aient pas cette absence d'émotion, cette froideur qu'elle haïssait. » Quand elle les embrassait en public, ajoute Greene, Diana envoyait un message « non seulement au monde entier mais aussi à Charles et à la reine : Regardez, ils sont à moi. Ce sont de vrais êtres humains, pas ces mannequins en carton-pâte qui peuplent votre famille. »

William commençait à montrer qu'il avait hérité du bon sens de sa mère en matière de rapports avec les médias. En novembre 1994, les militants des droits des animaux protestèrent de nouveau quand, chassant pour la première fois le faisan à Balmoral, le prince en tua quinze en une matinée. Plus tard, quand on proposa à sa mère la présidence de la Société royale pour la lutte contre la cruauté envers les animaux, Wills lui donna le conseil suivant : « N'accepte pas – chaque fois que je tuerai quelque chose, ils t'accuseront. »

Diana vit son fils mûrir également sur d'autres plans. Dans le train qui les emmenait à un match de rugby Irlande-Galles à Cardiff, William et un copain de classe souriaient largement en feuilletant le magazine dominical du *Daily Express*. Puis le prince invita son garde du corps à jeter un coup d'œil au journal.

Finalement la princesse de Galles se pencha pour voir ce que les garçons trouvaient si fascinant : des photos torrides des *Barbi twins,* Shane et Sia, les pin-up à la poitrine généreuse des pages centrales de *Playboy*. Diana prit le magazine et, à la surprise des autres passagers, déchira la fameuse page en deux, en tendit une moitié à William et l'autre à son copain – une Barbi chacun.

William s'exclama : « Maman, c'était seulement les moitiés du haut qui nous intéressaient. » Diana hurla de rire.

William devenait un membre accompli de la famille royale, mais son frère et lui continuaient de trouver une partie de leur tâche presque insupportable. À Ludgrove, outre l'omniprésent sergent Graham Cracker, ils étaient suivis par une équipe de dix-neuf gardes du corps – suffisamment pour en poster un devant chaque salle de classe. « Harry était encore assez jeune pour les ignorer, dit un professeur. Mais William approchait de ses treize ans et il avait envie d'un peu d'intimité. »

À plusieurs occasions, William convainquit ses amis de le couvrir pendant qu'il disparaissait dans le parc de l'école. Comme tous les écoliers de son âge, il fuma sa première cigarette derrière une dépendance pendant que ses copains montaient la garde – et vomit aussitôt. Bientôt la manie de William de s'éclipser – ses amis réussissaient à tromper la vigilance de ses gardes du corps pendant environ une heure – commença à sérieusement inquiéter ses anges gardiens.

Finalement, on pria le prince Charles d'intervenir. Il vint à Ludgrove où il eut une entrevue avec William dans le bureau du directeur Gerald Barber. Charles compatit avec son fils, se souvenant d'avoir lui-même pleuré de rage quand il était petit parce qu'il n'avait jamais une seconde à lui. Mais il expliqua à William que ses gardes du corps avaient une tâche à accomplir et qu'en disparaissant il leur faisait courir le risque d'un renvoi. William accepta à contrecœur de cesser de jouer les filles de l'air. « Mais, dit-il à son père en ne plaisantant qu'à moitié, tout cela changera quand je serai roi. »

William et son frère avaient beau être très proches de Diana, leurs liens avec leur père se consolidèrent à l'approche de l'adolescence. Harry qui avait toujours entretenu des rapports très étroits avec le prince Charles, partageait à présent avec lui sa vieille passion pour la botanique. Les deux garçons lisaient avec leur père – Kipling faisait partie de leurs auteurs préférés – et ils regardaient des vidéos ensemble. Si, au palais de Kensington, leurs goûts allaient plutôt vers un style populaire comme *E.T.*, la trilogie de *Star Wars* et les séries *Rambo* et *Rocky* de Sylvester Stallone, ils visionnaient des films britanniques plus classiques à Highgrove. Charles remarqua tout de même un jour que ses fils avaient pris un plaisir tout particulier aux « passages gore » de la version d'*Henri V* de Kenneth Branagh.

Les princes étaient aussi à un âge où l'on est fasciné par l'équitation, la pêche, les sports sanguinaires et les armes qui les accompagnaient. Ce n'était jamais plus vrai qu'à Balmoral, la demeure seigneuriale de granit construite sur les rives de la Dee en Écosse par l'arrière-arrière-arrière-grand-mère des garçons, la reine Victoria et son mari, le prince Albert. Victoria l'appelait « ce cher paradis » non sans raison. Avec ses bosquets chatoyants de bouleaux, ses sombres forêts de sapins et ses immenses landes pourpres de bruyère, Balmoral était un endroit aussi magique pour les jeunes princes que pour leurs ancêtres royaux.

Nulle part dans le royaume la faune n'était aussi abondante. La rivière et ses affluents débordaient de brochets, de saumons et de truites. À part les faucons pèlerins et les aigles royaux qui restaient des espèces protégées, tout le reste était un gibier potentiel : faisans et grouses, bien sûr, mais aussi cerfs, lapins, chats sauvages et martres.

Traditionnellement, Balmoral marquait toujours le début et la fin du calendrier de la cour, bien que la famille royale y résidât moins de trois mois par an – la période la plus longue courant du début officiel de la chasse à la grouse le 12 août jusqu'à octobre.

Pour la reine notamment, Balmoral évoquait des souvenirs particuliers. Elizabeth avait dix-sept ans – quatre ans de plus que Diana – lorsqu'elle y avait tué son premier cerf en octobre 1942. Elle ne chassait plus, mais rien ne la rendait plus heureuse que de parcourir les champs boueux chaussée de ses bottes en caoutchouc, suivie de ses chers corgis.

Maintenant, pendant la saison de la grouse, William et Harry participaient aux chasses exclusivement masculines qui duraient de l'aube au crépuscule. Invariablement menées par grand-père, elles ressemblaient fort à des manœuvres militaires : une petite caravane de Land Rover sillonnait les landes, retrouvant en des points précis des sections de « chargeurs » qui s'assuraient que personne n'était jamais à court de munitions et de « rabatteurs » pour débusquer le gibier.

La reine avait l'habitude de rejoindre le groupe lors du pique-nique servi en milieu de journée. Un verre de gin tonic à la main, elle écoutait attentivement les garçons lui raconter leurs exploits.

La scène était très différente quand on prenait le thé au château, où l'on servait pâtés, gâteaux et biscuits, et où la reine elle-même remplissait la théière à un énorme samovar en argent. À 20 h 30 précises, le dîner était servi par des valets de pied en livrées rouges – deux valets par invité.

Les garçons paraissaient également ravis de participer à la vie mondaine de la famille royale à Balmoral. Les principaux événements de la saison étaient les deux bals donnés par Sa Majesté pour exprimer sa gratitude à la population locale et aux employés de la propriété. Tous les membres féminins de la famille royale – la reine, la princesse Margaret, la princesse Anne, la reine-mère – arboraient leurs tiares de diamants et leurs écharpes Stuart.

William et Harry imitaient papa, grand-père et leurs oncles Andrew et Edward en revêtant tartans et kilts pour l'occasion. Les deux fils de Diana prirent également beaucoup de plaisir à s'initier aux danses écossaises.

Le carnet de bal de mamie était toujours plein. Pour protéger la cour, un détachement de soldats de l'un des régiments écossais était affecté chaque été à Balmoral. Pour les remercier, la reine s'efforçait de danser avec le plus de soldats possible. Elle mettait un point d'honneur à accorder aussi des danses à Harry et à Wills.

« La reine se souvenait que Diana avait l'habitude de s'enfermer dans sa chambre à Balmoral et elle craignait que ses fils ne réagissent comme elle », dit un courtisan. Sa Majesté fut « soulagée de voir que le prince William et le prince Harry partageaient son amour pour Balmoral ».

Balmoral – où une pancarte annonçait à l'entrée ATTENTION : CHEVAUX, CHIENS ET ENFANTS – avait toujours été le cadre familial par excellence pour la famille royale. William et Harry y vivaient une existence loin d'être aussi spartiate que celle de leur père à leur âge. Alors que Charles avait été forcé par grand-père de nager dans l'eau glacée des rivières et des ruisseaux, les jeunes princes avaient l'autorisation de fréquenter la piscine locale (Balmoral n'en possédait pas) ou de se rendre au cinéma, à condition que leur grand-mère ait approuvé le programme.

Diana qui restait à Londres ne pouvait qu'assister de loin à l'endoctrinement Windsor de ses fils. Elle se sentit encore plus impuissante quand la presse populaire publia des photos de Tiggy Legge-Bourke à la sveltesse toute neuve, arpentant sourire aux lèvres la vallée de la Dee avec ses fils. Tiggy s'intégrait à la vie à Balmoral mieux que la princesse ne le pourrait jamais. « C'est une fille de la campagne, ce que les enfants adorent, confirme Santa Palmer-Tomkinson, une amie de Tiggy. Elle est une des rares femmes que je connaisse qui soient capables d'écorcher un lapin ou de vider un cerf. »

Diana eut également l'occasion de voir une photo de Charles plantant un baiser affectueux sur la joue de Tiggy et de lire l'éditorial de Richard Kay qui écrivit dans le *Daily Mail* : « Tiggy mincit pour faire plaisir au prince Charles. » Tiggy avait effectivement perdu du poids – non pas grâce à un régime, mais à la suite d'une sprue non tropicale, un trouble digestif qui provoque également des nausées et de sévères douleurs abdominales.

Diana avait beau tout faire pour humaniser le futur roi en l'entraînant dans des parcs d'attraction et des asiles pour sans-abri, elle redoutait que Wills et son frère ne se coulent dans le moule Windsor. Pour le treizième anniversaire de William, Charles lui « donna » son propre valet. Au désespoir de Diana sensible aux différences sociales, son fils fut, pour citer ses termes, « absolument ravi d'avoir un domestique rien qu'à lui ».

Le scandale international autour du couple princier n'empêcha pas William de prendre plaisir à sa dernière année à Ludgrove. « Les deux princes ont cette capacité, dit un professeur de Harry, de s'abstraire des choses déplaisantes. C'était essentiel pour leur survie. »

Si Harry peinait dans ses études mais brillait sur les terrains de sports, William excellait dans les deux domaines. Champion de football et de cricket, William fut également nommé « préfet » – responsabilité qui lui donnait le droit d'être l'un des rares élèves à avoir une radio dans sa chambre.

Pour l'office de Noël 1994, William fut choisi pour faire une lecture devant une assistance de plusieurs centaines d'élèves et de parents. Son père ne fut pas surpris de sa performance. « Il lit magnifiquement la poésie », déclara-t-il.

Le bien-être tout neuf de William à Ludgrove était dû en grande partie à la présence moins évidente de ses gardes du corps qui lui accordaient davantage d'espace pour souffler. Depuis que William s'était engagé à ne plus s'évanouir dans la nature, les officiers de la sécurité du prince se tenaient à une distance discrète lorsqu'ils se trouvaient à l'école. Ils restaient littéralement dans l'ombre et se cachaient derrière des arbres et des bâtiments pour surveiller les moindres faits et gestes de William.

En dehors de l'école, c'était une autre histoire. En vacances et pendant des voyages à l'étranger où ils ne maîtrisaient guère l'environnement, les membres de l'escouade royale de protection resserraient les rangs autour du futur roi. Comme tout adolescent avide d'intimité et d'indépendance, William se rebellait.

Le conflit éclata pendant des vacances en Suisse. William avait passé la journée à faire de la luge avec des amis. Juste après le crépuscule, il se lança du haut d'une pente escarpée, ignorant apparemment la présence d'une route très passante en bas de la côte. Soudain, l'un des gardes du corps de William jaillit de derrière un sapin et se jeta sur lui, arrêtant la course folle de la luge avant que William ne passe sous les roues d'une voiture.

Au lieu de manifester de la reconnaissance, le prince se dégagea et entra dans une colère noire : « Pourquoi faut-il que je sois constamment cerné de flics ? hurla-t-il. Je savais ce que je faisais. Vous ne pouvez donc pas me laisser vivre comme un garçon normal ? »

La sécurité se renforça encore en septembre 1995 quand William entra dans la plus célèbre et prestigieuse des écoles, Eton. Situé au bord de la Tamise dans le Buckinghamshire, Eton ne ressemblait guère à Gordonstoun, la pension écossaise spartiate qu'avait fréquentée Charles. Même les jours où il neigeait, les élèves de Gordonstoun surtout issus de la bourgeoisie commençaient par une course torse nu suivie d'une douche glaciale. Les autres élèves rabaissaient et persécutaient Charles qui en vint à considérer ses années là-bas comme une « peine de prison ».

À l'inverse, les treize cents élèves d'Eton sillonnaient le campus couvert de lierre revêtus de pantalons rayés, de chemises blanches à col dur et de queues-de-pie. Créée par Henri VI pour préparer de jeunes érudits à entrer à King's College de Cambridge, institution dont il était également le fondateur, l'école initiait depuis quelque cinq cent soixante ans les fils des familles les plus influentes d'Europe à la vie publique. L'histoire, pour citer Orwell, « se décidait sur les terrains de sports d'Eton ».

Apparemment, William ne savait pas encore trop bien en quoi consisterait son futur rôle. S'inscrivant à Eton sous le nom de « William de Galles, altesse royale », William eut soudain une hésitation devant une des précisions à fournir. Le futur chef de l'Église d'Angleterre se tourna vers son père et lui demanda, l'air perplexe : « Religion ? »

Avec ses cheminées en briques rouges, ses grilles en fer forgé, ses fenêtres à meneaux et ses tourelles de style gothique, Eton était empreint de cette atmosphère seigneuriale à laquelle William était habitué. La ville voisine de Eton était tout aussi pittoresque avec ses pubs, son salon de thé, et son restaurant Cockpit vieux de cinq cent quatre-vingt-un ans. Nombre des magasins qui bordaient l'étroite grand-rue, tels Murrays of Eton et Nutters of Savile Row, satisfaisaient surtout les besoins vestimentaires des Etoniens.

Le prince Charles avait été alternativement évité et taquiné par les autres élèves moins bien nés de Gordonstoun qui ne voulaient pas être accusés de « lécher les bottes » du futur roi. Mais les condisciples de William à Eton ne risquaient guère de lui reprocher sa présence en leur sein. Il fut peut-être le seul « F-tit » – « Tit » désignait les débutants et « F », le bâtiment abritant les premières années – à être appelé par son prénom (tous les autres ont des surnoms). Et il était sans aucun doute le seul Etonien à disposer d'une équipe de surveillance de dix-neuf membres et de son propre émetteur portable, mais il était l'un des leurs. Ses condisciples comptaient des fils d'aristocrates britanniques, de cheikhs arabes, d'avocats, de banquiers et de dirigeants politiques. « Ici l'importance du rang n'impressionne pas les élèves », observa un membre de la promotion de 1973.

Dans un rare moment de consensus, Charles et Diana étaient ravis que William soit un *F-tit* d'Eton. Charles, qui ne s'était pratiquement pas fait d'amis à Gordonstoun, avait appris de la bouche d'anciens d'Eton que les amitiés qu'on y nouait duraient toute la vie. Chose qu'il souhaitait ardemment pour son fils. En outre, dans sa pension écossaise, Charles s'était pris d'affection pour un jeune professeur, Eric

Anderson, qui était devenu principal d'Eton. Ces facteurs associés à la réputation unique d'excellence scolaire de l'école plaisaient énormément au prince de Galles. Au point que, pourtant connu pour son avarice, il n'hésita pas à débourser les frais de scolarité annuels exorbitants. « Charles, confia Camilla à un ami, est absolument ravi que William aille à Eton. »

Diana aussi. Le père et le frère de Diana étaient également des anciens d'Eton. En outre, l'école avait l'avantage d'être à seulement trente minutes de Londres, ce qui voulait dire que la princesse pourrait voir son fils chaque fois que l'envie l'en prendrait.

Comme Charles, Diana espérait qu'Eton deviendrait une seconde famille pour son fils – un rempart rassurant contre les temps difficiles qui s'annonçaient. On pouvait compter sur le directeur de la maison du jeune prince à Eton, le Dr Andrew Gailey, comme sur sa femme Shauna, pour lui prêter une oreille attentive.

Ce n'était pas le fait du hasard. L'été précédent l'entrée de William à Eton, après des mois d'échanges de lettres acerbes, Charles et Diana avaient enterré la hache de guerre le temps d'inviter Andrew et Shauna Gailey à prendre un verre au palais St. James. À cette occasion, ils laissèrent clairement entendre aux Gailey qu'ils comptaient sur eux pour jouer les parents de substitution de l'héritier.

« William est très solide, comme moi, dit Diana aux Gailey. Mais il est aussi très sensible. On le blesse facilement. Il va vraiment avoir besoin de toute l'affection et de tout le soutien que vous pourrez lui apporter.

— Et d'amis, renchérit Charles. Je suppose que là-bas il ne manquera pas d'amis vers lesquels se tourner... »

Les Gailey partageraient avec la directrice de Manor House, Elizabeth Heathcote, la tâche de veiller sur William. Dans la place depuis trente ans, fille d'un ancien élève d'Eton, Heathcote déjeunait et dînait avec les jeunes gens, distribuait des bons pour des articles comme du papier à lettres et du dentifrice, et jouant même les infirmières à l'occasion, prenait les températures et fournissait les médicaments nécessaires, de l'aspirine au sirop contre la toux. Et surtout, Dame Elizabeth faciliterait l'adaptation des petits nouveaux, offrant conseils, encouragements et un soutien attentif.

Dans le Manor House de trois étages dont il était l'un des cinquante occupants âgés de quatorze à dix-huit ans, William dormait dans une chambre de trois mètres sur deux – qui, précisons-le, était la seule à être équipée d'une salle de bains privée et à ne pas porter de plaque d'identification sur la porte. Comme à Ludgrove, un garde du corps dormait dans une chambre voisine.

William s'adapta très facilement à sa vie à Eton. Contrairement à son père, à son arrivée, il connaissait déjà plusieurs de ses condisciples. Lord « Freddie » Windsor, le fils du prince et de la princesse Michael de Kent, était déjà un ancien. Et parmi les *F-tits* : l'équipier de rugby à Ludgrove Johnny Richards, et Andrew Charlton, le fils d'un banquier qui avait accompagné Diana, William et Harry dans leur fameux séjour à DisneyWorld. William ne tarderait pas à compter parmi ses plus proches copains, Nicholas Knatchbull, petit-fils de feu lord Mountbatten et cousin éloigné.

Une personne surtout se réjouit de l'entrée de William à Eton. D'où qu'il soit à l'école, William pouvait apercevoir le monolithe médiéval qui dominait la colline de l'autre côté du fleuve – le château de Windsor. La nouvelle proximité de Wills avec la « maison de mamie » n'était pas un hasard. Dans la campagne de la famille royale visant à former William aux manières des Windsor, la reine souhaitait rencontrer fréquemment son petit-fils. Et elle verrait son vœu exaucé.

Tourelles, donjons, remparts de granit, arches gothiques et fanions au vent, le château de Windsor était la résidence principale des dirigeants anglais depuis Guillaume le Conquérant. Quand William entra à Eton à l'automne 1995, la plus grande partie des dégâts provoqués par l'incendie de 1992 – l'*annus horribilis* de la reine – avaient été réparés, même s'il faudrait encore dix-huit mois avant que la reine juge la restauration terminée.

Malgré la présence des artisans qui s'employaient à faire disparaître toute trace de l'incendie, la grandeur de Windsor était indéniable. Du Grand Vestibule aux murs abricot ornés de centaines d'armes anciennes à la chapelle Saint George, l'une des plus belles églises d'Angleterre où l'on adoube en grande pompe les chevaliers de l'Ordre de la Jarretière, les salles, antichambres et halls du château sont aussi opulents que l'extérieur est austère.

Windsor abrite également l'une des plus grandes collections artistiques d'Europe. Six tapisseries des Gobelins et une urne en malachite de deux mètres de haut offerte à la reine Victoria par le tsar Nicolas Ier décorent la Grand Reception Room. Des tableaux de Rembrandt, Holbein, Rubens et Van Dyke couvrent les murs de la chambre du roi, tandis que des dizaines d'œuvres de Hogarth, Gainsborough, Canaletto, sir Thomas Lawrence et sir Joshua Reynolds ornent les différentes salles.

Même en ces lieux, la dure réalité contemporaine ne cesse ses intrusions. La tour de refroidissement d'une centrale nucléaire s'élève dans le lointain. Et toutes les trois minutes, tout semblant de calme vole en éclats quand un jet rase littéralement le château avant son atterrissage à Heathrow.

Mais de sa fenêtre, la reine pouvait également contempler les terrains de sports émeraude d'Eton sur lesquels jouait à présent son petit-fils.

Tous les dimanches après-midi, une voiture venait chercher William à 15 h 50 précises, descendait la grand-rue d'Eton, passait devant Monty's Tavern et le restaurant sur le pont et franchissait la courte distance entre Eton et le village de Windsor. Là, la voiture remontait la colline vers la maison de mamie. Le trajet ne durait pas plus d'une minute. À pied, toujours flanqué de deux gardes du corps en costumes sombres armés de pistolets Heckler et Kock, William faisait généralement le trajet en sept minutes.

La reine et le futur roi prenaient le thé à 16 heures dans le Oak Drawing-Room, donnant sur la pelouse où l'on accueille les chefs d'État étrangers et où a lieu la relève de la garde. La reine commençait toujours par lui demander comment s'était passée sa semaine à Eton – ses progrès en rugby, ses cours préférés et ceux qui lui donnaient le plus de mal, son opinion de ses condisciples. Puis la reine lui racontait sa semaine – des affaires d'État aux problèmes de santé de ses chevaux préférés.

De plus en plus, William sollicitait les conseils de sa grand-mère. Si Sa Majesté n'avait rien de chaleureux, ni d'affectueux – on ne l'a jamais vue embrasser ni enlacer personne ni en public, ni en privé –, comme de nombreuses grands-mères, elle avait envie de le gâter... mais à sa manière.

Elizabeth avait aussi des préoccupations plus graves : elle était déterminée à préparer son petit-fils au trône. William s'était habitué à voir mamie tenter de glisser l'air de rien une leçon d'histoire dans leurs entretiens hebdomadaires – une note de George III à William Pitt, par exemple, ou une lettre d'Elizabeth Ire.

William eut également l'occasion de mesurer l'ampleur de la tâche d'un monarque moderne – directeur de ce que des membres de la famille royale appelaient sardoniquement « la firme ». Où qu'elle soit – à Windsor, au palais de Buckingham, à Sandringham, à Balmoral, voire à bord du yacht royal le *Britannia*, la reine était obligée de s'occuper des célèbres « boîtes » qui la suivaient partout.

Les boîtes rouges contenaient des papiers concernant son emploi du temps – des visites aux hôpitaux aux dépôts de gerbes en passant par les visites officielles et l'ouverture du parlement. Les boîtes bleues du Foreign Office demandaient plus de réflexion puisque chacune débordait de dépêches destinées à tenir le monarque informé des affaires de l'État.

Du fait des futures responsabilités de William, la reine était plus attentive à corriger ses écarts que ceux de Harry ou de leurs cousins. Peu après l'annonce de la séparation, Diana décida de se débarrasser de son escouade royale de protection – une initiative que la reine jugea téméraire. Vers cette époque, William montait à Balmoral quand soudain il prit la poudre d'escampette, plantant là son palefrenier. À son retour au château, « le prince William s'est fait sonner les cloches par la reine, dit un membre de la maison royale. Elle s'était inquiétée pour sa sécurité ».

Ce genre d'explosions, rares chez la souveraine, indiquaient à quel point elle tenait à William. En général, elle ignorait les infractions mineures aux nombreuses règles qu'elle édictait. À Windsor, par exemple, chacun des volumes de la bibliothèque royale portait sur la page de garde la mention « livre de la reine ». Quiconque souhaitait emprunter un volume devait remplir une carte et la laisser à sa place.

Peu après l'entrée de William à Eton, la reine, à qui rien n'échappait jamais, se rendit compte que plusieurs manuscrits reliés avaient disparu. Soupçonnant un vol, elle appela immédiatement Scotland Yard. Après enquête, on retrouva les volumes manquants – cachés derrière d'autres livres. À l'intérieur de chacun d'eux on avait glissé des photos suggestives de Cindy Crawford, une grande passion du jeune prince. « Mon Dieu ! » s'exclama la reine quand, l'air penaud, les enquêteurs lui montrèrent les clichés. « Bon, remettez-les en place. Il n'y a pas de raison d'embarrasser le garçon. » On ne dit rien à William qui continuerait à dissimuler ainsi des photos de ses mannequins dénudés préférés.

« J'ai vraiment eu l'impression, dit un des enquêteurs de Scotland Yard, que Sa Majesté avait un mal fou à garder son sérieux. Elle a trouvé cela plutôt innocent, voire mignon. »

Les cinq années suivantes, William allait s'épanouir à Eton. Sportif né, il excellait au rugby et à l'aviron, mais brillait littéralement à un sport qui associait l'amour de sa mère pour la natation à la passion de son père pour le sport des rois – le water-polo. « Inconsciemment, confia Diana à son astrologue, je pense que William a choisi cette activité parce que c'était une manière de faire plaisir à la fois à Charles et à moi. » William qui avait réussi sans peine ses examens d'entrée à Eton se révélerait également un excellent étudiant avec un don pour le français et l'art.

S'il s'inquiétait, c'était pour Harry dont il se demandait comment il se débrouillait tout seul à Ludgrove sans son grand frère pour veiller sur lui. « William a toujours été très protecteur à l'égard de Harry, et au début, ils ont trouvé difficile d'être séparés », dit Paul Burrell. Afin de faciliter l'adaptation de Harry à sa nouvelle solitude, Diana l'emmena rendre visite à son aîné à Eton, et la princesse comme Charles firent des sauts supplémentaires à Ludgrove pour prendre des nouvelles du prince cadet. Au soulagement de tout le monde, Harry prouva vite qu'il ne voyait pas d'inconvénient à être le seul membre de la famille royale à Ludgrove. « Pour quelqu'un qui est toujours dans l'ombre de son frère, dit la mère d'un condisciple du jeune prince, ce n'est pas désagréable d'avoir les spots braqués sur vous pour une fois. Et l'exubérance et la gaieté naturelles du prince Harry se sont encore accentuées après le départ de son frère. »

Quant à William, sa première crise à Eton n'aurait rien à voir avec la nostalgie du foyer, la pression des pairs, ou le stress du travail scolaire. Le 19 novembre 1995, il fut convoqué dans le bureau du Dr Gailey. Sa mère l'y attendait : « William, j'ai donné une interview à la télévision. Elle sera diffusée demain soir ; je tenais à te prévenir. »

La princesse expliqua ensuite que, selon elle, la presse avait raconté beaucoup de mensonges sur Charles et elle-même et il était temps de « mettre les choses au point ». Mais il n'y avait pas de quoi s'inquiéter : « Ne t'en fais pas. Tout ira très bien – je te le promets. » D'Eton, Diana fila directement à Ludgrove pour prévenir Harry.

Cela faisait des années que les principales chaînes de télévision bombardaient la princesse de demandes d'interview. Elle les avait toutes refusées. Mais en octobre, Diana accepta d'accorder à Martin Bashir les mêmes privilèges qu'à Andrew Morton.

Après avoir discrètement fait apporter des caméras compactes au palais par la porte de service, Bashir fit une interview de trois heures dont on diffusa cinquante-cinq minutes dans la série *Panorama* de la BBC. Diana avait scrupuleusement répété ses réponses aux questions qui avaient reçu son aval, mais cela ne l'empêcha pas de réclamer de nombreuses pauses pour reprendre ses esprits.

Le 20 novembre, un lundi, William fut appelé peu avant 20 heures, dans le bureau de son principal pour regarder l'interview seul. Harry, à qui l'on avait proposé de voir l'émission dans la chambre de son garde du corps à Ludgrove, avait préféré s'abstenir.

Dès que le visage de sa mère apparut à l'écran, confierait ensuite William à un camarade, le prince avait été « rempli de terreur ».

S'exprimant d'une voix douce, les yeux baissés derrière des cils lourds de mascara, Diana paraissait soit contrôler parfaitement la situation, soit être au bord de craquer.

William regarda sa mère expliquer ses raisons de donner cette interview. « Des amis du côté de mon mari laissaient entendre que j'étais de nouveau instable, malade et qu'on devrait me placer dans une maison quelconque. Je gênais, pour ainsi dire. » Puis, à la consternation de son fils, elle évoqua avec une franchise désarmante l'aventure de son mari avec Camilla (« C'était un ménage à trois, cela faisait un peu trop de monde »), sa dépression suicidaire, ses désordres alimentaires, ses enfants, le complot du palais contre elle (« Le meilleur moyen de démolir quelqu'un est de l'isoler »), se demanda si son mari était fait pour le trône, parla de sa propre détermination (« Je ne m'effacerai pas sans rien dire – voilà le problème. Je me battrai jusqu'au bout ») et son désir que « l'homme de la rue » sache qu'elle serait « toujours là pour lui ». Elle ne souhaitait pas devenir la reine d'Angleterre, dit-elle, mais « la reine des cœurs... Il faut bien que quelqu'un leur montre qu'on les aime ».

William fut heureux d'entendre sa mère affirmer qu'elle ne souhaitait pas le divorce. Si elle avait jeté le gant en faisant connaître publiquement ses sentiments sans l'aval du palais, la princesse insista : « Il y a un avenir. Un avenir pour mon mari, un avenir pour moi-même, et un avenir pour la monarchie. »

Malgré la sincérité provocatrice et sans précédent de sa mère, un détail dérangea profondément son fils. Quand on l'interrogea sur James Hewitt, Diana admit qu'elle avait effectivement eu une aventure avec lui. (« Oui, je l'ai adoré, oui, j'ai été amoureuse de lui. ») Elle précisa qu'elle s'était sentie trahie par Hewitt et qu'elle avait été « anéantie » quand leur histoire avait été révélée dans *Princess in Love*.

Devant son poste, William se sentit aussi trahi – par sa mère. Elle savait combien l'aveu d'infidélité de Charles à la télévision l'année précédente avait bouleversé ses fils. Et pourtant en l'occurrence, dans son aveu délivré à contrecœur dans des termes choisis, Charles s'était gardé de proclamer son amour pour Camilla.

En plus, si les garçons n'avaient jamais rencontré Camilla, Hewitt était devenu une sorte de grand frère pour eux. C'était déjà assez humiliant de voir sa mère déballer ses aventures extraconjugales à la télévision. Mais, pour William et Harry, apprendre que l'amant de leur mère était quelqu'un à qui ils avaient accordé leur confiance était doublement douloureux.

William s'effondra. Quand son directeur de maison vint le chercher, il le trouva assis sur le canapé, les yeux rougis d'avoir pleuré. Le prince se reprit et regagna rapidement sa chambre. Une heure après la diffusion de *Panorama*, Diana lui téléphona. William refusa de prendre l'appel.

Pendant des jours, William refusa d'adresser la parole à sa mère. Ils reprirent leur habitude de bavarder au téléphone plusieurs fois par semaine, mais la confession troublante de sa mère laisserait une marque indélébile sur ses rapports avec William. Diana sentit son fils s'éloigner d'elle. « Je regrette d'avoir parlé d'Hewitt, dit-elle à Ingrid Seward. Il a toujours été tellement gentil avec les garçons – et avec moi. »

En attendant, l'interview fit sensation des deux côtés de l'Atlantique. Après que ABC eut versé six cent quarante-deux mille dollars pour diffuser l'interview en Amérique, Barbara Walters s'entretint hors caméra avec la princesse : « J'ai trouvé sa prestation à *Panorama* absolument superbe. »

Le public britannique partageait son avis. Diana avait remporté un nouveau triomphe médiatique. Un sondage effectué juste après l'émission révéla que 75 % approuvaient l'entretien, 74 % jugeaient la princesse forte, 84 %, sincère et 85 % estimaient qu'on devrait la nommer ambassadrice itinérante de Grande-Bretagne.

William était également furieux que sa mère ait jeté des doutes sur le bien-fondé de l'accession de son père au trône. À cet égard, l'interview avait porté un sérieux coup à Charles. À présent 46 % du peuple britannique avait le sentiment qu'il ne méritait pas d'être couronné.

Diana fut transportée par la réaction du public. Mais elle avait mal calculé l'impact de l'attaque sournoise de *Panorama* sur sa propre famille. Diana avait choisi le jour de l'anniversaire de Charles pour l'informer de l'imminence de l'interview. Par le biais d'émissaires, la reine avait demandé à sa belle-fille de lui permettre au moins de voir l'émission avant sa diffusion. Diana avait refusé.

Regardant l'interview dans ses appartements privés de Buckingham, la reine était loin de s'attendre à l'attaque cinglante de Diana. Non seulement elle était allée devant les caméras de télévision sans l'autorisation de la souveraine, mais elle en avait profité pour laver son linge sale en public et, en outre, elle s'était permis de jeter des doutes quant au bien-fondé de l'accession au trône du prince de Galles.

La reine avait raison de se méfier des motivations de Diana. La princesse avait toujours cru ses astrologues qui affirmaient que Charles mourrait avant de devenir roi. Mais à présent elle cherchait à se couvrir en lançant une attaque frontale contre la crédibilité de l'héritier en puissance. Par une initiative qui rappelait l'époque de Henri VIII, Anne Boleyn et la première reine Elizabeth, Diana exploitait le désir croissant du public reflété par les sondages de voir son fils – et non Charles – succéder à Elizabeth. Une fois William V sur le trône, Diana serait celle qui tirerait les ficelles, qui créerait une monarchie nouvelle, plus attentive aux autres pour le nouveau millénaire. « Aucun de ceux qui sont derrière ces murs ne sait ce qui se passe dans la rue – et de toute façon, ils ne veulent surtout pas le savoir », dit Diana du palais. Elle faisait souvent part de ce sentiment à William. « Ils ne se sentent pas tenus d'avoir des rapports avec l'extérieur, le monde réel d'aujourd'hui... Ils veulent que mes enfants et moi nous nous comportions comme si nous vivions encore sous Victoria. »

Folle de rage, la reine convoqua le Premier ministre John Major, l'archevêque de Canterbury et plusieurs de ses principaux conseillers à Buckingham. Elle les informa qu'il n'y avait plus de place pour Diana dans « la firme ».

La princesse Margaret, qui avait été l'amie de Diana, écrivit alors à la princesse de Galles une autre lettre cinglante, où elle lui reprochait vertement d'être incapable du « moindre sacrifice ». Mais ces critiques ne faisaient pas le poids devant la réaction positive du grand public ; Diana avait l'impression d'être justifiée dans ses actes. « J'ai raison. Les gens le comprennent, déclara-t-elle à son secrétaire privé, même si ce n'est pas le cas des Boches. »

Jubilant, Diana prit le Concorde pour New York où son vieil ami Henry Kissinger lui remit le prix de la meilleure action humanitaire de l'année décerné par la Fondation américaine pour l'infirmité motrice cérébrale. Elle recevait le prix devant un parterre d'un millier de personnes au Hilton de New York quand un perturbateur lui cria : « Où sont tes mômes, Di ? »

« Au lit ! » répliqua-t-elle. Et la foule poussa un rugissement d'approbation.

Début décembre, la princesse était dans une forme rare au déjeuner de Noël que Charles et elle offraient à leur personnel. Elle plaisanta et rit en se mêlant aux invités jusqu'à ce qu'elle repère tout à coup Tiggy Legge-Bourke à l'autre bout de la pièce.

Depuis deux ans, chaque fois qu'un journal publiait une nouvelle photo montrant Tiggy en compagnie des princes ou de Charles, le ressentiment de la princesse s'accentuait. Diana s'imaginait à présent que Charles et la jolie *nanny* des enfants avaient une aventure.

Saisissant l'occasion, Diana s'approcha de Tiggy et lui glissa : « Désolée pour le bébé. » Parmi ceux qui se trouvaient dans la pièce, le sous-entendu de Diana était clair : Tiggy avait subi un avortement et le père de l'enfant était peut-être Charles. La réflexion méchante de Diana n'avait aucun fondement, mais Tiggy en fut si bouleversée qu'elle faillit s'évanouir. Des invités l'aidèrent à gagner une pièce voisine où elle s'effondra en pleurs.

Le lendemain, Tiggy donnait l'ordre à son avocat d'exiger des excuses de la part de la mère de William et de Harry, ainsi qu'un démenti de ses « accusations fallacieuses ». En lisant la lettre de l'avocat le 18 décembre, Diana n'en fut pas surprise ; elle s'était attendue à ce que Tiggy demande rapidement réparation. Mais une autre lettre apportée le même jour au palais de Kensington devait faire chanceler Diana – et modifier à jamais la vie de William et de Harry.

6

« Peu m'importe comment on t'appelle. Tu es maman. »

William, quand Diana lui demanda s'il voyait un inconvénient à ce qu'elle perde son statut royal

« Elle avait la sensation que sa vie se divisait en deux parties : son rôle humanitaire et son rôle de mère. »

Lord Jeffrey Archer, un ami de la famille

« Je me battrai sur tous les plans pour que mes enfants soient heureux, sereins en remplissant les devoirs de leur charge. »

Diana

« Quelque chose ne va pas, maman ? » Chaque fois que sa mère était soucieuse, William le sentait même quand l'actrice consommée connue du monde entier sous le nom de Diana s'efforçait de le lui cacher. Finalement, la princesse s'effondra et lui raconta ce qui s'était passé : une semaine pile avant Noël 1995, la reine avait écrit à Charles et à Diana pour leur faire part de sa colère à propos de l'interview de *Panorama* et de son désir « de les voir divorcer rapidement… dans l'intérêt de la nation ».

Le contenu de la lettre avait choqué Diana. Elle considérait son interview à *Panorama* comme un simple nouveau tir de barrage contre ses ennemis du palais. Elle dissimulait son chagrin, mais elle regrettait à présent profondément d'avoir laissé passer sa chance d'être reine. « Nous aurions formé la meilleure équipe du monde, dirait-elle plus tard à la rédactrice en chef, Tina Brown. J'aurais été capable de serrer des mains jusqu'à plus soif. Et Charles se serait chargé des discours sérieux. Mais cela ne devait pas se faire… »

En fait, Diana était anéantie. « Lorsque la reine la confronta à l'amère vérité, Diana s'écroula », raconte Simone Simmons la « guérisseuse spirituelle » devenue son amie. « Elle n'arrivait plus à fermer l'œil et elle s'est mise à prendre des somnifères très puissants. Elle était constamment en larmes, ne cessait de penser à ce qu'elle aurait pu connaître. »

« Vous savez, Patrick, déclara malicieusement Diana à P. D. Jephson après lui avoir lu la lettre de la reine au téléphone, c'est la première lettre qu'elle m'ait jamais écrite. » Elle essaya de rire, mais pour une fois elle n'y parvint pas.

Au grand soulagement de sa belle-mère, Diana annula ses projets de rejoindre le reste de la famille royale à Sandringham. Elle passa Noël 1995 seule au palais de Kensington pendant que ses fils ouvraient leurs cadeaux et se régalaient de la dinde traditionnelle dans leur famille paternelle. Contrairement à Diana, Charles ne vit pas la nécessité d'évoquer le pénible sujet du divorce avec ses enfants. Après avoir déposé Wills à Eton, Charles célébra la nouvelle année en emmenant Harry skier en Suisse.

Le contenu de la lettre de la reine ne tarda pas à être divulgué à la presse. Le lendemain, Diana emmena William et Harry au Harbour Club à Chelsea pour des leçons de tennis et un plongeon dans la piscine. William et Harry s'efforçaient encore tous les deux d'accepter l'aveu d'infidélité télévisé de leur mère. Mais ils voulaient aussi la soutenir en ces instants où sa vulnérabilité était manifestement à son comble.

Sa vulnérabilité devint évidente début janvier quand Diana, surprise par la presse alors qu'elle sortait du cabinet de son thérapeute Susie Orbach, s'effondra en larmes contre sa voiture sous les flashs des photographes. Voyant les photos, William appela immédiatement d'Eton pour consoler sa mère.

Mais Diana n'eut pas besoin d'être consolée lorsqu'il s'est agi de négocier les termes du divorce. Elle voulait, entre autres, continuer de vivre à Kensington, continuer de jouir de privilèges comme l'usage des avions royaux, et réclamait soixante-dix millions de dollars en espèces et, bien sûr, la garde partagée de ses fils.

Il faudrait quatre mois de négociations intenses et parfois acerbes avant de parvenir à un accord. Sur tous les points sauf un, la reine déclara clairement qu'elle était d'accord avec sa belle-fille contrariante. Dans un communiqué de presse publié peu après que la lettre de la reine avait été rendue publique, un porte-parole du palais déclarait que la reine était là pour Charles et Diana « et surtout pour leurs enfants en ces moments difficiles ».

À la mi-février, la reine rencontra Diana au palais de Buckingham pour tenter de sortir de l'impasse dans les négociations du divorce. La reine déciderait, en dernier ressort, du bien-fondé des vœux de Diana. Mais, pour l'instant, Sa Majesté, disant qu'elle souhaitait le mieux pour toutes les parties concernées, pressa Diana de rencontrer son mari afin de régler les détails du divorce.

Vers 16 heures, le 28 février 1996 – « le jour le plus triste de ma vie », dirait ensuite Diana –, Charles et elle passèrent quarante-cinq minutes ensemble dans les bureaux du prince au palais St. James. En gros, les deux parties s'en tinrent aux problèmes à régler, même s'il arriva à Diana d'avoir la larme à l'œil à l'idée de faire de William et Harry des enfants du divorce. « Je t'ai aimé et je t'aimerai toujours, dit-elle à Charles, parce que tu es le père de mes enfants. »

Peu disposée à attendre que le palais fasse l'annonce officielle, elle s'empressa de publier un communiqué : « La princesse de Galles a accepté la demande de divorce du prince Charles. La princesse continuera à participer à toutes les décisions concernant les enfants et restera au palais de Kensington, avec des bureaux au palais St. James. La princesse de Galles conservera son titre et s'appellera Diana, princesse de Galles. »

Pendant que l'on tapait le communiqué de presse, Diana appelait sa belle-mère pour l'informer qu'elle avait accepté le divorce. Le soulagement de la reine se mua bientôt en rage lorsqu'elle apprit que Diana avait unilatéralement décidé de rendre publics les termes du divorce. Sa Majesté riposta avec un communiqué de presse où elle affirmait qu'en fait rien n'avait été réglé, « qu'il restait à évoquer et à résoudre » les principaux problèmes.

Diana répliqua en prétendant que le palais refusait qu'une « femme forte » prenne l'initiative. La reine bouillait de rage. Pendant que les deux parties affûtaient leurs armes pour la longue bataille qui les attendait, William continuait à se rendre tous les dimanches à Windsor pour prendre le thé avec mamie. On n'évoqua jamais la guerre du divorce qui faisait rage à l'extérieur des murs du château. « William et Harry aimaient beaucoup Diana, mais ils aimaient aussi leur père et la reine, dit Elsa Bowker. Ils avaient l'art de marcher sur la corde raide, talent que hélas Diana ne possédait pas. Les membres de la famille royale, poursuit-elle, ont cette capacité d'ignorer complètement les choses déplaisantes qui se produisent autour d'eux. Ils sont détachés, lointains, si froids – tout le contraire de Diana. Je soupçonne la reine d'être en l'occurrence un excellent mentor... »

Mais il y avait des moments où William semblait partager la répugnance de sa mère pour la raideur des Windsor. « Maman, lui demanda-t-il après avoir rendu visite à ses grands-parents au palais de Buckingham, suis-je vraiment obligé de faire partie de cette famille ? »

Le 28 août 1996, les détails du divorce étaient au point. Diana serait autorisée à rester dans ses appartements du palais de Kensington et recevrait une somme forfaitaire de 22,5 millions de dollars ainsi que 600 000 dollars annuels pour la bonne marche de ses bureaux. Elle garderait également tous ses titres : princesse de Galles, duchesse de Cornouailles, duchesse de Rothesay, comtesse de Chester, comtesse de Carrick, et baronne Renfrew. Elle aurait également accès à la flotte des avions royaux et serait autorisée à conserver ses bijoux royaux – étant entendu qu'à sa mort ils reviendraient aux épouses de ses fils.

Charles et Diana partageraient la garde de William et Harry, selon les dispositions en vigueur depuis l'annonce de leur séparation en 1992. En tant que mère du futur roi, Diana serait, souligna un porte-parole du palais, « considérée comme un membre de la famille royale ». Cela signifiait que « de temps à autre elle recevrait des invitations à des cérémonies officielles ». À ces occasions, elle « se verrait accorder la préséance dont elle jouit à présent ».

Mais il y avait un os. Diana voulait conserver son titre de Royal Highness – qui était réservé avant tout aux héritiers du trône, à leurs épouses et à leurs enfants. Sans ce titre, Diana serait techniquement obligée de faire la révérence à presque tous les membres de la famille royale étendue, dont ses nièces Beatrice et Eugenie.

Aucun risque. Mais Diana craignait que cette rétrogradation ne la diminuât aux yeux de ses propres enfants. Comme elle le faisait souvent, la princesse demanda son avis à William. En ce qui le concernait, le titre était superflu. Pour ses deux fils, lui dit-il, elle conserverait à jamais le titre le plus important : celui de « maman ».

Diana qui, dans son interview à *Panorama*, avait décrit William comme un « être réfléchi » fut émue par cette réponse à la Salomon. Quelques minutes après leur conversation, elle téléphona à ses avocats pour leur dire d'accepter les termes. Dès lors, Diana se promit de se consacrer à ce qui lui importait le plus. « J'ai mes fils, disait-elle aux amis qui lui demandaient comment elle allait, et j'ai mon travail. »

À douze ans, Harry était relativement isolé à Ludgrove ; s'il parlait souvent à ses deux parents, sa mère n'avait pas l'habitude de le consulter comme elle le faisait couramment avec Wills. En outre, elle s'inquiétait moins du sort de Harry. Elle considérait que son cadet menait une existence très différente, soumise à beaucoup moins de pressions.

« Elle était très consciente du fait que chacun avait un rôle à jouer, dit Rosa Monckton. Elle préparait le prince Harry à être un soutien pour son frère. » Mais, pour l'instant, c'était tout l'opposé : William était très protecteur à l'égard de Harry, surtout maintenant qu'il se retrouvait seul à Ludgrove. William l'appelait régulièrement pour vérifier que tout allait bien, et s'il ne se sentait pas trop perdu après son départ pour Eton.

Soucieux du bien-être de son frère comme du bonheur de sa mère, William commençait néanmoins à faiblir. « Il portait tout le poids du monde sur ses épaules », raconte un ami.

Ce fardeau était si lourd que plus d'une fois, William déclara à ses parents avec des larmes dans la voix qu'il ne voulait pas du métier pour lequel il était né. « William attend patiemment qu'on abolisse la monarchie, plaisantait Diana. Cela lui facilitera tellement la vie ! »

« Peut-être qu'un jour je partirai sac à dos au Népal et que je ne reviendrai pas », dit Wills à son père. Quand l'héritier du trône faisait part de son désir de se retirer, son bagarreur de frère saisissait la perche au vol : « Je serai le roi Harry ! J'accepterai la charge. »

Facile à vivre de nature, Harry continuait à jouer le rôle du fripon royal. Réprimandé plus souvent que William, son *modus operandi* habituel était d'imiter celui qui lui remontait les bretelles avant de s'enfuir en riant. Un jour, Charles suggéra, mi-sérieux, que l'on devrait peut-être couronner Harry si son frère ne voulait pas du poste. « J'adorerais ! » répondit le joker.

Convaincue que la répugnance de William pour le métier de roi n'était qu'une phase due à l'adolescence, la princesse continuait à lui demander conseil pour tout et n'importe quoi. Elle avait la bénédiction de son fils aîné en cet été 1996 quand, dans une tentative de changer de vie, elle décida de se concentrer sur ce qui lui était le plus cher. Pour ce faire, elle réduisit de cent à cinq le nombre des œuvres de bienfaisance qu'elle soutenait activement : la Leprosy Mission (mission pour la lèpre), le National AIDS Trust (association nationale contre le sida), le Royal Marsden Cancer Hospital, le Great Ormond Street Children's Hospital et une œuvre pour les sans-abri baptisée Centerpoint. Et elle resterait aussi la protectrice de l'English National Ballet.

William savait que l'on reprocherait à sa mère d'abandonner les quatre-vingt-quinze autres causes qui avaient compté sur son soutien. Mais il s'inquiétait aussi du retentissement du divorce sur son état émotionnel déjà fragile. Son père, lui, pouvait se reposer sur Camilla et la famille royale. À l'exception d'une poignée d'amis, Diana ne pouvait vraiment compter que sur ses fils. Si réduire son emploi du temps pouvait alléger le stress de sa mère, William était pour, sans hésiter. Tout comme son jeune frère. « Maman travaille trop dur, observa Harry. Je me fais du souci pour elle. »

Tandis que Wills se préoccupait du bien-être de sa mère, le reste du monde s'interrogeait sur l'avenir de la monarchie. Trois semaines après son quatorzième anniversaire, *Time* publia la photo de William en couverture avec ce titre CE GARÇON PEUT-IL SAUVER LA MONARCHIE ?

D'autres se demandaient quel impact tous ces scandales et ces spéculations pouvaient avoir sur l'héritier et le joker. « Je souhaite ce qu'il y a de mieux pour Wills, dit la commentatrice Julie Burchill, se faisant l'écho des sentiments de nombre de ses concitoyens. Mais je serais surprise qu'il devienne normal, parce que c'est la famille la plus folle depuis les Munster. Chaque jour, on apprend quelque chose de nouveau. Nous ne serions pas choqués qu'il se révèle être un travesti désireux d'épouser un corgi. Nous pensons tous tout savoir d'eux, et c'est très mauvais pour une famille régnante. »

En effet, outre le choc qu'avait représenté le divorce de leurs parents, William et Harry n'avaient cessé d'être confrontés à des déballages fort gênants. À Eton, la direction s'efforçait de ne pas embarrasser le prince. Pendant les cérémonies des Pères fondateurs en 1996, on supprima la luxure d'une série de discours portant sur les sept péchés capitaux ; on craignait que toute référence à l'adultère, vu que personne n'ignorait les frasques de la famille royale, ne soit déplacée.

Les condisciples de Wills étaient loin d'être aussi politiquement corrects. Chaque fois qu'un nouveau scandale touchant la famille royale éclatait, on pouvait être sûr que Wills serait mis au courant. À peine un magazine italien eut-il publié des photos du prince Charles nu – prises à travers la fenêtre de son hôtel pendant des vacances – que William en reçut des copies par fax.

Après les avoir montrées à son frère, Wills put rire des photos de son père dans le plus simple appareil. Mais il n'en restait pas moins que William et Harry connaissaient plus de détails intimes sur la vie de leurs parents – avec le reste de la planète – qu'il n'était convenable pour des enfants.

Le torrent de gros titres scandaleux – du désir de leur père d'être le tampon hygiénique de sa maîtresse à la boulimie de leur mère en passant par ses nombreuses obsessions (James Hewitt, Oliver Hoare et Will Carling, pour n'en nommer que quelques-uns) – suscitait chez Wills non du ressentiment contre ses parents instables, mais une antipathie certaine pour la presse.

Quand il lut dans un journal populaire que la princesse Diana s'était « éprise » de Tom Hanks, il exigea qu'elle publie un démenti. « Cela donnait l'impression que ma mère était une prostituée », dit-il, furieux, à un condisciple.

Ironiquement, tandis que la popularité de sa mère grimpait en flèche juste après son divorce et que les photographes étaient de plus en plus nombreux à se presser autour d'elle, William redoutait de se montrer avec elle en public. Les deux garçons finirent par comprendre qu'il était moins stressant de se trouver en compagnie de leur père qui n'inspirait pas ce genre d'adulation délirante.

« Wills est plus heureux avec Charles, déclara un photographe de Fleet Street. Physiquement, on remarque la différence – il est détendu. Ils ont manifestement des rapports faciles. Mais quand William est avec Diana, pas question de lui faire relever la tête. »

En fait, quand, début 1996, Diana avait emmené ses fils dans la station autrichienne de Lech, chacun avait choisi son camp. Au début ce fut Diana qui hurla contre un photographe. « Harry, raconte un témoin de l'incident, se contenta de hausser les épaules en levant les yeux au ciel comme pour dire "qu'est-ce que j'y peux si elle est folle !" »

En revanche, William prit le parti de sa mère. Plus tard, quand les paparazzi s'obstinèrent à poursuivre Diana après avoir accepté de ne plus l'importuner de la journée, c'est lui qui prit sa défense. Rejoignant les importuns, il exigea avec colère qu'ils la laissent tranquille. « Vous lui avez déjà gâché la plus grande partie de la journée. Si vous ne la laissez pas en paix, continua-t-il en faisant signe à ses gardes du corps, je fais confisquer vos appareils. » Très conscients de ne pas avoir le droit de faire une chose pareille, les gardes du corps persuadèrent William de se calmer tout en invitant gentiment les photographes à revenir le lendemain.

Convaincus que la presse populaire anglaise était bien plus agressive que ses homologues étrangères, les deux princes pressèrent leur mère d'envisager de s'installer à l'étranger. Diana caressa brièvement l'idée de partir pour New York où, elle en était persuadée, les paparazzi se montreraient moins obstinés. P. D. Jephson observa qu'en 1996 « son attirance naturelle pour le mode de vie américain était à son comble », et que ses visites aux États-Unis lui servaient d'« antidote apaisant contre l'hostilité qu'elle rencontrait à Londres dans sa vie quotidienne ».

Mais Diana avait deux raisons de ne pas se sentir le droit de quitter sa patrie : « Je crois qu'à ma place tout être sain d'esprit aurait quitté la Grande-Bretagne depuis longtemps. Mais je ne le peux pas. J'ai mes fils. »

Personne ne comprenait mieux qu'elle l'hostilité persistante de ses fils à l'encontre de la presse, elle qui était à la fois une victime des médias et un expert dans l'art de les manipuler. Mais elle était également consciente que William et Harry n'échapperaient jamais aux projecteurs médiatiques. « Elle s'efforçait d'apprendre à ses fils à vivre avec l'attention des médias, à accepter le fait qu'ils allaient être obligés de faire avec, raconte son amie, Liz Tilberis. William comprenait sa rage contre eux, mais il savait aussi qu'elle les courtisait de temps à autre. »

À côté de ce chaos, William ne pouvait qu'apprécier l'ordre et la discipline de sa vie à Eton. Debout tous les jours à 7 h 30, petit déjeuner à 8 heures, puis chapelle obligatoire à 8 h 30. À 9 heures, les cours commençaient, avec une « pause biscuit » de dix minutes à 11 h 20. À 13 h 25 précises, Wills et les autres premières années se rendaient à la salle à manger pour le déjeuner – deux légumes, une viande (généralement du bœuf ou du mouton) et le pudding traditionnel.

Après le déjeuner, Wills et ses camarades se détendaient les terrains de sport légendaires de l'école. Dépassant nombre de ses contemporains de quatorze ans avec son mètre soixante-dix-huit (en deux ans il atteindrait le mètre quatre-vingt-cinq), le prince se révéla vite un joueur déterminé, voire féroce. L'été, la plupart des étudiants se départageaient en joueurs de cricket et d'aviron. William choisit l'aviron. Il jouait aussi au football en automne.

Mais il aurait également pu opter pour le rugby, le squash, le judo, le golf, le tennis ou encore le jeu du mur, incompréhensible pour les non initiés, qui oppose deux équipes devant un mur. Les joueurs, couverts de boue, sont littéralement collés en une masse compacte contre le mur, rendant tout « but » de leurs adversaires pratiquement impossible. Le dernier point marqué à ce jeu remonte à 1909.

16 heures sonnent le début des cours de l'après-midi : littérature anglaise, biologie, latin, informatique et musique, mais aussi cuisine, imprimerie, chinois mandarin, mécanique et swahili. Le dîner fixé à 19 heures était suivi d'une étude, et l'extinction des feux se faisait à 22 heures.

Toute infraction aux règles – et les règles ne manquaient pas – entraînait généralement une punition automatique. Par exemple, tout étudiant arrivant en retard en cours était obligé de se lever à l'aube le lendemain et de se rendre dans le bureau du proviseur afin d'y signer le « livre des retards ». Mais une infraction, expliqua-t-on au personnel comme aux étudiants, entraînerait un renvoi immédiat : révéler au monde extérieur le moindre détail de l'existence du prince William à Eton.

À Eton, chaque élève avait son propre tuteur. Celui de William était un certain Stuart-Clarke, un jeune professeur d'anglais chargé de surveiller les progrès du prince. Chaque semaine, William se rendait dans son bureau afin de parler de lui-même – ses sujets préférés, ses performances sportives, ses rapports avec d'autres Etoniens – pendant deux heures. William était également invité à passer une soirée chez Stuart-Clarke deux fois par semaine, ce qui lui permettait de nouer des contacts avec d'autres étudiants. En se fondant sur ce qu'il glanait du prince, son tuteur remplissait une « carte de rapport » pour William toutes les trois semaines.

Le jeune prince se familiarisa également avec les us et l'argot d'Eton. « William a déjà le look Eton, nota l'écrivain Sue Towsend. Les garçons ont la peau dorée, ils ressemblent à des anges et ils ont l'air de flotter au-dessus du monde. »

Le protocole aurait exigé de ses pairs qu'ils s'adressent à lui en lui disant « Monsieur », mais Wills ne voulut rien entendre. Il insista pour que tout le monde l'appelle simplement Wills. À la fin de la première année, un bon nombre de ses condisciples le surnommaient Bill.

Comme toute autre école accueillant les enfants de l'élite, Eton était confronté à l'abus d'alcool et de drogues sur son campus. « Il arrivait à William de boire une bière ou un verre de whisky », rapporte un de ses camarades. Quant à la drogue, « comme il était des nôtres, personne n'hésitait à lui offrir de l'herbe ou de la cocaïne. Mais il refusait tout net d'en prendre.

Peut-être que cela tenait au fait que ses gardes du corps n'étaient jamais bien loin ».

Même après son entrée à Eton, William rêvait avant tout d'être considéré comme un adolescent normal. Comme ceux de son âge, il adorait les jeux vidéo. Il faisait aussi du VVT et, un temps, détint le record du circuit de kart de Chelsea – jusqu'à ce que son frère le détrône. À Balmoral, William, qui devait selon la loi britannique attendre ses dix-sept ans pour passer son permis de conduire, prenait souvent le volant de la Land Rover de son père.

Hors de l'école, il appréciait les casquettes de baseball, les tennis de grandes marques et les sweat-shirts de chez Benneton et Gap. Sur le plan musical, ses préférences allaient à des groupes à succès comme Oasis et Pulp.

À Eton, personne n'avait le droit de mettre des affiches aux murs de sa chambre. Mais l'intérieur du placard de Wills disparaissait sous des photos de Claudia Schiffer, de Pamela Anderson, des *Barbi twins*, d'Emma des Spice Girls et de sa préférée à l'époque, Cindy Crawford. (Plus tard il ajouterait Christie Brinkley à sa galerie de portraits.) En avril 1996, William entra dans le salon de sa mère au palais de Kensington et « faillit s'évanouir » quand Cindy Crawford se leva pour le saluer. Cela faisait plus d'un an qu'il suppliait sa mère de l'inviter à prendre le thé, mais la princesse avait attendu « le moment propice ». (Quand Harry se plaignit de se sentir exclu, un autre mannequin américain, Cindy Margolis, lui envoya des calendriers et des affiches d'elle accompagnés d'un mot : « Je serai votre pin-up. »)

Crawford fut impressionnée par le lien entre la mère et le fils (« ils n'ont pas besoin de mots pour communiquer ») et touchée par l'inquiétude manifeste de William pour la princesse assiégée, versatile et visiblement vulnérable. Quand Diana sortit un instant de la pièce, William confia à Crawford : « Je veux le bonheur de maman à tout prix. »

Comme pour Diana, la propre quête de bonheur de William – et celle de son frère – dépendrait en grande partie de sa capacité de s'adapter à sa vie dans une vitrine. En octobre 1995, William supplia ses parents de l'autoriser à se joindre au millier de jeunes nantis qui assisterait au « Toff's Ball » au Hammersmith Palais, une boîte de Londres. Cet événement était généralement considéré comme un prétexte de faire les fous pour les enfants gâtés de l'élite britannique. Si l'alcool était interdit, les invités débarquaient souvent ivres et ne tardaient pas à se dévêtir avant de se trémousser sur la piste. Dans leur compte rendu de la soirée de l'année précédente, les journaux populaires n'avaient pas hésité à publier des photos d'invités plus ou moins habillés, certains à peine conscients et d'autres engagés dans une forme ou une autre de rapports sexuels.

Dans sa volonté de voir ses fils connaître une adolescence à peu près normale, la princesse estima qu'il était temps pour William d'assister à sa première soirée. Finalement, Charles accepta à contrecœur de laisser son fils participer au bal – à condition qu'il s'y rende avec un groupe de ses amis d'Eton.

La soirée avait déjà des allures de bacchanales quand William arriva avec ses copains et deux inspecteurs de Scotland Yard, ce qui accrut encore l'agitation générale. Pendant les trois heures suivantes, des dizaines de filles en minijupes poursuivirent le beau prince. Les amis de William tentèrent de repousser les admiratrices les plus agressives qui se jetaient littéralement sur lui. Un témoin raconte que William eut l'air « choqué » quand des filles lui proposèrent carrément de flirter.

William alla sur la piste, agita ses mains en l'air et s'amusa plutôt. Puis, comme les autres, il se fraya un chemin dans la masse de bulles crachées par une machine. Après la soirée, il confia à sa mère : « Des tas de filles ont essayé de m'embrasser mais je n'ai rien fait parce qu'il y avait des appareils photo partout. »

Les autres occasions ne manqueraient pas. Dépassant la plupart de ses condisciples (sans parler de son père) le beau prince blond possédait un charisme qui crevait les yeux. « Il est superbe, non ? disait Diana à ses amis. Et il est tellement grand ! Les filles vont être folles de lui ! »

Diana surnommait d'ailleurs Wills le « tombeur ». « Maman, s'il te plaît, protestait-il en levant les yeux au ciel. Ne dis pas ça. »

La princesse n'était pas la seule à remarquer le charme de William. L'année de ses quatorze ans, le magazine de jeunes britannique *Smash Hits* publia une page centrale détachable du prince en blazer bleu. Le magazine devint rapidement introuvable dans les kiosques. Ensuite, il distribua deux cent cinquante mille autocollants « *I Love Willy* ». À sa consternation, les condisciples de William se mirent à le surnommer « Willy l'Apollon ».

L'été 1996, Diana espéra échapper aux paparazzi avec ses fils en louant une propriété dans le sud de la France. Armés de téléobjectifs, les photographes installèrent un campement dans les bois à deux cents mètres de là. Chaque fois que Diana ou l'un des garçons sortaient pour piquer une tête dans la piscine ou prendre un bain de soleil dans le patio, les appareils crépitaient. William prit l'habitude de se dissimuler derrière une serviette.

Une fois de plus, plutôt que de menacer les photographes espions, les gardes du corps de Diana tentèrent de les raisonner. Après tout il s'agissait d'une famille. Et comme toutes les familles, Diana et ses fils avaient le droit de jouir d'un peu de tranquillité. L'argument laissa les paparazzi complètement froids.

« Le prince William était très contrarié, rapporte un des photographes. Il savait pertinemment qu'il ne pouvait pas contrôler la presse. En même temps, il appartient à la famille royale et il a l'habitude d'avoir le dernier mot. La princesse Diana a dû tenter de lui expliquer que nous étions dans un espace public et qu'elle ne pouvait rien faire, mais cela ne l'empêcha pas de bouder. »

Pour sa part, Harry ignora simplement les intrus et apprécia ses vacances. Mais William passait la journée terré dans la maison, bien décidé à ne pas être pris en photo. Sa mère et son frère le supplièrent de prendre les choses à la légère, mais il ne voulut rien entendre. Leurs vacances gâchées, Diana les écourta et rentra à Londres.

Loin des regards indiscrets des photographes à Balmoral, Wills et Harry purent enfin prendre du bon temps. Rien ne leur plaisait davantage que d'aller patauger dans les marécages un fusil à la main avec le prince Charles et grand-père. En octobre 1996, à l'âge de quatorze ans, William tua son premier cerf d'une seule balle tirée avec un fusil à grande vitesse d'une distance de cent cinquante mètres. Sous les yeux de Charles, William se prêta au rituel – les rabatteurs lui barbouillèrent le front du sang du cerf.

Une fois de plus les défenseurs des animaux poussèrent les hauts cris et refusèrent l'explication lénifiante du palais qui prétendait que William n'avait fait que participer à une tentative de réduction de la harde. En attendant, Diana n'était pas mécontente d'avoir suivi le conseil de William de décliner l'offre de la présidence de la Société royale pour la prévention de la cruauté contre les animaux. La controverse ne gâcha pas la bonne humeur de William. On empailla la tête du cerf qui alla rejoindre les dizaines d'autres trophées de chasse, sur un mur du château de Balmoral.

Diana comprenait cette soif de sang royale qui était un droit de naissance pour ses fils. Mais elle s'inquiétait aussi de l'effet que ces tueries auraient sur le psychisme fragile des garçons. « Tout ce que William souhaite, c'est d'avoir un fusil dans les mains », dit-elle à un ami.

Même à Balmoral, Wills et Harry ne pouvaient échapper aux gardes du corps qui surveillaient leurs moindres gestes et les suivaient vingt-quatre heures sur vingt-quatre. À Eton, les gardes du corps s'efforçaient de rester à une trentaine de mètres du prince, mais chaque fois qu'il s'aventurait en public, cette distance était ramenée à six mètres, voire moins. « Bon Dieu ! s'exclamait-il à qui voulait bien l'entendre chaque fois que cela devenait pesant. Pourquoi faut-il qu'on me suive partout ? »

Ni Charles ni Diana n'avait de réponses faciles pour leurs fils. William et Harry, avec leur père et leur grand-mère, étaient des symboles de l'État et des cibles toutes trouvées pour des terroristes. « C'est agaçant, je le sais, répondait Charles à ses fils. Mais tâchez de coopérer. Ces hommes ont un boulot à faire. »

La princesse de Galles avait une tout autre réaction. Bien que le palais l'ait suppliée de garder ses agents de protection après le divorce, Diana avait hâte de s'en débarrasser. En tant que membre de la famille royale, elle avait toujours eu le sentiment que ces gardes du corps constituaient une intrusion injustifiée dans sa vie privée. Elle les soupçonnait également, non sans raison, de l'espionner. Elle prévint Scotland Yard qu'elle ne souhaitait plus bénéficier de la protection vingt-quatre heures sur vingt-quatre fournie à Charles et à ses enfants.

Le divorce permit également à Diana de se construire une nouvelle vie de célibataire. Elle connut de nombreux moments de solitude pendant cette phase. « Songez un peu à l'effet que cela fait de dîner seule d'un plateau-repas devant la télé au palais de Kensington après avoir été la cible d'une véritable adulation pendant la journée », dit son ami lord Palumbo.

Pourtant, des tas d'admirateurs se pressaient à sa porte, des ténors de légende, comme Luciano Pavarotti et Placido Domingo, à l'homme d'affaires anglais Christopher Whalley, en passant par le magnat de l'électronique pakistanais, Gulu Lavani. Mais ce fut un autre Pakistanais – Hasnat Khan, trente-neuf ans, chirurgien de son état, ventripotent et fumeur à la chaîne – qui gagna le cœur de la mère des jeunes princes.

Pendant des mois, Diana réussit à garder le secret de sa relation avec « Natty » Khan – même pour William. Ils se rencontrèrent en septembre 1995 quand Khan fit un triple pontage au mari de l'acupunctrice de Diana, Oonagh Toffolo. Pour Diana, ce fut le coup de foudre. « Oonagh, dit-elle quand Khan sortit de la chambre d'hôpital, il est à tomber ! »

Diana devint obsédée par « M. Fabuleux » comme elle appelait Khan. Elle acheta un livre d'anatomie et se plongea dans les chapitres consacrés au cœur. Un jour, à la demande de la princesse, Khan lui trouva une blouse et l'autorisa à assister à une opération.

William et Harry observèrent avec curiosité leur mère ajouter des robes en soie de style pakistanais à sa garde-robe et brûler des bâtons d'encens au palais de Kensington. Elle écuma tout Londres pour trouver des vidéos de films pakistanais. « C'est une belle race, non ? dit-elle à sa coiffeuse Natalie Symonds. Les hommes sont si beaux. »

En février 1996, pendant que les spéculations sur le divorce allaient bon train dans la presse anglaise, Diana effectua la première de ses deux visites au Pakistan pour en apprendre davantage sur la patrie de Natty Khan. Quand Harry vit des photos de sa mère serrant dans ses bras un enfant mourant d'un cancer à l'hôpital de Lahore, il fut visiblement ému. William, qui suivait également le compte rendu du voyage dans la presse, était fier de sa mère tout en sachant que le contact avec de tels drames laissait des traces. Après avoir tenu la main d'un enfant malade ou entendu d'affreux récits de violence conjugale, elle appelait William ou une amie proche comme Rosa Monckton et « pleurait, complètement vidée et épuisée ».

À son retour, Diana décida qu'il était temps d'apprendre à ses fils qu'elle s'attachait à Khan. Harry, trop jeune, n'eut droit qu'à un compte rendu expurgé, mais la princesse entra dans certains détails avec William – elle se vanta d'avoir réussi à dissimuler leur « amitié particulière » à la presse. Souvent déguisée – perruque brune, lunettes, blouson d'aviateur et jean –, Diana se rendait par des chemins détournés au Royal Brompton Hospital au volant d'une Range Rover empruntée ou de la voiture de son majordome. Puis, avec Khan caché sous une couverture à l'arrière, elle rentrait à KP.

Plus significatif, la fascination de maman pour Khan éveilla son intérêt pour tout ce qui touchait à l'Islam. Diana étudiait le Coran tous les soirs et passait du temps en compagnie d'Imram Khan, joueur de cricket devenu politicien, et de sa femme, Jemima. Fille de lady Annabel Goldsmith, amie de longue date de Diana, Jemima avait fait sensation en 1995 en se convertissant à l'Islam afin d'épouser Imram Khan, de vingt-deux ans son aîné.

Pour une jeune femme issue d'un foyer brisé dont le mariage venait juste de se terminer dans l'amertume et l'acrimonie, le concept musulman d'une famille étendue très unie présentait un immense attrait. Jemima vivait non seulement avec son mari et leurs enfants, mais aussi avec sa belle-famille, les oncles, les tantes et leur progéniture. Diana fut également bientôt fascinée par les lois diététiques de l'Islam.

En juillet 1996, Hasnat Khan présenta Diana à sa grand-mère, « Nanny » Appa, et les deux femmes se plurent au premier coup d'œil. Des photos de Khan et de sa grand-mère ne tardèrent pas à rejoindre celles de William et de Harry sur la table de nuit de Diana.

« Elle m'a dit qu'elle se convertirait à l'Islam si c'était nécessaire pour épouser le Dr Khan », raconte Elsa Bowker. Mais avant de prendre la moindre initiative, elle emmena Khan à KP pour le présenter à ses fils. Selon Simone Simmons, Khan, peu habitué à la compagnie des adolescents, avait le trac à l'idée de rencontrer William et Harry.

La rencontre se révéla cordiale, même si la conversation resta difficile et un peu tendue. Diana suggéra qu'afin d'apprendre à mieux connaître ses fils, Khan s'installe à KP – dans la suite qu'occupait jadis le prince Charles. Khan, qui fuyait les médias, conscient qu'il pourrait dire adieu à son anonymat le jour où il deviendrait l'amant à demeure de Diana, déclina l'offre.

La princesse était sensible au besoin d'intimité de Khan. Après que le *Sunday Mirror* révéla que Diana fréquentait le chirurgien pakistanais, Diana riposta dans le *Daily Mail* en qualifiant l'article du *Sunday Mirror* de « foutaises ». Ce genre de rumeurs la bouleversait, disait-elle, « parce qu'elles font du mal à William et Harry ». Au lieu d'être reconnaissant à

Diana d'avoir discrédité le scoop du *Sunday Mirror*, Khan se sentit insulté et refusa de lui adresser la parole pendant plusieurs jours.

Néanmoins, la princesse racontait à présent à ses amis qu'elle avait l'intention d'épouser le Dr Hasnat Khan. « Diana voulait d'autres enfants, se rappelle lady Bowker. Elle m'a dit : "Elsa, je veux deux filles." »

L'ironie voulut qu'en novembre William et Harry se voient écartés de leur tante Sarah et de ses filles Beatrice et Eugenie – que Diana aimait justement comme ses propres filles. Dans son livre-confession *My Story*, Fergie avait commis l'erreur fatale de prétendre qu'elle avait attrapé des verrues plantaires après avoir emprunté une paire de chaussures à sa belle-sœur. C'est surtout à cause de cela que Diana « exclut Fergie de sa vie, dit Natalie Symonds. Mais les bons moments qu'elles passaient ensemble lui manquaient ».

Si Fergie lui manquait, les filles de Fergie lui manquaient plus encore. Sur le mur de sa chambre, à côté de lettres encadrées de William et de Harry, Diana accrocha deux dessins que les princesses lui avaient donnés. Ils étaient dédiés à « tante Duch ».

« Je les adorais, disait Diana de ses nièces. Elles sont les filles que je n'ai jamais eues. »

Harry et Wills demandèrent à leur mère pourquoi ils ne voyaient plus les cousines qu'ils aimaient tant. « Ne vous inquiétez pas, leur répondit-elle. Leur mère et moi avons eu un stupide malentendu, mais c'est fini maintenant. Nous allons bientôt les revoir. »

Jusqu'à la mort de Diana, William et Harry n'adressèrent plus jamais la parole à la tante qui avait été l'une des plus proches alliées de leur mère dans les guerres des Windsor. Fergie submergea « Duch », comme elle surnommait Diana, de lettres et de coups de fil, mais en vain.

Si elle désirait beaucoup épouser Khan et avoir des enfants de lui, Diana, d'après lady Bowker, « savait qu'un mariage avec un musulman créerait d'énormes problèmes à William et à Harry... ». Finalement Diana confia de but en blanc à William qu'elle était amoureuse de Khan et qu'elle voulait l'épouser. Mais qu'elle ne le ferait qu'avec la bénédiction de ses fils. Elle savait aussi que Harry se rangerait à l'avis de son aîné. « Maman, lui déclara William, fais ce qui te rend heureuse. »

La réponse de William à la question de sa mère en disait long sur leur confiance mutuelle et la place des garçons dans sa vie. Diana considérait ses fils, rapporte son ami journaliste Richard Kay, « comme les seuls hommes de sa vie qui ne l'avaient jamais laissée tomber et qui lui demandaient seulement d'être elle-même ».

Poursuivant secrètement son étude du Coran et réfléchissant à l'éventualité de se convertir à l'Islam, Diana se rendit à Eton au volant de sa BMW noire pour le service annuel de Noël. Le prince Charles arriva cinq minutes plus tard à l'arrière d'une Vauxhall Cavalier conduite par un chauffeur. Ils entrèrent dans Manor House où les accueillit le directeur Andrew Gailey. Le prince et la princesse de Galles évitèrent ensuite les photographes en pénétrant dans la chapelle par une porte latérale.

Quand William se leva pour lire « Le prophète Michée prédit la gloire de Bethléem », il repéra ses parents dans l'assistance – c'était la première fois en cinq ans qu'ils apparaissaient ensemble en public. « On comprit à son expression qu'il les avait vus et il leur adressa alors un timide sourire, observa la mère d'un autre Etonien. Ce dut être un moment doux-amer pour lui, car sa mère et son père s'attardèrent le temps de le féliciter avant de partir chacun de son côté. »

Comme pour l'année précédente, William et Harry fêtèrent Noël à Sandringham avec leur père, la reine et le reste des Windsor. Afin de ne pas trop se sentir exclue en cette période de fêtes, Diana partit nager et prendre des bains de soleil à Barbuda, dans les Antilles anglaises.

Juste après Noël 1996, William appela sa mère là-bas. Il rentrait à Eton, pendant que Charles s'apprêtait à emmener Harry à Klosters pour leurs vacances en tête à tête annuelles sur les pistes. Wills ne jugea pas nécessaire de préciser que Tiggy serait de la partie.

Ayant un peu de temps à lui, William avait réfléchi à des moyens de réunir des fonds pour les causes préférées de sa mère. « J'ai eu une idée géniale, maman, dit le prince, fin connaisseur des médias. Pourquoi ne vendrais-tu pas tes robes au bénéfice d'œuvres de bienfaisance ? Je prendrai dix pour cent ! »

Maman réfléchit à la proposition sur la plage et rappela son fils. « Génial », lui dit-elle. Pendant l'heure qui suivit, ils discutèrent de l'endroit où organiser la vente aux enchères (« Les Américains seraient dingues de cette idée », dit William à sa mère), du cabinet à qui confier la vente et de qui choisir pour redistribuer l'argent.

De retour à Londres, la princesse convoqua Simone Simmons à KP. Pendant trois heures, elles passèrent en revue les placards de la princesse, entassant les robes de couturiers par terre. Deux semaines plus tard, après avoir mis au point avec William les ultimes détails, Diana annonça qu'elle vendrait ses robes aux enchères chez Christie's à New York en juin suivant et que les recettes seraient divisées entre ses cinq œuvres préférées.

Diana se fiait également aux conseils de William en envisageant un changement d'orientation audacieux et un peu farfelu. Un mois avant sa dispute avec Diana, Fergie avait confié à Kevin Cosner, rencontré lors d'un voyage en Chine, que sa belle-sœur était obsédée par son succès de 1992, *Bodyguard*. La princesse s'était identifiée à la star de pop traquée interprétée dans le film par Whitney Houston.

Quand Costner raconta à la duchesse qu'il projetait de tourner une suite, Fergie lui suggéra d'en proposer le rôle principal à Diana. Avec l'aval de son studio, Costner appela Diana pour évoquer cette éventualité. « Écoutez, je vais peut-être bientôt être en mesure de décider de l'orientation de ma vie, dit-elle à Costner. Écrivez le scénario et quand vous l'aurez terminé, nous en reparlerons. »

Costner entreprit d'écrire un rôle sur mesure pour sa nouvelle star. Dans le *Bodyguard II*, elle devait jouer le rôle d'une princesse qui tombe amoureuse de son garde du corps après que celui-ci l'eut libérée des griffes d'un kidnappeur. Le cachet : dix millions de dollars que Diana avait l'intention de répartir entre ses œuvres de bienfaisance.

« Elle avait une vie compliquée, dit Costner. Elle voulait avoir le droit de se réinventer. Mais elle voulait le faire sans rien brusquer. » L'associé de Costner, Jim Wilson, dirigea le projet top-secret en veillant à ce que le scénario soit « adapté à son peu d'expérience en matière de comédie. Il était taillé pour elle ».

C'est surtout à cause de William qu'elle accepta timidement de prendre le rôle. Comme leur mère, les deux garçons étaient fascinés par les stars et l'idée de tourner un film à Hollywood était irrésistible. Quand Diana demanda son avis à William, il n'eut aucune hésitation : « Maman ! Kevin Costner ! Dix millions de dollars ! Fonce. »

Pendant qu'on travaillait au scénario, Diana se lança dans une nouvelle tâche ambitieuse – attirer l'attention du public sur les souffrances causées par les mines antipersonnel. En janvier 1997, sous les auspices de la Croix-Rouge, elle s'envola pour l'Angola où l'on comptait une mine pour chacun des douze millions d'habitants. William l'avait encouragée à y aller ; elle avait réconforté tant de malades et de blessés dans le monde qu'il savait qu'elle pouvait en faire autant pour ceux que les mines antipersonnel avaient mutilés.

Diana se lança corps et âme dans cette nouvelle entreprise. Mais, sur le plan émotionnel, le prix à payer fut élevé. Elle téléphona plusieurs fois à Wills pendant son voyage, lui avouant qu'elle était tellement émue par ce qu'elle voyait qu'elle s'endormait en larmes tous les soirs. Elle lui raconta qu'en serrant dans ses bras une petite fille qui pleurait parce que sa jambe avait été arrachée par une mine, elle avait dû se mordre l'intérieur de la lèvre pour ne pas craquer.

Mais ni William, ni Harry, ni personne n'aurait imaginé que Diana serait prête à risquer sa vie pour justifier le bien-fondé de sa croisade. Quand la presse du monde entier publia des photos de la princesse traversant un champ de mines hérissé de fanions à tête de mort, les princes furent bouleversés. Équipée d'un gilet pare-balles et d'une visière de protection, Diana paraissait sûre d'elle. En fait, confia-t-elle à William, elle était « absolument terrifiée ».

William et Harry demandèrent à leur mère de ne plus prendre de tels risques. Mais ils lui dirent aussi combien ils étaient fiers d'elle. Malgré des critiques d'éléments de son propre gouvernement qui, à l'époque, s'opposait à l'interdiction des mines antipersonnel, Diana persévéra. Plus tard, en 1997, elle se rendrait en Bosnie ravagée par la guerre où elle serrerait de nouveau dans ses bras des enfants mutilés en se mordant la lèvre pour ne pas pleurer. Ses efforts pavèrent incontestablement la voie du traité interdisant les mines antipersonnel, qui fut finalement ratifié par plus de cent vingt nations à Ottawa.

Charles lui-même était impressionné et il en fit part à ses fils. Depuis que le divorce était officiel, l'acrimonie qui avait caractérisé leurs rapports avait fait place à de l'admiration et, étrangement, à de l'affection. Diana daterait le tournant du jour où ils avaient assisté ensemble à l'entrée de William à Eton. Progressivement, en partageant la responsabilité de l'éducation de leurs fils, Charles et Diana devinrent, pour la citer, « les meilleurs amis du monde ». « Elle n'a jamais vraiment cessé de l'aimer », dit sa coiffeuse Natalie Symonds.

Les rapports entre les parents des garçons se détendirent au point que le palais donna sans hésiter son aval au projet de Charles de faire sa première apparition publique avec Diana depuis la confirmation de William six mois plus tôt. À cause du programme de réduction du budget royal, on retirait de la circulation le yacht *Britannia* et il était prévu que Charles monte à bord du bateau à Cardiff pour une étape de sa croisière d'adieu autour du Royaume-Uni.

Charles demanda à Diana si elle voulait se joindre à lui avec leurs fils. Selon un membre de son personnel, la princesse fut « ravie et touchée qu'il le lui propose. Cela montrait que toutes les horreurs étaient derrière eux et que leurs rapports entraient dans une nouvelle phase. Plus que tout elle souhaitait la paix pour les garçons ».

« Ils étaient tous les deux très heureux de reparaître en public comme une famille », dit un porte-parole du palais. Mais pas autant que leurs fils. « Tout enfant du divorce sait l'effet que cela fait de se sentir de nouveau membre d'une famille, dit Diana, même si cela ne doit durer que quelques heures. »

La princesse en vint même à avoir malgré elle de l'admiration pour celle qu'elle surnommait jadis « le

Rottweiler » – en partie parce qu'elle-même était amoureuse de son chirurgien du cœur pakistanais. « Elle s'attacha tellement à Hasnat, dit Symonds, qu'elle déclara comprendre enfin l'amour qui unissait Charles et Camilla Parker Bowles. Elle était folle du Dr Khan, complètement obsédée par lui. »

Mais elle ne pouvait toujours pas se résoudre à accepter Tiggy Legge-Bourke. Elle lui reprochait toujours son statut de « mère de substitution » et, pour citer sa coiffeuse Tess Rock, elle « pétait les plombs » chaque fois qu'elle tombait sur une photo de Legge-Bourke avec ses fils. Sous la pression de son ex-femme, Charles avait prié Tiggy de se faire plus discrète avec les garçons en public. Mais, le 9 mars 1997, quand William fit sa confirmation dans la chapelle St. George à Windsor, Diana se plaignit de la liste des invités établie par Tiggy, qui était selon elle un véritable affront pour sa famille. Quelques semaines plus tard, Tiggy cessait de faire partie du personnel du prince de Galles. Cela n'empêcha pas Legge-Bourke, qui restait une amie de la famille royale, de passer du temps avec William et Harry.

Vers la même époque, William, conscient du peu de popularité de son père dans les sondages, surprit sa mère en insistant pour regarder un débat télévisé sur l'état de la monarchie. Harry se joignit à eux dans le salon de Diana à KP. Le débat faisait rage depuis moins de cinq minutes que déjà on prononçait le nom de Camilla. Harry se tourna vers sa mère : « Qui est Camilla ? »

William et maman échangèrent un regard avant de s'écrouler de rire : « Harry, dit William à son frère, c'est une question qu'il faudra poser à papa. »

Diana se concentrait à présent sur le nouvel homme de sa vie. À l'insu de Kahn, elle s'envola pour le Pakistan en mai 1997 afin de rendre visite à sa famille. « J'ai rencontré ses parents et ils m'aiment, dit-elle à ses coiffeuses. Ils ne voient aucun inconvénient à ce que je ne sois pas musulmane. Nous pouvons nous marier maintenant. Faites courir le bruit, nous allons nous marier. »

Khan n'était pas pressé d'officialiser leur relation. « Il était passionné par sa carrière, se rappelle Symonds, et n'avait pas envie de vivre dans l'ombre de Diana. » Il soupçonnait également avec raison cette dernière de refiler des tuyaux sur leur histoire à la presse. Après une dispute animée, il quitta KP en claquant la porte et en jurant de ne jamais plus lui adresser la parole.

Diana avait déjà demandé à William son sentiment si elle épousait Khan. Elle lui demanda maintenant s'il comprenait son attitude. Wills avait toujours été le plus grand confident de sa mère qui, jusque-là, s'était gardée de lui parler de ses amants. Maintenant qu'il était adolescent, William découvrait que sa mère était moins réticente à l'idée d'évoquer sa vie amoureuse avec lui.

« William a toujours été très mûr pour son âge – Diana l'a su depuis qu'il était tout petit, dit Elsa Bowker. Il ne fut pas gêné que sa mère lui demande pourquoi Hasnat Khan avait un comportement aussi étrange : "Si Khan ne sait pas t'apprécier, lui répondit-il, il y a des tas d'hommes qui y sont prêts." »

Comme souvent, Diana suivit le conseil de son fils. On la vit en ville avec de vieux amis comme Gulu Lavani, cinquante-huit ans, et le beau et jeune promoteur immobilier, Christopher Walley. Les rendez-vous eurent l'effet escompté. Rongé de jalousie, Khan combla la princesse de roses et d'excuses.

Rares sont les fils qui n'auraient pas été embarrassés à l'idée de conseiller ainsi leur mère sur sa vie amoureuse. Mais, ayant grandi au milieu du chaos, Wills endossait souvent un rôle d'adulte – ne serait-ce que pour apporter un semblant d'ordre dans sa vie.

L'enfant de sept ans qui jouait les petits chefs avec ses copains sur le terrain de jeu révélait à présent des talents de meneur sur les célèbres terrains de sports d'Eton. Même quand il n'était pas techniquement responsable, le prince prenait l'initiative, proposait des idées et encourageait ses camarades, raconte un condisciple. Il débordait d'enthousiasme ; il s'engageait à fond dans tout ce qu'il faisait. « Si quelqu'un baissait les bras, il le stimulait. Ou il se moquait de lui – mais jamais méchamment. Will s'entendait bien avec tout le monde. C'est bien le seul à Eton dont on puisse dire ça. »

S'il était sensible aux sentiments de ses pairs, William abasourdit son père et sa mère lorsqu'il les pria de ne pas assister à la Journée des Parents à Eton. « La presse sera là, dit-il à Diana, mais si tu viens, ce sera carrément insupportable. Moi j'y suis habitué, mais je veux pas gâcher la journée des autres et de leurs parents. Tu comprends... »

Ils auraient peut-être compris... si William n'avait pas invité Tiggy Legge-Bourke. Tiggy, qui était particulièrement proche de Harry et continuait à monter et à tirer avec les deux garçons à Sandringham et Balmoral, en fut flattée mais embarrassée. Sachant que la mère de Wills serait furieuse, elle demanda conseil à Charles.

En fait, le prince de Galles était lui aussi vexé d'être exclu de la Journée des Parents par son propre fils. Il fit part de sa déception à Wills et l'avertit que cela alimenterait les rumeurs d'un désaccord entre ses parents et lui. Voire, pis encore, la décision de Wills serait interprétée comme un signe que Diana et Charles ne pouvaient plus supporter de se retrouver ensemble, même pour leurs enfants.

Mais quand Tiggy l'appela pour lui faire part de ses doutes sur le bien-fondé de l'invitation de Wills, Charles ne voulut pas la décourager : « Allons, Wills tient à votre présence. Préparez un panier pique-nique, une bouteille de vin et amusez-vous. »

Elle suivit le conseil, emmenant avec elle William, le frère cadet d'Edward van Cutsem, un des amis du jeune prince. En queue-de-pie et pantalon rayé comme les autres Etoniens, William s'installa dans l'herbe, sur une couverture écossaise, avec Tiggy et van Cutsem, et déjeuna de sandwiches, de pâté et de chips, arrosés de vin. Pendant le pique-nique, trois jeunes filles rougissantes en minijupes se présentèrent au prince qui s'empressa de les inviter à se joindre à eux. Plus tard, en digne membre de la famille royale, William prit un « bain de foule » avec van Cutsem, passant d'un groupe à l'autre, bavardant avec ses amis et leurs parents – et croisant, par la même occasion, des dizaines de jeunes beautés.

Le lendemain, William raconterait à sa mère qu'il avait passé une excellente journée – sans jamais mentionner Tiggy. Diana fut heureuse d'apprendre que son fils avait eu la présence d'esprit de noter le nom de plusieurs des jeunes filles qu'il avait rencontrées. « À cet âge, déclara la princesse à propos de son aîné, les hormones se déchaînent – les siennes comme les leurs. »

Comme Charles, Diana était furieuse et blessée qu'il les ait exclus de la Journée des Parents – affront encore aggravé par la présence de Tiggy. C'est ce moment-là que choisit William pour tenter d'arranger les choses entre les deux femmes les plus importantes de sa vie. Il demanda à sa mère si elle serait disposée à rencontrer Tiggy et, à sa grande joie, la princesse accepta. Elle fit appeler Tiggy par sa secrétaire afin de l'inviter à déjeuner avec William et elle à La Famiglia, un restaurant italien près de King's Road à Chelsea. Mais Tiggy qui se méfiait toujours de la mère des princes déclina respectueusement l'invitation.

L'affection que portaient ses fils à leur « mère de substitution » n'était pas le seul sujet de préoccupation de la princesse. Craignant que sa propre célébrité ne creuse un fossé entre ses enfants et elle, Diana s'était sentie particulièrement vulnérable en assistant à une représentation de bienfaisance du *Lac des cygnes* cette même semaine.

Au dîner qui avait suivi, elle s'était retrouvée assise à côté du très controversé magnat égyptien Mohamed Al Fayed. En trente-trois ans, le milliardaire avait acquis un nombre impressionnant de symboles britanniques – le magasin Harrod's, le magazine satirique *Punch*, le chemisier royal Turnbull & Asser et le château Balnagown en Écosse entre autres – dans sa quête de respectabilité. Méprisé par l'aristocratie anglaise, attendant toujours qu'on lui accorde la citoyenneté britannique, Al Fayed comptait néanmoins le père bien-aimé de Diana parmi ses amis.

Cela faisait des années qu'Al Fayed invitait Diana à passer des vacances avec lui dans sa villa familiale de Saint-Tropez. Là, pour la première fois, elle lui répondit qu'elle réfléchirait à sa proposition. Elle ne doutait pas de la réaction de ses fils : ils nourrissaient une affection particulière pour Mohamed Al Fayed qui leur avait à plusieurs reprises ouvert les portes de l'énorme rayon de jouets de chez Harrod's.

Les semaines suivantes, William et Harry terminèrent leur année scolaire pendant que leur mère lançait une de ses offensives périodiques de relations publiques sur les États-Unis. De son côté, William multipliait ses manifestations de mépris pour la presse. Quand la famille royale posa pour une photo officielle à l'occasion du quatre-vingt-dix-septième anniversaire de la reine-mère, William tenta de se cacher derrière le groupe. Sommé de prendre la place qui lui revenait entre Charles et Harry, Wills obtempéra – mais tourna la tête. Après le thé annuel offert par la reine-mère aux Etoniens, il regagna à reculons la voiture de son père pour échapper aux objectifs des photographes. Chaque fois que des photographes repéraient William en train de ramer sur la Tamise, comme cela lui arriva fréquemment en cet été 1997, il regardait aussitôt la rive opposée.

À l'inverse, sa mère jouissait des faveurs d'une presse américaine en adoration devant elle. Des deux côtés de l'Atlantique, les journaux étaient pleins de photos de Diana – en compagnie de Hillary Clinton à la Maison Blanche, assistant à la fête du quatre-vingtième anniversaire de la directrice du *Washington Post*, Katherine Graham, participant à un gala de bienfaisance pour la Croix-Rouge et visitant l'exposition de ses robes avant la vente aux enchères chez Christie's.

L'idée de William rapporterait une somme coquette : les enchérisseurs finirent par débourser 3,26 millions de dollars pour soixante-dix-neuf robes habillées de Diana. Dès qu'elle eut connaissance de ces chiffres renversants – la robe en velours bleu marine qu'elle portait le soir où elle dansa avec John Travolta partit pour 222 500 dollars –, la princesse appela son fils pour le féliciter.

« Tu te rends compte ! Trois millions de dollars pour des vieilles nippes !

— Excellent, répondit William, et mes dix pour cent ? »

Comme chaque été, les garçons firent l'aller et retour entre le palais de Kensington et les différents appartements de leur père à St. James, Highgrove, Sandringham et Balmoral. Charles et Diana parlaient de leurs enfants plusieurs fois par semaine, soit de vive voix, soit au téléphone, et William et Harry se dirent qu'ils n'avaient jamais vu leurs parents entretenir des rapports aussi chaleureux.

Ils remarquèrent également que, contrairement à la Diana de jadis, leur mère était à présent déterminée à n'offenser ni leur père, ni la reine. Ce qui ne voulait pas dire pour autant que Charles et la reine étaient au courant de tout ce qui se passait entre Diana et les garçons. Pour les quinze ans de William, le 21 juin 1997, Diana demanda au chef de préparer quelque chose de spécial pour son fils obsédé par les pin-up. Lors d'une petite fête intime à Kensington sans les Windsor, William souffla les bougies d'un gâteau décoré des portraits de six mannequins aux seins nus.

Le lendemain, Diana emmena William et Harry voir *The Devil's Own* avec Harrison Ford et Brad Pitt. Cette initiative déclencha un tollé. Beaucoup considéraient ce film comme une apologie de l'IRA.

Troublée par ces critiques, Diana appela Charles dans ses bureaux de St. James. « Je ne savais pas de quoi cela parlait, lui expliqua-t-elle. Comme nous avions envie d'aller au cinéma, nous avons choisi ce film dans le journal parce que William aime Harrison Ford. » À son grand soulagement, Charles lui dit de ne pas s'en faire. Mamie, souligna-t-il, était aussi une grande admiratrice de l'acteur.

La volonté de Diana de ménager les sentiments de Charles n'était pas entièrement réciproque – détail que les enfants ne manquèrent pas de remarquer. Malgré l'opposition de la reine, le prince de Galles projetait d'organiser une fête pour le cinquantième anniversaire de Camilla à Highgrove – sa première déclaration d'amour publique pour sa maîtresse.

Bien décidée à ne pas se laisser éclipser dans le domaine des anniversaires, Diana fêta son trente-sixième anniversaire le 1er juillet en tant qu'invitée d'honneur d'un gala de bienfaisance organisé pour le centième anniversaire de la Tate Gallery. Après, à KP, William et Harry entonnèrent « bon anniversaire » et la regardèrent souffler les bougies – pour la toute dernière fois – d'un gâteau préparé par le chef du palais.

Une semaine plus tard, Diana emmenait William et Harry aux Chequers, la résidence campagnarde officielle du Premier ministre. Là, les enfants jouèrent dehors avec les jeunes fils Blair, Euan et Nicholas, pendant que leur père évoquait avec Diana son futur rôle éventuel d'ambassadrice itinérante pour la Grande-Bretagne. En rentrant à Londres, Diana demanda à ses fils ce qu'ils pensaient du Premier ministre. Les deux garçons l'avaient trouvé « incroyablement gentil ». « Oui, renchérit Diana, et très sexy. » Morts de honte, William et Harry levèrent les yeux au ciel et parlèrent des fils Blair, histoire de changer de sujet.

Le 11 juillet, William et Harry rejoignirent leur mère à bord du Gulfstream IV de Harrod's avec ses sièges tapissés de rose et ses moquettes à tête de pharaons et s'envolèrent pour Nice. Ils étaient accompagnés de Mohamed Al Fayed, de sa femme d'origine finlandaise, Heini, et de leurs quatre enfants âgés de dix à seize ans. Une fois qu'il eut atterri en France, le groupe fut conduit au port de Saint-Laurent-du-Var où il monta à bord du *Jonikal*, le fastueux yacht de soixante mètres d'Al Fayed.

Cinq heures plus tard, le *Jonikal* jetait l'ancre à Saint-Tropez. Suivant leur mère sur la passerelle, William et Harry notèrent que la plupart des seize membres d'équipage du yacht la contemplaient bouche bée. « On ne nous avait pas prévenus, dit Debbie Gribble, l'intendante du *Jonikal*, Diana et ses fils étaient bien les dernières personnes que nous nous attendions à voir. »

Peu après le coucher du soleil, ils arrivèrent dans la somptueuse propriété d'Al Fayed sur la Côte d'Azur. On conduisit aussitôt Diana et ses fils à la

« cabane du pêcheur », la luxueuse maison d'amis de treize pièces.

Avec une plage privée, deux piscines, un jardin en terrasses et des cascades, la villa d'Al Fayed paraissait le parfait antidote aux pressions que venaient de connaître Diana et ses fils. Tous les matins, William et Harry descendaient avec leur mère à la plage pour faire de la voile, du scooter des mers, de la plongée, du surf ou simplement barboter dans les vagues.

Les déjeuners à bord du *Jonikal* se composaient toujours de caviar et de homard frais, arrosés de champagne (William avait droit à une flûte ; Harry buvait du Coca) – le tout servi sous un auvent blanc sur le pont supérieur. Davantage habitués aux menus plus sobres de Ludgrove et de Eton, les garçons dévoraient chacun des mets épicuriens, mais finissaient toujours par être obligés d'en refuser. « William n'en croyait pas ses yeux quand un poisson entier était renvoyé intact en cuisine, dit sa mère à Gribble. Je ne pense pas qu'il ait jamais vu une telle abondance de nourriture. »

Si Diana avait donné congé à ses gardes du corps, les deux inspecteurs affectés aux princes étaient toujours dans les parages. Leur présence paraissait presque superflue ; une bonne demi-douzaine des propres gardes du corps armés d'Al Fayed veillaient constamment sur le milliardaire et ses enfants.

Mais ils ne pouvaient pas grand-chose contre les paparazzi qui faisaient le pied de grue à bord de bateaux à moteur à une centaine de mètres de la plage privée d'Al Fayed. Comme d'habitude, Harry ignora les intrus, mais William battit en retraite dans sa chambre. « Qui leur a dit que nous venions ici ? exigea-t-il de savoir. On n'a donc pas le droit de profiter de ses vacances ? Ne peuvent-ils pas nous laisser tranquilles ? »

Il avait posé ces questions un millier de fois, et Diana n'avait toujours pas de réponse. Et maintenant William s'inquiétait pour la sécurité de sa mère. Wills et Harry demandèrent si l'hystérie autour de Diana, alimentée par la couverture médiatique incessante, ne risquait pas d'inciter quelqu'un à essayer de lui faire du mal.

Les garçons étaient également troublés par la manière dont les photographes pourchassaient littéralement leur mère dans les rues. Bien qu'elle portât toujours sa ceinture et refusât de démarrer avant qu'ils aient bouclé la leur, William et Harry avaient connu des courses-poursuites à faire dresser les cheveux sur la tête quand la princesse tentait d'échapper à la meute médiatique dans les rues de Londres. « Ils pourraient provoquer un accident, lui fit remarquer William. Blesser quelqu'un. »

Plus grave du point de vue de Diana, William souligna que lorsqu'ils se trouvaient avec leur père et Tiggy Legge-Bourke, ils n'étaient jamais poursuivis par « ces dingues. Je ne comprends pas comment tu peux le supporter, maman. Moi je ne peux pas. »

« Elle m'a confié que William était un être incroyablement sensible, se souvient son ami Richard Greene, et elle se faisait beaucoup de souci pour lui. Elle répétait qu'il avait besoin d'être protégé. »

La princesse comprenait sans aucun doute la timidité de William. Effectivement, chaque fois que des photographes de presse faisaient leur apparition – même au cours d'une séance autorisée par le palais –, William gardait la tête baissée comme sa mère au début de sa carrière publique. Harry n'avait aucune difficulté à sourire sur commande, mais la mine renfrognée de son frère empoisonna vite la vie des photographes de presse en Grande-Bretagne. William serait encore moins disposé à sourire à son retour à Eton, en septembre 1997. Désireuse de corriger la surocclusion de son fils, maman avait insisté pour qu'on lui mette un appareil dentaire.

S'ils préféraient manifestement la campagne à Londres, le palais de Kensington continuait à être, selon le biographe royal Anthony Holden, « la résidence royale la plus joyeuse et la moins guindée que j'aie jamais visitée ». Quand Holden remonta l'allée du palais pour apporter à Diana une vidéo qu'elle souhaitait emprunter, il « faillit renverser le futur roi d'Angleterre... Deux gamins riant aux éclats jaillirent de nulle part et se jetèrent presque sous mes roues ». Holden ajouta que « rien n'aurait pu être plus naturel et, donc, moins royal que la vue des princes William et Harry courant dans le jardin ».

La réticence de William mise à part, Diana était convaincue que son fils pourrait non seulement finir par supporter la curiosité des médias, mais que, comme elle, il finirait par la tourner à son avantage. Vers la fin, elle était sûre qu'il ferait un excellent roi – et qu'avec son humanisme juvénile, William serait en mesure de sauver la monarchie.

« À présent, je place tous mes espoirs en William, dit Diana. Mais je ne veux pas le pousser... je ne cesse de l'avertir à propos des médias – des risques, en tentant de lui inculquer la manière de vivre avec. Je pense qu'il comprend. J'espère qu'il réagira aussi bien sur ce plan que John Kennedy Jr. Je veux que William se débrouille aussi bien que John. »

Diana était persuadée que son fils serait à la hauteur de la tâche. Avec sa foi en la providence divine, elle déclara à son ami Richard Greene que c'était son destin de transformer la monarchie. « Oui, je crois au destin, dit-elle, et je ne reviendrai pas. »

Greene réfléchit un instant :

« Parleriez-vous de réincarnation ?

— Oui, c'est la dernière fois que je suis sur terre. Je vais tout faire maintenant. Voilà. Je ne reviendrai pas. »

Pour l'instant, en tout cas, la princesse voulait surtout sauver les vacances de ses enfants à Saint-Tropez. Pendant que Wills et Harry s'éloignaient sur des scooters des mers, Diana monta dans l'un des hors-bord d'Al Fayed et fonça sur un bateau bourré de photographes britanniques.

Les paparazzi furent interloqués que Diana décide de les aborder directement. « Combien de temps avez-vous l'intention de continuer ? leur demanda-t-elle. Nous sommes épiés depuis l'instant où nous sommes arrivés. L'intérêt que l'on porte à mes enfants et à moi-même frise l'obsession. William est terrifié – il craint pour la sécurité de sa famille. Mes fils ne cessent de m'inciter à m'installer à l'étranger pour échapper à la presse et je vais peut-être finir par m'y résoudre. »

Le plaidoyer de Diana en faveur de ses fils n'eut guère de résultats. Les bateaux restèrent en place. Reconnaissant à sa mère d'avoir eu ce courage, William changea soudain d'avis : « Ne les laissons pas nous gâcher nos vacances. Donnons-leur ce qu'ils veulent. »

De ce jour, à 11 heures chaque matin, William et Harry descendaient en courant avec leur mère à la plage où ils passaient plusieurs heures à plonger, nager, naviguer, faire du scooter des mers et barboter – tout cela sous l'objectif des photographes.

Diana ne dit pas à ses fils qu'elle avait une autre raison de fléchir et de coopérer avec les médias. Des photos d'elle plongeant du *Jonikal* et chahutant dans l'eau avec les princes firent la une des journaux du monde entier. Par conséquent, la fête d'anniversaire que Charles préparait depuis longtemps pour Camilla passa pratiquement inaperçue. La vieille maîtresse du prince, soupçonnant que c'était voulu, se mit à surnommer « Barbie » la mère de William et de Harry.

Le 14 juillet, le *Jonikal* jeta l'ancre dans le port de Cannes pour permettre aux invités de Mohamed Al Fayed d'avoir une vue imbattable du feu d'artifice du 14 juillet. Ce soir-là, Al Fayed avait demandé à son fils Dodi de venir de Paris pour un souper aux chandelles avec la princesse à bord du yacht. Le producteur de cinéma occasionnel (*Les Chariots de feu*) et amateur de jolies femmes avait déjà croisé plusieurs fois le chemin de Diana et de ses fils.

En quelques instants, l'élégant souper en tête à tête dégénéra en bataille rangée, Dodi et Diana se bombardant de fruits avec des rires hystériques. « Ils se pourchassaient en riant et en gloussant comme deux gamins », rapporte Debbie Gribble.

William et Harry vinrent sur le pont pour regarder le feu d'artifice. Ils restèrent pétrifiés en voyant leur mère, sa robe blanche sans manches constellée de taches, écraser une mangue sur le visage du fils de leur hôte.

Les garçons comprirent instantanément le sens de cette bataille improvisée : cela marquait un tournant dans la relation de leur mère avec Dodi. La princesse et le play-boy passèrent les quelques jours suivants à bavarder à bâtons rompus. Fayed (Dodi avait supprimé le « Al » arabe de son nom) l'écouta attentivement lui raconter ses voyages au Pakistan et en Afrique, sa croisade pour faire interdire les mines antipersonnel et le rôle qu'elle espérait jouer comme ambassadrice de bonne volonté itinérante de Grande-Bretagne. « Il s'était passé quelque chose entre eux, précise Gribble. Soudain ils avaient l'air d'un couple. »

Leur mère étant occupée, William et Harry chahutèrent avec des membres de la force de sécurité d'Al Fayed, dont certains étaient d'anciens membres des Royal Seals ou jouèrent dans les vagues avec les enfants de Mohamed Al Fayed. Pendant que Harry emmenait sa mère faire des balades sur son scooter des mers, William s'exerçait au saut de l'ange du plongeoir de neuf mètres du yacht.

Savourant ces journées loin de la vie enrégimentée de la pension, les garçons aimaient également passer du temps avec l'équipage. « Ils adoraient être tout seuls, observa un employé du *Jonikal*, notant que tout le monde à bord était impressionné par le savoir-vivre des princes. Ils allaient dans la coquerie se servir tout seuls de la glace, puis insistaient pour laver ce qu'ils avaient utilisé. Ils étaient très simples, ils ne se prenaient pas au sérieux et se portaient toujours volontaires pour donner un coup de main. Harry adorait travailler dans la salle des machines ou dans la coquerie. Il aurait grimpé en haut du mât pour jouer les vigies si nous en avions eu un. »

Le garde du corps de Fayed, Trevor Rees-Jones, qui serait le seul survivant de l'accident fatal à Paris fut également impressionné par les fils de Diana. « William était un supergamin, très vrai, très semblable à sa mère. Pondéré, avec beaucoup de compassion. Il n'était pas du genre à jouer les futurs rois. Il se souvenait de votre nom et il avait du temps pour chacun. Un supergamin, pas du tout ce que l'on pourrait attendre d'un membre de la famille royale. » Quant à Harry : « Il avait un côté coquin, mais c'était un garçon parfaitement convenable. Leur mère les a tous les deux très bien élevés. »

William et Harry avaient rarement vu leur mère plus heureuse. Mais sa rêverie serait de courte durée. Peu après avoir rencontré Dodi, Diana apprit que son ami le couturier italien Gianni Versace venait d'être tué en plein jour devant sa résidence de Miami Beach.

Diana était catastrophée, et l'assassinat de Versace aggrava l'inquiétude de ses fils. Si ce crime était effectivement l'œuvre d'un fan déséquilibré, comme l'avançaient déjà les télévisions, alors aucune célébrité n'était à l'abri – et certainement pas la femme la plus connue au monde. William et Harry que leurs gardes du corps ne quittaient pas d'une semelle supplièrent leur mère d'envisager de rétablir sa protection royale. Dodi abonda dans leur sens. Dès lors, lui dit-il, la petite armée de gardes du corps de son père la protégerait.

Mais, pour l'instant, Diana était trop désespérée pour songer à sa propre sécurité. Bien décidé à leur remonter le moral, Dodi loua une discothèque de Saint-Tropez pendant deux nuits pour permettre à Diana, Wills et Harry de danser dans l'intimité. Le lendemain, il les emmena dans un parc d'attractions. Là, Diana et ses fils se défoulèrent à bord des autos-tamponneuses.

Lorsque l'heure de la fin de ces vacances idylliques sonna, William et Harry serrèrent la main des membres de l'équipage et remercièrent leurs hôtes. À l'exception du choc de l'assassinat de Versace, les vacances avec ses enfants avaient été, selon les termes de Diana, « presque parfaites ». Ce serait malheureusemernt les dernières.

À leur retour au palais de Kensington, William et Harry se dirigeaient vers leurs chambres quand leur mère poussa un cri de joie. Elle venait de découvrir quatre douzaines de roses et une montre en or Jeager-LeCoultre à mille deux cents dollars, accompagnées d'un mot d'amour de Dodi.

Le 22 juillet, Diana partit pour Milan assister à la messe du souvenir de Versace. Le lendemain, elle rejoignit Dodi pour un week-end à Paris, où son père possédait entre autres le Ritz et la villa Windsor, ancienne résidence du duc et de la duchesse de Windsor.

Mohamed Al Fayed n'aurait rêvé revanche plus douce sur les aristocrates qui l'avaient rejeté que de voir Dodi devenir le beau-père de William et de

Harry. S'ils se mariaient, annonça Al Fayed à son fils, ils ne pourraient que s'installer dans la villa Windsor.

À son retour à Londres, Diana retrouva ses deux fils qui s'ennuyaient ferme, impatients de rejoindre leur père et le reste de la famille royale pour six semaines de chasse et de pêche à Balmoral. William, notamment, avait hâte de se servir des deux fusils que son père lui avait offerts pour sa confirmation.

« Vous tournez en rond ici, leur dit Diana. Pourquoi ne partiriez-vous pas rejoindre votre père avec un jour d'avance ? » Ils s'empressèrent d'accepter, laissant leur mère libre de rejoindre Dodi à bord du *Jonikal* – cette fois pour une croisière entre Nice et la Sardaigne.

Avant d'aller prendre le train qui les emmènerait en Écosse, William et Harry serrèrent leur mère dans leurs bras et l'embrassèrent comme d'habitude. À Balmoral, loin des yachts, des villas méditerranéennes baignées de soleil et des hordes de paparazzi, les garçons se réadaptèrent rapidement à la vie royale qu'ils avaient appris à aimer. Les parties de chasse qui duraient de l'aube au crépuscule, les journées passées à pêcher dans la Dee, les balades à cheval dans les landes et les après-midi consacrés à se relayer au volant d'une Land-Rover.

Mais si mamie, bonne-maman et le reste de la famille étaient déjà arrivés, papa brillait par son absence. Il s'était offert quelques jours de solitude à Majorque où son chauffeur avait perdu le contrôle de sa Mercedes sur une route de montagne en lacets. Le chauffeur réussit à redresser la voiture, mais le prince, persuadé d'être passé à deux doigts de la mort, rentra tremblant à son hôtel. En téléphonant à Balmoral, Charles minimisa l'incident, mais cela n'empêcha pas ses fils d'être inquiets. « Sois prudent, papa, demanda William. Dis à ton chauffeur d'aller moins vite sur ces routes. »

Le jour de la mésaventure de leur père, qui passa complètement inaperçue, maman était en Bosnie – pour sa croisade contre les mines antipersonnel – et faisait la une des médias. Elle avait visité des cliniques et des hôpitaux, s'était assise en tailleur sur le plancher d'un gymnase pour bavarder avec une équipe de volley-ball composée de victimes paraplégiques des mines antipersonnel et avait serré dans ses bras des petits enfants amputés. Chaque jour, elle appelait Dodi dans son luxueux appartement de Park Lane à Londres. Elle téléphonait aussi à William et à Harry, leur faisant partager le moindre détail émouvant.

Le lendemain, le 10 août, Diana faisait de nouveau la une des journaux – seulement, cette fois, le *Sunday Mirror* la montrait en train de flirter avec Dodi sur le *Jonikal*. « Blottie dans les bras de son amant, disait la légende, la princesse trouve enfin le bonheur. » À l'intérieur, il y avait dix pages de photos – de Diana et Dodi enlacés, se badigeonnant de lotion solaire et s'ébattant dans les vagues.

Lors d'une de ses conversations téléphoniques quotidiennes avec ses fils, Diana les avait prévenus qu'on verrait « le Baiser » partout. Elle expliqua également à William qu'avec le consentement tacite de Dodi elle avait orchestré l'événement. Pour garantir la perfection des photos sur le plan esthétique, Diana avait informé le photographe personnel de Gianni Versace, Mario Brenna, de l'itinéraire du couple. Quand Brenna se matérialisa, le couple fit simplement mine de ne rien voir.

Contrairement à Hasnat Khan méfiant et secret, Dodi était un musulman qui ne ressentait pas le besoin de dissimuler au public son affection pour Diana. Que Fayed tienne à avertir le monde entier de cette aventure avait tout pour plaire à la princesse au manque d'assurance chronique. Dans ses conversations avec

William, elle souligna ces différences importantes entre les deux hommes et elle ne cessait de sonder son fils sur son nouvel amour. « Elle consultait William sur tout ce qui pouvait avoir un rapport même lointain avec lui, dit Rosa Monckton. Son jugement lui importait beaucoup. »

Pour William, il était douloureusement évident que, si les deux hommes avaient rendu sa mère heureuse, avec Dodi Fayed on assistait pas aux disputes acerbes qui avaient caractérisé ses rapports avec Hasnat Khan – du moins pour l'instant. Le fait que Dodi soit musulman n'était plus un sujet d'inquiétude dans leurs conversations. Quand elle leur avait parlé d'épouser Khan, William et Harry avaient été surpris qu'elle évoque la question de la religion. « Ils étaient encore des enfants, souligne Elsa Bowker. Ils n'avaient pas conscience des énormes problèmes qu'aurait provoqués pour leur mère un mariage avec un musulman. Ils savaient juste que cet homme la rendait très heureuse et qu'il semblait avoir un vrai attachement pour Diana. »

Dans ses nombreux appels à ses amis pendant ce mois d'août 1997, Diana ne cacha pas qu'elle « adorait Dodi, ajoute Bowker. Mais elle savait qu'en épousant un musulman, elle mettrait William et Harry dans une situation impossible et elle s'y refusait. »

D'autres amis concédaient que l'idée avait dû séduire le côté espiègle de Diana. « Elle devait bien rire, dit Richard Greene, en pensant qu'elle pourrait embarrasser la famille royale en ayant un enfant à moitié musulman. Elle avait un sens de l'humour très développé pour ce genre de détails. »

Qu'il soit ou non un mari en puissance, Dodi apportait à la princesse le genre d'attention sans mélange dont elle avait besoin. « Diana était obsessionnelle, dit Bowker. Elle voulait qu'un homme abandonne tout pour elle. Rares étaient ceux qui l'acceptaient... Harry était trop jeune pour le comprendre, mais le prince William savait que sa mère avait besoin de ce type d'homme dans sa vie – quelqu'un qui consacrerait tout son temps à la rendre heureuse. »

Le prince de Galles ne tarda pas à rejoindre ses enfants à Balmoral où, à l'insu de la princesse, Tiggy était attendue une semaine plus tard – comme invitée de la famille royale. Charles n'eut pas à convaincre les garçons que, vu les sentiments de Diana à l'égard de leur ancienne nounou, il n'était pas nécessaire de la prévenir de la venue de Tiggy.

En fait, à l'époque, Diana avait même réussi à admettre la présence de Tiggy dans la vie des garçons. « Elle leur est complètement dévouée, dit-elle à lady Bowker, et c'est réciproque. Comme elle les rend heureux, à présent, je l'accepte. »

Pendant le reste du mois d'août, les journaux furent remplis d'articles consacrés à la princesse de Galles et à son amant égyptien. William et Harry n'avaient pas besoin de les lire ; maman appelait au moins une fois par jour pour les tenir au courant de l'évolution de son histoire d'amour. Et elle leur demandait leur avis. « Tant que tu es heureuse, maman, rien d'autre ne compte », lui disait William.

Charles nourrissait les mêmes sentiments que son fils. Quand un ami lui demanda ce qu'il pensait des nouvelles amours de Diana, le prince de Galles répondit : « Si elle est heureuse, je le suis. »

Et Diana avait effectivement l'air heureux – follement – de l'avis de William. Mais son aventure avec Dodi Fayed voulait dire qu'elle était plus que jamais poursuivie par l'insatiable presse populaire. Le 15 août, Diana réussit à partir en secret avec son amie Rosa Monckton pour une croisière de cinq jours dans la mer Égée à bord d'un petit yacht, le *Della Grazzia*.

Un matin, Diana et son amie s'arrêtèrent dans l'église orthodoxe grecque d'un petit village où elles allumèrent des cierges pour leurs enfants. Soudain, Diana eut les larmes aux yeux : « Oh ! Rosa, qu'est-ce que je peux aimer mes garçons. »

Pendant la croisière, Diana « ne cessa de parler de ses fils, se souvient Monckton, de sa volonté de les protéger de leur position... de les empêcher d'être isolés et de leur permettre de mener une vie équilibrée ».

Des îles grecques, Diana continua de téléphoner quotidiennement à ses fils. Souvent le standardiste de Balmoral lui répondait avec son accent écossais à couper au couteau que les garçons étaient sortis.

« Occupés à tuer quelque chose », marmonnait Diana en raccrochant.

Elle n'avait pas tort. Pendant leur séjour dans la lande écossaise, Charles et leurs fils tuèrent des dizaines de grouses, de canards et de faisans. Initié par Tiggy et son grand-père, Harry se révélait un excellent tireur – mais pas aussi doué que son frère. William le réprimandait lorsqu'il ratait sa cible et n'hésitait pas à lui rappeler qu'à son âge il avait tué quinze faisans en une seule matinée.

Mais le devoir se rappela au bon souvenir des princes – même à Balmoral. Pendant que leur mère arpentait le monde avec Dodi, Wills et Harry escaladèrent les rives rocheuses de la Dee avec leur père en kilt pour une séance officielle de photos. Toujours accommodant, Harry sourit obligeamment. Charles et William réussirent aussi à sourire pour les photographes, mais en privé les deux princes continuaient à qualifier les membres de la presse de « reptiles ».

À la fin de ce qui avait été une autre saison parfaite dans son cher Balmoral, Charles s'assit dans son bureau le soir du 30 août 1997, tira une feuille à en-tête de la reine d'un tiroir et rédigea une lettre brève pour Diana. S'adressant à « Ma chère Diana », Charles se demandait si Harry qui avait des difficultés scolaires ne devrait pas passer une année supplémentaire à Ludgrove avant de rejoindre William à Eton. Terminant par « je t'embrasse », le prince scella l'enveloppe et la confia à un secrétaire. « Assurez-vous que cela parte maintenant, dit-il. Je veux que la princesse Diana trouve ce mot sur son bureau à son retour de vacances. Dès lundi matin. »

À Paris, où elle avait fait escale avec Dodi avant de regagner Londres, Diana pensait également à Harry. Une fois installée dans la luxueuse suite impériale du Ritz, elle envoya un employé de l'hôtel acheter la console Sony que son fils avait réclamée pour son anniversaire. Avec la presse qui campait à l'extérieur, elle n'avait aucune chance de faire tranquillement cet achat elle-même comme elle en avait eu l'intention.

En attendant le retour de l'employé, Diana appela des amis et sa famille. Quand elle apprit à Rita Rogers qu'elle se trouvait à Paris, cette dernière fut abasourdie. Le médium avait déconseillé à Dodi de se rendre à Paris – elle le voyait courir un grave danger dans un tunnel – et elle fit part de sa prémonition à Diana. « Je serai prudente, Rita, dit la princesse. Je le promets... j'ai hâte de revoir mes garçons. Je rentre à la maison demain. »

Elle reçut ensuite ce qu'elle considérait toujours comme l'appel le plus important de la journée – celui de William. Il se faisait du souci pour Harry. Cette fois, le palais avait ordonné à Wills de poser seul pour les photographes à Eton et il ne voulait pas que Harry se sente rejeté.

Harry ne fut pas le seul sujet de conversation. Pendant les vingt minutes suivantes, Diana le mit au courant des derniers détails de ses vacances avec Dodi pendant que Wills se vantait du gibier qu'il avait tué. Après un mois de séparation, William et

Harry avaient hâte de passer au moins deux jours avec leur mère à Londres avant de rentrer à l'école. Diana arriverait tard dimanche matin, et ils lui demandèrent s'ils pouvaient aller l'attendre à l'aéroport : « Bien sûr. »

Diana raccrocha et se tourna vers le nouvel homme de sa vie. « Dodi, mes fils me manquent. William et Harry sont toute ma vie. »

7

« Ils adoraient leur mère et elle leur vouait une véritable passion. Quand je pense à eux, je suis bouleversée. »

Rosa Monckton, une amie de Diana

« William et Harry seront correctement préparés. Je m'en assure. Je ne veux pas qu'ils souffrent comme moi. »

Diana

« Nous avons perdu une superstar et une grande ambassadrice. Mais les enfants ont perdu leur mère. C'est à eux que nos pensées doivent d'abord aller. »

Lord Jeffrey Archer

« Une maman vous aime et veille sur vous. C'est vraiment triste que William et Harry en soient privés. Personne ne peut la remplacer. »

Peter Burrell, douze ans, un ami des princes

En cette fin d'après-midi, les nuages qui s'amoncelaient au-dessus d'Althorp dessinaient des ombres sur les pelouses vert émeraude de la propriété. Les mains croisées devant eux, William et Harry écoutaient les ultimes prières, les yeux fixés sur les gerbes de fleurs. Puis, à l'instant où l'on descendait lentement le cercueil de Diana dans sa tombe fraîchement creusée, le soleil perça soudain les nuages et illumina la scène. Des larmes coulèrent librement sur les joues des fils de Diana, submergés par l'émotion.

Au début, le comte Spencer avait eu l'intention d'enterrer sa sœur à St. Mary, l'église du XIIIe siècle du village voisin de Great Brington. Leur père y reposait dans la crypte familiale avec dix-neuf autres générations de Spencer. Mais on redoutait que les pèlerins ne transforment le village en un nouveau Graceland. « Je n'aurais pas supporté, déclara la mère de Diana, que des curieux viennent béer devant sa tombe. »

Les Spencer décidèrent donc d'offrir à Diana l'intimité à laquelle elle n'avait jamais eu droit de son vivant. Au bout d'une semaine de manifestations publiques de deuil, on enterra la princesse loin des objectifs sur une île au milieu du Round Oval, le petit lac ornemental d'Althorp.

L'île minuscule qui disparaîtrait bientôt sous les fleurs déposées devant les grilles d'Althorp avait été un des lieux de prédilection de la jeune Diana et de son frère. C'est là qu'ils venaient nourrir les canards, chasser les papillons et s'employaient à s'effrayer mutuellement avec des histoires de fantômes. L'emplacement de la dernière demeure de la princesse de Galles serait marqué par un simple monument faisant face à l'est, à l'ombre des bouleaux, des chênes et des saules. Diana avait été surnommée Lady Di, la princesse de Galles, la princesse du peuple, la reine des cœurs. Les habitants du voisinage ajouteraient à cette liste, Diana, la dame du lac.

À la fin de la courte cérémonie, William et Harry et leurs proches franchirent un pont flottant installé en hâte par le corps d'ingénierie royale. Ils empruntèrent ensuite un sentier, traversèrent un arboretum rempli d'essences rares avant de rejoindre la majestueuse demeure Tudor où leur mère avait passé la plus grande partie de son enfance. Ils y prirent le thé et des sandwiches avec Frances Shand Kydd (leur autre grand-mère était rentrée à Buckingham), leur oncle, le comte Spencer, et les tantes Spencer, Sarah et Jane – tous épuisés et les yeux rougis.

Le 6 septembre 1997 – un samedi gorgé de soleil – entrerait dans l'histoire comme le jour où le monde avait assisté à la plus grande manifestation de chagrin des temps modernes. Ce serait aussi celui des derniers adieux de William et de Harry à leur mère.

Ce soir-là les garçons rentrèrent avec leur père à Highgrove où ils arrivèrent à temps pour dîner avec Tiggy. Tiggy qui les consolait depuis le terrible accident. À quinze ans, William qui avait l'âge de poser des questions sur ce qui s'était passé suivait avec attention les progrès de l'enquête.

Pourquoi avait-on mis un chauffeur ivre au volant de la Mercedes fatale ? La princesse portait sa ceinture de sécurité même en robe de soirée et elle insistait pour que ses fils bouclent toujours la leur.

Comment se faisait-il qu'elle n'ait pas porté de ceinture en cette nuit fatale à Paris ? Pourquoi l'équipe médicale française avait-elle mis aussi longtemps pour la transporter à l'hôpital – l'ambulance arriva à la Pitié, à six kilomètres du lieu de l'accident, quelque quatre-vingt-dix minutes après. « Tu crois qu'on aurait pu la sauver, Tiggy ? demanda William. Tu crois ? »

Mais ces questions resteraient secondaires pour le jeune prince. Dès le départ, il accusa la presse d'avoir causé la mort de sa mère et – malgré l'accumulation des preuves du contraire – il en resterait convaincu.

Sa haine des médias s'accentua encore à la publication des premiers témoignages sur l'accident du tunnel de l'Alma. Les touristes américains Jack et Robin Firestone racontèrent, par exemple, que non seulement les paparazzi n'avaient pas tenté de venir en aide aux victimes, mais qu'ils avaient en fait gêné les secours. « Les photographes n'arrêtaient pas de mitrailler la voiture, dit Robin Firestone. J'ai encore honte pour l'espèce humaine quand j'y repense. »

Dix des photographes qui avaient poursuivi la princesse Diana dans le tunnel de l'Alma cette nuit fatale furent arrêtés et accusés « d'homicide involontaire et de non-assistance à personnes en danger ». Finalement, les autorités françaises concluraient que Diana était morte par la faute d'un chauffeur en état d'ivresse et abandonneraient les poursuites contre les photographes.

Pour l'instant, les fils de Diana, comme leur oncle, le comte Spencer et des millions de gens dans le monde, préféraient penser que la presse était coupable. Si William haïssait les médias, on ne pouvait guère le lui reprocher. Mais les conséquences potentielles pour la monarchie étaient troublantes. « Comment diable William va-t-il pouvoir affronter les médias toute sa vie, demanda l'écrivain Anthony Holden, s'il pense qu'ils ont tué sa mère ? »

D'autres questions contrariaient Wills. Pourquoi mamie avait-elle attendu si longtemps pour exprimer le chagrin de la famille royale ? Et pourquoi avait-il fallu un tollé sans précédent pour convaincre la reine de rendre hommage à sa belle-fille en faisant mettre en berne le drapeau du palais de Buckingham ?

Les explications de Charles – mamie n'avait fait qu'écouter ses conseillers du palais et elle avait toujours répugné à se livrer à des manifestations d'émotion – semblèrent suffire. « Wills aime et respecte beaucoup la reine, dit un proche du palais. Tant qu'il pouvait concentrer sa rage sur les médias, il lui était plus facile de pardonner à sa grand-mère. »

Peu après 22 h 30 ce soir-là – moins de sept heures après avoir assisté à la mise en terre de leur mère – William et Harry allèrent se coucher. Ils venaient de vivre la journée la plus longue de leur vie.

À peine les garçons étaient-ils debout le lendemain matin que leur père les invita à profiter du temps incroyablement clément. Charles était bien décidé à épuiser physiquement les garçons pour leur changer les idées. Au cours des cinq jours suivants, il ferait du cheval avec eux, des longueurs de piscine et d'interminables promenades dans la campagne alentour. Pour sa part, Tiggy, le garçon manqué qui avait promis à leur père de rester aux côtés des garçons le temps qu'il faudrait, passa des heures avec eux à taper dans un ballon de football dans les jardins de Highgrove.

Quoi que Diana ait pu penser de Tiggy, les amis de la princesse s'accordèrent pour dire qu'elle aurait été reconnaissante à son ennemie de jadis de prendre soin des garçons en ces heures difficiles. « Avant tout, dit Elsa Bowker, Diana n'aurait pas souhaité que ses fils se sentent seuls. Elle aurait voulu qu'ils bénéficient d'une véritable affection. »

À la fin de la semaine, les garçons étaient prêts à retourner dans le havre de leurs écoles respectives. Mais William qui avait toujours été très protecteur à l'égard de son frère ne voulait pas le quitter.

Leur mère avait toujours eu peur du noir. Diana laissait de la lumière dans le couloir ou dormait avec une veilleuse – mais pas ses fils. Jusque-là. Souffrant de cauchemars depuis l'accident, Harry demanda que sa chambre reste éclairée la nuit.

Tiggy aiderait Harry à surmonter cette horrible période. Il lui arriva même parfois de bercer le jeune prince jusqu'à ce qu'il s'endorme. « C'était parfaitement naturel, dit un ami, et exactement le genre de chose que Diana aurait fait. »

« Diana couvrait Harry d'amour, dit un autre, et au moins Tiggy était là pour l'embrasser et le serrer dans ses bras à la place de la princesse. » Quant à William, « sa mère manque terriblement à Harry qui le montre davantage que William. Avec William, vous ne savez jamais vraiment ce qu'il ressent, ce qu'il pense. Harry est transparent ».

« Je suis très inquiet pour Harry, dit Wills à son père et à Tiggy. Je ne veux pas le quitter pour l'instant. » Mais ils lui assurèrent que Harry serait autorisé à l'appeler à Eton quand il le souhaiterait. En attendant, il serait entre de bonnes mains avec le directeur de Ludgrove Gerald Barber et sa femme, Janet – le couple qui avait aidé Wills à essuyer la tempête provoquée par la séparation de ses parents.

Pour ce qui était des amis, Harry, comme son frère et contrairement à son père qui avait souffert de la solitude à Gordonstoun, se révélait l'un des garçons les plus appréciés de Ludgrove. Mais il lui arrivait aussi de paraître tristement voire douloureusement renfermé. Un courtisan se rappelle l'avoir vu un après-midi à Highgrove, perdu dans ses pensées, jouer au ballon contre un mur pendant deux heures d'affilée.

En fait, les condisciples des garçons à Ludgrove comme à Eton avaient beaucoup discuté de la meilleure attitude à adopter à l'égard des princes orphelins. Un père conseilla à son fils : « Il est de ton devoir de ne jamais parler d'elle. Il faut que tu fasses comme si rien ne s'était passé. » Un membre du corps enseignant d'Eton admit que la mort de Diana avait été « une horrible tragédie. Mais le prince William n'est plus un bébé. Il ne peut pas passer sa vie à la pleurer. Il doit apprendre à faire son deuil. »

Le 15 septembre, les Spencer et les Windsor se réunirent à Highgrove pour fêter le treizième anniversaire de Harry et, au cours des semaines suivantes, les princes parurent s'adapter incroyablement bien à la mort brutale de leur mère. Étant donné les rapports étroits de Wills avec sa mère, les amis de la princesse s'étonnèrent de la rapidité avec laquelle il semblait se remettre. Harry, bien que nettement plus silencieux et plus replié sur lui-même, parut également reprendre facilement le cours normal de sa vie.

« William surtout a fait preuve d'un stoïcisme remarquable tout à fait inattendu, d'une grande maturité dans son deuil, observa le comte Spencer. Sa mère serait fière de lui. »

En tout cas, le père était fier de ses deux fils. Le 19 septembre, Charles prononça un discours devant des chefs d'entreprise et des dirigeants d'associations réunis pour soutenir l'Armée du Salut. Mais ses pensées – et celles de l'assistance – allaient manifestement à ses fils. Le prince William et le prince Harry étaient, selon les termes de leur père, « remarquables » et ils avaient traversé « ce moment extraordinairement difficile avec un courage énorme et la plus grande dignité possible ». Mais ajouta-t-il, « la mort de Diana est une perte immense pour eux, ce que je n'oublierai jamais ».

Charles remercia ensuite le public pour son « chaleureux soutien », tout en faisant remarquer que les manifestations publiques de chagrin ne pouvaient qu'accentuer la douleur de ses fils. « Comme le savent ceux d'entre vous qui ont perdu un proche, c'est une épreuve très difficile. Mais cela devient insupportable quand le monde entier a les yeux braqués sur vous. »

Le processus de guérison fut accéléré par la bonne volonté de la presse britannique qui accepta de rester à une distance respectueuse tant que les garçons seraient en deuil. Suivant des directives établies par la Commission des plaintes contre la presse, un organe gouvernemental de surveillance des médias, Fleet Street s'engagea à ne pas photographier les garçons dans leur vie privée avant leur dix-huitième anniversaire. Et la presse populaire refusa même des clichés innocents des garçons, consciente du sentiment de protection que nourrissait le public à l'égard des princes orphelins.

Pour William et Harry, le retour au train-train scolaire serait un réconfort supplémentaire. Trente-huit semaines par an, ils seraient à l'abri des murs de briques de Ludgrove et d'Eton. William resterait à Eton sept jours sur sept. Mais Harry serait autorisé à rejoindre son père et Tiggy à Highgrove huit week-ends par trimestre. Si, auparavant, ils partageaient leurs vacances entre le palais de Kensington et Highgrove, ils en passaient à présent la totalité avec leur père.

En ce mois d'octobre, Wills dut rester à Eton, mais les vacances de milieu de trimestre de Harry se trouvèrent coïncider avec une visite officielle de son père en Afrique du Sud. Ce voyage donnait une occasion à Charles de se rapprocher de Harry et de lui remonter le moral huit semaines après le choc de la disparition de sa mère. Cela lui permettait aussi de montrer à un monde sceptique que Diana n'était pas la seule force aimante de la famille. Pour mettre toutes ses chances de son côté, le prince emmena Tiggy qui tiendrait compagnie à Harry pendant ses engagements officiels.

Pour un gamin de treize ans, c'étaient des vacances de rêve. D'abord, Harry partit en safari au Bostwana avec Tiggy et son copain de Ludgrove, Charlie Henderson. Ensuite, il rejoignit son père à Johannesburg où ils assistèrent à un concert des Spice Girls. Après le spectacle, Charles et Harry, en costume bleu marine et cravate mauve à pois, se rendirent en coulisses pour se faire photographier avec les chanteuses qui embrassèrent le jeune prince rougissant. « Mon frère, fit un Harry radieux, va être drôlement jaloux quand il va voir ça. »

Harry avait toujours le sourire aux lèvres quand, abandonnant Tiggy, il partit avec son père visiter le village zoulou éloigné de Duku Duku – bien que cette fois, le jeune prince ne sût pas trop bien où poser les yeux. Des femmes aux seins nus l'accueillirent aux portes du village et se lancèrent ensuite dans une danse de bienvenue endiablée à quelques mètres de l'endroit où il était assis. « Eh bien, s'exclama le prince Charles en voyant les danseuses sauter sur place devant les yeux écarquillés de son jeune fils, quelle santé ! » Harry, s'inspirant de l'attitude de son père, afficha un sourire affable et tapa du pied en cadence « comme s'il avait vécu cette expérience une bonne centaine de fois », dit un journaliste. Un autre témoin ajouta : « Garder sa dignité dans une situation aussi délicate devant une foule d'objectifs fut un véritable exploit. »

Harry s'initia à la poignée de main zouloue – on saisit le pouce et le poignet et on secoue énergiquement – et éclata de rire en voyant son père s'emparer d'un bouclier et d'une massue et les agiter au-dessus de sa tête comme un guerrier. Dans une exposition d'artisanat, Harry remarqua un bracelet de perles aux couleurs vives et dit au prince Charles qu'il voulait l'acheter pour Tiggy. Comme aucun membre de la famille royale n'a jamais d'argent liquide sur lui, Harry dut emprunter un billet de vingt rands à son garde du corps, Ian Hugget.

Le père et le fils participèrent également à un rituel local. Au lieu de signer le livre d'or, ils se mirent à genoux pour laisser l'empreinte de leurs mains dans le ciment. Comme pendant le reste du voyage, Harry se prêta au jeu sans protester, bavardant avec ses hôtes et souriant largement pour les photographes.

Charles ne pouvait dissimuler sa joie d'avoir Harry avec lui. Il serrait des mains devant la mairie de Durban lorsqu'il repéra son fils qui le photographiait du balcon de leur suite au Royal Hotel. Planté juste en dessous de l'enseigne de l'hôtel, Harry le mitraillait quand la foule se mit à psalmodier : « Harry ! Harry ! » Son père le désigna du doigt : « Regardez ! Il est là-haut – sous la lettre H. »

Le palais se félicita de la couverture médiatique du voyage qui permettait au monde entier de découvrir que Charles entretenait des rapports simples et chaleureux avec ses enfants. Wills regrettait de n'avoir pu les accompagner et il feignit d'être choqué par les clowneries de son frère avec les Spice Girls, mais il était ravi de voir le visage de Harry s'éclairer, chose qui ne s'était pas produite depuis des semaines.

Outre les articles consacrés aux voyages de Harry avec leur père, William suivait les progrès de l'enquête sur la mort de leur mère. Il ne faisait aucun doute que le chauffeur de la Mercedes, Henri Paul, avait un taux d'alcoolémie trois fois supérieur à la limite autorisée. Mais on se posait toujours des questions sur la mystérieuse Fiat Uno blanche que la Mercedes avait touchée quelques instants avant le choc. Les enquêteurs français finiraient par interroger les propriétaires de plus de trois mille Fiat Uno blanches recensées sans parvenir à localiser le propriétaire de la mystérieuse voiture.

William ne pouvait ignorer la théorie sensationnelle et troublante qui voulait que l'accident n'en fût pas un, mais plutôt un assassinat perpétré par les services du renseignement anglais. Mohamed Al Fayed fut convaincu dès le départ que Dodi et Diana avaient été assassinés par des membres de l'establishment britannique, qui n'aurait jamais accepté qu'un musulman devienne le beau-père de leur futur roi. Al Fayed offrit même une récompense d'un million de livres à qui pourrait en apporter la preuve.

Rien ne venait étayer la théorie d'Al Fayed. Mais l'enquête établirait que le MI6, le service du renseignement, ainsi que d'autres agences gouvernementales britanniques, avaient surveillé la princesse de près avant et après son divorce. (Comme leurs homologues américains, d'ailleurs. Plus d'un an après l'accident, on apprendrait que la CIA, le FBI et la NSA détenaient plus d'un millier de pages top secret sur Diana.)

Quand son père rentra d'Afrique, Wills lui demanda s'il y avait du vrai dans les rumeurs disant que la mort de sa mère n'était pas un accident. Charles lui assura qu'il n'y avait « pas un gramme de vérité » dans toutes ces histoires ; Al Fayed entretenait la théorie du complot sous l'effet du chagrin et poussé par sa haine de l'establishment britannique, expliqua le prince de Galles à Wills.

Les nouveaux « détails » sur l'accident qui commençaient à paraître dans la presse populaire étaient aussi troublants que les théories de complot. Fin novembre, le *Sunday Times* cita le Dr Frédéric Mailliez, le bon

Samaritain qui était arrivé sur les lieux quelques instants après l'accident. Selon lui, Diana gémissait : « J'ai tellement mal. Oh ! mon dieu ! c'est insupportable ! »

Mailliez, qui n'avait pas reconnu la princesse lorsqu'il lui donna les premiers soins, admettrait ensuite que Diana gémissait effectivement. Mais il précisait également qu'il n'avait pas d'ultimes paroles à rapporter. Pendant qu'il s'employait à lui sauver la vie, le jeune médecin français ne tenta pas de déchiffrer ce qu'elle marmonnait entre deux cris angoissés de douleur.

William et Harry avaient espéré que leur mère avait sombré dans l'inconscience au moment du choc. Cette confirmation qu'elle avait souffert bouleversa William – au point qu'il demanda à son père de s'assurer que la direction de Ludgrove redoublerait d'efforts pour cacher la presse populaire à son jeune frère.

William et Harry ne devaient pas tarder à subir un nouveau choc – venant cette fois du service des impôts de Sa Majesté. Diana leur avait légué la plus grande partie de sa fortune de 35 millions de dollars. Le fisc en réclamait 40 %. Ce qui laissait 21 millions de dollars en fidéicommis aux deux garçons.

Après avoir protesté au nom de ses enfants, le prince de Galles finit par renoncer à intervenir. « Charles a envisagé de porter l'affaire devant la justice afin de protéger l'héritage de ses fils, déclara son porte-parole, mais il a abandonné son projet afin qu'on ne puisse accuser la famille royale de bénéficier d'un traitement particulier. »

Malgré la nouvelle politique de discrétion de Fleet Street à l'égard des petits princes, il était de plus en plus évident que William devenait une vraie coqueluche. Lorsqu'il arriva au Royal Naval College de Greenwich pour un déjeuner en l'honneur du cinquantième anniversaire de mariage de ses grands-parents, six cents filles hurlantes l'attendaient.

Le 15 décembre, les deux garçons débarquèrent impromptu avec le prince de Galles à une chasse au renard dans les environs de Londres. C'est là que pour la première fois ils aperçurent Camilla Parker Bowles en chair et en os, mais ils ne feraient sa connaissance que plus tard.

Ce soir-là, William et Harry parurent au bord de l'euphorie en assistant en compagnie de leur père à la première de *Spice World*, premier film des Spice Girls.

Mais deux jours plus tard, ils durent accomplir une tâche plus grave. Depuis la mort de leur mère, les princes avaient divisé leur temps entre leurs écoles respectives et Highgrove pendant qu'on aménageait une nouvelle résidence pour eux au palais St. James. Charles, qui voulait ses fils près de lui, avait chargé le décorateur intérieur Robert Kime de transformer les cinq pièces de York House afin d'y installer un billard, les ordinateurs des garçons, une salle vidéo et une chambre pour Tiggy.

Ils revinrent dans les appartements du palais de Kensington, où ils avaient vécu avec Diana, afin d'y choisir ce qu'ils emporteraient à York House. Le majordome de la princesse, Paul Burrell, l'homme qu'elle appelait « mon roc » leur ouvrit la porte d'entrée peinte en noir. William lui serra la main ; Harry l'embrassa. Puis, avec Harry qui, les larmes aux yeux, ne lâcha pas la main de Burrell, ils firent le tour des lieux pour récupérer des souvenirs.

Ils prirent plusieurs des peluches préférées de leur mère qui étaient disposées sur un canapé près de son lit, de même que des photos au cadre en argent de la princesse, plusieurs de ses tableaux préférés et sa précieuse collection de figurines d'animaux en porcelaine de Herend. Les deux garçons demandèrent qu'on transporte les tapis de leurs chambres dans leurs appartements de York House. Dans celui de William, la télévision et la tapisserie en kilim que Diana lui avait offertes peu avant sa mort feraient partie du décor.

Wills choisit également d'emporter une petite figurine en argent qu'il avait fabriquée pour sa mère à l'atelier de métallurgie de Eton. Mais son bien le plus précieux serait la montre « Tank » Cartier que Diana avait reçue de son père.

Si William parcourut les appartements d'un pas décidé, Harry, savourant tous ses souvenirs, refusa de se presser. Lorsqu'il fut temps de quitter définitivement les lieux, les deux garçons remercièrent Burrell et regardèrent la porte se refermer derrière eux. Les yeux de Harry débordaient de larmes.

Leur douleur s'intensifia à l'approche de Noël. Même leur carte de vœux – Charles et les garçons avaient posé, détendus et souriants, sur le pont du *Britannia* peu avant la mort de Diana – fut un rappel poignant de temps plus heureux.

Comme les années précédentes, les princes passèrent les fêtes avec les Windsor à Sandringham. Le soir de Noël, William et Harry se réunirent sous le sapin avec le reste de la famille royale pour échanger des cadeaux – ils offraient un presse-papiers en argent et des boutons de manchette à leur père. Le lendemain matin, ils assistèrent à l'office en l'église de St. Mary Magdalene sur les terres royales. Contrairement à l'officiant du service de Balmoral qui n'avait même pas évoqué la mort de Diana, ce jour-là, le chanoine George Hall rendit hommage « à tous nos êtres chers disparus, à Diana, princesse de Galles et à tous nos bien-aimés qui ont quitté cette terre ». Ensuite, à l'extérieur de l'église, les garçons serrèrent la main de mille trois cents paroissiens dont beaucoup leur donnèrent des bouquets ou leur dirent combien Diana leur manquait.

S'efforçant toujours de réparer les dégâts infligés à la monarchie par sa réticence à accorder à Diana l'attention qu'elle méritait, la reine elle-même évoqua son ex-belle-fille dans son allocution de Noël. Elle souligna le « choc et le chagrin » de la Grande-Bretagne après la mort tragique de la princesse et qualifia sa perte « d'une tristesse presque insupportable ».

L'autre grand-mère des garçons, Frances Shand Kydd, s'exprima également. « J'en ai assez, annonça-t-elle. Je veux simplement que les médias se taisent. C'est trop dur. Noël est une période aussi difficile pour les fils bien-aimés de Diana, William et Harry, que pour toute sa famille et ses amis intimes, que cela peut l'être pour toutes les familles frappées par un deuil. Au nom des proches de Diana, je demande aux médias de nous laisser tous en paix. » Frances Shand Kydd fit aussi part de sa crainte que le « culte de Diana » grandissant n'empêche ses petits-fils de se forger une personnalité bien à eux. « Je ne voudrais pas qu'ils deviennent l'ombre de leur mère. »

Pour aider les garçons à mieux supporter ces vacances, la reine Elizabeth fit appel à son petit-fils aîné, le fils de la princesse Anne, Peter Phillips. De quatre ans plus âgé que William, étudiant en sports à l'université d'Exeter, Peter avait été une présence réconfortante dans la vie des garçons pendant la semaine précédant les funérailles de leur mère.

Comme Zara, la jeune sœur de Peter toujours partante lorsqu'il s'agissait de s'amuser. Elle avait toujours été l'une de leurs cousines préférées. Pour la première fois, elle les accompagnerait dans leur traditionnel séjour de ski à Klosters avec leur père. « Sa Majesté est manifestement ravie, avoua un porte-parole du palais, de voir les plus jeunes membres de la famille se soutenir en ces temps difficiles. »

À Eton, les amis de William s'employaient aussi à lui changer les idées. Le prince passait de temps à autre le week-end chez un condisciple ou invitait ses copains à séjourner quelques jours au palais St. James. Pendant les vacances de Noël, il invita plusieurs garçons d'Eton à York House. Quatre soirs de suite, ils revêtirent des smokings avant de se rendre à une soirée. « Il était bien décidé à se détendre, dit l'un des condisciples de William. Ne serait-ce que pour éviter de penser à la mort de sa mère. »

À quinze ans, il montrait également un intérêt très sain pour le sexe opposé. Aux soirées, William n'hésita pas à se présenter aux plus jolies filles des lieux. « Il se comporte tout à fait normalement, rapporte un invité qui vit William en action. Il est incroyablement doué pour briser la glace. Il semble avoir l'art de mettre une fille à l'aise, ce qui, en l'occurrence, est un défi quand on y songe. »

L'une de ces jeunes filles, la fille d'un homme d'affaires éminent de Londres, pourrait brièvement se targuer d'être qualifiée de « petite amie » de William par son entourage. Elle serait remplacée quelques mois plus tard par la fille d'un aristocrate, dont le « règne » durerait encore moins longtemps. Même avec la discrétion observée par la presse, l'équipe de protection royale omniprésente rendait pratiquement impossible toute histoire sérieuse.

Wills semblait avoir trouvé un moyen de supporter l'absence de sa mère pendant les vacances. On ne pouvait pas en dire autant de Harry. « Il inquiète son père, avoua un ami de la famille royale. Il ne cesse de passer du rire aux larmes. »

Consciente que William se débrouillait mieux que son frère, Tiggy s'employa à remonter le moral de

Harry. Legge-Bourke, admit Charles, continuait à être une « figure essentielle » dans la vie de ses fils.

En attendant, la reine s'efforçait de réparer son image. Après la mort de Diana, le public avait été outré par son manque d'égard apparent pour sa belle-fille et l'état de fragilité émotionnel de ses deux jeunes petits-fils.

Les premiers mois de 1998, la reine fut obligée d'admettre qu'elle avait grossièrement sous-estimé l'affection du peuple britannique pour la princesse de Galles. Pour arranger les rapports entre la « Firme » et le peuple, le palais de Buckingham recourut aux services d'une société de relations publiques.

Les deux années suivantes, Sa Majesté prendrait des initiatives sans précédent pour reconquérir ses sujets. Elle publia des comptes jusque-là top secret de la famille royale et ne s'opposa pas à la proposition de Tony Blair de mettre fin au système de primogéniture qui permettait seulement au fils aîné du monarque d'hériter du trône. La reine décréta également que les révérences aux membres de la famille royale seraient désormais facultatives. S'inspirant de Diana, Elizabeth se rendit dans un pub (où elle refusa de prendre un verre) et emprunta un des célèbres taxis londoniens – des premières pour elle.

Mais en matière de reconquête des sujets, les armes les plus efficaces de la famille royale restaient bien sûr les fils de Diana. En mars, Charles les emmena en visite officielle au Canada – la première apparition publique importante de William depuis les funérailles. À cause de la vieille réticence du palais à voir deux héritiers du trône partager le même avion, Charles et Harry prirent un vol, tandis que William et Tiggy, invitée pour apporter un soutien moral, en prenaient un autre.

À leur arrivée au Waterfront Centre Hotel de Vancouver, où des CD des Spice Girls, de Savage Garden et Oasis s'empilaient dans leurs suites, plusieurs dizaines de photographes et plus de trois cents adolescentes les attendaient. « William, William, William, scandaient-elles à l'unisson », un refrain auquel l'héritier finirait par s'habituer.

Ébranlé par ces manifestations d'adoration, William ne réussit qu'à esquisser un pâle sourire avant de s'engouffrer dans l'hôtel. Cette attention l'avait tellement dérangé qu'il demanda qu'on interdise l'accès de Pacific Space Center Museum de Vancouver qu'il devait visiter avec Harry.

Cela n'empêcha pas des hordes d'écolières hystériques d'attendre les deux princes devant le musée, comme à chacune des étapes de leur voyage. Loin de cette agitation, les deux frères purent profiter de leur solitude pour s'amuser. Tous les deux très animés d'un esprit de compétition, ils passèrent deux heures à jouer à des jeux électroniques et à se relayer aux commandes d'un vaisseau spatial dans un voyage simulé vers Mars.

Lorsqu'ils retrouvèrent leur père pour une visite du lycée Burnaby South, William était suffisamment détendu pour sourire, comme son frère. En fait, Harry trouvait carrément hilarante la popularité de son frère. « Allez, salue-les », insista-t-il auprès d'un William réticent lorsqu'ils croisèrent un nouveau groupe de filles secouées de sanglots. Devant les cris assourdissants que provoqua le signe de la main de son frère, Harry eut, selon les termes d'un représentant canadien, « du mal à se contrôler ».

À la fin de la journée, lors de leur dernière apparition programmée sur la scène au Vancouver Heritage Center, William parut presque prendre du plaisir à ce traitement digne d'une star du rock. Son père était censé prononcer un discours sur l'environnement, mais les hurlements de cinq cents adolescentes en pleurs l'en empêchèrent. Elles lancèrent fleurs, cartes, ours en peluche et mouchoirs à Wills qui réagit en vrai pro. Il remercia, serra des mains et regarda ses interlocutrices droit dans les yeux, réflexe que Diana s'était employée à inculquer à ses deux fils. « Je suis ravi de vous rencontrer. Merci… »

On offrit alors aux garçons et à leur père les vestes et casquettes rouge et blanc de l'équipe olympique canadienne. Sans hésiter, William retira son veston pour enfiler la veste et mit la casquette devant derrière. Puis il remua des épaules, leva un bras et se figea dans la pose d'une star du rock. On ne s'entendit plus dans la salle. « Ce fut un geste complètement spontané qui surprit tout le monde, raconte un journaliste dans la foule. Il nous a tous rappelé Diana première mouture – timide et réticente au début, avant de faire sans prévenir le geste qui va droit au cœur de la foule. Visiblement, il commençait à se réjouir d'être l'objet des fantasmes de toutes ces adolescentes. » Un ami de William confirmerait : « Il a beau protester contre toutes ces filles à ses trousses, il adore ça. »

De Vancouver, Charles et les garçons passèrent ensuite quatre jours à skier dans la station chic de Whistler dans les Rocheuses canadiennes. Sur les pentes, Harry l'intrépide avait l'avantage de l'avis de tous. Un matin, un journaliste local cria : « Hé les gars, qui est le meilleur skieur ? Il paraît que c'est Harry. »

« Je n'étais pas au courant ! » répliqua William qui se lança à la poursuite de son frère. Quelques secondes plus tard, ils s'étalaient tous les deux le nez dans la neige. Jusqu'à la fin du séjour, ils firent du snowboard, jouèrent au hockey avec des gens du cru et descendirent certaines des pistes les plus dangereuses.

Les adoratrices de William n'étaient jamais très loin. Plusieurs d'entre elles, qui avaient suivi le trio royal en car depuis Vancouver, n'étaient pas équipées pour affronter la neige ou les températures glaciales, mais elles s'en moquaient. « Il est tellement plus beau au naturel que sur les photos, dit Leah Pereira, quatorze ans. Il est mignon et il a l'air vulnérable quand il rougit. » En regardant Wills, Harry et leur père poser pour les photographes, Jessica Towes, quatorze ans elle aussi, soupira : « Il est riche, superbe et il est prince. Que demander de plus ? »

Miss Towes n'était pas la seule dans cet état d'esprit. Partout pendant son séjour canadien, Wills fut accueilli aux cris « Je t'aime, Wills ! » et « Épouse-moi ». Les Américaines ne furent pas en reste. Quand le magazine pour adolescents *YM* mit une photo de Wills en couverture, plus de douze mille lectrices écrivirent à la rédaction – certaines signant leur lettre « La prochaine Mme Windsor ».

Bien que manifestement voué à vivre dans l'ombre de son frère, Harry réussit à attirer quelques admiratrices. Parmi les nombreuses jeunes filles qui tendaient la main pour toucher l'héritier, certaines en profitaient pour effleurer le joker. Mais Harry avait une idée derrière la tête. À son retour en Angleterre, il attendit que William ait repris ses études à Eton pour inviter ses vieilles copines les Spice Girls à venir prendre le thé à Highgrove.

Les garçons firent porter des fleurs pour la tombe de Diana à l'occasion de la première fête des mères sans elle. « Ce fut un moment douloureux pour eux, dit une relation de la famille. Mais ils s'efforçaient de ne pas s'appesantir sur leur deuil. » Ils se jetèrent corps et âme dans leurs études. William ajouta dix sujets à son cursus d'Eton, se concentrant avant tout sur l'anglais, le français, l'histoire de l'art et l'économie. Il se révélait également un sportif exceptionnel. Il excellait en aviron, en tennis, au football, au rugby, au polo, au ball-trap en équipes, et notamment en natation – le sport préféré de sa mère. L'été 1998,

Will avait battu plusieurs records d'Eton et se classait parmi les cent premiers nageurs de son âge aux cinquante mètres en nage libre de Grande-Bretagne.

En juin, Charles fut soulagé quand Harry, moins passionné par les études que William, réussit haut la main ses examens d'entrée à Eton – sans aucun doute aidé par son année supplémentaire à Ludgrove. Harry allait pouvoir rejoindre son frère aîné à un moment de leur vie où ils avaient terriblement besoin de se soutenir mutuellement.

Si, avec l'âge, William dépendait affectivement moins de Tiggy Legge-Bourke, cette dernière restait un soutien pour Harry. Mais elle choqua tout le monde lors d'une visite au pays de Galles en regardant sans broncher les deux garçons descendre sans casques une paroi à pic en rappel. Les photos de l'incident firent la une des journaux du lendemain, suscitant une inquiétude générale pour la sécurité des garçons et des doutes sur la justesse du jugement de leur *nanny*. La reine comme Charles furent, pour citer les termes d'un courtisan, « épouvantés » que l'on fasse courir de tels risques aux garçons.

Progressivement Charles commença à éloigner Tiggy. Cette fois elle n'assista pas aux fêtes de la Journée des parents à Eton et on la raya de la liste des invités de plusieurs réceptions auxquelles les garçons devaient se rendre. L'été 1998, elle n'était plus à Highgrove chaque fois que William venait y passer un week-end. « C'est tellement agréable de voir William tout seul », confia Charles à des amis.

Cela n'empêcherait pas le prince de Galles et ses fils d'avoir toujours de l'affection pour elle et de continuer à la considérer comme un membre de la famille. Sentiment qui n'était apparemment pas partagé par Camilla Parker Bowles qui lorsqu'elle faisait allusion à elle parlait de « la domestique » quand elle n'employait pas le surnom peu charitable qu'elle lui avait trouvé de « gros cul ».

Si Tiggy était autorisée à rester une présence – un peu réduite – dans la vie des princes, on ne pouvait pas en dire autant de la famille de Diana. Après le serment élégiaque du comte Spencer de prendre la suite de sa sœur dans l'éducation de ses neveux, la famille royale releva le pont-levis devant le clan Spencer. Habitant Cape Town, le comte voyait peu les garçons et ne leur parlait que rarement au téléphone. Sur l'ordre de Charles, les princes déclinèrent une invitation de leur tante Sarah McCorquodale qui leur proposait de passer deux semaines d'été dans sa famille en Cornouailles. Et si Charles l'invita à passer un week-end de juillet avec le prince Harry à Highgrove, Frances Shand Kydd, qui vivait pratiquement en recluse à Oban en Écosse, ne voyait que rarement ses petits-fils. « Cette rencontre fut un simple geste de courtoisie, confie un ami de Diana. Les Spencer sont toujours traités avec le même dédain qu'avant. »

Alors qu'on éliminait progressivement les Spencer, Camilla Parker Bowles – que l'on appelait toujours « Mme P.B. » à St. James bien qu'elle fût divorcée d'Andrew Parker Bowles depuis 1995 – s'insinuait petit à petit dans la vie des princes. Bannie de la vue du public pendant les mois suivant la mort de Diana, en mars, « le Rottweiler » avait commencé à passer des nuits à Sandringham et au palais St. James.

Le 12 juin, exactement neuf jours avant son seizième anniversaire, William vint à Londres où il avait l'intention d'aller au cinéma avec des amis. Lorsqu'il appela son père de la voiture pour le prévenir qu'il passerait se changer au palais St. James, le prince Charles l'avertit de la présence de Mme Parker Bowles – une situation gênante, expliqua-t-il, résultant d'une coïncidence malheureuse.

Puis, sur une impulsion, Charles demanda à son fils s'il aimerait rencontrer Camilla. Wills acquiesça, mais Mme Parker Bowles, troublée à cette perspective, proposa de disparaître. Non-sens, répliqua Charles à celle qui était depuis vingt-six ans sa maîtresse. William avait hâte de faire enfin sa connaissance.

William serra la main de Camilla qui lui fit la révérence quand Charles les présenta l'un à l'autre. Au début, Camilla, ne sachant pas si les fils de Diana ne l'accusaient pas d'avoir provoqué la rupture de leurs parents, tremblait littéralement. Mais avec une gentillesse et une assurance étonnantes pour son âge, William s'employa à la calmer en l'entretenant de chasse au renard et de polo.

Au bout d'une demi-heure de conversation, William partit au cinéma. Camilla se tourna vers Charles : « Une vodka tonic ne me ferait pas de mal. » La rencontre, du propre aveu de Camilla, l'avait laissée « tremblante comme une feuille ».

En fait, la rencontre n'était pas due au hasard. Wills avait tout organisé. « William avait entendu parler de Camilla par sa mère pendant des années, dit l'un des amis de Diana. Il avait hâte de voir la raison de toute cette agitation. Finalement, William a découvert qu'il aimait bien Camilla. »

Les semaines suivantes, William s'arrangerait pour déjeuner avec son père et Camilla. Content de la tournure des événements, Charles organisa une rencontre avec Harry à Highgrove. Comme son frère, Harry tomba sous le charme de la femme sans façons et encline à l'autodérision que leur père avait préférée à leur mère.

À bien des égards, Camilla était l'exact opposé de Diana. Âgée de seize mois de plus que Charles, ce qui se voyait, Camilla fumait à la chaîne sans l'ombre d'un remords et avait des manières que d'aucuns qualifieraient de négligées. Sa propre maison, un ancien moulin situé à une vingtaine de kilomètres de Highgrove, était miteuse dans la plus pure tradition anglaise, avec des meubles défraîchis, des tapis râpés et des bottes crottées dans l'entrée.

Aussi femme de la campagne que Diana était citadine, Camilla n'était pas du genre à lancer des modes. Et contrairement à Diana, elle était plutôt du style laisser-faire en matière d'éducation des enfants. Tout cela – le négligé étudié, l'absence d'introspection et de conscience de son image – a pu expliquer l'attrait de Camilla. « Si elle avait présenté la moindre ressemblance avec leur mère, dit un ami de Charles, je pense qu'ils l'auraient considérée comme une usurpatrice. Ils n'auraient jamais supporté qu'elle tente de remplacer Diana. C'est précisément parce qu'elle n'a aucun point commun avec la mère qu'ils aimaient que, pour eux, Camilla n'a absolument rien de menaçant. »

William et Harry avaient également eu leur dose de querelles conjugales et ce qu'ils souhaitaient à présent, selon un Etonien, « c'était de voir régner la paix et l'harmonie à la maison. La seule façon de l'obtenir était d'aller dans le sens de leur père. »

Encouragé par la réaction positive de ses fils devant sa maîtresse, Charles demanda à William ce qu'il pensait de la perspective que Camilla joue un rôle plus public. William lui fit à peu près la réponse qu'il avait faite à sa mère lorsque cette dernière lui avait posé une question analogue : « Tant que cela te rend heureux, papa. »

Elsa Bowker, Annabel Goldsmith et d'autres amis proches de Diana considérèrent ces rencontres comme une trahison de sa mémoire : « Diana en était plus ou moins venue à accepter l'amour de Charles pour Camilla, dit Bowker. Mais cela ne veut pas dire qu'elle aurait admis que cette dernière devienne une sorte de belle-mère pour ses enfants. Pas une seconde. Diana aurait été bouleversée à l'idée que la femme qui avait détruit son mariage et fait de sa vie un enfer puisse à présent être embrassée par ses fils. Et si tôt après sa mort. »

Le moment choisi irrita de nombreux alliés de Diana. Laisser William rencontrer Camilla fut perçu comme un « manque de sensibilité incroyable », par un ami qui déclara au journaliste britannique Richard Kay : « Quand on pense à cette histoire lamentable de ménage à trois qui a tant fait souffrir Diana, on a du mal à imaginer qu'une telle rencontre se produise avant le premier anniversaire de la mort de la princesse. »

La reine n'approuvait pas non plus. Tenant toujours Camilla pour responsable de la destruction du mariage de son fils, Sa Majesté évitait les réceptions où elle risquait de croiser Parker Bowles et elle ordonna à ses courtisans d'imiter son exemple. Sir Robin Janvrin, qui venait d'être nommé secrétaire particulier de la reine, refusa donc de venir prendre le thé avec le prince William et Camilla parce qu'il n'avait pas reçu l'aval royal. « Comment ose-t-il être aussi grossier à mon égard sous mon propre toit ? » s'écria Charles, outré.

Par ailleurs, la reine fit savoir que la Couronne s'opposerait fermement à tout projet de mariage. Mais pour citer l'ancien secrétaire particulier de Charles, sir Richard Aylard, le prince de Galles considérait Camilla comme « la partie non négociable de sa vie privée ».

Le 21 juin 1998, William franchit une nouvelle étape depuis la mort de sa mère. Dans un effort sans précédent de satisfaire l'appétit du public avide d'en savoir plus sur le futur roi, le palais publia un portrait de William à l'occasion de son seizième anniversaire. Entre autres, on révélait qu'il possédait à présent un labrador du nom de Widgeon, avait un penchant pour le fast-food, était gêné par son nouveau statut de sex-symbol et écoutait de la techno. Ce portrait officiel fut considéré comme une façon de récompenser la presse britannique d'avoir respecté la tranquillité des princes.

Faisant preuve d'une volonté toute neuve d'indépendance, William fêta son anniversaire – et la fin de ses examens à Eton – avec des amis. Les seuls membres de la famille avec qui il s'entretint furent son père et Harry – et seulement par téléphone.

Pour les adolescentes du royaume, ce fut un jour de liesse. Répondant à des milliers de demandes, les stations de radio du pays diffusèrent des chansons comme *Birthday* des Beatles et *You're sixteen* de Ringo Starr. « Mon Dieu, gémit William en présence d'un condisciple. Il va falloir que j'écoute ce genre de musique toute ma vie ? »

Le 1er juillet, qui aurait été le trente-septième anniversaire de leur mère, on inaugura le musée de la princesse Diana dans une écurie aménagée d'Althorp. Pour seize dollars, les visiteurs pourraient admirer la robe de mariage de Diana et découvrir les lettres de son enfance ainsi que ses bulletins scolaires. Les enfants de Diana, s'éloignant encore de la « famille de sang » de leur mère, déclinèrent l'invitation du comte Spencer qui les conviait à la cérémonie.

Bien évidemment, William et Harry voyaient approcher avec terreur le premier anniversaire de la mort de leur mère. Sachant que les hommages inévitables et le regain mondial de chagrin qu'ils déclencheraient ne pourraient que ressusciter de pénibles souvenirs, ils cherchèrent des distractions.

William eut l'idée d'organiser une fête surprise pour le cinquantième anniversaire de son père. Les deux frères demandèrent à Emma Thompson et à Stephen Fry d'écrire une courte comédie pour l'occasion. Avec

Thompson, Fry et Rowan Atkinson (le Mr. Bean de la télévision), William et Harry joueraient dans la pièce.

Pour créer vraiment la surprise, la pièce serait donnée à Highgrove le 31 juillet 1998 – trois mois et demi avant le véritable anniversaire du prince, le 14 novembre. Ce choix de date avait une autre raison : de son côté, Camilla avait l'intention d'offrir une superbe soirée d'anniversaire à son amant de toujours.

Dix jours exactement avant la fête surprise préparée par les garçons, le *Sunday Mirror* apprit la chose grâce à des fuites. « William et Harry regrettent que des informations concernant la fête surprise qu'ils préparaient pour leur père aient été communiquées au *Sunday Mirror*, confie un porte-parole de Charles. Ils n'avaient pourtant pas ménagé leurs efforts... Et le prince de Galles est triste que le journal fautif n'ait pas traité les fuites avec davantage de bon sens et de courtoisie. » Cela n'empêcha pas les garçons de monter leur pièce – une parodie de la série télévisée britannique *Blackadder*. Pour couvrir le coût du dîner, du bal et de leurs costumes, William et Harry réclamèrent quarante dollars par tête de pipe aux cent invités de la fête.

Le compte à rebours avant le premier anniversaire de la mort de Diana continuant, William et Harry firent de leur mieux pour ignorer le flot d'articles et d'émissions télévisées commémorant le triste événement. Balmoral étant l'endroit rêvé pour ce faire, ils partirent y passer leurs vacances et pêchèrent, chassèrent, marchèrent et montèrent avec le reste des Windsor.

William et Harry réclamèrent la chose qui leur avait été refusée le jour même de la mort de leur mère – un office dans lequel on parlerait d'elle. Ils demandèrent également que tous les drapeaux de Grande-Bretagne soient mis en berne en hommage à la princesse. La reine, se rappelant le tollé de l'année précédente, accéda aux vœux de ses petits-fils.

Les princes se rendirent en limousine à Crathie Church – assis cette fois entre la princesse Anne et le prince Edward.

La famille de Diana fut ostensiblement exclue de l'office. En guise de réplique, les Spencer organisèrent leur propre cérémonie d'anniversaire sur la berge du lac minuscule qui ceint la tombe de Diana à Althorp.

La reine invita le Premier ministre Tony Blair et sa femme Cherie à l'office qui dura vingt minutes, où on lirait le psaume 23 avant de prier pour Diana et sa famille. Charles, la reine et les garçons dirent une prière spéciale : « Aujourd'hui je suis venu dans cet endroit paisible pour offrir ma prière du souvenir et d'action de grâce à Diana, princesse de Galles, psalmodia la congrégation. Sa vie a touché le cœur de tant de gens. Elle a connu le chagrin comme le bonheur dans sa propre vie et cela n'a fait qu'accroître sa compassion pour les souffrances d'autrui. Je prie pour ses proches. Je prie surtout pour ses deux jeunes fils, le prince William et le prince Harry. Entourez-les de votre affection. Que l'amour rassurant de leur famille les protège. »

« Nous avons d'abord pensé aux garçons, explique le révérend Robert Sloan, pour qu'ils aient l'occasion de se souvenir de leur mère comme ils le souhaitaient. » La foule qui attendait patiemment devant Balmoral espérait que William, Harry, Charles et la reine s'arrêteraient pour bavarder avec eux. Mais les voitures s'engouffrèrent dans le parc du château. « C'est normal, concéda Marjorie Black d'Aberdeen, une de ceux qui avaient attendu pendant des heures sous le soleil de cette fin d'été. C'est la journée des princes et ce qu'ils ressentent. On ne voit pas pourquoi ils voudraient s'arrêter pour nous parler un jour pareil. »

William et Harry étaient sous la coupe de la famille royale. L'influence de Diana diminuait rapidement, en partie parce qu'à l'insu des princes, on empêchait ses amis d'avoir des contacts avec ses fils. « Quand je téléphone au palais et que je demande à leur parler, dit l'ami de Diana, Roberto Devorik, on me répond qu'ils ne sont pas disponibles. » Lady Elsa Bowker eut droit au même traitement.

Malgré l'affection de longue date qu'ils portaient à leurs cousines Beatrice et Eugenie, ces dernières comme leur mère, la duchesse d'York, n'avaient même pas le droit de tenter de voir William et Harry. « Ils me manquent affreusement », déclara Fergie qui, à cause des dispositions de son divorce, n'était pas en position de défier son ancienne belle-mère.

Les amis de la princesse furent les premiers à remarquer qu'on avait rangé au placard les efforts de leur mère pour les confronter aux réalités de la vie. Au lieu de consacrer leurs loisirs à visiter des refuges de sans-abri ou des parcs d'attractions, les garçons profitaient à présent des plaisirs campagnards de Balmoral ou passaient des week-ends à Highgrove avec leur père et, de plus en plus souvent, sa maîtresse.

« Le départ de leur mère, raconte Richard Greene, a poussé les princes dans la "virilité" traditionnelle de la famille royale – les chasses au renard et le polo – et les a éloignés du côté émotionnel, brut, honnête de leur personnalité que Diana soulignait. » Un autre ami observa : « William et Harry appartiennent aux Windsor à présent. »

Peut-être. Mais dans la mort encore plus que durant sa vie, Diana a eu un impact indéniable sur le comportement actuel de la famille royale. Pendant que la reine se rendait dans des pubs, prenait des taxis, voire conversait avec Julie Thompson, la chanteuse de rock de vingt et un ans, le père des garçons se laissait aller à des manifestations d'affection sans précédent. Oubliée la raideur glaciale d'antan : Charles serrait maintenant régulièrement ses enfants dans ses bras en public. Avant de monter à bord de l'avion qui l'emmènerait en Grèce pour de brèves vacances l'été 1998, Charles accepta d'être photographié en train d'embrasser William sur le tarmac à Heathrow. Harry qui avait l'habitude de tenir son père par la main ou de lui sauter au cou se lança dans un nouveau jeu consistant à couvrir de baisers le visage du prince Charles qui tentait en riant de repousser ses assauts.

Quelques jours plus tard, William repoussait des assauts d'un genre différent pendant la croisière qu'il effectuait de nouveau avec son père dans la mer Égée à bord du luxueux yacht de John Latsis, l'*Alexander*. Entre autres équipements, l'*Alexander* renfermait une salle de bal, une discothèque, une salle de billard, cinq piscines, une salle de piano, plusieurs salons de réception lambrissés de chêne, une salle de cinéma, une médiathèque contenant un millier de films, des salles de bains à la robinetterie en or, et une hélistation. Comme souvent, les vieux amis du prince de Galles, Charles et Patti Palmer-Tomkinson, étaient de la partie, ainsi que leur fille Tara.

À bord de l'*Alexander*, Tara, à présent âgée de vingt-sept ans, se jeta sur William qu'elle salua comme elle le faisait depuis leur enfance : en lui mettant la main à la braguette. Plus tard, elle entreprit de jouer avec sa fermeture éclair. « Elle a commencé ses pitreries quand il était plus jeune, dit un ami, et elle continue. Il aimerait bien qu'elle arrête. »

Pendant ce même voyage, Tara prenait un bain de soleil sur le pont lorsqu'elle remarqua que William la regardait fixement. Elle se redressa et enleva son haut de bikini : « Allez, vas-y, rince-toi l'œil. » Mortifié, William s'éloigna. « Elle trouva cela hilarant, dit un membre d'équipage témoin de l'incident, lui, non, manifestement. »

Ce n'était pas la première fois que l'attitude du jeune mannequin déconcertait William. Pendant l'un de leurs séjours réguliers à Klosters, elle « sauta sur les genoux de William », sous l'œil effaré du prince de Galles. L'un des aides de camp de Charles déclara : « Ce sont des adolescents et, comme tous les enfants de cet âge, ils sont choqués par tant d'effronterie. Ils ne savent plus où se mettre quand elle se lance dans ses singeries. »

Le prince Charles aurait peut-être pu passer sur l'absence déconcertante de décorum de Tara. Mais lorsqu'elle avoua être une cocaïnomane qui sniffait régulièrement dans des soirées, il lui interdit tout nouveau contact avec ses fils. Ou, pour reprendre la formulation délicate de son porte-parole : « Il est peu probable qu'on la voie en vacances dans un avenir prévisible avec le prince ou ses fils. »

La familiarité de Tara avec William donna notamment lieu à des commérages : on raconta qu'elle s'était offerte à lui en guise de cadeau d'anniversaire. Au bout d'un mois aux Meadows, une clinique de désintoxication à mille dollars par jour dans l'Arizona, Palmer-Tomkinson rentra à Londres et alimenta la rumeur – en la démentant publiquement.

« C'est tellement loin de la vérité, dit-elle. Je suis cocaïnomane, pas pédophile. J'ai chahuté avec des tas d'amis jeunes et vieux au bord de la piscine, où tout le monde jouait à faire du strip-tease ou à se descendre mutuellement le caleçon. Et on vous taxe aussitôt de pervers sexuel. William ne manque pas de charme, mais je m'attaque pas à cette tranche d'âge. »

De plus en plus, Charles et la reine comptaient sur des fréquentations exemplaires comme le fils de la princesse Anne, Peter Phillips, pour servir de modèles aux garçons. Sa jolie sœur, Zara, était une autre histoire. Avec sa langue percée d'un clou en métal, la soi-disant rebelle de la famille se glissait invariablement près de William lors de soirées royales pour le mettre en boîte à propos de son statut de sex-symbol. Zara « adore taquiner William et le faire rougir, ce qu'il fait très facilement, confie l'écrivain britannique Brian Hoey. Elle a l'art de démonter les gens. »

La reine qui, au début, avait encouragé la présence de Zara dans la vie des garçons, fut loin d'être amusée lorsqu'elle vit Zara et William pris d'un fou rire à une réception en l'honneur des cinquante ans de mariage de Sa Majesté. Elle fut également décontenancée quand Zara devint l'un des principaux alliés de William lorsqu'il décida de se laisser un peu aller sur le plan privé.

Quand le *Mail on Sunday* publia ce qu'il décrivit comme un « chaleureux hommage » à William pour son seizième anniversaire, les porte-parole du palais condamnèrent le contenu de l'article qu'ils qualifièrent de « grossièrement indiscret et parfaitement faux ». Ils furent surtout choqués par un passage où l'on prétendait que les jeunes femmes étaient soumises à l'approbation de ses assistants avant d'être invitées à prendre le thé avec le prince.

On avait beau démentir, les assistants du palais menaient effectivement une enquête sur chacune des filles auxquelles William s'intéressait. « Plusieurs agences du gouvernement, dont le MI6 et Scotland Yard, surveillent le prince William et le prince Harry comme ils surveillaient Diana, déclara un ancien membre du parlement proche du palais. Il n'est pas question qu'ils laissent une menace potentielle s'approcher des princes. »

Il était également essentiel de déterminer si une fille était ou non « fréquentable » pour l'un des deux princes. « Après les titres scandaleux, la reine prête une attention particulière aux filles dans la vie de William. Elle n'a surtout pas envie de se retrouver avec une autre Diana ou Fergie sur les bras. Sa Majesté a accès à tous les dossiers concernant ces jeunes femmes, et si l'un de ses conseillers fait remarquer que la fille pourrait se révéler un problème pour une raison ou une autre, elle fait part de ses sentiments au prince Charles. C'est lui qui est chargé d'intervenir si nécessaire. »

Pour l'instant du moins, il n'y avait pas de quoi s'inquiéter. William se concentrait sur ses études et le sport à Eton, où Harry s'apprêtait à le rejoindre. La différence entre les deux garçons sauta aux yeux le 3 septembre 1998 quand Harry fit sa rentrée comme son frère, trois ans avant. Loin d'être troublé, Harry souriait chaleureusement chaque fois qu'un photographe l'en priait.

Charles lui rappela qu'il avait dû dire à William d'écrire « Église d'Angleterre » dans le blanc à côté de religion.

« Tâche de signer au bon endroit, avertit-il son fils en plaisantant à moitié.

— Oh ! ça va ! » fit Harry.

Ensuite le joker, resplendissant dans son pantalon rayé et sa queue-de-pie, prit la tête du groupe d'élèves qui se rendaient à la chapelle pour les prières du matin.

Partageant le flair artistique de son père (Charles est un peintre amateur éclairé de longue date), Harry décorerait ses fréquentes lettres à la maison de dessins et de caricatures de la vie à Eton.

Charles et la reine étaient ravis que William soit là pour aider son frère à s'adapter. En fait, les deux garçons seraient installés à Manor House sous l'œil attentif de Andrew Gailey – en grande partie pour des raisons de sécurité.

Mais moins d'un mois plus tard, il se produirait un incident qui éveillerait justement des doutes sur la sécurité des garçons. Un voleur à main armé et kidnappeur avéré serait surpris en train de rôder dans les couloirs d'Eton à quelques mètres des jeunes princes. Floyd Stevenson avait fait de la prison pour avoir tenu en joue quatre hommes, une femme et un bébé pendant un hold-up, avant d'obliger l'une des victimes à conduire la voiture servant à sa fuite.

Apparemment, comme Stevenson n'avait pas l'intention de nuire à William et à Harry, on le relâcha. Mais sa simple présence à l'école vint rappeler que, malgré le 1,5 million de dollars dépensé chaque année pour les protéger à Eton, les princes restaient vulnérables.

En fait, la plus grande menace pour leur sécurité était peut-être avant tout eux-mêmes. Au cours des deux mois suivants, les deux princes se retrouveraient souvent à l'hôpital après s'être blessés sur les terrains de sport. « Avec deux garçons casse-cou en pleine croissance, je suis ravi que quelqu'un prenne soin de ce genre de choses », dit Charles aux médecins qui soignèrent le bras cassé de Harry et les diverses fractures et contusions de William.

Ce genre de remarques désinvoltes mises à part, Charles avait relevé le défi de remplacer Diana dans son rôle de parent, le plus important dans la vie des princes. Le lien entre père et fils était si fort que les deux garçons semblaient être prêts à n'importe quoi pour lui faire plaisir – jusqu'à accepter Camilla dans leur vie.

La fête officielle pour les cinquante ans de Charles à Highgrove, organisée avec une précision militaire par Camilla, William et Harry, fut aussi une sorte d'officialisation du couple. En hommage à la passion de Charles pour l'agriculture biologique, Camilla recréa en intérieur le cher jardin clos du prince à l'aide de feuilles, de plantes grimpantes, de fleurs des champs et de souches d'arbres.

Quelques-uns des trois cent quarante invités étaient déjà arrivés quand William débarqua d'Eton en treillis. Il expliqua qu'il suivait la formation d'élèves officiers de l'école et qu'il sortait d'un entraînement. William était « plutôt fier, dit un invité, d'avoir passé la nuit précédente à crapahuter au fond d'un fossé ». Il courut enfiler un smoking et revint aussitôt accueillir les nouveaux arrivants.

N'étant plus disposée à rester dans l'ombre, Camilla soigna son entrée en priant son chauffeur de ralentir pour les photographes à son arrivée à Highgrove. Elle fit son apparition vêtue d'une robe en velours décolletée vert émeraude agrémentée d'un étincelant collier de turquoises, diamants et saphirs.

Au dîner, William se leva pour porter un toast à son père. Vers la fin du repas, Harry, assis à une autre table, entonna un « Joyeux Anniversaire » que la foule des invités s'empressa de reprendre en chœur.

Pendant le bal qui suivit, William et Harry jouèrent les DJ. Ils conférèrent avec Camilla et passèrent en revue une énorme pile de CD avant qu'elle choisisse un air disco qui avait été un succès au début de son histoire avec leur père : « YMCA » de Village People.

Les garçons se mirent à taper du pied en cadence et Camilla se lança sur la piste de danse avec Charles. William et Harry furent bientôt rejoints par les enfants de Camilla, Tom et Laura Parker Bowles. Tous les quatre contemplèrent, l'air catastrophé, Charles et Camilla virevolter au son d'Abba, des Bee Gees et de Chic.

« Ils se comportaient comme une famille, dit un invité. Leur mère était morte depuis quatorze mois, mais William et Harry montraient une vraie affection pour Camilla et ses enfants. » Un autre déclare :

« La chose qu'ils souhaitent le plus au monde est de voir leur père heureux. Et ils aiment Camilla – cela crève les yeux. »

À 3 heures du matin, William et Harry, fans du film anglais *The Full Monty*, décidèrent de distraire les invités encore présents en rejouant la dernière scène de strip du film. Au son de « You Sexy Thing » par Hot Chocolate, les princes arrachèrent leur chemise et déboutonnèrent leur pantalon avant de s'écrouler de rire.

L'absence la plus notoire était celle de la reine qui restait toujours aussi intransigeante au sujet de l'histoire de son fils avec « Mme PB ». Si Sa Majesté restait inébranlable dans son opposition au mariage, l'Église d'Angleterre semblait prête à céder. Cette institution qui jadis avait obligé un roi à abdiquer à cause de son intention d'épouser une divorcée paraissait à présent disposée à s'effacer si Charles insistait pour épouser Camilla.

Pour leur part, William et Harry avouèrent à leur père qu'ils ne voyaient pas d'objection à ce qu'il se remarie. S'il choisissait de faire de Camilla la belle-mère de ses fils, elle deviendrait reine consort à son accession au trône. Contrairement à certaines rumeurs, Camilla ne cacha pas à des amis qu'elle avait l'intention de finir par épouser Charles. En attendant, ils partageaient leur temps entre Londres et Highgrove. « Ils ont leur vie comme n'importe quel couple marié depuis vingt-huit ans. »

En attendant, Camilla semblait prendre plaisir à son rôle de maîtresse royale. Elle continuait à arborer les bijoux d'Alice Keppel et elle accrocha un portrait de la maîtresse d'Edward bien en évidence chez elle. Quand la philanthrope et grande dame américaine Brooke Astor vint dîner à St. James, Camilla fut ravie de bavarder avec celle qui, dans son enfance à New York, avait eu l'occasion de rencontrer Keppel.

Pendant que la presse débattait du bien-fondé d'un mariage de Charles avec sa vieille maîtresse, une menace pour la santé de William et de Harry – sans parler du reste de la famille royale – couvait littéralement dans les murs du palais de Buckingham. Wills et Harry rendaient visite à mamie et grand-père Philip peu de temps avant Noël quand on découvrit la bactérie mortelle de la légionellose dans la plomberie vétuste du palais. Les tuyaux les plus contaminés menaient directement aux sanitaires de la reine elle-même.

Pendant qu'on procédait aux travaux de désinfection, la reine, le prince Philip et leur personnel s'enfuirent à Windsor. Tout le monde, dont William et Harry, subit une prise de sang pour déterminer s'ils étaient infectés par la maladie qui, lorsqu'elle n'est pas fatale, peut causer de graves lésions pulmonaires irréversibles. On comprendra que tous poussèrent un soupir de soulagement quand les tests se révélèrent négatifs.

Quelques jours plus tard, le 20 décembre, William, Harry et quatorze de leurs copains dînèrent avec la reine et le prince Philip à Windsor. Sa Majesté était allée à Eton voir William jouer dans une production de *La Tempête* et, selon un porte-parole du palais, « pensait que ce serait un geste plaisant » que d'inviter certains de ses condisciples au château.

Peu après leur arrivée, les garçons se rendirent dans leurs chambres pour se changer avant de prendre un verre avec Sa Majesté dans le salon vert. On offrit à tous les jeunes invités, dont plusieurs avaient à peine quatorze ans, une boisson alcoolisée avant de passer à table. Des quatorze garçons, Harry fut le seul à s'abstenir.

Elizabeth et Philip bavardèrent avec leurs jeunes hôtes en dégustant de la sole, du faisan et une variété de fromages. On servit du vin blanc venant des caves royales avec le poisson et du vin rouge pendant le reste du repas. Deux heures plus tard, à 20 heures, la reine se retira. Elle avait « adoré chaque minute de la soirée », confia-t-elle à William et Harry.

« Sa Majesté était "ravie que le dîner se passe aussi bien" et que William et Harry puissent inviter leurs amis chez elle, raconte un porte-parole du palais. Elle est très attachée à ses petits-fils... elle souhaite qu'ils se sentent chez eux à Windsor. »

Ce que mamie ignorait, c'est qu'après son départ, les jeunes gens mirent leurs CD préférés et entreprirent de vider le placard à alcools. Vers 23 h 30, Harry, qui était apparemment le seul à n'avoir rien bu, annonça qu'il avait envie de faire de la luge.

Il emmena ses invités à l'office où ils prirent plusieurs grands plateaux en argent avant de se rendre sous la tour ronde du château. Pendant une demi-heure, ils descendirent la colline en poussant des hurlements de joie – sous le regard tolérant des gardes du corps des princes.

Au petit matin, Wills et Harry donnèrent à leurs jeunes invités, qui souffraient un peu de la gueule de bois, des fusils de calibre 12 et partirent avec leurs gardes-chasse chasser le lapin dans le parc. Au pique-nique, les adolescents, dont certains n'avaient qu'une vague habitude du maniement des armes, se virent de nouveau offrir du vin.

Cette combinaison potentiellement fatale de fusils et d'alcools faisait partie intégrante de la vie royale. À Sandringham et à Balmoral, les parties de chasse étaient ponctuées de pauses pendant lesquelles on servait de l'alcool.

La situation n'était guère meilleure à l'école. Eton mettait à la disposition de ses étudiants leur propre pub, The Tap. Des garçons de seize ans ou plus étaient autorisés à consommer deux pintes de bière ou de cidre par jour, même si d'anciens étudiants prétendaient qu'il était facile de contourner les règles. « Les excès d'alcool sont assez courants à Eton et cela ne s'arrête pas là. »

Effectivement, malgré son indéniable exclusivité, Eton était confronté aux mêmes problèmes d'abus d'alcool et de drogues, de violence et d'expérimentation sexuelle que les établissements plus ordinaires. On a surpris des garçons en train de fumer de la marijuana, de prendre des analgésiques et des amphétamines, voire de faire entrer en fraude dans l'école des couteaux et des pistolets hypodermiques.

Pour nombre des jeunes arrivants à Eton, les aînés aux muscles menaçants posaient un problème. Les brimades étaient monnaie courante, causant aux plus sensibles de graves souffrances psychologiques. Certains faisaient des dépressions nerveuses ; quelques-uns, des tentatives de suicide. La question de la sexualité compliquait encore les choses. Dans son livre *Eton Voices*, Danny Danziger note que l'école vibrait « d'érotisme adolescent qui s'exprimait dans des liaisons homosexuelles, parfois amoureuses, parfois lascives, parfois innocentes ».

« C'est difficile à comprendre pour les non-initiés, explique l'auteur britannique Victor Bockris, mais ce genre d'activités homosexuelles précoces est très, très répandu en Angleterre. La plupart des hommes n'y échappent pas, mais cela ne signifie pas pour autant qu'ils soient homosexuels – c'est juste un rite de passage. La grande majorité devient des hétérosexuels avec femmes et enfants. »

Grâce à leur statut et aux gardes du corps qui les suivaient partout, William et Harry n'ont pas été confrontés aux aspects les plus sordides de la vie à Eton. Cependant, l'escouade de protection royale s'efforçait de ne pas intervenir quand William se soûlait avec ses amis au point de vomir ou quand son entourage fumait de la marijuana. « Il buvait comme les autres, déclare un condisciple, mais il s'est arrêté là. Certains autres sont passés à la cocaïne. Lui non. »

Il ne participait pas non plus à l'un des loisirs nocturnes les plus dangereux du campus, « le jeu de l'évanouissement » (ou jeu du foulard). Deux étudiants nouaient une ceinture de peignoir autour du cou d'un troisième et tiraient dessus jusqu'à ce que le copain s'évanouisse. La « victime » tapait sur sa cuisse pendant que les deux autres serraient. Quand le garçon cessait de taper, cela signifiait qu'il avait perdu conscience et qu'il fallait arrêter.

Pratique sexuelle étrange appelée l'asphyxie auto-érotique, cette forme de strangulation volontaire a pour but de provoquer un orgasme. Mais cela entraîne souvent des graves blessures, voire la mort. C'était un défi qu'un nombre incroyable de condisciples de William était prêt à relever. On y jouait pratiquement tous les soirs, et un garçon prétend avoir été témoin de la chose plus de soixante dix fois.

Lorsqu'on lui proposa d'essayer fin 1998, William en fut littéralement choqué. Non seulement il refusa mais il fit aussitôt promettre à Harry de ne pas y participer. Début 1999, un des condisciples du prince, Nicholas Taylor, seize ans, fut retrouvé pendu dans sa chambre, une ceinture de peignoir autour du cou. Il avait apparemment essayé de jouer en solitaire.

Le prince Charles paraissait moins préoccupé par les jeux dangereux pratiqués à Eton que par son avenir avec Camilla Parker Bowles. En janvier, ils firent leur première apparition publique ensemble sur le perron de l'hôtel Ritz de Londres. Ils choisirent une soirée organisée en l'honneur du cinquantième anniversaire d'Annabelle Elliot, la sœur de Camilla. C'est au quarantième anniversaire de celle-ci que Diana avait déclaré à Camilla qu'elle n'était pas dupe avant de rentrer pleurer toutes les larmes de son corps au palais de Kensington.

En sortant ensemble du Ritz, Charles et Camilla ignorèrent les cris de cent cinquante cameramen et les acclamations de la foule qui les attendaient. Hésitant à marcher à la hauteur de Charles, Camilla le suivit un pas derrière, si bien que lorsqu'il se retourna pour voir si tout allait bien, il lui rentra dedans. Devant leur voiture, Charles prit Camilla par la taille, cimentant publiquement la relation restée clandestine pendant près d'un quart de siècle. Debout derrière eux en haut des marches, Tom et Laura Parker Bowles affichaient un large sourire en voyant leur mère sortir enfin de l'ombre pour prendre sa place d'amante officielle du prince. William et Harry brillaient par leur absence. Malgré leur affection pour Camilla, ils avaient refusé de participer à ce que beaucoup appelleraient une trahison de la mémoire de leur mère. « Harry, notamment, était contre, dit un ami de Charles. Il a mis plus de temps que William à se prendre de sympathie pour Camilla et il n'aimait pas l'idée qu'elle prenne la place de sa mère. » En ce qui concernait les sentiments de ses fils à l'égard de leur mère, Charles se gardait de « les obliger à faire quoi que ce soit contre leur volonté ».

En mars 1999, Tiggy Legge-Bourke eut l'occasion de se racheter de sa gaffe. Depuis que son père et Harry étaient rentrés de leur séjour en Afrique du Sud avec des récits exotiques de vie sauvage et de panoramas spectaculaires, William suppliait qu'on lui donne l'occasion de vivre sa propre aventure africaine. Charles, dont l'emploi du temps chargé l'empêchait d'y aller, se tourna de nouveau vers Tiggy.

Pendant dix jours William et Harry (avec Tiggy et cinq autres accompagnateurs) firent de la randonnée dans deux des grandes réserves d'Afrique, le Moremi

National Park et l'Okavango Delta. Ils dormirent à la belle étoile, empruntèrent les voies navigables du delta à bord de pirogues et, à l'abri de leur Range Rover, observèrent des troupeaux d'éléphants, de girafes, d'antilopes et de zèbres.

Comme William, toujours avide d'intimité, avait demandé à « être entièrement coupé du monde extérieur », ses gardes du corps n'emportèrent qu'un téléphone satellitaire en cas d'urgence. On ne s'en servit jamais – pas même pour donner des nouvelles au prince de Galles.

L'aventure africaine des princes fut d'autant plus inhabituelle que le public en ignora tout jusqu'au retour des garçons au bercail pour passer Pâques avec le reste de la famille royale à Balmoral. « Nous voulons faire savoir au public que nous collaborons avec la presse pour protéger l'intimité des garçons, et que le prince Charles en est extrêmement reconnaissant », expliqua un porte-parole de St. James.

La décision de la presse de ne pas publier l'histoire tenait moins de l'altruisme que des rapports difficiles avec le palais. Si les photographes avaient été lavés de tout soupçon dans la mort de Diana, la sympathie du public était acquise aux garçons, sinon au reste de la famille royale. Tout journal osant publier un article non approuvé, même bienveillant, à propos de Wills et de Harry, risquait davantage que la réprobation du public. Il risquait un rappel à l'ordre officiel de la Commission contre les abus de la presse et la menace de se voir interdire tout accès au palais.

Mais comme on continuait à spéculer sur les jeunes femmes de la vie de William, les journaux étaient de plus en plus nombreux à être prêts à prendre le risque. Avec raison. S'il appréciait son intimité et partageait la passion des Windsor pour la vie au grand air, William avait également hérité de l'amour de sa mère pour la vie nocturne londonienne.

En plus, à l'aube de ses dix-sept ans, le prince ramenait des filles dans son appartement du dernier étage de York House – pour y prendre le thé. Avec les mesures de sécurité mises en œuvre à St. James, c'était paradoxalement le seul endroit où il pouvait échapper à l'attention de ses gardes du corps. Pour s'assurer que même son père ne pourrait le surprendre, William exigea d'être le seul à avoir un trousseau de clés de son appartement.

Avant de partir en safari, Wills avait été vu au Foxtrot Oscar avec une très belle blonde. « Il la couvait du regard, déclare le serveur, et il buvait ses paroles. » La femme mystérieuse était en fait la nièce de Camilla, Emma, qui avec ses vingt-quatre ans avait huit ans de plus que William et venait d'abandonner une carrière de mannequin lucrative pour faire du journalisme.

Le cercle de Charles s'empressa d'étouffer les rumeurs d'une histoire d'amour qui, vu les chances de Camilla de devenir la belle-mère de Wills, avait de vagues accents incestueux. « Il n'y a rien d'inconvenant dans cette relation, dit un ami d'Emma. Emma est quelqu'un en qui William peut avoir confiance. » Un aide de camp de Charles ajouterait : « Les garçons admirent en Tom le jeune homme du monde et en Laura et Emma, les jolies filles. »

Mais William était en fait amoureux d'Emma et pendant quelque temps ils furent inséparables. « Il était fou d'elle, confie un copain d'Eton, et elle était visiblement très attachée à lui. Mais il était évident qu'elle le traitait comme un jeune frère. »

« William est adorable, avoua Emma à l'un de ses proches, mais il ne faudrait pas qu'il se fasse des idées... » William sut à quoi s'en tenir quand les journaux publièrent une photo d'Emma marchant bras dessus, bras dessous avec un autre, considérablement plus âgé.

Le prince alla se défouler sur le terrain de rugby d'Eton où, fin avril, il se fractura l'index gauche. Le bras gauche en écharpe et plusieurs bracelets africains au poignet droit, William assista au baptême de Konstantin Elexios, petit-fils du roi Constantin de Grèce. Parrain de William, le roi Constantin avait prié son filleul d'être le parrain du bébé.

Avec l'aide de la princesse Victoria de Suède, Wills tint l'enfant pendant que le pope orthodoxe grec en soutane et longue barbe plongeait plusieurs fois le bébé dans les fonts baptismaux en or. William luttait pour ne pas céder au fou rire.

Après la cérémonie, William qui avec son mètre quatre-vingt-deux serait le roi anglais le plus grand depuis Henri VIII, s'accroupit pour bavarder avec les enfants présents. Puis il dit aux fiers parents, prince Pavlos et Marie-Chantal Millier, qu'il était heureux de pouvoir faire partie de la vie de leur fils. « William et Harry ont l'art d'être à l'aise avec les enfants, observa un ami de la famille. Ils tiennent cela de leur mère. »

8

« Tous mes espoirs reposent sur William à présent. C'est trop tard pour le reste de la famille. Mais William, je pense qu'il est fait pour ça. »

Diana

« William vit dans l'univers de son père maintenant. »

Un ami de Diana

« Quel dommage que Diana ne soit plus là pour veiller sur les garçons, elle serait consternée par ce qui se passe. »
La journaliste britannique Judy Wade

« À mon avis, il lui sera plus facile de régner sur Hollywood que pour moi de régner sur l'Angleterre. »

*William,
comparé à Leonardo DiCaprio*

« William sait combien Diana tiendrait à le voir remplir la tâche pour laquelle il est né. Il en sera conscient et, en sa mémoire, il s'en acquittera encore mieux. »

Lord Jeffrey Archer

« Il est vraiment superbe, n'est-ce pas ? dit la reine à son secrétaire privé devant les photos de Will tenant le petit prince Constantin dans ses bras. Vraiment superbe. »

Sa Majesté avait regardé avec fierté William s'acquitter de ses premières obligations officielles avec la grâce souriante de sa mère. En revanche, elle avait à peine levé un cil lorsque, deux mois plus tôt, il s'était arrêté dans une cité HLM ou que, à l'improviste, il s'était joint à un match de football dans Shepherd's Bush, un quartier de l'ouest de Londres – avant de fêter l'événement dans un pub voisin. « Il n'est pas très bavard, dit un équipier, mais très efficace. »

La reine n'évoquait jamais la problématique Diana – et ne voyait pas l'intérêt de conduire les garçons dans des asiles pour sans-abri et des cliniques du sida comme l'avait fait leur mère – mais elle n'était pas mécontente que William ait hérité de la beauté et du charisme de la princesse de Galles. Elizabeth avait fini par se convaincre que les scandales et les unes torrides de la presse appartenaient au passé. « L'avenir de la monarchie repose en fait sur les épaules de William et la reine le sait, déclara un ancien membre du personnel du prince Charles. Elle a consacré beaucoup de temps à le préparer à sa future tâche – bien plus qu'elle n'en a jamais consacré à son propre fils. Sa Majesté tenait à ce que William ne soit pas sali par le scandale comme ses parents. Elle était très impressionnée de le voir se transformer en un jeune homme sérieux et responsable. Et elle remerciait le ciel qu'il n'ait pas de mauvaises fréquentations. »

Cette illusion ne tarderait pas à voler en éclats, car le cercle d'amis de William laissait à désirer. Tom, le fils de Camilla, menait sans vergogne une vie de bâton de chaise depuis ses études à Oxford. Deux des clubs auxquels il avait adhéré – les Assassins et la Piers Gaveston Society (du nom de l'amant homosexuel d'Édouard II) – étaient connus pour leurs bacchanales. L'une d'elles, la « soirée fétiches » des Assassins, faisait appel à des fouets, des chaînes, des colliers de chien à clous, des dessous en caoutchouc et des masques du *Silence des agneaux*. Dans le rôle de dominatrice qu'il s'était choisi, Tom y apparaissait maquillé, moulé dans une robe en plastique et perché sur des talons hauts.

Avec à son actif une arrestation pour possession de marijuana et d'ecstasy en 1995, le fils de Camilla sniffait à présent de la cocaïne dans certains des clubs qu'il hantait avec Wills. Un jour, Tom qui travaillait maintenant pour une société de relations publiques se vanta ouvertement à une jeune femme de « s'être fait une ligne avec quelqu'un que j'ai rencontré hier soir » avant de lui demander si elle préférait l'héroïne ou l'herbe. Mis au pied du mur, Tom avoua publiquement qu'il était en fait cocaïnomane.

Cette nouvelle ébranla le palais de Buckingham. La reine, furieuse qu'un autre Parker Bowles éclabousse un membre de sa famille, se vengea en excluant Camilla du mariage de son plus jeune fils, le prince Edward, avec Sophie Rhys, copie conforme de la princesse Diana, le 19 juin 1999.

Le scandale Tom Parker Bowles fut un grave contretemps pour la réhabilitation de l'image de

Camilla – sans parler de ses projets de devenir la belle-mère de William et de Harry. Cela faisait au moins trois fois qu'on voyait Charles à une même soirée publique que Camilla. Mais mamie restait intransigeante devant les supplications incessantes de son fils pour qu'elle finisse par rencontrer sa maîtresse. « Charles, répondit avec fermeté Elizabeth, comprends que je n'ai pas le moindre désir de la rencontrer. »

Le prince de Galles appela le fils de sa maîtresse : « Tu as fait une chose très stupide, Tom. Ta mère est très contrariée. Grand Dieu, pense au moins aux conséquences pour elle. » Il pressa Tom de se faire soigner et lui précisa sans détours qu'il lui serait interdit de s'approcher de William ou de Harry tant qu'il prendrait de la cocaïne.

Ensuite Charles convoqua William dans son bureau au palais St. James et lui demanda de but en blanc si Tom lui avait déjà proposé de la drogue. D'autres, oui, reconnut William, mais Tom, non. En outre, Wills assura à son père qu'il n'avait nullement l'intention d'essayer la cocaïne ou une autre drogue ; il s'était rendu dans suffisamment de cliniques et de centres de désintoxication avec sa mère pour savoir les dégâts que cela causait. Toujours aussi protecteur à l'égard de son frère, il tenait également à ne pas donner le mauvais exemple à Harry.

Quant à l'éventualité que le comportement de Tom puisse déteindre sur lui, Wills refusa de prendre cette idée au sérieux. « Il se contente d'en rire, dit un ami de Charles. Il est beaucoup plus sensé qu'on ne le croit. »

Charles fit confiance à son fils, mais il eut bientôt de nouvelles raisons de se tourmenter. Ce printemps, on apprit que l'un des cousins des garçons, lord Frederick Windsor, était aussi cocaïnomane. Lord Frederick, fils du prince et de la princesse de Kent et un ami de William, sortait d'Eton. Élève doué qui plaisait à la reine (« Il a des manières impeccables », commenta-t-elle un jour), Frederick était allé poursuivre des études classiques à Oxford.

Selon le psychiatre britannique de renom Dennis Friedman, il y avait de quoi s'inquiéter. Le grand-père de lord Frederick – le duc de Kent, oncle de la reine Elizabeth – était également cocaïnomane : « Il y a des antécédents de toxicomanie des deux côtés de la famille royale. Le fardeau génétique est donc élevé. Charles doit expliquer à William qu'il ne peut prendre impunément un peu de marijuana ou quelques verres au hasard d'une soirée. Avec leur hérédité, William et Harry courent un risque beaucoup plus élevé que la plupart de sombrer dans la toxicomanie. »

En évoquant sa toxicomanie, lord Frederick Windsor souligna les risques que couraient William et Harry : « C'est très difficile de ne pas se laisser entraîner quand on fréquente ces milieux. »

Tom Parker Bowles présentait des problèmes particuliers pour le prince Charles. William en était venu à le considérer comme le grand frère qu'il n'avait pas eu. En outre, Charles avait vu grandir l'unique fils de la seule femme qu'il ait jamais aimée. Il lui serait pratiquement impossible d'exclure le fils de Camilla de la vie des princes comme il l'avait fait pour Tara Palmer-Tomkinson.

Pour l'instant, Charles et Camilla demandèrent à William et à Tom de ne pas se voir. Ils obéirent tous les deux, mais cela ne les empêcha pas de continuer à se téléphoner presque tous les jours. Conscient que le problème dépassait Tom, Charles donna l'ordre aux gardes du corps des princes de découvrir les toxicomanes dans le cercle des amis noctambules de William.

Ce ne serait pas une tâche facile. Quelques mois plus tard, une autre proche de William, une jeune femme du nom d'Izzy Winkler, avouerait qu'elle prenait de la cocaïne. Ce serait également le cas de la jeune femme qui fut l'objet du premier béguin sérieux de Wills – Emma Parker Bowles – ce qui portait à cinq le nombre de toxicomanes avoués appartenant au cercle des intimes de William.

« Tout cela est très bouleversant », admit Emma après un séjour de trente-cinq jours dans la clinique d'Arizona où avait également été soignée Tara Palmer-Tomkinson. Dans le cas d'Emma, le problème n'était pas seulement la cocaïne mais aussi l'alcool. « C'est l'alcool, son problème, expliqua le père d'Emma, l'alcoolique repenti Richard Parker Bowles. C'est moi, le coupable. C'est génétique. »

En outre, être la nièce de Camilla ne facilitait pas la vie d'Emma. La maîtresse de Charles avait été si décriée après la mort de Diana, expliqua le père d'Emma, que « cela affecte tous ceux qui portent le nom de Parker Bowles. J'ai même envisagé de changer de patronyme ».

Toutefois, Richard Parker Bowles admettait que la première cause des abus de sa fille était la pression des pairs – pression qui commençait à s'exercer sur les fils de Diana. Ce qui rendait le spectre de l'alcool et de la drogue d'autant plus inquiétant, c'était que, dès le 21 juin, en fêtant ses dix-sept ans, William aurait l'âge légal de prendre un volant.

William qui conduisait la Range Rover de grand-père à Balmoral depuis l'âge de douze ans n'eut aucune difficulté à décrocher son permis du premier coup. Quand son père refusa de lui acheter une Kawasaki 125, William demanda une Golf blanche, un modèle sport certes mais discret, la copie conforme de celle de l'un de ses meilleurs amis, Edward van Cutsem. La plaque d'immatriculation ne laissait aucun doute sur l'identité de son propriétaire : WILLS 1.

Heureux de participer à une séance de photos à Highgrove, Wills démontra ses talents de conducteur au volant d'une Ford empruntée. Il descendit de voiture sous les flashs. « Quelle humiliation » soufflat-il à son père sans jamais perdre son sourire.

Cet été-là, William emmena ses amis faire des balades dans Londres et ses environs – avec un garde du corps à côté de lui et un autre suivant à une distance discrète. Malgré le tourbillon de scandales, William restait tout simplement un adolescent amoureux de sa voiture flambant neuve.

Dans les deux semaines suivant l'obtention de son permis, William montra plus qu'un intérêt passager pour les autres conducteurs. Un jour, Simon Thompson, vendeur de logiciels informatiques, et son passager, Steven James, policier au repos, poussaient la BMW en panne du premier dans une rue de Chelsea quand une femme en Range Rover verte s'arrêta à leur hauteur : « Vous avez besoin d'un coup de main ? » demanda Tiggy Legge-Bourke.

« J'ai eu à peine le temps de dire ouf que la porte arrière de la voiture s'ouvrait sur Harry. » Suivi de William. Les princes remontèrent leurs manches et entreprirent de pousser la voiture dont Thompson tenait le volant : « J'avais du mal à me concentrer. Ils avaient l'air de trouver cela tout à fait normal, mais ce n'est pas courant de voir sa voiture poussée par deux princes dans une rue. »

Puis Wills et Harry remontèrent dans la Range Rover et disparurent. C'est seulement à ce moment-là que Thompson remarqua les gardes du corps des princes qui, ayant l'ordre de se faire le plus « invisibles » possible, attendaient dans leur véhicule que les princes aient fini de jouer les bons samaritains.

À part les fréquentations un peu douteuses de William, Harry et lui se révélaient, pour citer les propos souvent répétés de Charles, « des fils idéaux ». Rien ne ravit plus le prince Charles que de voir ses deux rejetons se prendre de passion pour le polo.

Harry, qui comme son frère était un cavalier accompli, s'intéressa tôt au jeu dans lequel son père et son grand-père excellaient.

Mais pour Wills, le polo posait des problèmes particuliers. Il était gaucher, et ce sport exigeait pour des raisons de sécurité que tous les joueurs utilisent la main droite. Selon l'ami de Diana, Richard Kay, William « a littéralement été obligé de devenir droitier ». Pour ce faire, il s'entraîna pendant des mois et devint finalement si compétent que Charles le récompensa en lui offrant sa propre monture.

De plus en plus, Wills considérait Highgrove comme un refuge. Il ne se sentait plus obligé de remplir la maison d'amis pendant les vacances scolaires et préférait à présent passer des week-ends tranquilles avec son père et Harry. Avec la permission de Charles, William fit transformer une des pièces du rez-de-chaussée en bureau privé. Quiconque souhaitait le joindre par téléphone devait consulter l'annuaire interne de Highgrove. En une référence douce-amère à la précédente occupante de la pièce, le numéro du bureau de Wills était inscrit à la rubrique SALON DE SON ALTESSE ROYALE.

La princesse Diana était encore très présente à Highgrove. Depuis que ses appartements du palais de Kensington avaient été fermés un an plus tôt, Highgrove était le seul endroit fourmillant encore de souvenirs de la vie avec leur mère. Par égard pour ses fils, Charles avait remis des photos de la princesse dans la maison. Quant à eux, William et Harry avaient des photos encadrées d'elle sur leurs tables de nuit.

William sentait la présence réconfortante de sa mère à Highgrove. « Il m'arrive encore de lever les yeux et, l'espace d'une seconde, d'avoir l'impression de voir maman debout sur le seuil de la pièce, confia-t-il à un ami. Je la sens constamment auprès de moi. » Chose que le prince Harry comprenait parfaitement. Lui aussi avait vu la même apparition et il disait parfois à son père qu'il pensait avoir entendu la voix de sa mère.

Les deux garçons avouaient rêver de temps à autre de leur mère. Si les rêves de Harry lui faisaient revivre les jours heureux avec elle, ceux de Wills étaient souvent sombres et prémonitoires. Dans les mois qui suivirent la mort de Diana, Wills, dans sa quête de la vérité sur la cause de l'accident, avait exigé de connaître tous les détails. Depuis, il était hanté par un cauchemar où il était témoin de l'horrible accident. « Au début, ses cauchemars étaient bien plus insupportables, se rappelle un condisciple. À l'époque, il faisait de longues marches tout seul pour tenter de chasser ces pensées de son esprit. Ces mauvais rêves surviennent moins souvent maintenant, mais selon lui, ils ne disparaîtront jamais complètement. »

Une personne se gardait de mettre les pieds à Highgrove quand les garçons s'y trouvaient : la vieille némésis de la princesse. Si William qui l'appelait à présent Camilla – et insistait pour qu'elle l'appelle William – la saluait en l'embrassant sur les deux joues, Mme P.B. ne voulait pas s'imposer pendant les week-ends père-fils.

Camilla alla même plus loin en promettant à William et à Harry qu'elle « n'essaierait jamais » de remplacer leur mère. Elle dit également à Charles que, même si la reine acceptait qu'ils se marient, elle ne ferait rien sans la bénédiction des deux garçons.

S'ils aimaient beaucoup Camilla et sa famille, en cet été 1999 ponctué de scandales, les fils de Diana n'étaient pas pressés de voir leur père épouser Camilla, conscients qu'ils étaient du tumulte que cela ne manquerait pas de déclencher. « Privé de sa mère, observe Richard Kay, William n'est pas prêt pour une figure maternelle – et Harry non plus. »

Ils n'avaient pas non plus envie de voir Camilla devenir reine consort, ce qui serait automatique si Charles montait sur le trône après l'avoir épousée. « Diana n'a pas été autorisée à devenir reine, dit lady Bowker. Ils ne souffriraient pas que Camilla devienne la reine consort de Charles alors qu'elle a tant fait souffrir Diana – pour eux, c'est impensable. »

Quoi qu'elle ait pensé de Diana, la reine n'était pas près de pardonner à Camilla. « Elle a laissé clairement entendre, confirma un fonctionnaire du palais, qu'un rapprochement est hors de question. »

Un autre membre de la famille royale était encore plus résolu dans son opposition au mariage de Charles et de Camilla. La reine-mère bien-aimée du peuple anglais était, pour citer les termes d'un courtisan, « livide » à cette idée : « La reine-mère n'aimait pas la princesse Diana. Mais elle déteste Camilla qu'elle considère comme une femme égoïste et mauvaise. Elle a fait promettre à la reine que, de son vivant, Charles et Camilla ne se marieraient jamais. »

Le souvenir des titres liant William aux deux enfants Parker Bowles toxicomanes encore frais à l'esprit, la reine fut assez déroutée que Charles invite Camilla à venir en vacances avec les garçons, ce qui était une première. Et qu'en plus Charles convie également Tom et Laura Parker Bowles, ainsi que la famille de la tristement célèbre Tara Palmer-Tomkinson.

Conscients que nombre de Britanniques continuaient à mépriser Camilla, les bureaux de Charles à St. James prirent les devants. Ils laissèrent faussement entendre que l'invitation de Camilla et de ses enfants avait été « l'idée de William ».

Cette fois, quand le groupe royal s'embarqua pour sa croisière annuelle de dix jours dans la mer Égée à bord de l'*Alexander*, il était clair que Camilla était à bord « pour jouer les belles-mères... une sorte de mère poule, dit un témoin. Elle était surtout chargée de rappeler les enfants à l'ordre, du genre : Dépêchez-vous, c'est bientôt l'heure du dîner… »

« Quelle ironie, ajouta Judy Wade, quand on sait combien Diana haïssait Camilla, que cette dernière tienne à présent la première place dans la vie de ses fils. » D'autant plus ironique que c'était à bord de l'*Alexander* que la catastrophique « seconde lune de miel » de Charles et Diana avait eu lieu en 1992.

Malgré tout, William – surnommé à présent par la presse populaire « Son Soupir Royal » – eut d'autres choses en tête pendant la croisière. Comme Harry qui, dans les six derniers mois, avait pris quinze centimètres. Pour s'assurer qu'il y aurait assez de jeunes à bord, William invita trois beautés à tomber : Davina Duckworth-Chads, vingt et un ans, Emilia d'Erlanger, dix-sept, et Mary Forestier-Walker, seize. Toutes issues de bonnes familles, les trois jeunes filles étaient apparentées aux Windsor et aux Spencer.

Davina, cousine éloignée de William du côté de sa mère, se révéla vite la plus fascinante des trois. Fille d'un riche propriétaire foncier dont le domaine de mille hectares était voisin de Sandringham, la blonde tout en jambes avait été surnommée la « Deb du Web » après avoir pris une pose aguichante pour le lancement d'un site.

« Je trouve très bien que le prince William ait des compagnes aussi charmantes, déclara Elizabeth d'Erlanger, la mère d'Emilia. C'est un jeune homme qui a beaucoup de chance. » Fleet Street ne tarda pas à parler de « La croisière royale de l'amour ».

Non content de flirter avec les passagères à bord, Wills commença une correspondance électronique torride avec une jeune femme qu'il ne connaissait pas encore. À son arrivée dans sa cabine, il avait trouvé la photo d'une belle Américaine. Mannequin de *Vogue*, elle avait navigué sur l'*Alexander* la semaine précédente et s'était empressée de laisser une photo accompagnée d'un mot assez évocateur, en apprenant l'arrivée prochaine du prince William. Le mannequin en question n'était autre que Lauren Bush, petite-fille de l'ancien président George Bush et nièce du futur président George W. Bush.

William envoya aussitôt une photo de lui à Lauren et entama une idylle électronique qui deviendrait progressivement plus intime au cours des deux ans à venir. En attendant, dans une étrange répétition de la croisière en Méditerranée de Diana et ses fils sur le yacht Fayed, des centaines de bateaux et une dizaine d'hélicoptères bourrés de paparazzi sillonnaient la mer Égée aux trousses de l'*Alexander*. Mais cette fois, les bureaux de Tony Blair, le comte Spencer et la Commission des griefs contre la presse les menacèrent de sanctions officielles s'ils ne s'éloignaient pas. Les journalistes britanniques obtempérèrent, mais il resta environ deux cents photographes étrangers sur les traces du bateau. Mais sans indices, ils ne parvinrent pas à localiser l'*Alexander*.

William et Harry rentrèrent bronzés, reposés et prêts pour trois semaines de chasse à Balmoral avant la reprise des cours. À Eton, Harry tirerait son épingle du jeu pendant que son frère se distinguerait encore tant dans ses études que sur les terrains de sport pendant sa dernière année. Wills continuait à exceller en rugby, aviron et water-polo. En tant que capitaine de l'équipe de natation, le futur roi en combinaison noire et casquette jaune assura la victoire d'Eton au triathlon, arrivant avec dix bonnes minutes d'avance sur le deuxième concurrent.

Wills devint également un membre remarquable du corps des élèves officiers d'Eton. Il finirait par se voir décerner la très convoitée Épée d'honneur. Étudiant reconnu, il appartenait à la société d'Eton baptisée Pop, dont les membres se voyaient conférer une certaine autorité sur le reste du corps étudiant. En tant que « Popper », Wills eut le droit d'échanger son gilet noir banal contre un autre de son propre cru : un motif d'Union Jack frappé de l'expression d'Austin Powers « Groovy Baby ». Wills possédait également un gilet à pois, un autre aux couleurs de Manor House et un dernier revêtu du slogan À BAS LA BOMBE.

Harry trouvait également sa voie – et se rapprochait encore plus de son frère. « Harry a toujours été plutôt jeune pour son âge, déclara un ami de la famille à Richard Kay, mais depuis son entrée à Eton, il a grandi et mûri. » Quant aux rivalités entre frères : « William est très protecteur à l'égard de son frère. Pour sa part, Harry vénère William. Ils se sont beaucoup mesurés – la rivalité, je suppose – mais à présent ils ont dépassé ce cap. »

Pas entièrement. William s'arrangeait encore pour éviter de skier avec Harry qui était de loin le meilleur sur les pentes. Excellent tireur, l'héritier grinçait également un peu des dents en voyant l'œil de lynx qu'était Harry le dépasser aussi dans ce domaine. Le joker pouvait aussi être un pitre incorrigible – un trait de caractère rappelant leur mère auquel William goûtait de moins en moins. Au beau milieu d'un cross à Eton, Harry fit sursauter son frère en jaillissant d'un buisson. À la fin de la course, William lui reprocha vertement de lui avoir fait perdre la première place. Mais la marraine de Harry, Carolyn Bartholomew, insiste : « Ils s'entendent incroyablement bien. »

Si William était maintenant considéré comme le plus beau parti du monde, Harry avait sa part d'admiratrices. À une soirée de bienfaisance à Eton en septembre, il se porta volontaire pour être jeté dans l'eau glaciale. Quand ce fut le tour de Harry, un groupe d'adolescentes se mit en rang pour le précipiter dans l'eau, chacune son tour, d'un coup de crosse de hockey sur l'arrière-train. Devant l'hésitation de la première, Harry lui lança : « Si vous ne me poussez pas, c'est moi qui vous fiche à l'eau. »

Des centaines de personnes se rassemblèrent pour regarder le spectacle, et trente plongeons plus tard, Harry arrêta les frais. « Harry ressemblait à un rat mouillé, dit Colleen Birch, témoin de la scène. Mais il souriait largement. »

Bien entendu, tout le monde s'intéressa à l'université que William choisirait. On pensait qu'il irait dans l'*alma mater* du prince Charles – Trinity College à Cambridge – ou qu'il exaucerait le vœu de Diana en élisant Oxford. Une génération plus tôt, Charles n'avait pas eu son mot à dire ; la décision avait été prise pour lui par une commission placée sous l'égide de l'archevêque de Canterbury. Son têtu de fils ne risquait guère de se laisser imposer quoi que ce soit. « Dieu vienne en aide à quiconque dit à William ce qu'il doit faire, dit un aide de camp de Charles. Il écoute, mais il refuse qu'on le bouscule. »

Et William refusait également qu'on le bouscule lorsqu'il s'adonnait à l'un de ses loisirs préférés. Il chassait le renard sur les terres familiales depuis des années et, en novembre 1999, fit ses débuts en public en franchissant des barrières et des haies avec deux cents membres du Beaufort Hunt club près de Highgrove. Encore trop jeune à quinze ans pour participer aux festivités, Harry suivit le mouvement à moto.

Une fois de plus, des photos en unes de Wills suivant la meute à cheval, sanglé dans une veste en tweed, firent scandale. « Hautain et provocateur », titra le *Mirror*. L'*Express* reprocha au prince son « arrogance aristocrate » et l'accusa d'afficher un « mépris flagrant » pour l'opinion publique. Il fut même dénoncé au parlement. « Le prince fait preuve d'insensibilité et d'arrogance en sanctionnant publiquement la chasse », tonna le député Mike Foster.

Mais son père, qui avait pressé William de participer à cette chasse, était loin d'être contrit. « Charles estime que William doit s'adonner à des sports virils, déclara Harold Brooks-Baker, rédacteur en chef de *Burke's Peerage*. En encourageant son fils et héritier à prendre les risques qu'on peut courir en chassant le renard sur un terrain dangereux, Charles dit au lobby anti-chasse d'aller se faire voir. »

Si elle avait vécu, prétendirent plusieurs commentateurs, Diana aurait été déçue par la décision de son fils. Elle tolérait les parties de chasse à Balmoral et à Sandringham, mais la chasse au renard lui semblait particulièrement cruelle. « Elle aurait peut-être même tenté de le dissuader d'y prendre part, dit lady Elsa Bowker. Mais je doute qu'en l'occurrence, elle ait eu gain de cause. »

Leur mère n'aurait pas non plus été satisfaite de voir ses fils choisir d'assister en octobre au mariage de Tiggy avec Charles Pettifer, divorcé, père de deux enfants et ancien officier. Harry ravit la vedette à la réception quand, relevant un défi, il plongea la main dans un bocal, sortit un poisson rouge… et l'avala tout rond.

Leur père ne les accompagna pas. Cédant à la répugnance de Camilla pour Tiggy, il avait décliné l'invitation. Le jour où Charles et ses fils s'installèrent à Highgrove pour regarder une cassette du mariage, Camilla rentra chez elle : « Pas question que je voie ça ! »

Quelques mois plus tard, Mme Tiggy Pettifer s'installerait dans sa nouvelle maison de Battersea, dans le sud de Londres. Tiggy ne jouait plus les mères de substitution pour les garçons, mais elle conservait des rapports étroits avec eux. « Nous nous parlons tout le temps, constamment. Comme des gens qui sont profondément attachés les uns aux autres. »

En attendant, Camilla remplissait le vide laissé par Tiggy. Quand elle dut s'aliter à cause d'une vilaine grippe à la mi-décembre 1999, Wills s'occupa d'elle, allant lui chercher chaque après-midi un bol de soupe fumante dans les cuisines de St. James. Harry passait aussi quotidiennement la voir dans sa chambre pour la distraire. Cette nouvelle intimité, dit Richard Kay, « suscita une appréhension soupçonneuse, voire de la répugnance » chez ceux qui avaient appartenu au camp de Diana.

Ils n'avaient pas de quoi s'inquiéter. Malgré l'affection indéniable qu'ils portaient à Camilla, William et Harry déclarèrent sans détour à leur père qu'ils n'avaient toujours pas besoin d'une belle-mère. La reine avait fait connaître son sentiment : comme elle ne daignerait pas même rencontrer Camilla, elle ne risquait pas d'approuver son mariage avec le prince de Galles. Mais à présent Charles avait un nouvel obstacle à franchir. Camilla avait fait la promesse de ne pas épouser Charles sans la bénédiction de ses fils. Et à la consternation de leur père, William et Harry la lui refusèrent. « Ils voulaient bien considérer Camilla comme un membre officieux de leur famille, dit la mère d'un proche de Harry. Mais de là à accepter de la voir remplacer leur mère dans le rôle d'épouse légale de leur père, il y avait une marge. »

Vers la fin 1999, il devint de plus en plus évident que William n'acceptait plus de recevoir d'ordres de quiconque – pas même de son père. Sans consulter le prince Charles ni avertir le personnel de St. James, il donnait l'ordre aux chefs de préparer des dîners fins pour ses amis d'Eton. Après avoir été servis par les valets de pied du palais, les invités de William se retiraient dans sa chambre où ils dormaient par terre dans des sacs de couchage.

Quand, en rentrant de voyage, Charles découvrit six garçons par terre au pied du lit de son fils, il exigea de savoir pourquoi on ne leur avait pas donné de chambre : « Il y en a soixante-quinze au palais. Je suis sûr que nous pouvons coucher tout ce monde. » Charles fut également contrarié que William n'ait pas averti le personnel de son arrivée.

William riposta qu'il avait parfaitement le droit de ramener des amis chez lui sans en réclamer d'abord l'autorisation. La discussion s'envenima jusqu'à ce que Camilla, qui comprenait le besoin d'indépendance de William, intervienne.

« La plupart du temps, le prince de Galles n'a aucune idée de ce que fabrique son fils, déclara un des plus vieux amis de Charles. Il ne sait pas avec qui il est, qui sont ses derniers amis en date, voire sous quel toit il passe la nuit. » Richard Kay renchérit : « William aime bien faire ce qu'il veut sans que tout le monde le sache, ce qui est affreusement difficile quand vous êtes l'héritier du trône. »

Le jeune prince repoussa l'offre de son père de donner sa soirée du « Millenium » à Highgrove. Et il était à présent tellement obsédé par le secret qu'il refusa de dire au prince de Galles où il projetait d'organiser ses festivités.

Cette manie prenait des allures de cauchemars pour les gardes du corps royaux qui n'arrêtaient pas de courir pour rattraper le prince atteint de bougeotte. Comme sa mère, William ne cessait à présent de mettre en cause la nécessité d'être continuellement suivi par une équipe de sécurité.

Il lui arrivait d'échapper à cette surveillance. De plus en plus de jeunes femmes passaient « prendre le thé » dans les appartements du dernier étage de York House dont William était le seul à posséder les clés. Quand, en dehors de Londres, William montrait un intérêt particulier pour une jeune fille, ses gardes s'employaient à « rester à l'écart, hors de vue, raconte un ancien spécialiste de la sécurité affecté à la protection de la famille royale. C'est un adolescent, après tout ; il faut bien qu'il vive sa vie. »

On s'inquiétait de plus en plus que William ne fût trop indépendant pour son bien – notamment lorsqu'il insistait pour continuer à fréquenter des clubs où la drogue était chose courante. « Il sait qu'il peut pratiquement n'en faire qu'à sa tête, déclara un ami au *Daily Mail*, et que Charles est incapable de lui dire non. » Charles avait de bonnes raisons pour cela. Si l'on en croit Richard Kay : « Il est conscient qu'il ne peut être trop sévère avec un garçon qui a perdu sa mère. »

Wills montra de nouveau son indépendance lorsqu'il milita pour la réintégration de Fergie au sein de la famille royale. Quand la duchesse d'York fut une fois de plus ostensiblement exclue des fêtes de Noël, William refusa d'y participer. Et avec Harry, il prit l'initiative de rendre une visite impromptue à Fergie et à ses filles à Wood Farm, le cottage situé dans un coin éloigné de Sandringham où séjournait la duchesse.

En général, William et Harry n'évoquaient jamais leur mère en public ; chaque fois qu'on parlait d'elle à la télévision, ils sortaient discrètement de la pièce. Mais pour défier son père et la famille royale, William n'hésitait pas à évoquer le souvenir de Diana. Quand le prince Charles l'obligeait à agir contre son gré, Wills répondait souvent : « Maman ne voudrait pas que je fasse une chose pareille. » « Maman n'aurait pas été d'accord. » Une des répliques préférées de Wills était : « Ma mère disait toujours : Ne fais que ce que ton cœur te dicte. »

« Le prince William sait pertinemment qu'il peut couper le sifflet de son père rien qu'en évoquant Diana, dit un ancien membre du personnel de St. James. Aucun autre membre de la famille royale ne parlait jamais de la princesse, Charles compris. Si bien que chaque fois que l'un des garçons parlait de "maman", le silence s'installait. C'était une arme très efficace et William ne se privait pas de l'utiliser pour obtenir gain de cause. »

La saison de Noël 1999 fut également mémorable à d'autres égards. C'est à cette époque-là que Wills commença une correspondance électronique amicale avec Britney Spears. Cela faisait plusieurs mois que William avait une affiche de la pop star à la poitrine généreuse dans sa chambre. « Quelqu'un m'a appelée pour me dire que le prince était un de mes plus grands fans », raconta Spears qui lui fit parvenir plusieurs de ses CD et une photo dédicacée. Quant à leurs échanges électroniques : « Il m'a envoyé un message et je lui ai répondu. Il est supermignon. »

Wills invita Spears à l'accompagner à sa soirée du Millenium, mais elle dut décliner l'invitation parce qu'elle était au beau milieu d'une tournée mondiale. On parlait d'une rencontre pour la Saint-Valentin quand, à la grande tristesse de Wills, il y eut des fuites à propos de l'idylle électronique naissante.

Le palais publia aussitôt un démenti et le prince William finit par en faire autant : « Les sociétés de relations publiques font circuler beaucoup d'âneries. Je déteste qu'on m'exploite de cette façon, mais à mesure que je vieillis, il m'est de plus en plus difficile d'y faire obstacle. »

Pour sa part, le prince Charles découvrirait bientôt qu'il était difficile de faire obstacle aux décisions de son fils. Au lieu de se rendre à une des soirées du Millenium organisées à Londres, William choisit de passer la nuit à boire (surtout de la bière et du champagne) avec des amis dans une minuscule salle des fêtes au toit en tôle non loin de Sandringham.

William tenait également beaucoup à satisfaire une autre habitude – à laquelle Charles s'opposait et que Diana condamnait sans appel. La consommation de tabac. Si elle supportait que Hasnat Khan fume, « Diana savait combien cette habitude était dangereuse et elle n'aurait pas laissé William devenir dépendant, dit sa coiffeuse Tess Rock. Elle l'aurait harcelé jusqu'à ce qu'il s'arrête. »

Le futur roi d'Angleterre passerait les premières vingt-quatre heures de l'an 2000 à se remettre de ses excès. Deux jours plus tard, il partit avec son père et Harry pour une visite officielle au pays de Galles. Un steward de British Airways lui demanda s'il avait passé une Saint-Sylvestre agréable. « Oui. D'ailleurs, je traîne encore une gueule de bois. Je ne dois pas être le seul dans ce cas-là. »

Cette déclaration ne contribua guère à dissiper l'image naissante de noceur de Wills. Pas plus que les dernières frasques en date de Nicholas Knatchbull, dix-huit ans, arrière-petit-fils de lord Mountbatten, cousin éloigné de Wills et peut-être son plus proche confident à Eton. Le jour du nouvel an, Knatchbull, garçon dégingandé qui avait teint ses cheveux aux couleurs de l'arc-en-ciel, fut arrêté pour excès de vitesse à 10 heures du matin au sortir d'une soirée avec des amis.

La police fouilla sa Fiat Punto et, sous le siège de sa petite amie de seize ans, trouva un coffret en bois contenant de la marijuana et de l'ecstasy. Les deux passagers de Knatchbull, l'un âgé de dix-sept ans, l'autre de dix-huit, avaient fourré de la drogue au fond de leurs chaussettes. Tous connaissaient William avec qui ils faisaient fréquemment la bringue.

Charles fut « au bord de l'apoplexie », dit un membre du personnel. Knatchbull lui-même fut disculpé, mais la cachette de drogues trouvée dans la voiture ne fit qu'amplifier les craintes du prince de Galles que son fils « n'ait de mauvaises fréquentations ».

En attendant, William n'avait pas l'intention de laisser un autre scandale de drogues lui gâcher ses vacances à la station de ski suisse à la mode de Crans Montana. Son père et lui avaient déjà eu des mots parce qu'il insistait pour prendre une ligne commerciale au lieu d'affréter un avion spécial. Quand Charles l'appela pour lui apprendre que d'autres amis à lui étaient mêlés à un scandale de drogues, William haussa les épaules.

Au Club Absolut, William – suivi de près par deux gardes du corps – fonça droit sur la serveuse Annaliese Asbjornsen, une blonde tout en jambes de vingt-deux ans et lui commanda une limonade : « J'ai eu ma dose la nuit dernière. »

Wills entraîna ensuite la jeune femme vêtue d'une minijupe à paillettes et d'un haut noir moulant sur la piste. « Il n'a pas la moindre inhibition. Il remue des hanches, tourne sur lui-même et lève les bras pour taper dans ses mains. Il connaît toutes les figures. Il est génial. »

Lorsqu'on passa « I will survive » de Gloria Gaynor, William chanta en même temps à tue-tête. « Quand on dansait, je sentais son after-shave chic... c'était super-sexy. »

Assis à une distance discrète de Wills et de ses amis, les gardes du corps s'étaient rendus invisibles. Pendant les trois heures qui suivirent, le groupe dansa au son de « Mambo no 5 » de Lou Bega et de « Smooth » de Carlos Santana.

Puis on entendit les premières mesures de « Closer than close », et le prince William tira Annaliese à lui. « Nous étions très près l'un de l'autre. Il m'a enlacé la taille et il m'a murmuré à l'oreille : Tu es splendide ! » Ils s'embrassèrent. « Comme je savais que ses amis nous regardaient, je me suis bien tenue. » Cela n'empêcha pas la beauté suisse de se dire que Wills « m'inviterait peut-être à rentrer avec lui à l'appartement qu'il partageait avec des amis ». Mais à 3 heures du matin, il quitta le club avec sa troupe d'amateurs de snowboard – et ses gardes du corps épuisés.

Le lendemain soir, Wills s'attaquait à une autre ravissante serveuse, Lydia Truglio, dix-neuf ans. Ils dansèrent également jusqu'à l'aube. « Il est très beau et dans quelques années, il sera extraordinaire. » En attendant, ajouta-t-elle, mélancolique, « j'aurai de superbes souvenirs ».

Le père d'un copain d'Eton explique ainsi le côté un rien volage du prince : « William est conscient de son charme. Il drague sans état d'âme. »

Si l'héritier du trône paraissait ne pas savoir où donner de la tête, c'était aussi le cas de son équipe de sécurité. Plusieurs gardes du corps demandèrent à leurs supérieurs de Scotland Yard des « éclaircissements » sur leur rôle en cas de prise de drogues en présence de William. « Cela tient à son goût de la grande vie, expliqua un fonctionnaire de Scotland Yard au *Sunday Times*. Mais les agents débutants ont besoin de directives. Que sont-ils censés faire s'ils voient des gens se droguer ? Rester, partir, procéder à des arrestations ? Leur premier rôle est de protéger l'individu à leur charge. Cela veut dire lui épargner tout danger physique. Et la drogue en est un. Notre objectif immédiat est de l'éloigner de la menace et de tout embarras potentiel. »

Charles fit savoir qu'il ne voulait pas que ses gardes du corps gênent son fils en créant un incident. Leur boulot n'était pas de faire des saisies de drogue, mais de le tenir gentiment à l'écart de tout « désagrément ».

Maintenant qu'il courait sans vergogne après le sexe opposé, les gardes du corps étaient parfois obligés de protéger William de lui-même. Un soir au K-Bar à Londres, William et une nouvelle belle blonde avaient des rapports torrides dans un coin sombre – sans se douter qu'ils étaient filmés par une caméra de sécurité. Voyant la scène sur un moniteur, un employé du restaurant s'empressa d'aller prévenir un des gardes du corps du prince.

L'inspecteur se précipita et tenta d'attirer l'attention de William de loin, puis voyant que cela ne marchait pas, bafouilla : « Monsieur, s'il vous plaît... Vous êtes filmé ! » William et la femme mystérieuse se séparèrent et arrangèrent leurs vêtements. Ni l'un ni l'autre n'avait l'air gêné. « Ils riaient, dit un client du club. C'était le genre : Oh là ! nous nous sommes laissé un peu entraîner... Mais l'homme qui s'adressait au prince avait l'air très embêté. » La bande fut confisquée par le garde du corps tremblant.

Ce ne furent pas les seuls défis pour les gardes du corps royaux. Très conscient que la décision de sa mère de se débarrasser de sa protection royale lui avait coûté la vie, William s'efforçait de faire contre mauvaise fortune bon cœur. Quand dans un club quelqu'un l'interrogea à propos de ses gardes du corps, Wills eut ce mot : « Je ne sais pas ce que trafiquent ces types, mais ils n'arrêtent pas de me suivre. »

Par le passé, Wills n'avait que rarement tenté d'échapper à ses protecteurs. Mais, dans un geste de défi adolescent, il lui arrivait à présent de leur fausser compagnie de temps en temps. En général, il entrait dans un immeuble et filait par une sortie dérobée pour aller rejoindre ses amis. Plus d'une fois, ses gardes du corps au bord de l'hystérie le retrouvèrent en train d'arpenter tranquillement la grand-rue d'Eton avec des amis ou de se promener de l'autre côté du fleuve à Windsor.

C'était plus qu'un jeu pour le prince. « Maintenant je comprends pourquoi ma mère a renoncé à ses gardes du corps, confia-t-il à un ami. C'est insupportable d'être constamment surveillé. Littéralement étouffant. »

Mais, à l'approche de son dix-huitième anniversaire – la majorité pour la loi britannique – William devenait la cible numéro un des terroristes. Selon des documents gouvernementaux, l'aîné des fils de Diana fit l'objet d'une bonne vingtaine de menaces dans la seule année 2000 – qui eurent pour conséquence de resserrer la sécurité autour de lui.

Scotland Yard s'inquiétait notamment des défenseurs des droits des animaux, furieux que William s'adonne à la chasse à courre. Quand les autorités découvrirent que le prince était condamné à mort par un groupe terroriste de vengeurs du gibier, la Hunt Retribution Squad, elles doublèrent aussitôt la sécurité à Eton et en informèrent le prince de Galles. Charles comprit qu'il ne fallait pas prendre cette menace à la légère. Au début des années quatre-vingt-dix, ce même groupe terroriste avait commis une série d'attentats à la bombe incendiaire contre des magasins de fourrure en Grande-Bretagne. Non seulement le prince Charles avait déjà été visé par ces terroristes, mais à plusieurs reprises, ces derniers avaient, dit-on, tenté d'assassiner la plus grande passionnée de chasse au renard de la famille royale, la princesse Anne.

Un autre groupe marginal, le Front de libération des animaux (Animal Liberation Front), causa également des angoisses aux gardes du corps de William. En novembre de l'année d'avant, des membres du groupe avaient kidnappé le photographe Graham Hall. Et non contents de le déshabiller et de l'attacher à une chaise avec un sac en jute sur la tête, ils lui avaient gravé les initiales ALF du groupe dans le dos à l'aide d'un bout de fer chauffé à blanc.

« Je ne suis pas surpris que le prince William ait reçu des menaces de mort, déclara Ben Ponton, un porte-parole de Gunt Saboteurs, un groupe non violent de défense des droits des animaux. Il faut les prendre au sérieux, parce qu'ils ont déjà commis des actes assez désespérés. »

Les alarmes se déclenchèrent de nouveau quand des membres du groupe extrémiste Movement Against the Monarchy (mouvement contre la monarchie) manifestèrent à Londres. L'un des manifestants portant une cagoule se révéla être un condisciple de William. Scotland Yard fouilla la chambre du garçon à Eton ainsi que son domicile, où il découvrit des informations concernant les déplacements du prince qui auraient pu être utilisées par des terroristes. On ne trouva pas de preuves d'un complot d'enlèvement, mais la force de sécurité de William fut de nouveau sur le pied de guerre.

Au contraire, Harry ne donna jamais d'inquiétudes à ses gardes du corps. La seule chose qu'il trouvait peut-être étouffante était l'intérêt insatiable – parfois envahissant – que portait l'opinion publique à son frère aîné. En mars 2000, quand Harry fit sa confirmation avec trente de ses condisciples d'Eton, un journal titra : « Une de ses rares journées sous les projecteurs. » Mais ce fut encore William qui, en posant avec Harry et leur père, lui vola la vedette. « On ne peut qu'être navré pour le gamin, dit l'un des photographes présents. C'est censé être sa journée, il est tout sourires, et tout ce qu'on entend, c'est "William ! Par ici". »

En privé, William s'efforçait de se fondre dans la masse. Vers l'époque de la confirmation de Harry, Wills et plusieurs élèves d'Eton firent un voyage d'étude dans le nord de l'Angleterre. Dans la ville de Thornley, le prince et ses amis firent halte au bar de l'hôtel Crossways. Comme c'était une soirée karaoké, William sauta sur la scène avec trois copains et se lança dans une version bourrée de fausses notes mais pleine d'entrain de « YMCA » de Village People.

« Il n'a pas été le meilleur interprète de la soirée, mais il a obtenu des applaudissements enthousiastes, déclara le propriétaire du Crossways, John Hudson.

Tout le monde a trouvé génial que ce gamin qui est le deuxième dans la ligne d'accession au trône se comporte comme tout un chacun. »

Ces initiatives rappelaient la veine populiste de Diana, et pourtant William jouissait à présent du statut de jeune homme le plus célèbre du monde. La « Willmania », comme disaient les Britanniques, atteignit des sommets le 21 juin 2000 quand le fils aîné du prince et de la princesse de Galles fêta son dix-huitième anniversaire. Les îles Fidji, les Malouines, les îles Vierges britanniques, les îles Caïmans et plusieurs autres protectorats britanniques et pays du Commonwealth émirent des timbres pour son anniversaire. Mais ce geste apparemment inoffensif fit sensation quand le comte Spencer regretta publiquement que le timbre, personnellement approuvé par la reine, inclue Charles et non Diana.

L'imprimerie de la Couronne qui sortit les diverses planches commémoratives tenta d'expliquer que si la mère de William ne figurait pas dans la planche initiale de trente-cinq timbres, on la verrait en train de jouer avec Wills bébé sur un autre timbre, émis cette fois par Gibraltar. « Cette décision est dénuée d'arrière-pensées, insista lord Fordham, directeur du bureau d'émission de timbres, le prince William est un jeune homme qui a perdu sa mère dans des circonstances tragiques. Nous ne voulions pas la faire figurer auprès de lui pour ne pas être accusés d'exploiter son image. L'opinion publique est très sensible à ce genre d'excès, et nous ne voulions pas gâcher le dix-huitième anniversaire du prince William. »

William participa également à l'élaboration de son propre blason – et rendit hommage à sa mère en reprenant ses insignes, trois coquilles Saint-Jacques rouges représentant le clan Spencer. Ces insignes qui avaient fait partie du blason de Charles avaient été abandonnés après le divorce.

Les magazines sortirent des éditions spécial anniversaire ; les journaux publièrent des séries d'articles sur la majorité du prince, et les ondes débordèrent de documents et d'hommages. Anticipant le matraquage, William, qui n'avait encore été interviewé par personne, accepta de répondre à des questions que lui soumit par écrit Peter Archer, correspondant royal de longue date pour la British Press Association.

Entre autres détails, William « révélait » qu'il était toujours un fan de danse et de pop music, qu'il aimait jouer au water-polo, au football et au rugby, que sa chienne Widgeon avait donné naissance à huit chiots et que toute cette attention médiatique le mettait mal à l'aise. Il confirmait aussi qu'avant d'aller à l'université, il prendrait la traditionnelle année sabbatique de quête de soi si prisée chez les aristocrates anglais.

Néanmoins il refusa de révéler comment il prenait toute cette attention féminine (« à ma façon. Tenter d'expliquer pourrait être contre-productif ! »). William ne voulut rien dire non plus des jeunes femmes qu'il fréquentait : « J'aime que ma vie privée le reste. »

Mais il était en fait au beau milieu d'une idylle avec Alexandra Knatchbull, dix-sept ans, la séduisante petite sœur de son ami Nicholas et une des filleules préférées de la princesse Diana. Alexandra était également liée au prince Charles par un autre biais. Sa tante Amanda était une ancienne flamme du prince : un an avant qu'il ne demande Diana en mariage, le prince de Galles avait fait la même demande à Amanda Knatchbull – qui avait refusé.

Quant à William et Alexandra : « Ils sont raides dingues l'un de l'autre », dit un ami de la jeune fille. Quand William vint assister à un match de hockey à St. Mary, l'école d'Alexandra, « Toutes les filles bâillaient devant lui, dit un observateur. Mais il n'avait d'yeux que pour Alexandra. »

Pas exactement. À la même époque, William n'avait aussi d'yeux que pour Emilia D'Erlanger, la beauté du Devonshire qu'il avait invitée à bord de l'*Alexander*. Début 2001, William s'arrangea à deux reprises pour aller rendre visite au prince Charles accompagné d'Emilia – un signe pour les observateurs du palais que leurs rapports devenaient peut-être sérieux.

Pendant que la presse spéculait sur la manière dont William fêterait sa maturité et avec qui, il devint rapidement évident que sa vie ne tarderait pas à changer radicalement. La protection contre les intrusions de la presse dans sa vie privée allait bientôt être levée.

Pour citer un journaliste : « Dorénavant il est impossible de prévoir ce qui va se passer. »

La stratégie du palais avait consisté à prendre les devants, en offrant des aperçus prêts à consommer de William dans l'espoir que cela suffirait. Outre les questions d'Archer, on eut droit à des photos et un film bref montrant le prince en train de jouer au water-polo et au football, d'arpenter les allées du cloître d'Eton, et de préparer de la paella dans les cuisines. (La cuisine n'était qu'un des cours facultatifs de William. Sachant que son père allait enfin lui offrir la moto Kawasaki dont il rêvait, il suivait aussi des cours de mécanique.)

Pour souligner son désir d'être traité comme par le passé, William insista pour qu'on ne l'appelle ni Son Altesse, ni « Monsieur » comme l'aurait dicté le protocole à sa majorité. Toutes ces tactiques – l'interview, les photos en couleurs, sa volonté officielle d'être simplement appelé « William » – reçurent l'approbation personnelle de Charles et de la reine.

Pour l'instant, William restait cloîtré à Eton afin de réviser ses « A levels », l'équivalent du bac. Il se servirait de cette excuse pour échapper à la célébration d'une kyrielle d'anniversaires royaux. Prévue pour coïncider avec la date d'anniversaire de Wills le 21 juin, la soirée donnée au château de Windsor par la reine Elizabeth célébrait cinq anniversaires clés de l'année 2000, dont les soixante-dix ans de la princesse Margaret, les cinquante ans de la princesse Anne, et les quarante ans du prince Andrew. Mais les vedettes de la soirée auraient dû être la reine-mère qui fêterait son centième anniversaire le 4 août, et, bien entendu, William.

Non seulement la reine-mère se joignit aux sept cents invités, mais la duchesse d'York aussi. C'était la première fois en trois ans qu'on invitait Fergie à une manifestation royale. Le prince Charles, sans sa maîtresse *persona non grata*, arriva au volant d'une voiture de sport en tenue de polo. Harry réussit également à faire une apparition. Mais, bien que Windsor fût à moins de dix minutes à pied, William ne se montra pas. Il resta plongé dans ses livres à Manor House, révisant son examen d'histoire de l'art prévu le lendemain.

Dans les cercles du palais on utilisait à présent les qualificatifs de « têtu » et de « forte tête » pour décrire William qui résistait à toutes les tentatives des « hommes en gris » de le mettre au pas. Il encourageait également Harry à ruer dans les brancards.

Le palais ne trouva rien à redire au fait que les jeunes princes déclinent une autre invitation. À l'occasion de ce qui aurait été le trente-neuvième anniversaire de Diana – le 1er juillet 2000 – on dédia un terrain de jeux à la princesse dans l'axe du palais de Kensington. Le terrain de jeux, où Diana avait l'habitude d'emmener ses fils, avait été financé en 1909 par un autre amoureux des enfants, J.M. Barrie, le créateur de Peter Pan. Pour rester dans l'esprit du créateur, on avait installé un bateau de pirates, des balançoires et des wigwams.

Les amis et la famille de Diana ne furent pas surpris que la reine et le prince Charles choisissent de ne pas assister à l'inauguration du terrain de jeux princesse Diana – le premier monument de Londres dédié à sa mémoire. Pendant ce temps-là, la reine-mère assistait à l'inauguration d'un buste la représentant ; le prince Charles dévoilait une plaque à la mémoire de son oncle, lord Mountbatten ; et au Zoo de Londres, la reine Elizabeth inaugurait fièrement la statue d'un bousier. Mais ils furent « choqués » pour citer l'un d'eux que William et Harry ne se déplacent pas non plus.

« Parfois j'ai l'impression qu'ils cherchent à l'oublier, dit l'ami de Diana Wayne Sleep de la famille royale. C'est presque comme si elle n'avait jamais existé. » En effet, même si des sondages montraient qu'un nombre écrasant de ses sujets réclamaient qu'on élève une statue à Londres en l'honneur de Diana, la reine résista à cette idée. Mais il n'y avait pas d'explication satisfaisante à l'absence des propres fils de Diana à l'inauguration du terrain de jeux commémoratif. « C'est à se demander s'ils n'ont pas subi un lavage de cerveau, dit un ancien membre du personnel de Diana. Ils aiment leur mère, c'est évident. Mais le prince Charles ou la reine doivent les avoir convaincus que cette cérémonie n'était pas importante. Ou alors ils ne peuvent pas retourner au palais de Kensington. Peut-être que c'est trop douloureux pour eux. »

Quelques semaines après, William persuada Harry de renoncer à une autre cérémonie en l'honneur de la reine-mère – cette fois le défilé organisé pour son centième anniversaire – afin d'aller faire de l'escalade dans le Lake District. « Ils n'y ont pas assisté parce qu'ils n'en avaient pas envie, dit un employé du palais. C'est aussi simple que ça. »

William qui avait l'intention de poursuivre ses études d'histoire de l'art décida de s'inscrire non à Cambridge ou à Oxford mais à l'université de St. Andrew en Écosse. La reine avait dit en passant à son petit-fils qu'une université écossaise ne serait peut-être pas une mauvaise idée. Vu la montée du nationalisme écossais, ce genre d'initiative ne pourrait que renforcer les liens entre l'Écosse et l'Angleterre – et consolider par la même occasion la position de la monarchie. Mais le palais de Buckingham s'empressa de nier que Sa Majesté ait pu inciter William à s'inscrire à St. Andrew pour des raisons politiques : « William a pris sa décision tout seul, déclara un porte-parole du palais. Personne ne l'a obligé à rien. »

En fait, St. Andrew devait probablement d'avoir été élu à Andrew Gailey, le maître et mentor de William à Eton, lui-même ancien élève de St. Andrew. En toute discrétion, Gailey avait fait visiter l'université à William quelques semaines avant que le prince n'annonce sa décision de s'y inscrire.

Outre son excellente réputation scolaire, le lien avec Gailey et le fait que ni les Windsor, ni les Spencer n'aient conseillé cette université, William avait d'autres raisons de choisir St. Andrew. Ses étés idylliques à Balmoral avaient fait naître en lui un attachement durable à l'Écosse et aux Écossais. Avec un effectif de six mille étudiants, St. Andrew était une petite université. Et peut-être plus que tout autre établissement coté du Royaume-Uni, « St. Randy » (qu'on pourrait traduire par St. Chaud Lapin) avait la réputation non usurpée de saisir toutes les occasions de faire la fête.

Avec une unique salle de cinéma et vingt-deux pubs (plus par tête qu'aucune autre ville d'Écosse), la vie estudiantine à St. Andrew « se résume à se saouler » fit observer la journaliste Charlotte Edwards. Crispin Dryer, ancien d'Eton, étudiant à l'université, est d'accord : « À St. Andrew, il n'y a rien d'autre à faire que de se péter la gueule. »

Un des rites de passage pour les bizuts de St. Andrew s'appelle le Student Run. Cela consiste à consommer le plus d'alcool possible dans cinq pubs successifs. Entre deux pubs, les étudiants s'arrêtent pour vider leur vessie dans les fentes des boîtes à lettres des pauvres gens habitant sur le chemin. Il est courant que les filles s'écrivent le nom de leur résidence sur l'avant-bras pour qu'on les aide à rentrer chez elle si elles tombent ivres mortes.

À peine William avait-il annoncé son intention de s'inscrire à St. Andrew que l'université fut submergée de demandes d'inscriptions issues des deux côtés de l'Atlantique – une augmentation de 44 % par rapport à l'année précédente. Bien entendu, 90 % des demandes venaient de candidates. « Nous savons tous comment sont les filles ici, dit Gemma Duncan, dix-neuf ans, étudiant à St. Andrew. Elles ne vont pas le lâcher. Elles vont essayer de l'embrasser ou d'obtenir un de ses vêtements ou de le toucher tout simplement... »

Il faudrait qu'elles attendent un an. Dans une volonté continue d'élargir son horizon tout en se mettant à l'épreuve physiquement, William partit en secret pour le minuscule État d'Amérique centrale de Belize afin de s'entraîner avec une unité des Welsh Guards. Bravant scorpions, serpents vénéneux et marcassins aux côtés de cent cinquante soldats, William traversa des jungles écrasées de chaleur et dormit sous une moustiquaire dans un hamac.

Comme William était impossible à joindre par téléphone à Belize, son père lui envoya les résultats de ses « A-levels » grâce à une liaison électronique de l'armée. William avait obtenu un A en géographie, un B en histoire de l'art et un C en biologie – notes qui le plaçaient dans les sept premiers pour cent de l'ensemble des élèves britanniques passant ces examens.

William qualifia d'« exaltant » son séjour avec les Welsh Guards. Il ne tarderait pas à repartir passer trois semaines à faire de la plongée sous-marine à Rodriguez Island dans l'océan Indien dans le cadre d'un programme d'observation marine de la Société royale de géographie.

Logé dans une auberge au toit en tôle sans télévision, ni téléphone, ni porte de chambre – un simple rideau en coton en faisait office – le prince réussit à conserver un relatif anonymat. La tenancière Michelette Eduard et sa belle-sœur Simone servirent tous les matins au grand blond anglais le même petit déjeuner – œufs, jambon, fromage, haricots blancs, toasts et café – sans jamais se douter de son identité. « Nous ne savions pas qu'il s'agissait du prince William, dit Michelette. C'est quand on a commencé à raconter qu'il était venu dans l'île que nous avons compris que nous le logions. »

Le seul compagnon de voyage de William était Mark (« Marco ») Dyer, l'ancien Welsh Guard et aide de camp du prince Charles passé au service de William et qui était devenu son plus proche confident. C'était lui qui, un an plus tôt avec Tiggy Legge-Bourke, avait organisé l'aventure africaine de William et de Harry. À Rodriguez Island, Dyer fit de la moto, nagea et pêcha avec son royal ami. Mais son plus vif souvenir du voyage resterait la vision de William en short, T-shirt et sandales enseignant patiemment à la population locale les ficelles du rugby.

Harry sortit de l'ombre de son frère pour fêter son seizième anniversaire. Presque aussi grand que William, Harry se révélait aussi facile à vivre que son frère était têtu. « William peut se montrer très obstiné quand on lui demande une chose qui ne lui plaît pas, même si cela vient de son père, déclara un aide de camp royal au *Daily Telegraph*. Mais Harry est plutôt du genre à hausser les épaules et à suivre joyeusement le mouvement. »

Harry fêta son seizième anniversaire en mettant pour la première fois les pieds dans un pub fréquenté par des célébrités, l'Ilfield à Chelsea. Après avoir avalé un repas de salade de canard, rôti de bœuf et gâteau de pain arrosé d'une boisson énergétique sans alcool, le Red Bull, Harry complimenta le propriétaire, Ed Bains : « C'était délicieux. Je dirai à ma grand-mère de s'arrêter chez vous la prochaine fois qu'elle passe dans le quartier ! »

En fait, mamie préférait de loin la compagnie de William et de Harry à celle de son propre fils. Le prince Charles, concéda un de ses plus proches aides de camp, est un « geignard de première ». Et aucun de ses fils n'avait apparemment hérité de ce malheureux trait de caractère.

Mais William n'hésitait pas à riposter quand il avait l'impression qu'on avait injustement attaqué un de ses proches. Le 29 septembre 2000, il tint ce qui fut pratiquement sa première conférence de presse devant Highgrove. Vêtu d'un ras-de-cou Burberry beige et d'un jean, William condamna vertement un nouveau livre de confessions de l'ancien secrétaire de Diana, P.D. Jephson.

Dans *Shadows of a Princess*, Jephson dressait un portrait peu flatteur de Diana : angoissée, instable, rusée et souvent manipulatrice impitoyable. La princesse « pouvait vous enfoncer un couteau entre les omoplates sans se départir de son sourire radieux ».

William, qui affirma avoir été « mortifié » en lisant des extraits du livre dans le *Sunday Times*, déclara à son père qu'il tenait à protester. Harry abonda dans son sens. « Bien sûr que Harry et moi sommes bouleversés, dit-il en fronçant les sourcils, que la confiance de notre mère ait été trahie et qu'on continue à l'exploiter. Mais je m'en tiendrai là. »

Qu'il en ait dit autant parut remarquable. Comme le son de sa voix d'ailleurs : l'embargo sur la presse avait si bien fonctionné que c'était la première fois que le public entendait le prince s'exprimer. Son débit très aristocratique rappelait à la fois Hugh Grant et son père.

Associant l'assurance d'un futur roi à une mauvaise posture d'adolescent et une manie de se mordre la lèvre inférieure, William évoqua ensuite ses projets pour son « année sabbatique ». Sa première idée – aller jouer au polo en Argentine – avait été rejetée parce que qualifiée de trop « élitiste » par le prince Charles. Il avait ensuite voulu se porter volontaire dans un projet écologique au sein de la forêt tropicale brésilienne – jusqu'à ce que le directeur refuse catégoriquement qu'il débarque accompagné de ses cinq gardes du corps.

William pouvait à présent révéler sa destination : la lointaine province chilienne de Patagonie où il passerait dix semaines à travailler aux côtés de cent dix autres volontaires âgés de dix-sept à vingt-cinq ans sous les auspices d'une association à but non lucratif baptisée Raleigh International. Parmi les volontaires, on comptait plus d'une vingtaine d'anciens drogués, délinquants juvéniles et jeunes sans-abri qui s'étaient engagés par le biais de At-Risk, un programme destiné à venir en aide aux « jeunes exclus » de Grande-Bretagne.

« J'ai pensé que ce serait un bon moyen de me rendre utile et de rencontrer des gens de différents pays tout en prêtant assistance à la population des régions défavorisées du Chili. » Il avait organisé un match de water-polo afin de réunir les huit cents dollars de son voyage, mais cela n'empêcha pas les journalistes de lui demander si son père avait « complété la somme ».

« Il m'a donné un petit coup de main, en effet », répondit William avec un large sourire. Quand les rires de la presse se calmèrent, Charles lâcha : « Je n'arrête pas de compléter ! »

Et qu'avait-il l'intention de faire après le Chili ? « Mes projets ne sont pas arrêtés. Je suis affreusement désorganisé. »

Conscient de son impact médiatique et n'hésitant pas à donner dans la politique politicienne, William prit le temps de féliciter la presse de sa discrétion depuis la mort de Diana. « Je veux juste profiter de mon année sabbatique et j'espère que tout se passera bien. Jusqu'ici, grâce à vous tous, tout s'est très bien passé. » Quant à ses années à Eton : « J'étais un peu inquiet au départ, mais grâce à votre coopération, cela a été vraiment génial. Être à Eton et pouvoir sortir dans la rue sans que personne ne tente de me mitrailler m'a vraiment facilité la vie. J'en espère autant pour Harry... »

Sa Majesté, quant à elle, était rivée à son poste de télévision au palais. « Elle est très contente de la prestation de son petit-fils, déclara un porte-parole. Ravie. » Comme le prince de Galles. Donner cette conférence de presse « avait été la décision du prince William, dit Colleen Harris, la porte-parole du prince Charles. Et il a déclaré ce qu'il a voulu. »

Une fois de plus la presse – et le public – se rallia massivement à Diana et ses fils. NOTRE MÈRE A ÉTÉ TRAHIE, DIT WILLIAM, titra le *Times*. LA FUREUR DE WILLS CONTRE LE TRAÎTRE affichait le *Sun*. « À présent, William peut se tourner vers l'avenir, écrivit Simon de Bruxelles dans le *Times*. Les comptes sont réglés. »

Heureux d'avoir défendu – et bien défendu – la mémoire de sa mère, William glissa des objets personnels dans son sac avant de partir en voyage. Le plus important : une petite photo encadrée de sa mère qui, comme l'ours en peluche de Charles, ne quittait jamais le jeune prince.

Il s'envola pour Santiago le 1er octobre, puis prit le car qui le conduirait en deux jours à Coyhaigue, dans le sud du Chili. De là, il partit à pied pour Tortel, un village minuscule sur la côte. Avec quinze autres volontaires, il dormirait à même le sol d'une ancienne pouponnière dont le toit fuyait. Ils partageaient un seul W-C en état de marche. « Les conditions de vie d'ici ne sont pas exactement celles auxquelles je suis habitué, déclara-t-il dans un chef-d'œuvre d'euphémisme. On partage tout avec tout le monde. J'ai trouvé cela très difficile... parce que je tiens à mon intimité. Mais j'ai appris à vivre avec. »

Dès son arrivée, le prince William eut droit au même chaleureux accueil que ses compagnons. « Je lui ai reproché dans les dix premières minutes de se la couler douce, raconte un de ses responsables. Après il s'y est mis. On peut lui confier une tâche les yeux fermés. »

Au cours des trois mois et demi suivants, William repeignit des maisons, répara des charpentes, fendit du bois, nettoya les latrines et donna des cours particuliers aux petits écoliers du cru. « J'ai fait Operation Raleigh non pour me chercher, mais parce que cela permet réellement d'apporter un changement dans la vie des autres. Je n'avais pas envie de me tourner les pouces en attendant de décrocher un job à Londres. »

Impressionnés par sa simplicité, les autres volontaires se prirent rapidement d'affection pour lui. « Nous ne sommes pas du même milieu, dit Tom Kelly. Mais il m'a fait comprendre que tout le monde est humain. Il en a vu de toutes les couleurs lui aussi. »

Ce séjour offrit également des loisirs à William : suivre les traces d'un daim Heruemel très rare dans la réserve nationale de Tamango et descendre en kayak de majestueux fjords patagoniens. Au cours de cette dernière expédition, William se retrouva isolé sur une plage avec plusieurs compagnons pendant un orage : « Le vent a soudain redoublé de violence. Les tentes claquaient si violemment autour de nous que nous avons cru que nous allions être emportés. Tout était trempé. Très démoralisant. »

Mais William connut également des moments légers. Pour enseigner l'anglais aux écoliers, il demanda à chaque élève de dessiner un animal dont le nom commençait par l'initiale de son prénom. « Je m'appelle William, écrivit-il au tableau. William Wombat. » Les gosses éclatèrent de rire. Dès cet instant, qu'il les porte sur les épaules ou qu'il relève sa parka sur la tête pour jouer au monstre, le prince William fut le préféré des enfants.

Pour William, l'enfant du groupe le plus mémorable fut peut-être Alejandro Heredia, six ans, qui aboyait ses ordres au prince quand celui-ci le baladait juché sur ses épaules. Alejandro filait des coups de pied, des tapes ou tirait les cheveux de sa monture pour l'inciter à prendre la bonne direction. « Celui-là, c'est le pire. Un vrai petit chef ! Il me traite comme un cheval… J'adore la compagnie des enfants, continua-t-il. Même s'ils vous tirent les cheveux, qu'est-ce qu'on rit avec eux ! »

Wills saisit également l'occasion de faire ses débuts d'animateur radio, à la minuscule station de Tortel. Il s'essaya également à la cuisine. Avec moins de succès. Un jour, il se leva à 6 h 15 pour préparer le porridge du groupe. Le résultat fut, de son propre aveu, « révoltant. Absolument immangeable. Beurk ! » Un volontaire jeta un coup d'œil au mélange fumant et lui demanda s'il n'était pas « gêné de servir un truc pareil ».

« Oh si, répondit William. Je ne sais pas ce que je vais faire. Peut-être me tirer une balle dans la tête cet après-midi. »

Marie Wright, membre de l'encadrement, fut impressionnée par le dévouement de Wills – et son art de se mettre en boîte : « Il travaille dur, sait s'amuser et il a l'esprit d'équipe. »

Vu la promiscuité, il n'était pas étonnant que les volontaires aient rapidement créé des liens étroits. « Peu importait le milieu dont on sortait, raconte la volontaire Diane Tucker. Tout le monde se mélangeait et tout le monde s'entendait. Il y a eu pas mal de petites idylles, environ vingt-cinq pour cent des gens présents ont eu des histoires là-bas. »

Évidemment, les rumeurs à propos des idylles princières ne manquèrent pas. Plus d'une fois, les gardes du corps de William regardèrent ailleurs quand il serrait une volontaire passionnément dans ses bras. Pendant leurs semaines dans un village de tentes, on vit William entrer dans la tente d'une jeune femme pour n'en ressortir que le lendemain matin. On raconte même qu'il passa une nuit avec deux femmes « une blonde et une brune. On changeait souvent de lit là-bas. »

Une jeune femme retint l'attention du prince. Une beauté californienne de San Diego du nom de Sarah qui appartenait à un groupe religieux faisant du bénévolat dans la région. William et Sarah passèrent des heures à marcher main dans la main ou à bavarder sous la tente de Wills. Ils échangèrent leurs numéros de téléphone et leurs adresses électroniques, et William confia à un de ses compagnons qu'il était amoureux. Quand ce dernier lui demanda s'il pouvait envisager d'épouser une femme qui ne serait pas anglaise, William haussa les épaules. « J'aime bien les Américaines. Je me verrais assez bien en épouser une. Pourquoi pas ? » Et que recherchait-il chez une jeune femme ? « Il faut qu'elle soit superbe, bien sûr. Intelligente. Et qu'elle ait un rire merveilleux... »

William semblait surtout s'éprendre de grandes beautés blondes tout en jambes qui présentaient parfois plus qu'une ressemblance fortuite avec la princesse Diana. Et n'oublions pas que cette dernière était aussi célèbre pour son rire explosif à faire trembler les vitres.

Mais les proches de William ne pensaient pas qu'il se marierait jeune. Il confia à un ami d'Eton que le mariage tumultueux de ses parents l'avait sérieusement fait douter de l'institution elle-même : « On ne devrait jamais se marier à moins d'être sûr d'avoir trouvé sa moitié. Et il ne faudrait jamais avoir d'enfants avant d'être sûr et certain de ne pas s'être trompé. Il y a bien trop de gens qui n'auraient jamais dû se passer la bague au doigt. »

William continuait à mériter sa réputation de tombeur parmi ses copains volontaires. Après avoir tapé dans un ballon de foot avec le prince, Claire Flood, dix-neuf ans, future coiffeuse, se blottit contre Wills devant le feu de camp. Après plusieurs verres de vin, elle se surprit à lui demander s'il était vierge. Malgré ses nombreuses conquêtes, William fut embarrassé par cette question sans tact. « Il ne m'a pas répondu. Il est devenu rouge comme une tomate ! »

Selon Kevin Mullen, un ancien drogué qui était aussi un volontaire, William dragua effrontément sa petite amie lors de la soirée marquant la fin du séjour. Au bar où avait lieu la fête, « William avait un peu bu. Il n'arrêtait pas de danser en se frottant contre des filles et de se donner en spectacle. Les filles ne protestaient pas parce qu'elles l'aimaient bien. »

C'est seulement quand William commença à se frotter contre Sasha Hashim, la petite amie de Mullen, que ce dernier se rua sur le prince pour l'engueuler. « Disons que nous avons eu des mots, dit Mullen. Rien de méchant, parce que nous nous entendons très bien. Mais peu m'importe que vous soyez le futur roi d'Angleterre – on ne s'attaque pas aux petites copines des autres ! »

Hashim admit que « Kevin peut être très possessif et il a littéralement passé un savon à Will. J'étais drôlement gênée. Heureusement Will ne lui en a pas voulu. Il connaissait Kevin. »

William se contenta d'en rire. « Quand il a essayé de draguer ma petite amie, il a bien fallu que je mette les choses au point, raconte Mullen. Mais Wills est un marrant. C'est un blagueur très populaire. »

Patricia Sandoval, serveuse au bar, était ravie de voir le fils de Diana s'amuser. « Il était si détendu et il s'amusait tellement, sa maman aurait été fière de lui. »

Fière certes, mais aussi angoissée au vu de ce qui se passait au Royaume-Uni pendant ce temps-là. Peu après le départ de Wills pour le Chili, on découvrit que « l'IRA authentique » projetait de l'assassiner.

Cette branche de l'IRA avait déjà montré ce dont elle était capable en août 1998 en plaçant une bombe dans le petit bourg d'Omagh en Ulster. L'explosion fit vingt-huit morts, surtout des femmes et des enfants. Et deux cents blessés graves.

Maintenant le groupe terroriste se servait de sa page Internet, seulement accessible par un mot de passe, pour révéler des détails sur les mesures de sécurité prises afin de protéger William à St. Andrew. Le site disait non seulement où le prince et ses gardes du corps seraient installés – un secret gouvernemental bien gardé – mais précisait l'endroit exact où l'on placerait le système de sécurité. L'IRA énumérait ensuite les endroits d'où on pourrait lui « tirer dessus sans risque de le rater ».

Dès que les autorités eurent vent de l'existence de ce site, elles le firent fermer. Mais cela ne contribua guère à apaiser les craintes croissantes pour la sécurité de William. Personne n'était plus inquiet que Charles, bien placé pour savoir de quoi ces groupes étaient capables. Son grand-oncle bien-aimé, lord Louis Mountbatten, avait trouvé la mort avec deux autres personnes (dont son petit-fils de quatorze ans) quand l'IRA avait fait sauter le voilier familial en 1979.

Un autre groupe extrémiste se rallia à l'IRA authentique, le SSG, groupe séparatiste écossais ayant la haine des Anglais. Son site diffusait le message suivant : « La sécurité est nulle à l'université, on y entre et on en sort comme dans un moulin. On peut descendre le petit con quand on veut. »

Les messages électroniques du SSG à l'IRA interceptés par Scotland Yard étaient également inquiétants. « Si le prince est autorisé à s'inscrire à St. Andrew, le SSG doit admettre qu'il est inévitable que certains s'en prennent à lui avec une extrême violence. » La réaction de Scotland Yard fut d'envoyer des agents secrets se faisant passer pour des étudiants afin d'espionner le corps professoral et la population estudiantine.

Après le retour de William en Angleterre en décembre, il y eut une nouvelle alerte. MI5, le service de renseignement anglais, procéda à un balayage électronique du dortoir de St. Andrew où William devait s'installer et y découvrit des appareils d'écoute. On accusa aussitôt l'IRA authentique – jusqu'à ce que les responsables de la sécurité royale admettent qu'ils avaient placé les micros pour garantir la sécurité du prince étudiant.

Furieux de cette intrusion flagrante dans sa vie privée, William demanda des explications à son père. Songeant aux fameuses cassettes du « Squidgygate » et à l'enregistrement de ses conversations intimes avec Camilla, Charles s'empressa de lui présenter des excuses.

Maintenant que l'oncle de sa belle était président des États-Unis, William intensifia sa correspondance torride avec le mannequin de *Vogue*, Lauren Bush. Wills avoua à un copain qu'il était « très accro » à la jeune femme de deux ans son aînée. Une amie de Lauren au Texas déclare que le courrier électronique était « très flirt et plutôt sexy et les lettres assez intimes. Ils se sont un peu laissés emporter, dirons-nous. » Mais au bout de deux ans, on ignorait toujours si le futur roi et la beauté américaine se rencontreraient un jour et si leur histoire électronique y survivrait.

Autre hasard ironique, William fit sa première sortie officielle le 7 février 2001 en assistant au dixième anniversaire de la Commission des plaintes contre la presse. « C'est une façon pour le prince de remercier l'ensemble de la presse, déclara un porte-parole de St. James, d'avoir respecté non seulement sa vie privée à Eton et lors des six premiers mois de son année sabbatique, mais aussi celle de Harry. » William félicita également la Commission d'avoir « fait respecter ses règles ». C'est exactement ce que ladite Commission avait fait en censurant *OK !* un magazine britannique qui avait publié des photos innocentes mais non autorisées de William prises au Chili à l'aide d'un téléobjectif.

Mais la soirée de gala offrit davantage qu'une occasion à William de faire la cour aux médias : c'était la première fois que le prince Charles, sa maîtresse controversée et son fils aîné apparaissaient ensemble au même événement public (Harry était resté à Eton pour étudier). Drôle de cadre pour un tel événement :

une salle bondée de cinq cent cinquante invités, journalistes pour la plupart.

Mais l'apparition commune gardait tout de même des allures d'opération clandestine. La reine avait fait clairement comprendre à Charles qu'elle refusait que William ou Harry soit vu publiquement en compagnie de Camilla. Mamie admettait à contrecœur qu'elle ne pouvait pas faire grand-chose pour empêcher son fils de cinquante et un ans de se montrer avec sa maîtresse. Mais lorsqu'il s'agissait de ses petits-fils, Elizabeth était résolue à ne pas céder. « Il est hors de question qu'on photographie le prince William et le prince Harry avec elle. Hors de question ! »

Pour accéder aux vœux de Sa Majesté, Charles et William arrivèrent ensemble à Somerset House, puis se séparèrent pour saluer la foule. Étant explicitement entendu que tout ce qui se dirait dans cette soirée resterait confidentiel, Wills régala ses hôtes d'anecdotes sur son aventure au Chili et sur son job actuel dans une ferme du sud-ouest de l'Angleterre. « William passa d'un invité à l'autre, raconte Richard Kay, un verre de chablis frais à la main, en gagnant de l'assurance à chaque pas. »

Il eut assez d'assurance pour aborder lady Victoria Hervey, l'aristocrate rebelle qui avait posé les seins nus pour *GO* et lui demander son numéro de téléphone ainsi que son adresse électronique. Aussi grande que William, lady Victoria, qui exhibait un nombril nu au-dessus d'un pantalon en cuir moulant, avait choqué la bonne société londonienne en débarquant à une soirée en blouse transparente. Sa réputation crût encore lorsqu'elle se présenta à un bal de charité déguisée en « infirmière coquine ».

« Il est splendide, dit Victoria. Mais je pense qu'il est trop jeune pour moi... Je lui ai conseillé d'être prudent, surtout avec les filles plus âgées. Je regrette de ne pas avoir quelques années de moins. »

De son côté, Camilla arriva un quart d'heure après les princes par une autre porte. Elle resta à l'autre bout de la pièce toute la soirée, sans jamais s'approcher ni de Charles ni de William. Quatre-vingt-dix minutes plus tard, William et son père prirent congé. William qualifia la soirée de « géniale ». Une demi-heure après, avertie du départ des princes, Camilla s'éclipsait à son tour.

Tandis que Camilla continuait à s'insinuer dans la vie des princes, nombre de gens eurent l'impression que les Windsor ne ménageaient pas leurs efforts pour montrer leur mépris à l'égard de la mémoire de Diana. En mars 2001, William et Harry furent invités à l'inauguration du monument français à la mémoire de leur mère – le jardin et centre de nature Diana à Paris. Les volontaires qui avaient travaillé durant plus d'un an au centre se sentirent profondément insultés quand aucun représentant de la famille royale n'assista à la cérémonie – pas même William ou Harry.

Il faut dire que cette fois, personne n'avait prévenu les deux princes de cette inauguration. Lorsqu'ils apprirent qu'aucun représentant de la famille royale n'avait fait le déplacement, ils en firent amèrement le reproche à leur père : « Quelqu'un aurait pu y aller, non, ne serait-ce que par respect pour maman ! » s'exclama William.

Il y aurait d'autres monuments dédiés à Diana. Après beaucoup de discussions, les garçons approuvèrent un projet de construction d'une fontaine à sa mémoire sur le Diana Memorial Way, trajet de dix kilomètres entre le palais de Kensington et Westminster. La promenade devait être jalonnée de soixante-dix plaques représentant une rose anglaise.

Mais aux yeux des princes le meilleur hommage à leur mère était ailleurs. William et Harry confièrent tous les deux à des amis qu'ils voulaient donner un sens à leur vie. « Ma mère était la princesse du peuple, dit William. J'aimerais être le roi du peuple. »

Après son bref séjour dans une ferme, William se lança dans une nouvelle aventure. À la mi-mars, il partit pour un séjour de quatre mois en Afrique du Sud. Il y réparerait des clôtures, y creuserait des tranchées et y observerait la faune dans des réserves. Les conditions de vie y seraient encore plus éprouvantes qu'au Chili. Pas de sanitaires : le futur roi dut se contenter d'un trou dans le sol et se doucher avec un seau. Il apprit aussi à côtoyer les hyènes, les singes, les vipères, les rongeurs et toutes les espèces imaginables d'insectes démesurés qui envahissaient régulièrement le campement. Mais l'expérience en valait la chandelle : il eut ainsi l'occasion de découvrir une partie du monde qu'un naturaliste a décrite comme « un Éden secret ». Charles racontait que son premier long voyage en Afrique ressemblait à « un rêve merveilleux ».

Mais aucun voyage ne serait plus émouvant que celui que les fils de Diana effectuaient secrètement chaque année – avant le 1er juillet qui était à la fois la date de l'anniversaire de leur mère et le jour de l'ouverture annuelle d'Althorp au public. Ils faisaient le voyage sans leur père. En quatre ans, ce dernier ne s'était pas rendu une seule fois sur la tombe de Diana.

À l'origine, les Spencer n'avaient que deux employés pour s'occuper des immenses jardins d'Althorp – des hommes armés de bâtons dont la principale mission était d'empêcher le bétail de passer la tête par les fenêtres du rez-de-chaussée de la demeure. Des siècles plus tard, les écuries en pierre venaient d'être transformées en musée à la gloire de Diana, avec café et boutique de souvenirs. Et c'était à présent une véritable escouade de jardiniers qui entretenaient les jardins privés les plus vastes d'Angleterre.

Le jour des funérailles de Diana, des milliers de gens s'étaient massés le long de l'autoroute A1 pour couvrir son corbillard de fleurs – tant et tant que le chauffeur avait dû se servir de ses essuie-glaces pour y voir quelque chose.

Mais à présent il n'y avait plus ni foule, ni fleurs le long de la route qu'empruntèrent anonymement les garçons. Les grilles noires d'Althorp s'ouvrirent devant leur voiture. Le comte Spencer accueillit ses neveux à Althorp House, l'immense demeure Tudor qui renferme certains des plus grands trésors artistiques d'Europe. Puis ensemble, ils traversèrent les jardins pour rejoindre le Round Oval.

Ombragé par des chênes et des sapins majestueux, le Round Oval qui se trouvait à quelques centaines de mètres au nord de la maison semblait à la fois faire partie d'Althorp tout en en étant isolé. Au nord de l'île minuscule s'élevait le « Temple », un autel néoclassique à colonnes dans les tons ocre brun dédié à Diana. Son prénom était gravé en majuscules sur l'édifice avec l'année de sa naissance (1961) et celle de sa mort (1997). Surmonté d'une croix, le monument s'ornait en son centre d'un grand camée de la princesse sculpté dans le marbre et flanqué de citations de l'oraison funèbre émouvante du comte Spencer. L'été, des centaines de milliers de gens se pressaient sur les lieux pour prendre des photos.

Mais ce jour-là, les jeunes princes étaient seuls. Le comte les escorta jusqu'à la rive du lac où les attendait une petite barque. Ils rejoignirent l'île à la rame.

Il ne restait rien du tapis de roses, d'œillets, de tulipes, de pivoines, de marguerites, de jonquilles, de lis et de chrysanthèmes qui avait recouvert le sol de l'île après que le comte Spencer y avait fait apporter les fleurs déposées devant les grilles du château le jour des funérailles de Diana. Seules quelques gerbes envoyées par des intimes décoraient les lieux. L'urne grecque dessinée par Edward Bulner en hommage à Diana disparaissait déjà sous la végétation. Formant un contraste frappant avec les jardins tirés au cordeau de la propriété, la dernière demeure de Diana était envahie par des arbres séculaires, du lierre et d'épaisses broussailles. Sauvage, un peu comme la dame elle-même. Loin du tumulte, des attentes et des incursions du monde extérieur, au seul murmure du vent dans les branches, les frères inclinèrent la tête et adressèrent une prière silencieuse à leur mère.

Diana n'aurait pas eu la chance de voir ses fils devenir des hommes. Dans ce voyage vers l'âge adulte, ils seraient guidés avant tout par deux personnes : un père impatient d'épouser la maîtresse qui avait détruit le mariage de leur mère et une grand-mère qui, maintenant que la vague de chagrin provoquée par la mort de Diana était retombée, s'employait à oublier d'honorer son souvenir.

« Je pense qu'il réussira, dit de William un des proches du prince Charles. Il est beaucoup plus résistant que son père et, grâce à Diana, il aura le peuple avec lui. Il est d'une gentillesse infinie. » Un courtisan abondait dans ce sens : « Il a l'air de savoir exactement ce qu'il veut, il s'affirme sans en faire trop. Il est déjà très évident qu'il poursuivra un but dicté par les réalités et pas seulement par les exigences de sa tâche héréditaire. »

Pourtant des doutes persistaient. Les fils de Diana s'inspireraient-ils de l'enseignement de leur mère une fois adultes – la volonté de préférer la chaleur à une indifférence glaciale, l'humour à une pruderie implacable, le changement à une stagnation étouffante ? Ou succomberaient-ils au legs abrutissant de leurs ancêtres Windsor ?

Vivante, la princesse Diana avait l'intention de veiller à ce que ses fils poursuivent la révolution qu'elle avait déclenchée. Sa mort suscita un chagrin qui, en submergeant Londres d'un océan de fleurs et de larmes, menaça de noyer de vieilles institutions fatiguées – pour les remplacer par un monarque du peuple à l'écoute de son temps.

Mais, les années passant, William et Harry subissaient de plus en plus l'endoctrinement Windsor, et le rêve de Diana commença à s'effilocher. Pourtant, si les princes n'ont pas toujours participé aux cérémonies en l'honneur de leur mère, c'est parce qu'ils préféraient lui rendre hommage par des actes plus concrets : en reconstruisant des villages dans les régions les plus reculées et les plus pauvres du Chili, en se faisant jeter à l'eau trente fois de suite pour une bonne cause sans jamais se plaindre, en entrant en contact avec des gens ordinaires comme seule leur mère – contrairement aux autres membres de la famille royale – savait le faire.

L'été 2001, au quarantième anniversaire de la princesse Diana, on pouvait au moins être sûr d'une chose : qu'ils soient fils, maris ou pères – prince ou roi –, William et Harry resteraient d'abord et toujours les fils de Diana.

Épilogue

Diana et ses fils est resté dans les cartons jusqu'à sa parution, le 14 août 2001. Cela n'a pourtant pas empêché les tabloïds britanniques, connus pour leur voracité, de spéculer, avec fébrilité, sur le contenu du livre. Un journal londonien avait ainsi annoncé, à tort, que *Diana et ses fils* présentait le prince William comme une *sex machine*, entraînant la publication rapide par le Palais d'un démenti accusateur. Un porte-parole du prince Charles et de la reine déclara alors que de telles allégations étaient non seulement « ridicules » mais encore « tout à fait indignes ». Bien sûr, si les administrateurs du Palais n'avaient pas émis de jugement avant d'avoir vraiment pu lire le livre, ils auraient vu que William y était décrit comme un jeune homme de 19 ans éprouvant simplement un intérêt naturel pour le sexe opposé, rien de plus. Par ailleurs, malgré les nombreuses révélations faites par le livre, tous les critiques se sont accordés à dire que le ton général de *Diana et ses fils* résonnait comme un hommage rendu aux jeunes princes et à leur mère.

D'instinct, le Palais a pourtant réagi en attaquant comme il l'avait déjà fait lors de la publication, en 1998, du livre *The Day Diana Died*. Réaction que connaissait bien Diana. La riposte des « hommes en gris », qui lui avaient mené la vie si dure, a simplement trahi leur frustration de ne pas pouvoir contrôler l'accès aux informations concernant les princes et n'a fait qu'attiser la controverse.

Alors que le débat sur la presse britannique s'intensifiait pour savoir si elle devait continuer à limiter ses reportages sur Harry et William, la tragédie royale continuait de se déployer sur d'autres fronts. Ainsi, au cours de l'été 2001, Paul Burrell, majordome et confident de Diana pendant de nombreuses années, a-t-il été formellement accusé d'avoir dérobé des vêtements, des ustensiles de cuisine, des disques, des photos de famille, et d'autres souvenirs appartenant à feue la princesse de Galles, à William et à Harry. Trois cent vingt-huit objets en tout dont la valeur atteindrait plusieurs millions de livres. L'homme que Diana appelait « mon sucre d'orge » – un des rares à ne pas avoir tenté d'exploiter ses liens avec la famille royale malgré son brusque renvoi du Princess of Wales Fund contre une indemnité dérisoire de 5000 dollars – a répété que ces objets lui avaient été offerts par la princesse, par amitié.

À peu près au même moment, une rumeur affirmait que la Reine avait finalement accepté le mariage entre Charles et Camilla Parker Bowles – mais seulement s'il avait lieu après le Jubilé, organisé en 2002 pour célébrer le 50e anniversaire du règne d'Elizabeth II. Toutefois, l'annonce d'une amélioration des relations avec Camilla était prématurée et Buckingham Palace a rapidement démenti cette rumeur de mariage. La Reine, suivant les conseils de sa mère, est restée fermement opposée à une union qui aurait pu permettre à Camilla de devenir reine.

Ignorant ces bruits de palais, Charles a continué à scolariser ses fils selon la tradition des Windsor. À partir de ce moment-là, William et Harry ont aussi commencé à jouer fréquemment au polo à ses côtés. Lors d'un match, le prince de Galles fut jeté à bas de son cheval et perdit momentanément connaissance.

Une ambulance fut alors dépêchée pour conduire Charles jusqu'à l'hôpital le plus proche et le placer en observation mais ses fils, déterminés, continuèrent à jouer. Le lendemain soir, William, très sûr de lui, remplaça son père pour accueillir les invités d'un dîner mondain, organisé à Londres. Sa cavalière pour la soirée n'était autre que la superbe top model blonde Claudia Schiffer.

Le 11 septembre 2001, William et Harry, assis devant un téléviseur du Palais, assistèrent, médusés comme le reste de la planète, aux attentats perpétrés contre le World Trade Center à New York et contre le Pentagone. À peine le Premier ministre Tony Blair s'était-il engagé à soutenir les États-Unis dans leur guerre contre le terrorisme que les mesures de sécurité furent renforcées pour tous les membres de la famille royale.

L'inquiétude était particulièrement grande concernant la sécurité de William. Sa protection pouvait-elle être assurée correctement sur un campus aussi ouvert et aussi peu encadré que Saint Andrews ? Afin d'apaiser la peur croissante de son père – Charles avait d'abord considéré qu'il était trop risqué de laisser William s'installer dans un dortoir classique – le dispositif royal de sécurité fut doublé. Un vent de panique souffla pourtant, à la mi-octobre, lorsque l'administration de l'université reçut un colis supposé contenir des spores mortelles d'anthrax. On apprit, plus tard, qu'il ne s'agissait en fait que d'un canular.

Comme on pouvait s'y attendre, l'arrivée de William à Saint Andrews déclencha un certain chahut. L'inscription du prince entraîna une augmentation sensible du nombre d'élèves – presque uniquement de filles – par rapport aux années précédentes. Dès lors, quasiment tous les événements organisés à Saint Andrews s'accompagnèrent de longues files d'attente et la foule, débordant des pubs, ne tarda pas à envahir les rues étroites de la ville. « Cela passera avec le temps », déclara William. « Ils finiront tous par se lasser de moi. »

Mis à part l'affaire de l'anthrax, l'entrée de William dans la vie étudiante fut toutefois facilitée par la décision de la presse britannique de limiter au maximum ses reportages sur le prince. Pourtant, sa propre famille n'avait apparemment pas reçu la consigne et, quelques jours seulement après l'arrivée de William, son oncle, le prince Edward, envoya une équipe de télévision de sa propre maison de production sur le campus. William n'avait pas prévu que le premier à rompre avec la politique de non-intervention, prônée par la presse, serait un membre de sa famille. Furieux, le prince Charles téléphona à son frère cadet et Edward renonça immédiatement à son projet de filmer les premiers jours de William à l'université.

À propos de ses camarades de classe, William déclara au journaliste Sam Greenhill : « Je repère rapidement ceux qui veulent profiter de moi ou me voler une part de moi-même et je m'en éloigne immédiatement ». Lorsque, dans un pub, une jeune fille se glissa jusqu'à lui pour lui pincer le derrière, le prince fut « furieux » et « *pas* impressionné », se souvient un témoin oculaire.

« Cela n'est pas comme si je choisissais mes amis selon l'endroit d'où ils viennent ou ce qu'ils représentent », a ensuite expliqué William. « Je les choisis en fonction de leur caractère, de leur personnalité et de nos affinités. Je souhaite juste rencontrer des gens avec qui je m'entends bien ».

William s'installa rapidement dans sa chambre du Saint Salvatore's Hall (« St Sallies »), un établissement mixte. La chambre du prince, équipée d'une literie standard, de tentures, d'un bureau en bois, de deux lampes de chevet – et d'une petite salle de bains particulière – répondait aux dimensions réglementaires de 25 m² et, comme c'était déjà le cas dans ses précédentes écoles, à Ludgrove et à Eton, un garde du corps dormait dans une chambre voisine.

Quatre fois par semaine, William se rendait au Buchanan Hall, tout proche, pour assister à un cours d'histoire de l'art. Le cinquième jour était consacré aux travaux dirigés, des groupes de révision réunissant environ cinq ou six étudiants autour d'un professeur. Rapidement, William investit la bibliothèque universitaire, où il passa des heures à méditer ses notes d'anthropologie sociale.

« Je ne suis pas un fêtard, insista William lors de son entretien avec Sam Greenhill, malgré ce que certains peuvent penser. J'aime simplement sortir de temps en temps comme n'importe qui ». S'il s'est abstenu de rejoindre les clubs du campus comme la Société James Bond des buveurs de Martini, le Kate Kennedy Club ou la Dead Parrot Society, William n'a pas hésité à explorer les différents bars du coin. On a d'ailleurs souvent pu l'apercevoir en train de boire une bière avec des camarades de classe au Broons, au Ma Bells, au Westport ou dans d'autres pubs.

Le cercle restreint des amis de William à St Andrews commençait par ce que le personnel administratif appelle « la famille universitaire » – un groupe d'élèves plus âgés, chargés d'aider les « bizuts », comme on nomme les nouveaux en Angleterre, à éviter les pièges de la vie étudiante. Gus McMyn, 22 ans, ancien élève d'Eton comme lui, était donc son « père » universitaire et Alice Drummond-Hay, 21 ans, sa « mère » universitaire. Alice avait été élevée dans le Connecticut et avait deux ans de plus que le prince.

Malgré un fort accent américain, ses références pour ce poste étaient parfaitement britanniques. Son grand-père, le comte de Crawford et de Balcarres, âgé de 74 ans, gérait, en tant que chambellan de la

Reine Mère, la maison royale depuis 10 ans. Quant à sa mère, Bettina, elle avait été la petite amie du prince Charles au début des années 70.

Alice avait en fait rencontré William à Balmoral lorsqu'elle avait 10 ans et lui 8. Mais ce n'est qu'au cours de ses premiers mois à St Andrews que William a véritablement découvert cette jeune sportive blonde et ouverte (ex-membre des équipes universitaires de hockey sur gazon et de hockey sur glace de la Connecticut's tony Green Academy). Alors que leur devoir officiel se limite à aider les nouveaux à s'intégrer dans à la vie étudiante, ces mentors « se chargent aussi », selon un élève, « de les initier à la vie telle qu'elle s'organise à St Andrews : faire la fête, faire la fête, faire la fête, boire, travailler de temps en temps, dormir, boire et faire encore un peu la fête ». L'événement principal de St Andrews étant la « sauterie » organisée tous les vendredis soirs par les étudiants.

Pourtant, malgré la réputation de « St Randy's[1] » d'être une école de fêtards, William regrettait que les week-ends n'y soient « pas particulièrement animés ». Accompagné de quelques amis, il parcourait donc régulièrement les 90 kilomètres qui le séparaient d'Édimbourg pour goûter l'agitation nocturne de cette ville écossaise. Plus rarement, il se rendait à Balmoral, à deux heures de route au nord ouest de St Andrews, où un cottage en pierre, comportant trois chambres et quatre cheminées, avait été restauré pour son usage exclusif et celui de son frère cadet, Harry.

Cependant, à part une tournée des pubs de St Andrews, de temps en temps, et quelques week-ends à Édimbourg, William et Alice passaient la

---

1. NdT : *randy* (anglais) = libidineux, excité sexuellement.

plupart de leur temps ensemble au St Salvatore's Hall, dans la chambre de William, à regarder la télévision ou à écouter de la musique. Par conséquent, des journalistes, de part et d'autre de l'Atlantique, s'empressèrent d'annoncer que la petite Yankee du Connecticut était devenue le nouvel amour de Will le Gallois mais les amis d'Alice affirmèrent qu'il ne s'agissait pas d'une idylle. Rien ne laissait d'ailleurs supposer que la relation de William avec Emilia d'Erlanger s'était essoufflée et, bien que certaines photos montrant Harry taquinant et bousculant « Mili » d'Erlanger, lors d'un match de polo, aient laissé croire qu'elle préférait désormais le second à l'héritier, la belle du Devonshire sortait toujours avec William, à l'époque où ils étaient majors en histoire de l'art à St Andrews.

Pour Harry, le départ imminent de William pour l'université avait signifié qu'il ne serait plus dans l'ombre de son frère et il était impatient d'effectuer sa 4e et dernière année à Eton. Mais cela voulait aussi dire que William ne serait plus là pour lui éviter les ennuis. Au cours des deux mois de l'été 2001, tandis que son père et son frère avaient quitté Highgrove, Harry, alors âgé de 16 ans, commença à boire beaucoup au pub voisin, le Rattlebone Inn. Après avoir simulé une altercation avec des amis, lors d'une partie de billard, le prince, encore mineur, insulta un serveur français qui tentait de le calmer et se fâcha d'avoir été renvoyé du pub.

C'est aussi à cette époque qu'Harry commença à fumer de la marijuana, au cours d'une des nombreuses soirées qu'il organisait à Highgrove pour quelques amis, triés sur le volet. Lorsqu'un employé de la maison détecta une forte odeur de marijuana, il en informa immédiatement le prince Charles. Interrogé par son père, Harry reconnut avoir fumé du cannabis à plusieurs reprises.

Sans perdre de temps, Charles ordonna donc à son plus jeune fils de passer une journée avec des consommateurs de drogues dures, au centre de désintoxication Featherstone Lodge, au sud de Londres. Harry « a parlé avec plusieurs convalescents – héroïnomanes et cocaïnomanes pour la plupart », se souvient Bill Buddicombe, porte-parole de Featherstone. « Il était sympathique et détendu et les patients l'ont reçu chaleureusement. »

Toutefois, lorsque le journal *News of the World* dévoila cette affaire, début 2002, titrant en une HONTE SUR HARRY LE DROGUÉ, les Britanniques ont été abasourdis par les révélations concernant le comportement du prince. La peine pour les détenteurs de marijuana pouvant aller jusqu'à 5 ans de prison, cette nouvelle impliquant Harry provoqua un débat national sur la législation anglaise en matière de stupéfiants et sur la gestion du problème par Charles. « Le prince Charles et la famille royale ont parfaitement traité le problème, a déclaré Tony Blair, ils ont agi en personnes responsables et, comme vous pouviez vous y attendre, avec beaucoup de tendresse pour leur enfant ». Puis, en faisant allusion à son propre fils Euan, arrêté pour ébriété sur la voie publique lorsqu'il avait 16 ans, le Premier ministre a ajouté : « Je connais cela moi-même ». La déclaration officielle de St James's Palace, c'était prévisible, fut laconique. « C'est un problème important, déclara le porte-parole du palais, qui a été résolu au sein de la famille. Cette affaire est close et appartient désormais au passé ».

Selon les proches de la famille, Harry était « profondément contrarié » par ces révélations sur sa consommation d'alcool et de drogues. L'avenir nous dira si Harry – sans la tutelle de la très vigilante Diana – parviendra à échapper au sort qui a déjà frappé bon nombre de ses amis.

Malgré l'alcool et la marijuana, Harry sembla s'épanouir dans ses études et en sport, pendant sa dernière année à Eton. « Il apparaît clairement », observa Peter Archer de la British Press Association, à propos des résultats étonnamment bons d'Harry dans cette école de haut niveau, « qu'il n'est pas empoté ». Toujours indécis quant à son orientation universitaire, Harry attendait avec impatience l'été 2002 pour pouvoir se lancer dans de nouvelles aventures.

En fin de compte, William et Harry suivront presque assurément la tradition royale et effectueront leur service militaire. William s'engagera très probablement dans son corps d'armée préféré, celui des Gardes Gallois, lorsqu'il aura fini ses études en 2005.

À l'heure où l'Angleterre et ses alliés s'unissaient, une fois de plus, pour combattre un ennemi commun, au lendemain des événements du 11 septembre 2001, la puissance de la monarchie comme symbole de l'unité nationale se rappelait au monde – un symbole qui perdure depuis cent ans. Rien que pour cette raison, nous garderons un œil attentif sur les fils de Diana et leur souhaitons ce qu'il y a de meilleur pour leur vie d'homme. Maman n'aurait pas agi autrement.

Remerciements

Quand *Le Dernier Jour de Diana* est sorti à l'occasion du premier anniversaire de la mort de la princesse, il a fait la une des deux côtés de l'Atlantique. Les lecteurs furent abasourdis d'apprendre que la reine avait obligé les fils de Diana à assister à l'office quelques heures après avoir appris la mort de leur mère, mais également agréablement surpris de savoir que Charles – qu'on prenait depuis longtemps pour un père froid et indifférent – avait non seulement pleuré avec ses fils la mort de Diana, mais s'était battu avec le palais pour garantir à la mère de ses enfants des funérailles dignes de son statut de « Princesse du peuple ».

En tant qu'auteur de plusieurs livres sur la dynastie Kennedy, le souhait de Diana de voir ses fils acquérir la grâce de John Kennedy Junior dans ses rapports avec les médias me parut d'autant plus poignant.

Voici le septième livre que je publie avec les grands professionnels de chez William Morrow. J'ai le bonheur d'avoir comme correctrice Betty Kelly qui a revu mon texte avec la même passion que les précédents. Je tiens également à exprimer toute ma reconnaissance à l'équipe entière de Morrow et HarperCollins, notamment Jane Friedman, Cathy Hemming, Michael Morrison, Laurie Rippon, Lisa Gallagher, Chris Goff, Beth Silfin, Richard Aquan,

Brad Foltz, Rome Quezada, Michelle Corallo, Kim Lewis, Betty Lew, Christine Tanigawa, Debbie Stier, et Camille McDuffie de Goldberg-McDuffie Communications.

Ellen Levine, agent littéraire incomparable et amie fidèle depuis près de vingt ans, est peut-être lasse de lire ces louanges chaque fois que paraît un nouveau livre – mais elles sont aussi sincères qu'elles l'étaient il y a vingt ans. Ellen s'entoure des meilleurs et, une fois encore, je suis reconnaissant à ses talentueuses consœurs Diana Finch et Louise Quayle.

Mes parents, Jeanette et Edward Andersen, continuent à apporter la preuve que leur génération était la meilleure. Ma fille Kelly et sa grande sœur Kate, qui étudiait les sciences politiques à Oxford pendant la rédaction de ce livre, sont une source d'émerveillement constant pour moi. Comme Valerie, ma merveilleuse femme depuis près de trente ans, généreuse et toujours l'être le plus intelligent que je connaisse.

Mes remerciements vont également à : Peter Archer, le Dr Frédéric Mailliez, Richard Greene, Thierry Meresse, Janet Jenkins, Richard Kay, Béatrice Humbert, Jeanne Lecorcher, Rachel Whitburn, Lady Elsa Bowker, Claude Garreck, Andrew Gailey, Mark Butt, Delissa Needham, Alan Hamilton, Remi Gaston-Dreyfus, Peter Allen, Penny Russell-Smith, Gregori Rassinier, Andy Radford, Michelle Lapautre, Jeanette Peterson, la comtesse de Romanones, Tom Corby, Paula Dranov, Jean Chapin, Ezra Zilkha, Fred Hauptfuhrer, Patrick Demarchelier, Jessica Hogan, Rosemary McClure, Elizabeth Whiddett, Tom Freeman, Michael Shulman, Cathy Cesario Tardosky, Valerie Wimmer, Joy Wansley, Lawrence R. Mulligan, Mark Beth Whelan, Vivian Simon, Gerd Mankowitz, Tobias Markowitz, Ray Whelan Jr., John Marion, Charles Furneaux, Dudley Freeman, Steve

Stylandoudis, Betsy Loth, David McGough, Vincent Martin, Deborah Eisenman, Norman Currie, Julie Graham, Yvette Reyes, Bob Cosenka, Ian Walde, Dawn Conchie, Kevin Lamarque, Manuel Ribeiro, David Bergeron, Connie Erickson, Tamar Salibian, Gary Gunderson, Stefano Rellandini, John Stilwell, Djamilla Cochran, Alain-Philippe Feutre, James Rice, Michael Crabtree, Wolfgang Rattay, Tasha Hanna, Mick Magsino, Marcel Turgot, Francis Specker, Chris Helgren, la Pitié-Salpêtrière, le SAMU, la Gunn Memorial Library, la New York Public Library, la Silas Bronson Library, le BBC, Channel Four, le Litchfield Library, le palais de Kensington, la New Milford Library, l'hôtel Brown's, Althorp, le Landsowne Club, la London Library, la Press Association, le Southbury Public Library, la Brookfield Library, la Bostoin Public Library, l'hôtel Ritz, le *Times*, la Woodbury Library, la Bancroft Library de l'Université de Californie à Berkeley, Archive Photos, Corbis, Globe Photos, Corbis-Sygma, AP Wide World, Rex, Retna, Sipa, Gamma Liaison, Big Pictures USA, Reuters, The Associated Press, Graphictype et Design to Printing.

Sources

Les notes suivantes sont destinées à donner un aperçu général des sources dont je me suis servi pour préparer *Diana et ses fils*, mais elles n'ont rien d'exhaustif. Bien entendu, certaines sources clés du palais de Buckingham ainsi que des amis et des relations de la famille royale ont accepté de coopérer à la rédaction de ce livre à condition d'avoir l'assurance que leurs noms ne seraient pas cités. L'auteur a donc respecté les vœux des personnes interrogées qui souhaitaient garder l'anonymat et ne les a pas citées, que ce soit ici ou dans le corps du texte. Bien sûr, des milliers d'entrefilets et d'articles concernant William et Harry ont été publiés dans les quinze années précédant l'accident fatal de leur mère – lequel a peut-être donné lieu à davantage de couverture médiatique qu'aucun autre événement de l'histoire moderne. Ces articles à propos des garçons ont paru dans des publications comme le *New York Times*, le *Washington Post*, le *Sunday Times* de Londres, le *Wall Street Journal*, *The Boston Globe*, le *Los Angeles Times*, *The New Yorker*, le *Daily Mail*, *Vanity Fair*, *Time*, *Life*, *Newsweek*, *Match*, *Le Monde*, *U.S. News and World Report*, le *Times* de Londres, le *Guardian* et l'*Economist* et furent transmis par Associated Press, Knight-Ridder, Gannet et Reuters.

Chapitres 1 et 2

Parmi les personnes interrogées, l'auteur citera le Dr Frédéric Mailliez, Jeanne Lecorcher, Thierry Meresse, Béatrice Humbert, Peter Archer, la comtesse de Romanones, Mark Butt, Richard Kay, Claude Garreck, Josy Duclos, Remi Gaston-Dreyfus, Peter Allen, Miriam Lefort, Pierre Suu, Steve

Stylandoudis, Vincent Martin, le chanoine Andy Radford. Les sources parues comprennent « The Princes'Final Farewell », *Sunday Times* de Londres, 7 septembre 1997 ; « Farewell, Diana », *Newsweek*, 15 septembre 1997 ; « The Nation Unites Against Tradition », *The Observer*, 7 septembre 1997 ; Annick Cojean, « La princesse au grand cœur », *Le Monde*, 27 août 1997 ; John Simpson, « Goodbye England's Rose : A Nation Says Farewell », *Sunday Telegraph*, 7 septembre 1997 ; Joe Chidley, « From the Heart », *Macleans*, 15 septembre 1997 ; « Lady Dies », *Libération*, 1er septembre 1997 ; « L'état d'ébriété du chauffeur de Diana est au centre de l'enquête », *Le Monde*, 3 septembre 1997 ; « Charles Escorts Diana Back to a Grieving Britain », *New York Times*, 1er septembre 1997 ; Andrew Morton, *Diana : Sa vraie histoire*, Orban, 1992 ; Pascal Palmer, « I Gave Diana Last Rites », *The Mirror*, 23 octobre 1997 ; « Retour sur l'accident », *Libération*, 2 septembre 1997 ; Howard Chua-Eoan, Steve Wulf, Jeffrey Kluger, Christopher Redman et David Van Biema, « A Death in Paris : The Passing of Diana », *Time*, 8 septembre 1997 ; « Enquête sur l'enquête », *Le Point*, 13 septembre 1997 ; Richard Kay et Geoffrey Levy, « Let the Flag Fly at Half-Mast », *Daily Mail*, 4 septembre 1997 ; Alan Hamilton, Andrew Pierce et Philip Webster, « Royal Family Is "Deeply Touched" by Public Support », le *Times*, 4 septembre 1997 ; Robert Hardman, « Princes'Last Minutes with Mother » *Daily Telegraph*, 3 septembre 1997 ; Thomas Sancton et Scott MacLeod, *Mort d'une princesse : l'enquête*, New York, St. Martin's Press, 1998 ; Marianne Macdonald, « A Rift Death Can't Heal », *The Observer*, 14 septembre 1997 ; « His Name is Prince William of Wales », le *Times* de Londres, 29 juin 1982 ; « Rejoice ! A Prince Is Born », *Time*, 5 juillet 1982 ; Rita Dallas, « The Royal Christening », *Washington Post*, 5 août 1982, « They'll Never Call Him Bill », UPI, 15 août 1982.

Chapitres 3 et 4

Pour ces chapitres, l'auteur a puisé dans des conversations avec lady Elsa Bowker, Richard Greene, Penny Walker, Peter Archer, Delissa Needham, Fred Hauptfuhrer, Charles Furneaux, Alan Hamilton, Evelyn Phillips, Brad

Darrach, Richard Kay, Hazel Southam, Janet Lizop, Doris Lilly et Mary Robertson.

Parmi les sources publiées consultées : Sue Ryan, « Here's Harry ! », *Mail on Sunday*, 14 octobre 1984 ; Tony Frost, « Hello Bright Eyes », *Sunday Mirror*, 14 octobre 1984 ; David Ward, « Prince's Pride in His Sons », *The Guardian*, 20 septembre 1997 ; Wendy Berry, *La Gouvernante des princes : chronique d'un divorce annoncé*, Lattès, 1996 ; Jo Thomas, « The Early Education of a Future King », *New York Times*, 13 avril 1986 ; Graham Jones et Jenny Shields, « Champagne Flows and Charles Hits a Polo Hat Trick », *Daily Telegraph*, 17 septembre 1984 ; « The Boy Who Would Be King », *People*, 26 juin 1989 ; Nicholas Davies, *William : The Inside Story of the Man Who Will Be King*, New York, St. Martin's Press, 1998 ; Stephen P. Barry, *Royal Service : My Twelve Years as Valet to Prince Charles*, New York, Macmillan, 1983 ; « Di's Son Injured » Associated Press, 4 juin 1991 ; Paul Harris, « Christmas Sadness », *Daily Mail*, 24 décembre 1992 ; James Hewitt, *Love and War*, Londres, Blake Publishing Ltd, 1999 ; Sarah Bradford, *Elizabeth*, Londres, William Heinmann, 1996 ; Sally Bedell Smith, *Diana in Search of Herself*, New York, Signet, 2000 ; Oliver Morgan et Alexander Hitchen, « Diana's Chilly Royal Christmas », *Sunday Express*, 28 novembre 1993.

Chapitres 5 à 8

Les informations pour ce chapitre se fondent en partie sur des conversations avec Richard Greene, Peter Archer, Peter Allen, lady Elsa Bowker, Alan Hamilton, Richard Kay, Grigori Rassinier, Janet Jenkins, Penny Russell-Smith, Janet Lizop, Rachel Whitburn, Gared Mankowitz, Tom Corby, Natalie Symonds.

Les sources publiées comprennent : Jane Harbidge, « "Ultimate Betrayal" for Wills and Harry », *Evening Standard*, 17 octobre 1994 ; Gillian Harris, « Young Princes Shielded from the Public Glare », *The Times*, 1er septembre 1998 ; « Princes William and Harry ; How they're Coping », *People*, 1er décembre 1997 ; Martha Duffy, « Can This Boy Save the Monarchy ? », *Time*, 22 juillet 1996 ; Mike Jarvis et Dennis Rice, « Kidnaper Caught at Eton », *News of the*

World, 25 octobre 1998 ; « Boys to Men », *Daily News*, 21 décembre 1997 ; David Leppard et Christopher Morgan, « Police Fears over William's Friends », *Sunday Times*, 27 février 2000 ; Adam Sherwin, « Anti-Hunting Car Bombers Threaten Prince », *The Times*, 23 octobre 2000 ; Mark Fox, « Princes in Security Alert », *Sunday Express*, 18 juillet 1999 ; « Wills Threat Web Site Is Shut Down », *Daily Express*, 16 octobre 2000 ; Barbara Kantrowitz, « William : The Making of a Modern King », *Newsweek*, 26 juin 2000 ; Tina Brown, « A Woman in Earnest », *The New Yorker*, 15 septembre 1997 ; Clive Goodman, « Diana and Dodi : The Untold Love Story », *News of the World*, 7 décembre 1997 ; « Diana, Princess of Wales 1961-1997 », *The Week*, 6 septembre 1997 ; P.D. Jephson, *Shadows of a Princess*, New York, HarperCollins, 2000 ; Anthony Holden, « Why Royals Must Express Remorse », *The Express*, 3 septembre 1997 ; Jérôme Dupuis, « Diana : le témoignage inédit du Ritz », *L'Express*, 12 mars 1998 ; « The Two Vital Questions », *The People*, 9 novembre 1997 ; « It Was No Accident », *The Mirror*, 12 février 1998 ; Polly Toynbee, « Forever at Peace », *Radio Times*, 13-19 septembre 1997 ; Rosa Monckton, « Time to End False Rumours », *Newsweek*, 2 mars 1998 ; Robert Lacey, *Majesty*, New York, Harcourt Brace Javanovitch, 1977 ; Richenda Miers, *Scotland's Highlands & Islands*, Londres, Cadogan Books, 1994 ; Henry Porter, « Her Last Summer », *Vanity Fair*, octobre 1997 ; Tess Rock et Natalie Symonds, « Our Diana Diaries », *Sunday Mirror*, 16 novembre 1997 ; Kate Snell, *Diana : Her Last Love*, Londres, Granada Media, 2000 ; « Diana : l'homme qu'elle aimait vraiment », *Point de Vue, Images du Monde*, 5-11 novembre 1997 ; Rosa Monckton, « My Friend Diana », *The Guardian*, 8 septembre 1997 ; Richard Kay et Geoffrey Levy, « A Son to Be Proud Of », *Daily Mail*, 23 mai 1998 ; Robert Jobson et Greg Swift, « Look After William and Harry », *Daily Express*, 22 décembre 1997 ; Warren Hoge, « William, a Shy Conqueror, Pursued by Groupies », *The New York Times*, 22 juin 1998 ; Daniel Waddell, « Diana's Mother Speaks of Her Concern Over Young Princes », *Daily Telegraph*, 16 juillet 1998 ; Charles Rae, « Wills and Harry Do Full Monty », *Sun*, 1er août 1998 ; Judy Wade, « Marking a Milestone in Charles's and Camilla's Relationship », *Hello !*,

15 août 1998 ; Christopher Morgan et David Leppard, « Party Girl in William's Circle Snorted Cocaine », *Sunday Times*, 26 février 2000 ; Richard Kay, « Wilful Will », *Daily Mail*, 23 décembre 1999 ; Robert Hardman, « Just (Call Me) William », *Daily Telegraph*, 9 juin 2000 ; Alex O'Connell, « Prince Chases Adventure in Remotest Chile », 30 septembre 2000 ; Michelle Tauber, « Speaking His Mind », *People*, 16 octobre 2000 ; Gordon Rayner, « Harry's Rare Day in The Limelight », *Daily Mail*, 20 mars 2000 ; Andrew Pierce et Simon de Bruxelles, « Our Mother Was Vetrayed », *The Times*, 30 septembre 2000.

6673

Composition Nord Compo
Achevé d'imprimer en France (Manchecourt)
par Maury-Eurolivres
le 19 août 2003.
Dépôt légal août 2003. ISBN 2-290-32369-1

Éditions J'ai lu
84, rue de Grenelle, 75007 Paris
Diffusion France et étranger : Flammarion